周瑄璞　张小泱　著

陕西新华出版传媒集团
太白文艺出版社

图书在版编目（CIP）数据

仓颉 / 周瑄璞，张小泱著. — 西安 : 太白文艺出版社, 2018.3（2022. 1重印）
ISBN 978-7-5513-1454-1

Ⅰ. ①仓… Ⅱ. ①周… ②张… Ⅲ. ①长篇历史小说—中国—当代 Ⅳ. ①I247.5

中国版本图书馆CIP数据核字(2018)第047467号

仓 颉
CANG JIE

作　　者　周瑄璞　张小泱
责任编辑　卢虹竹
封面设计　张小泱
版式设计　前程设计
出版发行　陕西新华出版传媒集团
　　　　　太 白 文 艺 出 版 社（西安北大街147号 710003）
　　　　　太白文艺出版社发行：029-87277748
经　　销　新华书店
印　　刷　三河市华东印刷有限公司
开　　本　720mm × 1020mm　1/16
字　　数　268千字
印　　张　19.25
版　　次　2022年1月第1版 第2次印刷
书　　号　ISBN 978-7-5513-1454-1
定　　价　49.80元

**谨以此书**

献给那些以文字影响世界的先贤

# 上古传奇与现代寓言

## ——《仓颉》序

吴义勤

“历史”作为一种叙事对象一直以来都受到小说家们的青睐和偏爱，一方面，“历史”提供了一定的可供依附的叙事线索和逻辑框架，让叙事变得更有方向感和准确性。另一方面，由于与现实保持一定的距离，“历史”在叙事上拥有了更大的自由度和虚构的空间。可以说，“历史”与小说的联姻具有某些先天的优势和便利。但与此同时也应看到，历史叙事的局限性也非常明显。由于“历史”本身具有一定的客观性和公共性，小说一旦越出公共历史的领地，小说的真实性便被自然消解了，再强的内在逻辑也无法挽救失败的命运。因此，虽然看上去历史小说创作具有得天独厚的优势，但真正优秀的思想性和艺术性俱佳的作品却并不多见。周瑄璞、张小泱的历史小说《仓颉》以传说人物仓颉为人物核心，以仓颉造字的传说故事为主要线索，既勾勒出炎黄时代波澜壮阔的历史起伏，又形象生动地塑造了仓颉这一光彩照人的历史传说人物，令人眼前一亮。

有关仓颉造字的传说，多部古籍均有记载，如《世本·作篇》说“黄帝史官仓颉作书”；《说文·序》说“黄帝之史仓颉……初造书契”；《帝王世纪》说“其史仓颉，又取象鸟迹，始做文字”；宋代罗泌撰的《禅通纪》云：“仓帝史皇氏，姓侯冈，名颉。实有睿德，生而能书；龙颜侈侈，四目灵光……仰观奎星圆曲之势，俯察龟文、鸟羽、山川、指掌而创文字……天为雨粟，鬼为夜哭，龙乃潜藏。”尽管各类古籍所记内容并不完全一致，比如在仓颉的身份到底是史官还是帝王、仓颉造字的才华是生而有之还是后天勤思苦想所得等问题上存在分歧，但在仓颉创制了文字这一根本性问题上是一致的。几千年来，仓颉造字的伟大功绩为历代所称颂和纪念，这是具有共识性的，小说的逻辑起点也即由此开始。但是，就一部长篇小说来说，关于仓颉的历史资料实际上又是很有限、很抽象的，如何以文学的想象力“激活”仓颉的形象并还原其生活时代的历史，这对作家来说还是很大的挑战与考验。

在我看来，这部小说的成功首先在于它最大限度地实现了历史真实性与小说虚构性的统一，它在严谨的历史框架内虚构，又在虚构中呈现历史的真实脉络。在基本的历史框架和人物设置上，小说都忠实于已有的历史叙述，比如仓颉所在时代的氏族分布状况、生产力水平、文明开化程度，炎黄之战以及黄帝蚩尤之战的历史走向，仓颉的基本身份，等等。在这些问题上，作者沿用了具有共识性的历史叙述，也就是说，这部小说的叙述始终在现有历史的边界之内进行，最大限度地沿着历史的脉络伸展，丰满地还原并复活了历史的细节，也因此得以确保其真实性不会受到质疑，不会打了折扣。这是这部小说成功的基础性前提，在此基础之上，小说才展开了想象的翅膀。

其次，小说成功塑造了鲜活灵动、流光溢彩的仓颉形象。仓颉这一人物之所以令人印象深刻源自作者笔下的仓颉具有双重身份属性。其一是作为传说人物的神圣属性。作为几千年来的传说人物，因其创制汉字的不朽功绩，仓颉是人们眼中接近于神的光芒万丈的人物，具有超越普通人的聪慧和神性。小说中的仓颉无疑佩戴着这种神性的光环，从出生起，他便展示出与众不同的性格和才华。他充满好奇心和求知欲，在族长和智者面前总是提出各种求知问题，同时他又勇敢无畏，在侯冈氏族与大庭氏族的生死之战中献出妙计杀敌。小说中仓颉形象所包含的神性光彩既满足了人们对于传说人物的想象，又将小说的根基牢牢固定在历史的筋骨之中，真实可信。其二，仓颉这一人物又具有人格化的人性。作者笔下的仓颉并非天生神力、呼风唤雨、予求予取的神仙式人物，而是充满生活质感、有温度的生活化人物，他的神性寓于他的人性之中。他有一个逐步成长的过程，他经历了各种挫折、磨难，有恐惧，有欲望，会犯自以为是的错误，会打败仗，会被流放，也会恋爱结婚，这是人性意义上的仓颉。人性意义上的仓颉拉近了这位传说人物与读者之间的距离，他的人生经历与读者自身的生命体验产生了更多的交融和共振，所以阅读它，读者很容易会被带入其中，能感同身受地体味仓颉的痛苦和烦恼，也能身临其境地感知那些艰险和残酷。我以为，这是这部小说在人物塑造上的独特之处，它既没有形而上地塑造一个抽象的、符号化的传说人物，也没有形而下地完全将传说人物生活化、物质化，而是在其身上浑然一体地灌注了神性和人性两种属性，让传说人物在历史中依然可触可感，富有温度。

再次，小说具有强烈的寓言性，在意义指向上既具有指向过去的历史意义又具有指向当下的现实功能，而这一功能的实现，是通过对小说人物的道德化和历史化来完成的。在作者笔下，小说中的族长、智者及仓颉等领袖人物具有明显的历史化、道德化人格，这种人格让他们能够脱离那个蒙昧的时代，穿越漫长的历史，与当下产生奇妙的联系。比如，在雀舌和飞镰煽动族人反对仓颉享有特权的事情败露后，大檀族长既伤心忧虑又感到十分不解，赤须智者对此说道："人们彼此之间相亲相爱，不是因为他们天性纯善，而是因为他们太弱小，弱小到和大家守在一起才能存活，弱小到互相扶持才能繁衍生息……而等他们变得强大了，他们就会抛弃同类，甚至对曾经的伙伴痛下杀手！"赤须智者的话显然已触及人类本性，这些颇具哲理性的思索和总结不仅能指涉他们所生活的时代，亦有穿透历史指向当下的力量。在仓颉身上，这种道德化和历史化的倾向更加明显和突出，他除了具备天赋异禀的造字能力和作战能力，还具有明显高出众人一筹的历史感和道德感。在他成为族长领袖的过程中，除了过人的聪慧，正是道德上的优势让他早早就具备领袖气质，成为族长的接班人，比如在攻占大庭氏族的村社之后，他主张以合并代替杀戮，以和平取代战争。在充斥野蛮杀戮的氏族时代，这种意识无疑是超前的，是预卜了历史大势之后的顺势行为。再比如,在他创制文字的过程中,他靠着结绳回忆了以他所处时代为终点的从太古洪荒到人文初盛的漫长历史,他发现:“每个时代所呈现出来的面貌,都是人类体内的野蛮兽性与其灵魂深处的光辉神性相互博弈的结果,二者皆无法完全剔除。人类就是这样,携带着与生俱来的野蛮兽性,不断斗争与剥离,去向往和追寻光辉神性,由此步入人类发展的漫漫征途。”尽管仓颉是站在他那个时代节点面对浩瀚历史得出的结论,这结论无疑同样可以推演至今天,可以覆盖迄今为止所有的人类历史,类似的思考和总结在仓颉那里持续不断。因此,小说中的仓颉不仅仅是一个生活在遥远过去的氏族首领和传说人物,他还是一个登高一望,仰观星辰万物、俯察人类历史的带有先知意味的“哲学家”和“历史学家”,是一个道德化的圣人。人物身上所具有的这种历史化、道德化的品格,让小说充满了寓言的意味。可以说,这不仅是一部上古时代的传说和故事,同时也是整个人类历史的缩影和象征,是一则面向开放的人类社会的现代寓言。

总之,我觉得《仓颉》这部小说是当下历史小说创作的一个重要收获,是一部难得的上乘佳作,它不仅具有较高的思想性和艺术性,也为历史叙事这一小说叙事类型的发展提供了很多有益的启示。周瑄璞是近年来创作势头很火的优秀青年作家,她的长篇小说《多湾》曾带给当代文坛以巨大的惊喜。现在她又从擅长的私人经验领域突入上古历史题材创作,呈现了巨大的文学潜力和全新的艺术可能性。衷心祝愿她和另一位作者张小泱在写作之路上的探索有更多的收获,并不断为读者奉献更多的精品佳作。

是为序。

2018 年春匆就于中央党校

(吴义勤,著名评论家。中国作家协会党组成员、书记处书记)

# 目录


第一章　结　绳 …………………………………………………… 1

1. 结　绳 …………………………………………………………… 2

2. 远　行 …………………………………………………………… 14

3. 谋　杀 …………………………………………………………… 29

4. 逃　脱 …………………………………………………………… 44

5. 血亲复仇(1) …………………………………………………… 54

6. 血亲复仇(2) …………………………………………………… 68

7. 血亲复仇(3) …………………………………………………… 80

8. 血亲复仇(4) …………………………………………………… 95

第二章　造　字 …………………………………………………… 111

1. 改　变 …………………………………………………………… 112

2. 受命(1) ………………………………………………………… 134

3. 受命(2) ………………………………………………………… 149

4. 洛水之南 ………………………………………………………… 166

5. 新　生 …………………………………………………………… 178

**第三章　文　明** ······································ 203
1. 轩　辕 ······································ 204
2. 交锋(1) ······································ 214
3. 交锋(2) ······································ 224
4. 交锋(3) ······································ 234
5. 阪　泉 ······································ 242
6. 涿　鹿 ······································ 257
7. 文　明 ······································ 276

# 第一章 结绳

侯冈颉冒失地闯进大檀的屋舍，从外面带进一团轻薄的黄尘，在他身后疾速飞舞，像一个兴奋的谜团。大檀和赤须智者同时望向这个气喘吁吁的少年，两人对视一下，心中一跳，想起了刚才说过的预言。

# 1

# 结　绳

侯冈氏族的智者偎在村社的熊熊篝火旁，一边抚摸着自己的红色胡须，一边慢吞吞地讲述祖祖辈辈口口相传的故事，那是后世再也无法领略其质朴与雄健的传奇：其时，盘古刚刚醒来，天与地新近分开，世间的一切事物都还新鲜，日月明亮，星辰璀璨，女娲手中的黄土依旧温热，夸父的脚步还奔走在黄河、渭水之间，茫茫大地的尽头不只有蔚蓝的大海，还有那如廊柱般支撑苍穹的不周山……

侯冈颉坐在距离智者最近的地方，胳膊顶着膝盖，双手托住下巴，聆听这上古的史诗。他那明亮如晨星的细长眼睛望向远方，安静如刚刚睡醒的绵羊。偶尔动一下，身上那用侯冈氏族特有工艺捶打得十分柔软的花豹纹皮，在阳光下闪动着美丽的光华。

侯冈颉出生在十四年前一个明媚的春日清晨。族中的男人们在第一缕曙光中准备外出狩猎，女人们则要去附近的山谷采集最新鲜的野菜和浆果，他的母亲忽然呻吟着蹲在地上，身体流出淡黄色温热的羊水。族人们惊慌失措——每一次生产都让他们恐惧，因为夺走女人生命最多的事情就是生产。唯一镇定自若的是已经接生过四十三个孩子的赤须智者，他用充满权威的声音斥责那些手忙脚乱的族人，而后有条不紊地指挥族人将产妇抬进房舍，准备接生。

伟大而可怜的母亲随之开始努力分娩她的第三个孩子。她希望这个孩子能顺利生下来并且身体健康，而不是像前两个一样，刚离开她的身体就被智者宣布死亡。哪怕让我死去，也要在死之前成为一个真正的母亲！女人抱着这样的信念，咬紧牙关，一次次拼力，忍受了人体所能承受的最大限度的痛苦。

侯冈颉的母亲来自一个遥远的部落。侯冈氏族和当时其他大多数氏族部落一样，既流行族内婚，也实行族外婚。长久以来与他们联姻的那个氏族，位于十分遥远的南方，二者之间甚至语言不通。之所以这样安排，据一些智者说，是为了防止两个氏族因领地相近而发生争斗，因为争斗常常会因激烈的言语而升级为战争。“战争是世间最大的灾难。在战争中，人竟会与自己的同类相互残杀，对待野兽也没有如此残忍过。”赤须智者不无惋惜地说。

然而，侯冈颉的母亲并非来自这个南方的通婚族。据她自己说，她来自遥远的西方，一个连侯冈氏族中最年老、最博学的智者都不知道的地方。

当初，侯冈氏族人发现她时，她因饥饿而昏迷在氏族领地内的一条小溪边，身上到处都是血淋淋的伤口。

有人言之凿凿地称：“我看见她骑着一头像鹿却无角、像牛却单蹄、像驴却短耳的动物从远方而来。”又有人声称那是一头神兽。但是，族中那些见多识广的智者并未给出任何确切答案。

族人们对她的去留有了分歧。经过长达一天的激烈争论，族长最终决定收留她。就这样，这个来历不明的女人成了侯冈氏族的族人。此后的无数个早晨，她勤劳的身影都要出现在这个历经数代人精心建设方有此规模的村社，这是她和她的儿子侯冈颉眷恋一生的地方，是他们的故乡。

侯冈颉一出生就显露出他的与众不同，当赤须智者割断他的脐带，将他高高举起，宣告侯冈氏族又增添一名男性成员时，族人们却忽然发现这孩子竟然没有哭声，于是纷纷叹息：“又夭折了。”

年轻母亲痛苦地闭上了眼睛。上天哪，难道我这一生竟要与做母亲无缘了？列祖列宗啊，求求你们，怜悯我吧！给我一个孩子！她在心底悲切地呼唤。

然而这时，赤须智者却忽然察觉手中有异，他感觉到婴儿似乎在动，于是将新生儿放在了柔软的沙地上，然后惊喜地发现这孩子的四肢正在晃来晃去，小手伸着，像是要抓取什么，小脚用力蹬动，圆圆的脚后跟奋力向天，睁着明亮的细长眼睛，小小的嘴巴如金鱼一般快活地吐着泡泡，发出啵啵的声响。

列祖列宗护佑，新生儿并没有夭折，他只是与别的婴儿不同，没有立即发出哭声。

“这孩子与众不同！”这是赤须智者面对新生儿时最强烈的感受。

名字作为一个人的代号，已有数千年历史，但彼时是只有语言而无文字的时代，名字的来源不过是日常所见所想的一些寻常事物。在侯冈氏族的语言中，颉这个发音的意思是刻，即在树木上所做的特殊符号，比如与同族人进行联络的暗号，比如向异族人表明领地范围的标记。

在侯冈颉出生的过程中，赤须智者让他的母亲咬住一根坚硬的榆木棒，以缓解痛苦，她竟在上面留下一道深深的咬痕。

所以，当年轻母亲请求赤须智者为孩子取名时，智者拿着榆木棒不假思索地说：“这咬痕宣告着这个孩子的到来。”于是，新生儿有了名字：颉。

侯冈颉在十岁之前，与族中的其他孩子并无任何不同，贪玩，捣蛋，喜欢恶作剧。而且，在众多孩子之中，他俨然是许多破坏活动的带头人，即便是比他大上好几岁的孩子，比如族长的儿子飞镰，也常常在玩耍时亦步亦趋地跟在他的身后，听从他的指挥与调遣。他熟悉村社中的每一个角落，熟悉附近山头上的每一棵树，熟悉河水中的每一条鱼……河流山川，树林庄稼，没有侯冈颉的双脚踩不到的地方。

包括赤须智者的脑袋。

赤须智者作为族中最有威望同时也是最体面的老人，轻易不会展现自己脾气暴躁的一面，但自从有了侯冈颉，他就不止一次在这个小兔崽子的捉弄下大发雷霆，失去风度。

但侯冈颉十岁那年，赤须智者用他的一次吟诵，无意中让这个少年发现了一片崭新的神奇天地，这也让赤须智者在多年以后，仍然坚称他的吟诵具有让人改邪归正的神力。

吟诵的是一些上古时期流传下来的传说，或者恐怖，或者诡异，或者美丽，或者温情，总之震撼人心……赤须智者常向世人宣称：这些都是先民们世世代代探究天地万物、生老病死之奥秘的智慧结晶。

“你为什么要记住这些东西？”已被这些包罗万象的内容深深打动的侯冈颉好奇地问赤须智者。

老人颇为得意地笑着说：“因为——它们都是智慧啊！”

智慧。

侯冈颉开始思考这个词语。智慧是什么样子的？是圆的还是方的？是宽的还是窄的？是白的还是黑的？是热的还是凉的？是苦的还是甜的……他想不出，这是他第一次听到自己从没见过的东西。

“什么是智慧？”他问。

赤须智者想了想说：“智慧就是智慧，它就藏在那些关于列祖列宗的动人传说里。”

这个回答仍然不能让他完全明白。什么是智慧？侯冈颉问天空，问大地，问树木，问花朵，问流星，问大雨，问春夏秋冬。他就像是变了一个人，在这一刻，他似乎脱离了黑暗蒙昧的童年，脱离了他调皮捣蛋恶作剧的队伍，离开那些孩子，几乎每日与赤须智者为伍，在如饥似渴的倾听中，在这最古老的口口相传的文化延续里，探究着智慧的奥秘。从此，一老一小的身影成为这个村社一道别致的风景，也成为那个时代最耀眼的光芒。

和许多生活在渭水流域的氏族一样，侯冈氏族的村社看似简单粗陋，其实严格遵循着某种约定俗成的规则，这种规则深刻影响着村社的格局。

村社修建在一处地势很高的台原上，那里视野开阔，便于瞭望。他们一点点加筑，使自己的领地易守难攻，不只为了防野兽，还为防备其他氏族的进犯。村社内是祥和的家园，村社外是无处不在的风险，无论哪一种，都足以让他们丢掉性命甚至亡族灭种。原下就是洛水(笔者注:即发源于今陕西定边县的北洛河,渭水支流)。相较于黄河、渭水那样的大江大河,人们更喜欢温柔的潺潺溪水。这条河不慌不忙,在对面的小山脚下拐了一个弯,蜿蜒而去,因水质清澈,且汲水方便,洛水成为沿岸若干个氏族部落共同的母亲河,为他们所虔心赞美;紧挨着岸边的是氏族的墓地,里面埋葬着氏族的列祖列宗;墓地一旁是窑场,族人们在这里烧制出各种生活陶器;窑场外围是一些连接成片的赤裸土地,那是他们用打磨得光滑的石刀、石镰精耕细作出来的农田。在即将到来的春耕时节,他们会在上面栽种黍和粟,以及一些尚未命名的瓜果和蔬菜。

房舍悉数建在台原的顶端,与其说它们是房舍,倒不如说是洞穴。它们皆由石质工具一点点挖掘而成,开在斜坡上,黑洞洞的门口一个个整齐排列,能在一天的不同时间里得到太阳的照射,屋内纵深极大,能容二三十人栖息,即使是冬日也不觉寒冷。

距离房舍三四十步的地方建有畜舍,豢养着七八头黑猪,这是祖先遗留下来的财产。几百年前,这些黑猪还和它们的近亲山猪一样,獠牙上扬,血脉偾张,而如今却温驯得像是最柔软的女人。

房舍正前方是整个村社最重要的地方,那是一处平坦的开阔空地。空地的中央是一座祭社,由茅草、树皮和木材搭建,严格遵循着自有巢氏以来的建筑法则,祭社中央是祭坛。每逢祭祀,它便烟火升腾,以各种牺牲来供养侯冈氏世代尊奉的氏神,也就是他们的祖先。他们的祖先都是些英勇神武的杰出人物。据传在东方某些氏族的祭社前,通常还会竖立一根装饰华美的树木,名为建木,又曰挺木牙交,又曰圣木曼兑,那是列祖列宗的英灵到达上天的阶梯。而侯冈氏族以及其他渭水流域的氏族并无这等物件,他们相信祖先会随着烟火而升天,无须攀爬一根可笑的杆子。

祭社旁边矗立着一座明显高于其他房屋却又略低于祭社的建筑,由木材和黄土垒砌而成,屋顶覆盖着茅草和皮革。按照当时的眼光,这座房子算得上是富丽堂皇。因为这里不仅是族长的居所,还是整个氏族的仓库,女人和孩子采集的蜂蜜和浆果,男人们猎捕的兽肉和兽皮,以及男人们和女人们共同耕作而出的粮食,皆作为氏族的共有财产,存放其中。

族长掌握着这些珍贵的财产,负责贮藏、管理和分配。族人们从不担心族长会暗中谋取,因为这是距离祖先最近的地方,按他们自己的话说:“头上三尺有神明,列祖列宗都看到!”他们不相信有人会在祖先的眼皮底下做谋私之事。而且族长是全体族人公认的德行之人,是完全可以信赖的。他们有充分的理由将共有财产交给他全权处理,而无须有一丝担忧。所以,在数千年后,那个生活在充斥着弑君杀父、巧取豪夺时代的孔圣人,要不无憧憬地赞美这伟大的时代。

那是人类历史长河的婴幼时代,后世人所说的赤子之心,可能就是彼时他们的心灵。他们的目光还能够看清夜空的星辰,他们的心灵纯净如初,他们能听到天地呼吸的声音,他们健壮灵活的身躯像风一样在大地上奔跑。

以他们的村社为中心,向任意一个方向步行一天一夜,所经之处皆是他们的领地,是为草场。只有他们有权在这上天所赐、祖先守护的土地上采摘浆果,猎捕鸟兽,也即出草。

若是其他氏族胆敢侵犯他们的草场,那么——“列祖列宗在上,我等侯冈氏子孙将分割他们的手脚,砸碎他们的头颅,热饮他们的鲜血,将他们的遗骸丢弃在烈日之下,任其腐烂,来滋养我们脚下的土地!”

离他们最近的一个氏族位于东方,距他们两天路程,名为大庭氏。侯冈氏族人常用皮毛和剩余的粮食与他们交换一些精美的石器和玉器,因而彼此之间有一定了解。根据大庭氏族智者间的传说,他们的某一位先祖曾辅佐神农氏,为神农氏创制农耕立下汗马功劳,用来收割庄稼的石镰就是他的创造。

甚至还有一些智者说,大庭氏在神农氏去世后继任其位,治理着从黄河转弯处到东海之滨的广袤土地,所有的氏族都尊他为共同的领袖、天下的大君,就像尊崇神农氏那样,也称他们的酋长为炎帝。

很多人对此表示质疑,因为炎帝并不是一个分量很轻的称呼,而大庭氏族得到这个称号,似乎并非嘴上说说那么便宜。炎帝之称,意为像火一样的大君,至少在不久的将来,在另一位撼动天地的大君到来之前，这是个尊贵无比的称号。

在遥远的过去，天下所有的氏族、所有的祖先无一例外，都生活在黑暗与寒冷中。黑暗中匍匐着不知名的吃人精怪，寒冷中藏匿着夺人性命的雪刃冰锋，生命就像在烈火边缘飘摇的枯草，瞬息之间便会灰飞烟灭。直到后来，一位圣者横空出世，他撕破黑暗，驱逐寒冷，用自己的智慧照亮了天下万民前进的路程。

他是发明了钻木取火的燧人氏。

火的使用让人们不再惧怕黑暗中的野兽，也不再畏惧严冬时节的寒冷，他们能吃上美味的熟食，比如烤鸡、烤猪以及更加鲜美的烤鹿。而在此之前，只有雷神发怒引发的丛林大火，才能偶尔给他们带来如此美味。但这种天降的大火有着让人不敢亲近的狰狞面目，它发起怒来无所不摧，在遮天蔽日的滚滚浓烟中，无数炽热的花朵灿然绽放，犹如春回大地，势不可当，吞噬掉一切阻挡在它前面的事物，树木、花鹿、山猪、大象，无一幸免，甚至迅捷如风的猛虎也在劫难逃。同时丧生的还有人类，天火经过之处，大地焦黑，尸骨无存，找不到一星半点那个人在世上存在过的痕迹。

对于尚未脱离蒙昧状态的人类来说，燧人氏创造出来的火则亲和得多。人们使用它，保存它，再也离不开它，因此热爱它，赞美它。他们将火视为英雄，也将英雄视为火，将火升格神化为英雄，更赋予英雄火的美德，所以他们称氏族联盟的领袖为炎帝。

拥有炎帝称号的并非只有一人。除了钻木取火的燧人氏，尝百草、做农耕的神农氏，还有烈山氏，这位圣者将燧人氏的钻木取火与神农氏的农耕技艺相结合，创造了火耕之法。火耕之法只需在原野上放一把火，便可在短时间内烧掉大片杂草树木，让肥沃土地裸露在阳光之下，而火焰燃尽之后的草木灰便是现成的肥料，等待一场雨后，肥料下渗，土地更加肥沃，粟、黍、高粱等粮食迅速增收。

当时天下人口口相传的一条格言是：能让我们填饱肚子的英雄才是真英雄。而只有英雄才能成为他们的大君。烈山氏因此受到人们的赞美。

二十年前的那次天下氏族联盟大会上，经过千百位族长的一致推举,炎帝这一光荣称号又回归神农氏族——如今的这位炎帝,就是神农大帝的后裔。因为这位神农氏发明了一种治病疗疾的方法,仅用一根石针就让无数人摆脱了病痛的折磨,人们称之为针砭之法。出于对死亡的敬畏,他们给这位大医者以足够的尊崇,奉其为炎帝。

至于大庭氏族是否真正拥有过炎帝的称号,侯冈颉十分好奇,他不止一次向那些通晓古今的智者们苦苦追问,结果每个人给出的答案都不一样。

有智者说:"大庭氏族不过是一个寻常部落,他们有啥能耐,还能做炎帝?"

有智者说:"或许有吧!毕竟他们曾有那么多让人心生钦佩的传说。"

还有智者说:"大庭氏族创制石刀,让人们可以轻松地在地上挖洞播种,和烈山氏一起成为刀耕火种的先驱,有大功于天下,一定做过炎帝。"

每个人都坚持自己的看法,彼此争执不下。当人类智慧达到某个阶段时,似乎就格外在意自己的看法,也格外在意别人对自己看法的认定,不想自己的观点被忽视和否定。年老的智者抑制不住冲动,甚至握紧了拳头,要对胆敢与他争执的儿时玩伴大打出手。

因为每个人给出的答案都不尽相同,所以侯冈颉更加好奇。他如此执着,倒不是出于什么特殊的癖好,也不是和什么人打了什么无聊的赌,而是出于一种十分纯粹的动机:想要弄清楚一件事情的真相。

"同一件事,不同的人却有不同的说法,但真相肯定只有一个吧?"

他再去追问。年老的智者们最终失去了耐心,因为侯冈颉的好奇心已严重影响了他们发小之间的深厚情谊。他们被这个好奇心重的少年搅得心烦意乱,而后竟然商量过了似的出奇一致地给出如此答复:"谁知道大庭氏到底有没有做过炎帝?关于他们的所有故事,我们也都是听先人讲的。"

侯冈颉当然不满意这个答案。

此时，鲜血一般的篝火已经渐渐熄灭，赤须智者的故事已从盘古开天辟地讲到神农氏的不世功业。这是讲述了无数遍仍然让孩子们着迷的传奇故事，而侯冈颉早已将这些故事熟记于心，此时，他被心中的求知欲望驱动，只想弄清楚一个问题，于是贸然打断了智者陶醉其中的讲述。

“智者！”

而今赤须智者的胡子已经开始暗淡，而且变得稀疏，因牙齿脱落而干瘪凹陷的嘴巴以及树皮一般枯皱皴裂的皮肤，确凿无误地向所有人证明他是侯冈氏族最年长的人，因此侯冈颉对他的尊敬与日俱增。

他细小而明亮的眼睛望着侯冈颉，随即不满道：“又是你小子！”因为被打断，智者脸上的不快就像是换气的老鳖，慢慢从水底浮上来，言语越发生硬：“何事？说！”

“大庭氏到底有没有做过炎帝？”

赤须智者咳嗽一声，借着咳嗽的时间想了想，却依旧想不出合适的答案，于是反问他：“你说呢？”

“就是因为不知道，所以才问您的呀！”

狡猾的赤须智者将难题抛给其他孩子：“你们说呢？”

孩子们七嘴八舌地讨论起来，越来越激烈，渐渐变成了争吵，每个人都试图用最有力的证据说服对方，毕竟争论也是天赋予人的可爱性情。赤须智者嘴角滑过一丝满意的笑容，而后将目光移到了侯冈颉身上。

“颉啊颉，大庭氏人才济济，他们的某一位族长确实被拥戴为炎帝，治理过天下。”

侯冈颉犯了难，说出自己的困惑：“有的智者说做过，有的智者说没做过，所以我不能确定谁是对的。就像有的氏族说女娲上神是蛙，有的氏族又说她是条大长虫，而她不可能既是蛙又是长虫，所以至少有一个是错误的，是人们的讹传。”

赤须智者对侯冈颉的好学与思辨有些吃惊，怒气消减不少，捻着胡须，眯着眼睛，望着远方的山峦喃喃自语：“让我再想想，再想想……那是四十年前,我第一次知道大庭氏。我的老祖母坐在篝火旁,给我们讲故事……我想起来了,大庭氏确实做过炎帝!"

侯冈颉又问:"那怎么才能证明呢?"

赤须智者说:"老祖母讲的,还能有假?"

侯冈颉说:"大耳智者说大庭氏没有做过炎帝,他也是从他的老祖母那里听来的,他也说不会有假。"

赤须智者一愣。

侯冈颉充满疑虑:"老祖母们会不会因为年纪大了,而遗忘一些事呢?我曾听母亲说,她的老祖母在晚年时,连自己生过七个儿子、四个女儿都不记得,坚持说自己还是处女,整天因羞愧和恐惧而哭哭啼啼。"

按照当时通行于各部族的观念,如果一个女人没有生产子嗣,那她就是被憎恶,也是被诅咒的,是没有对氏族血脉尽到义务的废物,死后无颜去面对列祖列宗,因此不能被埋进氏族墓地,而是要弃之荒野,任由豺狼撕碎。

赤须智者信誓旦旦:"我的老祖母临死前还记得她在四十九年前藏在十里之外一棵歪脖子老槐树下的一枚上面有三十八道条纹的东海贝壳,她从不会记错任何事,我倒宁愿她记错事,每次我偷吃她的干果都能被发现,哪怕是一撮芝麻。"

这时,大耳智者扛着一张刚刚剥下来的新鲜兽皮,悄无声息地出现。侯冈氏族是一个喜欢高声讲话的族群,而情绪容易激动的赤须智者尤其如此,所以大耳早就听到了他的话,愤愤地将肩上的兽皮甩到地上,直言不讳地斥责赤须智者抬高大庭氏族的地位。他认为,没有任何证据能证明大庭氏祖先曾做过炎帝,即便有证据,也是出自大庭氏族人之口,可他们天生是骗子。

与大耳相比,赤须觉得大打出手比高声说话更解决问题,他一抖擞,站起身来,三步并作两步,走到大耳跟前,一声"瞎说"话音未落,一拳敲在大耳智者的脑壳上——这可是年轻时打死过狗熊的拳头!

大耳短暂的眩晕之后,丢掉了绊手绊脚的温文尔雅,鼓足力气,抡圆胳膊,奋起反击。两个年迈的智者为了自己坚持的真理而扭打在一起，一时鸟雀惊飞，尘土飞扬，天旋地转。孩子们欢呼雀跃，虽然打架是他们使用最频繁的解决分歧的方式，每天在部落里上演，可一旦出现这种情形，他们还是有种莫名的兴奋，喊破喉咙助威，直到分出胜负。

侯冈颉一声不吭地离开了战斗现场。

他在想，如果有一天我老了，族中的孩子问起大庭氏是否担任过炎帝，我该给他们说做过还是没做过呢？

他又想，如果有一天人们都失去了记忆，是不是祖先留下的一切都将烟消云散？

然后，他开始思考一个伟大而深沉的问题：是否能创造一种东西，把世界上发生的事准确地记下来，从而消除人们为分歧而争执的麻烦呢？

侯冈颉绞尽脑汁，想得脑仁隐隐作痛。他从腰上取下一条由茅草和树皮编织而成的绳索，仔细地在上面打了一个错综复杂的大结，代表着这不是一件小事。

这就是结绳记事了。

一般情况下，人们在结绳记事时，会遵循小事系小结、大事系大结、简单事系一结、复杂事系多结的原则，但真正操作起来，却复杂精密得多。很多时候，结绳这种活动必须由全体氏族成员集体参与，而且每个氏族的结绳规则不尽相同，唯有本族人才能真正看懂。侯冈氏族的结绳是一张经纬分明的网，经线代表时间，纬线代表事件，材质不同、颜色不同以及打结方式不同，记录的内容也就不同：记录打猎用皮绳，耕种用草绳；成功涂红色，失败涂黑色；完成事务解开绳结，事务作废打成死结……

久而久之，氏族的结绳就会在全体成员的劳作下变得越来越重，成为外族人看着是一团乱麻、本族人却对其中奥秘一目了然的一堆庞然大物。其时，绘画还处于初级阶段，遑论文字，结绳记事看似粗陋，其实是当时最便捷、最准确的记录方式。

侯冈颉从很小的时候就对这种记录方式产生了浓厚兴趣，他经常用充满求知欲望的眼神望着族长在族人的注视下，熟练地打着漂亮的各色绳结。而族长也很早就注意到了侯冈颉的清澈眼神，他喜欢这样的孩子，因为他也曾是这样的孩子。

在族长看来，氏族的传承和族人的福祉皆有赖于求知的欲望。其时，人们口中尚无文化一词，人们更喜欢的一个词语是智慧。钻木取火、刀耕火种、刻木为识、结绳记事都是智慧，而智慧必须有序传承。所以，族长经常手把手地教导侯冈颉结绳记事的要点。聪明好学的侯冈颉很快就熟练地掌握了这种技艺。

在侯冈颉的脑海里，还有这样一个想法：一个活生生的人，除了要参与氏族的公共事务，也要有属于自己的时间，去梳理自己的事务。所以，他为自己准备了一套结绳，制订了自己的记事规则，要紧的事皆在绳子上打上对应的绳结，因此得以铭记许多别人很快就抛之脑后的微小事宜，而他本人也自觉他的生活比别人多出一些美妙的东西。

但慢慢地，他就发现了一个要紧的问题：有些事情是不能记在绳子上的。也就是说，结绳记事并非无所不能。

“所以老祖母的故事一定会出现错误！老祖母越多，错误就越多。”

侯冈颉想到这里，不由眉心紧蹙，神情凝重，这实在是让他忧心的事。他盯着自己手中的结绳，脸上那隐藏不住的稚气与朝气分明昭示着他不过还是个孩子，然而这少年心中早已有了比填饱肚子更为坚定的理想，那就是创造一种代替结绳记事的方法，早日解开手上这个新的绳结。

村社中已升起银灰色的炊烟，女人们在准备一天中的第二顿食物。侯冈颉这才感觉肚子饿了，于是将结绳重新挂在腰上，向族人们共同用餐的篝火堆走去。

## 2

# 远 行

这顿晚饭出奇地丰盛,有野浆果、葛根和烤貘肉,还有在陶釜中咕嘟咕嘟散发出浓浓香气的黍子粥,这是侯冈颉最喜欢吃的食物。浆果和葛根是女人们在附近山谷里采来的,那肥大得像是大象的貘,是族长带着青壮年们用长矛猎杀的。

为了捉到这头貘,他们苦苦追赶了七八里,十几根长矛扔出去,将它扎成刺猬,它才勉强倒在地上。开膛时,一刀下去就从伤口翻出白花花的肥肉,裹挟着腥臭而刺激的热气,那是补充气力最好的美味。此时,脂肪已在高温下融化,变成透明的清油,扑簌簌滴落,惹得炭火噼啪作响,燃起一串串小小的蓝色花朵,发出烧烤所特有的烟熏火燎的气息。

炙烤已到了最后阶段,经验丰富的族长耸耸鼻子闻了闻,而后一挥手,示意两个年轻人将烤貘肉从架子上抬下,放到一块大石板上。族长随即用棍子捅破那层油汪汪的肉皮,香气一下子从腹腔蹿出,几乎要将人推倒。众人不禁一阵赞叹,孩子们伸长脖子挤到最前面,不停地咽下口水。

族长照例要亲自分配这些食物,务求公平无私,不偏不倚。人们在等待食物分配的当口还在热切地讨论着与吃相关的话题,几个女人像是麻雀一样叽叽喳喳,声音中充满激动,而一旦拿到食物,人们就立刻安静下来，唯一的声音就是一大片吧唧吧唧的合唱声，有不同的频率和声部。夕阳西下，一天又要结束，风雨轮番光顾，春夏秋冬走过，这是村社里最幸福最动人的时刻。

母亲在拿到自己的食物后，将黍子粥都倒在了侯冈颉的陶碗里。侯冈颉冲母亲一笑，他和所有的儿子一样，早已习惯了母亲对自己的特殊关爱。人类社会的某些公共法则，在母子之间并不具有效力。

吃完晚饭，侯冈颉把陶碗交给母亲，母亲和其他女人会到河边，将这些餐具刷洗干净。长期的生存经验告诉他们，水能带走很多能要他们性命的东西，如果餐具不经过清水的冲洗，那么他们很容易就会患上各种疾病，比如拉肚子，如果天神和列祖列宗不加庇佑，通常都会有很坏的后果。

毕竟在他们身边，连屙屎都要直接用手擦，因吃坏肚子而丢掉性命的人比比皆是。

坐在一旁的孩子们围着篝火尽情追逐打闹，他们豢养的山犬紧紧跟在身后，也参与其中，奔跑咬闹。侯冈颉爬上祭社附近的一棵歪脖子大树，躺在一根树杈上，透过并不浓密的树叶仰望清澈如水的星空，倾听着族长和大人们议事。

族长和大人们在树下盘腿而坐，商议明天的日程。在他们的旁边，已经清洗干净餐具的女人们三五成群，围坐一起，在石板上轻轻揉捏着兽皮，手指力道很轻，就像在给自己的孩子搔痒，这是皮革加工的最后一道工艺。

族长议事的内容正有关这些精美的动物皮毛。

侯冈氏族的先祖曾长期生活在北地，那里地冻天寒，经常在不知不觉中将人的鼻子冻掉，出于御寒的需要，他们掌握了加工兽皮的本领。最初，先民们只是将皮毛从野兽的身体上撕扯下来，血迹未干便裹在身上，以至于经常能相互闻到刺鼻的腥臭。一天，某一位爱动脑子的人忽然希望自己身上的兽皮能像身下的女人一样温柔洁净，于是开始想方设法将兽皮变得干净和柔软。经过几代人前赴后继的努力，事情就这样有了转机，他们的兽皮衣做得越来越符合人们的穿着需要，再也没有任何的不舒适和不好闻。

后来，他们沿着某条河流，追寻着野兽的足迹，迁徙到了这洛水之滨。这里虽没有北地的常年严寒，但冬日之冷冽也不容小觑，这种气候逼迫他们继续深入研究这门技艺。久而久之，名气渐增，以致诸氏族间开始这样传扬其名声：神农氏的草药，斧燧氏的燧石，侯冈氏的兽皮。众所周知，侯冈氏族制作的兽皮是天下最好的衣服，周边很多部族慕名而来，用他们种植的柰子、豢养的山羊、猎捕的花豹，满心欢喜地换走这些精美的“衣物”。

再后来，这小物件竟然摆脱了原始的功用，被赋予新的含义，即便是炎炎夏日，也有氏族不辞辛苦地扛着自己的宝贝前来换取。所以渐渐地，诸氏族又开始传扬这样一句谚语：“阴康氏的犀角，尊卢氏的象牙，侯冈氏的兽皮。”

当然，这昂贵的物品并不能分发给每一个氏族成员，毕竟大动物的皮毛不是那么轻易得到的。许多族长或是将它披在身上，或是将它挂在屋舍，以此华美来彰显自己的权势和地位。侯冈氏族的邻居大庭氏族尤其如此，他们的族长是侯冈皮草的忠实拥趸，因为这是他所能见到的最能显示自己与众不同的东西。

虽然兽皮交易为侯冈氏带来许多他们闻所未闻、见所未见的新鲜货物，但族长仍然充满忧虑。他曾对侯冈颉表示，一些族长已经开始在氏族中作威作福，这种行为是人心的败坏，而他们的祖先并没有这种劣迹，那时众生平等，相亲相爱，没有强权，没有欺压，没有人对人的戕害。在对今人来说是古代的原始社会，人们就已经在感叹人心不古，可见厚古薄今是喜欢怀旧的人类的一贯作风。

在族长的带领下，族人们经常捕获大型猎物。族长经验丰富，仅仅通过地上的脚印、粪便、毛发，甚至是改变树叶方向的灌木丛，就能知道哪里有猎物，而且他还豢养那些主动接近他们部落的山犬，利用它们的鼻子，让它们成为自己最有力的哨探。

经过女人们巧手的细致加工，一张张精美的皮草诞生了，如今他们业已积攒了两张貘皮、五张豹皮、七张鹿皮和十一张野猪皮，完全值得他们不辞脚力地远赴他乡，去进行最为质朴的物物交换了。

去年，大庭氏族和他们相约，预订了二十五张兽皮，而他们也向大庭氏族预订了自己的所需之物。时节到了,农田需要深耕,因此他们急需一批制作精美的石刀、石镰,而大庭氏是制作这些农具的翘楚,他们制作的农具更坚实、更耐用、更美观,深为以务农为业的氏族所青睐。

大庭氏还秘密栽培一种不知名的瓜果,色泽如朝阳一般明亮灿烂,味道如蜂蜜一样鲜美甘甜,且产量极大,田地中栽种了这种东西,很容易就能填饱人们的辘辘饥肠。

侯冈氏族人第一次食用这种瓜就发觉它是个宝物,于是照例留下种子,于次年春天小心翼翼地播种于田中。但事实上,一连数年,这神秘的瓜果从未在他们手里培育成功过。他们惊异地发现四个问题:它的种子很难孕育成苗;即便出苗,也很难长大;即便长大,也很难开花;即便开花,也从不结果。这真是怪事,难道这种东西不认我们的土地吗?

得知了他们的不懈努力后,扬扬得意的大庭氏族人遂笑眯眯地劝他们:"不要妄想在你们的土地上种下我们的瓜,这种瓜是我们祖先的馈赠,它里面有我们祖先的英灵,只有在我们的土地上才会开花结果!"

侯冈氏族最终放弃了种植这种怪瓜的念头,只能乖乖地每年用珍贵的物品跟大庭氏进行明显不等价的物物交换。有什么办法呢?毕竟吃饱肚子是活着的头等大事。

经过讨论,族长最终决定让牧犍带着六个青年去完成这次交换任务。

牧犍是个三十来岁的男人,四肢修长,紧紧裹着团团肌肉,那是长期奔跑和投掷长矛的结果。侯冈颉听大人们说,他曾用拳头一口气打死四头山猪,其中一头脑浆迸裂。牧犍是族人公认的捕猎勇士,他还是九个孩子的父亲,其中七个是男孩——仅凭这一点,他就能得到族人的尊重。

牧犍站起身来,向族长表示:"我牧犍一定不负您之所托。"其他六位勇士也如是宣誓。当氏族的公共事务交由一部分人去完成时,这一部分人往往会产生强烈的责任感和荣誉感。自我意识刚刚觉醒的人类，正急于证明自己存在于天地之间的价值。

猫在树上的侯冈颉忽然萌生一个念头：我也要去！他不想错过这次机会，情急之下一个翻身，直直地从树上跌落，死死地趴在族长的脚下。人们听到响声吓了一跳，纷纷望着地上的侯冈颉。族长的眼睛很是冷峻。

“我也要去。”侯冈颉抱住族长的脚，坚定地说出自己的请求。

人群中发出轻轻的善意嘲笑，他们皆把这请求当作是无知孩童的一时冲动。

牧犍摇头表示拒绝。带着这样一个毛孩子上路，对他这个领队而言无疑是一种负担。大庭氏虽然是距离他们最近的氏族，但也有两天路程要走，不但要经过一道陡峭崖壁，而且一路上夜有猛虎，日有豺狼，晴是烈日，雨大如鞭，不止一个族人在这条路上断送了性命。他的一个叔父当年就从那道峭壁上跌落山谷，待找到时，发现尸体已经被摔成了糨糊，于是，他们只能用勺子把他舀到了九个装水的皮囊里。

对于族中未成年的孩子，族长只会让他们分担一些女人的任务，等到了一定年龄，才能跟着青壮年进行一些短距离的捕猎。侯冈颉还不到远行出猎的年龄。此次虽不是出猎，危险性却不在其下。所以族长还在犹豫。

“我要亲自去问问大庭氏族人，他们的祖先到底有没有做过炎帝。”

族长又思考了片刻，而后竟然点头同意。

族人们皆吃了一惊，转而纷纷望向侯冈颉的母亲，希望她能站出来，阻止儿子的无理要求。对他们来说，弄清楚大庭氏先祖是否担任过炎帝一点意义都没有，因为刨根问底这种事，既不会让他们多生下一个儿子，也不能让他们填饱肚子。

但是，侯冈颉的母亲似乎并不打算劝阻儿子，她只是淡淡一笑，转身走开，而且看那样子是为儿子准备行囊去了。

牧犍不明白族长的用意，但是他相信族长这么做一定有他的理由，于是只好默认。

人们散去了,族长却还站在原地,紧紧盯着他,似乎有话要说。侯冈颉十分感激地望着族长。片刻,族长忽然用带着警告意味的语气说:“要当心。”

侯冈颉一怔:“当心?族长,我要当心什么?”

族长说:“与大庭氏打交道要当心。”

侯冈颉不是很明白,问:“为什么?”

族长说:“有些事,只有当你亲身经历过才知道,别人告诉你的未必可信。”

侯冈颉似懂非懂地“哦”了一声。

族长迈着一贯稳健的脚步走开了。

广场上只剩下侯冈颉一个人,他耳边响起狼群的叫声,凄厉,恐怖,似乎危险就在不远之处。

木柴即将燃尽,火舌变得越来越小,负责看守篝火的守燎人无声无息地抱来更多木柴,一根一根地添上去,火苗随之又渐渐蹿高,跳着激动而欢快的野性之舞。只要有篝火在,即便是大家全都熟睡,也不用担心野兽涉足他们的村社,这是伟大的先贤燧人氏的无私馈赠。

此时,侯冈颉的心情就像是这跳动的火舌。火光将他的脸庞映红,眼神闪闪发亮。这将是他第一次出远门,而且是去令他心驰神往的大庭氏族。守燎人看了一眼痴迷入神的侯冈颉,摇摇头,嘴里嘟囔了一句:“唉,现在的年轻人……”

旅程尚未开始,就显露出一种艰难。天刚放亮时,下起了毛毛雨,而且看样子不会在短时间内停下来。他们没有旅途中可食用的干粮,只能依靠捕猎充饥。可是,因为在雨中无法生火,所以路上的熟食就成了问题。习惯了熟食的人们已经不适应生肉了。族长问牧犍:“是不是等两天再去?”

牧犍身系重任,担心误了耕种的时节,摇摇头,决意不改行期。

侯冈颉想到一个办法:背着干柴上路。众人大赞。女人们急忙从仓房中拿出一大捆干柴,裹在草毡里,放在侯冈颉背上,并将用一块皮毛紧紧包裹的打火石交给他,叮嘱他仔细保管。

众人背上兽皮,拿起长矛和石刀上路了。

侯冈颉抑制不住兴奋。但大人们却好像早已对这种远行习以为常,一个个沉默不语,埋头赶路,脚步越来越快。侯冈颉刚开始还可以忍受,因为可以思考沿途看到的每一个问题。

但渐渐地,这种沉浸在自己世界中的解闷方式就不行了。他需要和人说话。

“为什么走得这样快?”侯冈颉不得不加快脚步才能追上牧犍。

牧犍对于侯冈颉的跟随原本就有一丝不悦,因此一路上一直绷着脸,对于侯冈颉的问题,回答的语气也是相当生硬:“难道你不知道,走得越快,路途就越短?”

“路上的风景那么好看,为什么不能走得慢一点?”

“如果你想死得更早,那就走得慢一点。”

“路上都有什么?”

“豺狼、黑熊、花豹、老虎、猿猴……它们都能要了你的命。尤其是像你这样肉质鲜嫩的小孩子。”

“猿猴?猿猴也能杀人?”

“猿猴最喜欢杀人了。”

“真的?”

“我会骗你?——猿猴比花豹更敏捷,比豺狼更狡猾,比老虎更凶猛。老虎和豺狼干不出来的事情,猿猴都能干得出来,它们是丛林中最可怕的野兽。”

“比如——”侯冈颉小心地追问。

“比如它们会糟蹋我们的庄稼,会跑到我们的仓房中偷盗,会祸害我们畜舍中的家畜,会偷走我们的孩子,还会打死其他鸟兽,甚至对它们做那种事……”

“什么事?”

其他人发出彼此心照不宣的笑声。

侯冈颉因此而更加好奇,眼巴巴望着牧犍,等他接着往下说。

“有一种大黑猿,名为狌狌,是天上、地下、山谷里、丛林中最可恶的畜生。它们发情时,会为争夺母猿而厮打,直至一方头破血流、断手断脚,而落败的一方则会把怒气撒到其他野兽身上,不管成兽还是幼崽,都会遭到它的毒手,有时候把它们摔死,有时候把它们咬死,有时候会一直抓着不放手,让它们活活渴死、饿死。

"最让人恶心的是,它们会把阳具捅进那些畜生的身体里,捣烂它们的嘴巴、阴户和粪门,不放过它们身上任何一个孔洞,哼哧哼哧直到对方腐烂,变成一具空空的皮囊。"

这时,同行的胖子适时地接过话茬,用更为神秘的语气说道:"有一次,我和族人们一起出草,看到一头大黑猿抓着一只羊羔大小的鹿崽子,那鹿崽子一直想要逃跑,可怎么跑都跑不了。大黑猿的力气非常大,它的双手按住鹿崽子,屁股动起来快得像是在敲鼓,好像要把鹿崽子拱到泥里去,那鹿崽子的惨叫声……"胖子的脸上露出夸张的恐惧神情。

侯冈颉嘴巴张得大大的,一脸惊奇。

牧犍又说:"大黑猿是最像人的畜生。"

胖子忽然又笑道:"没准咱们都是大黑猿变的。"

牧犍肃色道:"瞎说,咱们都是上神女娲用黄土捏成的。"

侯冈颉不禁又好奇了:"黄土真能变成人?"

牧犍瞥他一眼:"难道你没听过智者讲的故事?他们不是这样告诉你的吗?"

侯冈颉歪着脑袋:"可是,相比黄泥,我感觉大黑猿和我们更像,或许我们就是大黑猿变的。"

牧犍冷笑一声,他已经对捉弄这个小孩子没有什么兴趣了,遂不作声,加快了脚步。他的两步顶得上侯冈颉的三步,以至于侯冈颉不得不小跑起来才能跟得上他。

侯冈颉又问:"大庭氏的部落,你去过吗?"

牧犍就像是没有听到,只顾赶路。

侯冈颉不甘心,追着问:"大庭氏的部落,你去过吗?"

牧犍仍旧不回答。

侯冈颉伸长脖子,继续追问:"大庭氏的部落,你……"

牧犍忽然不耐烦地冲他吼道:"去过!"

侯冈颉吓了一跳，咂舌，而后继续追着问："那里的人怎么样？"

牧犍冷冷地翻了侯冈颉一眼："你问这个做什么？"

"因为我们要去大庭氏族，所以要问呀。"

"也就那样。"

"族长跟我说，要我们当心他们。"

"要你当心你就当心。"

"我们为什么要当心他们？难道他们都是坏人？"

牧犍想了想，说："他们都是骗子。"

侯冈颉不解："骗子？他们骗过你吗？"

牧犍言语中的不耐烦越发明显："看来族长说的是对的！"

侯冈颉一脸懵懂："族长说什么？"

牧犍面无表情地说："你这个孩子，问题特别多。"

众人听牧犍这么说，都笑了。侯冈颉讪讪地一吐舌头，不再作声，可他的眼睛却没有闲着，贪婪地看着四处的风景，想要把路上见到的一切都记下来。

他们离自己的村社越来越远，雨越下越大，却丝毫不见牧犍有想要停下休息的意思。侯冈颉的双腿有些打战，像是深陷在泥潭中，变得越来越软，没有力气，只能咬紧牙关坚持着，每一步都走得异常辛苦。他感到背上的木柴重量似乎在增加，于是急忙将木柴从背上卸下，揭开一点草毡查看，确认木柴并没有被雨水打湿，这才松了一口气。为了不让它被水淋湿，他索性将它们紧紧搂在怀中，这影响了他走路，不时踉跄，深一脚浅一脚，拼命跟上队伍。

牧犍将这一切都看在眼里，嘴角翘起一个微微的冷笑。

同行的胖子忽然请求牧犍："他年纪还小，要不咱们歇息一下？"

牧犍用一种毫无商量余地的口吻说："是他要跟着来的，难道还怕累？"

侯冈颉听他这么说，愤愤地将木柴往背上一扔，加快脚步，冲到了牧犍的前面。

牧犍面无表情地说："继续走。"

众人继续无声前行，好似天底下除了赶路这件事，再无其他事可以引起他们的注意。丛林深处的猿猴在春雨中变得兴奋，发出一声声高亢而富有节奏的吼叫，那声音穿透雨幕，成为一行人脚下的伴奏。侯冈颉不禁有些担心那些名为狌狌的大黑猿会从浓密的树叶中蹿出来。

雨水穿过层层浓密的树叶，打湿地面，那些常年长满厚厚苔藓的青石变得滑腻无比，每下去一脚都让人两腿发软，不小心就会跌倒。如此小心翼翼地走了小半天时间，雨一直没有停歇的意思，天色却愈加阴暗。不久，他们眼前出现了一个足有七八步宽的黑黢黢的山洞。

牧犍拿起一块石头扔进去，里面传来空洞的回响，除此之外再无其他声音，也没有野兽出来。

大家都长长地舒了一口气："终于可以歇息了。"

众人进了山洞，细细地检查了兽皮，完好无损；又看侯冈颉背着的木柴，竟是滴水未沾。胖子夸侯冈颉做得好，牧犍却连一个微笑都没有。

而后，牧犍让大家歇着，自己带一个助手离开。侯冈颉正在猜测他们去做什么，牧犍却已经回来了，手中提着山雉和兔子。侯冈颉这才感到肚子已是空空如也，饥饿感顿时十分强烈。

牧犍从腰间抽出石刀，三下五除二，将野味收拾干净，然后让大家将篝火生起来。温暖的火苗燃起时，侯冈颉猛然间发现，自己从未觉得跳动的火苗如此讨人喜欢，也从未有如此强烈的欲望要拿着山雉和兔肉大口撕咬。

胖子在山洞外折下一大片芭蕉叶子，熟练地将其卷起，而后从地上揪起一棵十分柔软的野草，细细地将底端缠绕、勒口，做成一个简单的容器。附近有一条由雨水汇集而成的细细山泉，流经翠绿的藤蔓植物和白净的石头，不惹一尘，十分清冽。

胖子接了水，自己先喝饱，又将水接满回到洞中交给牧犍。牧犍喝了一口，转手递给侯冈颉。侯冈颉迫不及待地喝了一口，顿觉甘甜无比。

牧犍将动物内脏交给胖子，胖子在地上挖一个坑，将内脏埋掉。这是他们的习俗，以土葬形式表达对让他们果腹的动物的谢意。身为大地之子，每个人都知道万物有灵，每个人都尊重灵魂，每个人都敬畏造物主。侯冈颉跟着他们做了一个简单但必不可少的仪式性动作，在心中默念某种上古流传的祷词，送走这野味的灵魂。

肉食烤熟了，木柴在牧犍的严格把控下刚好用了一半，剩下的可以撑到明天。在烧烤的当口，侯冈颉和其他几个大人又在外面找了一些野菜和春笋，这些食物足够他们对付这顿晚餐了。

吃饱喝足后，牧犍安排众人轮流休息，刚才篝火的地方十分温暖，所以那个位置留给了侯冈颉。野外过夜照例要轮流守夜，因为谁也不知道夜里会有什么动物悄无声息地夺走他们的性命。

胖子对牧犍说："你是我们的领队，有权第一个守夜。"

第一个守夜的人能获得最好的睡眠，因此先守夜成为一种特权。牧犍对此并不做推辞，略想了想，冲侯冈颉说："你不用守夜。"众人皆同意，因为领袖和孩子——最强者和最弱者理应享受一些特权，这是深植于他们心中的社会法则，不仅对本部落有效，也通行于不同氏族之间。

侯冈颉却摇摇头，不服气地说："我虽然小，却也是你们的一分子，所以应该和你们一起守夜。"牧犍不容分说，立即拒绝。侯冈颉倔强地再次要求，牧犍再次严词拒绝，而后敦促众人休息。侯冈颉只好作罢。

而后，牧犍握紧手中的长矛，守在洞口旁边。很快，山洞里就鼾声大作。

过了没有多久，雨势渐小，淅淅沥沥的雨声渐渐淹没在深黑的夜色中，洁白的光晕从天而降，铺满大地，灌满山峦和丛林，拨开薄薄的一层乌云，月之女神露出她的浅浅微笑。

牧犍炯炯有神的眼睛睁得很大，如星光一般，注视着周围的动静。对于经验老到的猎手来说，哪怕一丝风吹草动，都可以引起他的警觉。一天雨水过后，蛰伏在巢穴中的野兽早就蠢蠢欲动，很多猛兽会借着月光进行猎杀。

牧犍忽然看到黑暗的洞中有一双明亮的眼睛，下意识地举起手中的长矛，而后一惊，继而发现那是侯冈颉，于是长舒一口气，放下长矛。

“你怎么还不睡?”

“我一直都没睡。”

“你该睡了,别指望明天大家会在旅途中停下来等你。”

“我说过要守夜的,这样就当我和你一起守夜了。”

牧犍对这种小聪明感到有些无可奈何,他摇摇头:“族长还说过你比族中任何一个人都倔强,果然也是真的。”

侯冈颉说:“既然跟着出来,我不想让自己跟别人不一样。”

牧犍问道:“这不是不一样,而是规矩——你可知道为什么不让小孩子守夜吗?”

侯冈颉想了想,说:“大人们都是关心小孩的吧?”

牧犍却摇头,说:“不是关心小孩子,而是关心自己。小孩子的警觉性不好,夜里会偷偷睡觉,如果让他们守夜,估计我们早就亡族灭种了。”

侯冈颉恍然大悟,继而又问:“那为何族长又有很多特权呢?”

“但凡大人物,都是有智慧、有公心的人,他们要么精于某种技艺,要么知道某种奥秘,可以让氏族变得强大,燧人氏、有巢氏、伏羲氏、女娲氏、神农氏等都是大智者,德高望重。他们因此而成为天下共主,他们的魅力如此之大,可以感召其他氏族甘愿放弃自己的图腾和族号,加入他们,部落也因此壮大。所以他们应该拥有特权。”

侯冈颉若有所思。

这时,远方传来一声狼嚎,侯冈颉下意识地紧张起来,紧接着第二声传来;然后是第三声、第四声……狼群的呼唤在山谷中此起彼伏。

“你怕了?”牧犍觉察到侯冈颉的恐惧,遂用一种带着嘲讽的语气问道。

侯冈颉点点头。

牧犍感到好笑:“到底是个孩子。坚持要来,怪得了谁?”

侯冈颉问道:“你也是害怕的吧?”

牧犍一怔,一声干笑,而后说:“可是我们早就习惯了!”

侯冈颉"嗯"了一声，片刻又问："你知道很多关于燧人氏、有巢氏、伏羲氏的故事吗？"

牧犍摇头："我不喜欢听故事。"

侯冈颉有些失望地"哦"了一声，而后来到洞口。月光明亮，洞口的白石泛着荧荧的光。侯冈颉拿着一根木炭在上面涂画，那是一个漂亮的圆。

牧犍对那图形有些好奇："那是什么？日头还是月明？"

侯冈颉心中想的是月明，但牧犍这么一问，才忽然想起：画出来的满月和太阳并无区别。于是他在圆里又画了一道弧线，将满月光华一分为二，变成弯弯的弦月。

"月明。"牧犍脱口而出，"几年前，我曾在一个山洞里发现了许多画，就画在岩壁上，也不知道是谁留下来的。但不管是哪个氏族，他们一定是擅长绘画的部落，那些都是用泥巴、草汁和鲜血画出来的，是拿着长矛的人追逐着健壮的山猪，画的可比你这个真得多。"

"所以说，画出来的比老人们口里讲出来的故事更可信。"侯冈颉说。

牧犍点头表示认同，又问："你知道为什么他们画画要用鲜血吗？"

侯冈颉摇头。

牧犍说："血液中有生命，用鲜血作画，那画就是有生命的。"

侯冈颉若有所思："所以鲜血流尽，人就会死去……"接着又问："那上面只有他们出草的场景吗？"

"还有——"牧犍沉吟片刻，接着说，"还有他们向天神献祭的场景，而他们的祭品其实是一颗颗睁大了眼睛的人头。"

侯冈颉咽口唾沫："拿人头做祭品？"

牧犍点头："很多氏族都会拿人头做祭品，但后来某一位炎帝下令废止这种祭祀行为，因为很多氏族竟然会为了获得祭品而无缘无故地就对其他氏族发起进攻。但是炎帝的命令并没有起到作用，仍有很多氏族毫无顾忌地大肆用战俘献祭。告诉你，我们即将见到的大庭氏族，在几年前还用过二十一个精壮男人的头颅献祭他们的祖先！他们会用最钝的刀子割下他们的脑袋，因为祭品哀号的时间越长，天神就越愉悦。大庭氏族盛产各种刀斧利刃，对于折磨他们的猎物和祭品最有一套了。”

牧犍故意对种种细节大肆渲染，出于某种促狭的心理，他想让侯冈颉被他吓住，后悔跟他们一起出来，从而让这个与众不同的男孩学得乖一些，至少不要问东问西，再次成为他们的累赘。

侯冈颉确实有些害怕，但仍然无法遏制心中的好奇，开口问了一个在内心询问了很多遍的问题：“他们——会吃人吗？”

牧犍不搭腔，将侯冈颉晾在空气里，过一会儿，眼睛却又死死地盯着他，这让他只感到头皮发麻。

“他们会吃人吗？”侯冈颉壮着胆子再次问道。

牧犍说：“等你见到大庭氏族就知道了。快去睡吧，这是命令。”

侯冈颉只好回到洞中，躺在尚有余温的地上，带着无尽的好奇、莫名的恐惧、隐隐的忧虑，进入了深沉而幽邃的梦乡。

次日清晨，最后一个守夜的胖子叫醒大家，他们准备继续上路。

糟糕的是，夜里短暂的晴天过后，远方的乌云被一股强劲的南风吹来，黑压压地堆积在了他们的头顶，因此又下了一夜的大雨。大雨冲垮了山洞角落上方的某个缝隙，导致大量雨水下渗，而那里正是搁置木柴的位置。牧犍将木柴拿起来，却发现它们嗒嗒滴着水，已经湿透了。

侯冈颉有些内疚。

牧犍将湿漉漉的木柴扔到地上，眼神中流露出强烈的不满，可是并没有对心存愧疚的男孩予以斥责，这让侯冈颉更加不安。

“我们可以在路上找野菜、挖竹笋、掏鸟蛋充饥，眼下要做的就是加快脚步，尽快赶到大庭氏的村社。你们都听说过大庭氏族的烤肉吧？那可是献给炎帝的贡品！”

大家彼此对视，眼神中充满不安，但他们没有办法，只能硬着头皮上路了。

侯冈颉想了想，明白了他们不安的原因：没有干燥的木柴，就无法生火，而没有火的旅程简直就是在玩命！

侯冈颉此时的心情变得更加复杂，一方面是对自己失职的深深愧疚，一方面是对前路的无尽担忧。

远方传来狼群的嚎叫，死神的肚子在咕咕鸣叫。

## 3

# 谋　杀

杂乱的茅草、浓密的树叶、苍翠的远山快速地被甩在身后，侯冈颉跟在牧犍他们身后，一口气走了整整一晌，早已走出了他们的草场，置身于全然陌生的环境之中。正午时分，众人都感觉到累了，于是牧犍让大家在一棵古老的大槐树下休息。

侯冈颉望着这棵大槐树，心想，这棵大树少说也要有上千岁了吧！他还从未见过如此巨大的植物，抬头望去，只见它高耸入云，且树冠极大，遮天蔽日，初春特有的嫩绿叶子在阳光照耀下泛着淡淡的绿光，蔚为壮观，周边那些原本也很高大的树木在它面前皆相形见绌，他不由发出“啊”的一声赞叹。

牧犍的脸上却流露出一个少见多怪的嘲讽神情，他们在出草时经常能遇到比这还要大的古树，并且常在上面躲避凶猛野兽的追击。

途中，他们采摘了一些野菜和肥美的蘑菇，经过一片竹林时，又吃了不少鲜嫩的竹笋，肚子填得差不多了。他们只是累。在众人请求下，牧犍同意大家休息片刻。众人闭上眼睛打盹，侯冈颉跟着大家斜倚着靠在树干上，听着耳畔同伴们的微微鼾声被林中的风悄悄带走，眼前的视线渐渐模糊。

不知过了多久，侯冈颉被一只有力的手小心推醒，睁开眼睛，却看到表情紧张的牧犍。大家都醒了，睁大眼睛不敢出声，侯冈颉猛然间意识到发生了危险:“怎么了?”

牧犍轻轻按住他的肩膀,示意他不要慌张,接着在他耳畔压低声音:“老虎。”

侯冈颉立即下意识地去四处张望,却又被牧犍制止,他的声音中竟然也有一丝明显的慌乱:“站起来。面对老虎别害怕,千万别跑。”

侯冈颉点点头,随即跟着大家站了起来。每个人的身体都在颤抖,每个人的双手都握紧长矛。侯冈颉这才想起,他从长辈们那里学到的经验是:遇到老虎这样的猛兽时,站起来可以让自己看上去更高大——很多时候,老虎会因为你高上那么一点而失去吃掉你的兴趣。

侯冈颉看清楚了,那只老虎正躲在距离他们三丈开外的灌木丛中。阳光穿过浓密树叶的间隙,洒下斑驳的光影,模糊了它纹理繁杂的轮廓,但它那硕大的头颅和鹅卵石一般的黄绿色眼睛却十分容易辨认。侯冈颉感觉自己已经闻到了从老虎口鼻中发出的腥臭。

牧犍很清楚,猛虎在打探敌情,也在等待时机。他命令族人们背靠大槐树,与趴在灌木丛中的老虎形成静默的对峙。以往在这种情况下,人们要做的第一件事就是燃起火把,因为所有的野兽都惧怕那明亮而炙热的火焰。此时虽已是晴天,但他们的木柴因为太湿也已丢弃,周围又没有一根树枝是干燥的,因此只能另想他法。

牧犍手心里全是汗,转动一下长矛,寻找着最佳的把握位置,同时对同伴们下命令:“听我号令,将长矛掷出去!”

众人低声应和,皆在静默中做好准备。

侯冈颉紧张得几乎不能呼吸。

然而,就在牧犍即将喊出口号的一瞬间,他们的身体一侧传来低沉有力的脚步声。众人望去,不由周身阴冷:又一头猛虎从旁边的灌木丛中步态优雅地走出来,巨大而肥厚的脚掌踩在地面上,发出极具震慑力的声响,每一声都拍击在他们的心头。

它站在距离他们更近的一棵榆树下,不坐,不卧,不走,不退,直直地盯着他们。

侯冈颉看得清楚,这个家伙更大,更强壮,更凶猛,对他们虎视眈眈。众人都在心中暗骂一声“日他先人”,牧犍则低声痛骂出来:“日他祖宗，这是一对！”

老虎是独居的野兽，但在发情时，公虎和母虎却会在一起厮守。这期间，他们一起捍卫领地，一起捕杀猎物，一起吃掉猎物身上的每一块肉，猎杀天性被陡然放大，几乎没有什么动物能逃脱他们的合力捕杀。

八个人，其中一个还是孩子，对付两头身形如此巨大的猛虎，在没有火的情况下，根本毫无胜算。

一个人的声音颤颤巍巍：“牧……牧犍……现在……怎么办？”

牧犍只是握紧手中的长矛，不作声，似乎还没想到更好的主意。

胖子见他不说话，不由心下着急，用胳膊捣了捣他，着急地问：“牧犍！问你呢！咱们怎么办？”

牧犍神情肃然，语气坚定：“跟这俩畜生拼了，敢不敢？”

众人彼此相顾，每个人的眼睛中都充满了恐惧，可此时已经别无他法，唯有硬着头皮点头，准备与牧犍一起冲出去，和这两头猛兽决一生死。

正当人们准备以血肉之躯冲到猛虎利爪下时，侯冈颉忽然蹦出一句：“你们这是在送死吧？”

这句话让众人的气势顿时又矮了半截，牧犍不满地瞪了一眼侯冈颉：“这不是送死，是拼命！”

侯冈颉说：“选择最容易失败的方法迎敌，这不就是送死吗？”

牧犍甚为不满，白了侯冈颉一眼，说：“记着！一旦我们和老虎打起来，你就能跑多远跑多远，回去报告，让族人给我们报仇！”

侯冈颉摇摇头：“我们还没到大庭氏族，你就开始交代后事？”

牧犍愤怒道：“小子！你懂什么！”

侯冈颉问：“是不是生起火就能吓退它们？”

牧犍语气中尽是不满：“没有干柴怎么生火？”

侯冈颉信誓旦旦：“我有办法！”

众人皆是一脸的不信。

侯冈颉快速地将装着兽皮的行囊打开，从里面拿出精美的兽皮，分到每个人手中，而后又拿出打火石。众人立即明白了他的用意，脸上有种看到希望的兴奋。但胖子却急忙劝阻道:“不行!不行!这些皮毛是我们的宝贝!我们还要拿它和大庭氏交换东西呢!”

侯冈颉遂说道:“和皮毛比起来,还是人命更重要吧!”

众人彼此相顾,皆不作声,而胖子再看看身边的猛虎,恐惧一下子让他做出了更接近本能的选择:用火攻击退猛虎。牧犍立即从侯冈颉手中夺过打火石,两三下便点燃了兽皮,而后将其他人手中的兽皮一一引燃,伴随着黑色浓烟,瞬间发出浓烈的刺鼻气味。然后,他们按照一贯的方式,挥舞着手中的火焰,口中呼喊着充满杀气的号子,面无惧色地扑向老虎。

草丛中的老虎首先跳起来,后退几步,警觉地面向他们,尾巴翘起,威胁着手中握有火焰的两脚猎物们,并召唤它的同伴。另一头猛虎迅速跳到它身边,二虎并肩作战。

两头猛虎弓起身子,做出进攻的姿势,猝不及防间,其中一头忽然向前拍出利爪,希望能将猎物扑倒在地,但火焰瞬间燎着了它们爪上的皮毛。老虎因吃痛而让吼叫变得凄惨,但也因此被激怒,不断向前突击,动作越来越迅猛,竟将几个人逼得连连向后倒退,再次退至大槐树下。

这时,侯冈颉忽然做出一个让人意外的举动,他将兽皮插在一柄长矛上,而后平端这杆熊熊燃烧的火焰大旗,一个跨步向前猛冲,猛地推出长矛,用力击刺。锋锐的矛头急急地掠过猛虎的脸颊,瞬间割裂它肩膀上的皮肉,如獠牙一般刺进肉中。随着一声痛苦的惨叫,火星爆燃,燎掉了一大片虎毛。猛虎吃痛,后退数步,快速地用前爪拍打身上的火花,伤口不太深,但鲜血已经渗出,在橘红色虎毛上显现出深深的褐色,分外显眼。

众人见状纷纷效法,用同样的方式对两头猛虎进行击刺。猛虎在众人的进攻中迅速后退。众人见此,胆气愈壮,遂乘胜追击,呐喊着冲上去,八柄燃烧的长矛构成一道严密而气势凶猛的火墙,逼得两头猛虎还没站稳便又急忙弹跳避开。大家从未见过他们从内心深处畏惧的猛虎竟然这样怯懦慌乱,于是越战越勇,继续向猛虎巨大的身躯猛然戳刺。

两头猛虎节节后退，最终双双消失在茂密的灌木丛中。

众人长长地松了一口气，彼此相顾，哑然失笑，然后不约而同地将目光转移到侯冈颉身上，饱含赞许。

“老人们说，初生的牛犊不惧怕凶猛的老虎，看来果然是这样。”胖子擦了一把额头上的汗珠说。

牧犍将长矛上燃烧的兽皮丢在地上，黑烟滚滚，脸上露出惋惜的神情：“可惜了，折了一半的兽皮，今年我们的农具和瓜苗都要减半了。”众人也纷纷发出叹息，牧犍从地上捡起剩下的兽皮，包扎好，大家继续前行，“快些赶路，到了大庭氏族，我们就安全了。”

因为受到了猛虎的惊吓，大家的行动出奇地快，穿越看上去没有边境的潮湿密林，涉过三条水势湍急的溪流，艰难爬过仅容一人通行的万丈峭壁，他们竟然在天黑之前就赶到了大庭氏族的部落。

大庭氏族自称是从遥远的大东之地迁徙而来的高贵氏族，他们的祖先与神农氏关系密切，至今他们仍是神农氏最亲密的战友，因此大庭氏智者常常言之凿凿地声称：“我们的某一位族长曾做过炎帝，统治过全天下的民众。”这是他们能在河、渭之地扬名立万的重要资本。

与侯冈氏的村社不同，大庭氏没有凿穴而居的习惯，他们依旧带有东方诸氏族的生活习性。东方多平原而少山地，因此他们更习惯居住在平地上，更喜欢用树木、皮革和黄土建造屋舍。与侯冈氏在山坡上挖凿的屋舍相比，他们的房舍呈现出另外一种整整齐齐的格局，站在某个制高点，屋舍就像是雨后绽放的一朵朵蘑菇，这种需要动用多种材料才能完成的建筑，倔强地显示出一种与众不同的气势，似乎在明确地宣告：我们已经摆脱了大自然的束缚，与那茹毛饮血的时代告别。

村社外面围着一条宽阔的沟壕，那是后世护城河的前身。多雨时节，沟壕中会存满雨水，成为阻挡野兽和敌人进入的一道屏障，上面架着两座木桥，用以出入和作战。

大庭氏族长名为解刀。他的父亲是大庭氏族最强壮的男人、最精准的猎手和最残忍的斗士，大庭氏特有工艺打磨的石刀常年挂在他的腰间，因喂饱鲜血而逐渐变成慑人的暗红色，任何站在他对面的野兽和人类都会胆战心惊。在其他部落都用各路凶神恶煞吓唬不听话的幼童时，大庭氏的人们却喜欢用族长父亲的名号，简单快捷，免去许多说教。

解刀在刚出生时就折服于其父的威严。解刀的母亲十月怀胎，即将分娩产下解刀，解刀却忽然改变主意，双腿朝外，顶住母亲的子宫，死活不肯出来。这种顽皮让他的母亲陷入危险的难产。稳婆跪在产妇身边，温热黏稠的鲜血淹没了她的膝盖，她每动一次就拔出一道道粘连的血丝，在产妇整整鬼哭狼嚎了半天之后，她仍然只是摸到那男孩的一双好似在闲庭漫步的脚。

这时，解刀的父亲忽然闯进来，一只手放在腰间，做出一副准备解下腰刀的姿态，同时用他一贯低沉的声音威胁道："再不出来，我解刀了！"话音刚落，只听哇的一声，无须产妇用力，一个男婴乖巧地从子宫中滑落而出。

解刀由此得名。

大庭氏族人都认为，被恐吓出世的解刀完美继承了他父亲的一切特质：强壮、精准、残忍，也是一位让人心生敬畏的强人。在他十九岁时，上一任族长因为一次失败的围猎，被解刀解下腰刀当场斩杀，而族中竟无一人胆敢站出来表示反对。拳头战胜了道义，解刀打破了规矩。人们从前怎样惧怕解刀的父亲，现在就怎样惧怕解刀。从此，解刀就成为他们的族长，带领他们打光了周边的所有野兽，铲平了所到之处的每一片丛林，占领了他们饮过水的每一条溪流……

他们的领地变得广阔，他们的食物变得丰盈，仅仅三年，他们就忘记了解刀杀害老族长的事，只记得他带着他们一口气猎杀一百三十四头猎物的光辉事迹。

紧随领地扩张而来的是他们与别的领地的接壤问题而引发的争斗。一个又一个，十年来一共有十一个氏族在大庭氏的利刃下落荒而逃。

据一些散布于各部落之间的传言称，解刀根据当时通行的惯例，在每次矛盾激化时,他都会提出与对方最厉害的勇士公平决斗,但每次他都不取人性命,只是将其割伤,见血即止,他还表现出胜利者的大度,伸出友谊之手,将对方拉起,目送他们遵守规则,带着他们的氏族财产举族迁徙。但是,仅仅一天之后,被他刺伤的勇士就会丢掉性命。其族人通常会放声号哭,为失去氏族有力臂膀而陷入大悲痛。这时,一路尾随的解刀便率族人忽然杀出,对方因悲痛而猝不及防,又因没有勇士冲锋在前而缺乏斗志,只能束手待毙,被大庭氏族赶尽杀绝,氏族财产也被他们占有。

只有最见多识广的智者知道,与解刀进行所谓公平决斗的勇士,皆死于一种极其罕见的毒药,那是东方神农氏族的特产,是从一种盛开黄色花朵的植物中萃取的透明黏液,只要将其淬在石刃上,就能在无声无息中夺走人或一条壮牛的性命。每以此计毒杀一个勇士,大庭氏就获得一个新的草场,他们的领地已经大到与他们的人数不相符,但仍然没有就此收手的势头。每个人都激情万丈,每个人都血脉偾张,每个人都做着狂热的扩张之梦,即便在睡梦中也不忘记挥舞手中的石刀。

大庭氏族人坚信,族长解刀不是滥杀无辜的坏人,他是英雄。只要能让族人吃饱穿暖有女人,他就是英雄。

牧犍一行即将到达大庭氏族的村社时,被好奇心驱使的侯冈颉不小心触发了解刀及其族人设下的陷阱,那是一个用以捕捉大型哺乳动物的深坑,里面插着削尖的毛竹竿,足以让任何动物立即丧命。就在侯冈颉即将跌入的瞬间,牧犍伸手将他拉住,众人虚惊一场。

而后,一群手持石刀的勇士忽然从密林中冲出来。他们都是陌生的面孔,陌生往往意味着凶险。当他们看到陷阱被破坏时,脸上便露出愤怒的神情,咋咋呼呼地操着他们晦涩难懂的氏族语言与牧犍等人理论。那时的人们尽管能量补充困难,但原始野性仍唆使他们热衷于用武力解决生存过程中遇到的任何争端。陌生面孔们不听牧犍等人的善意举动和耐心解释,纷纷拔出了腰间的石刀。

牧犍已经知道他们是大庭氏族人,只不过头脑比较简单,于是命大家不要轻举妄动，而后在他们的押解之下，向大庭氏的村社走去。

侯冈颉不由担心：这些人会不会忽然起了杀心，把我们全都砍死？

当夕阳将要隐没，丛林变得更加黑暗时，他们来到一处高地，看到了大庭氏族的村社。夕阳将血红色洒在他们的每一座屋舍上，好像燃起了接天连地的熊熊大火。村社外围负责哨探的人看到他们，其中一个健硕的中年男子警觉地走来，询问情况后，下令族人解除戒备，而后热情地将他们请入村社，并带他们去见族长解刀。

解刀正指挥众人在村社中央的广场上为族人们分发猎物，他们正在细致地分割一头大得吓人的大角雄鹿。

侯冈颉眼中的解刀不过是个与牧犍年纪相仿却不及牧犍稳重的男人，最引人注目的是他腰上那把暗红色的石刀。

“我们的邻居！尊贵的客人！”解刀满脸笑容，热情洋溢，在自己肮脏破烂的兽皮衣上擦了一把手上的油脂，而后郑重其事地张开双臂、摊开双手向他们迎来——这是不同部落间的见面礼节，以示自己手中并无武器，安全而可靠。

牧犍以同样的礼节相迎，二人相拥，牧犍能感受到他那冰冷坚硬的胸膛，与他那烈火一般的笑容极不相称。

侯冈颉的注意力早就被他们的烤鹿肉吸引了去，大庭氏族的男人们在大快朵颐，女人们却远远地躲在一边，吃的都是男人们挑剩下的劣等肉。侯冈颉曾听赤须说，大庭氏族的女人地位低下，不能与男人同席进餐。这些都是解刀定下的规矩，因为他认为女人不能猎捕和杀戮，除了传宗接代，再无其他作用，不能让她们“糟蹋食物”。

当解刀听说他那无脑的族人因一个陷阱而对牧犍一行不恭敬时，脸上怒色大作，冲上去一掌打在那人脸上。那人立刻露出委屈的神情，眼中含泪，不敢言语。

“他是我的儿子，鹿伐，”解刀笑着说，“一个不知道像他父亲一样尊重不同氏族之间伟大情谊的傻儿子。”

为了表示自己对侯冈氏族的歉意，解刀下令他的儿子今晚不许吃饭。牧犍向解刀表示感谢，并替他的儿子求情，但解刀固执地维持了自己的宣判。

“我历来是个赏罚分明的人。”解刀笑着向客人介绍自己为人处世的原则。

侯冈颉懂得，按照礼节，对于初来乍到的客人，解刀首先要奉上清水，而后奉上最美味的食物，待他们吃饱喝足后才能谈及其他事宜。所有人都知道，没有比填饱肚子更重要的事情。但是，解刀却迟迟没有请他们入席，而侯冈颉已经饿得前心贴后背了。

解刀细细抚摸那精美的兽皮，满脸笑容，赞不绝口，一再声称天下再没有比侯冈氏族更精湛的制皮技艺了，而后拿着兽皮给族人们传看。一时间，赞美之声充斥整个广场，那经大庭氏之口夸大了数倍的溢美之词，让侯冈颉感觉如果不白送给他们就不好意思。

牧犍见解刀并不提用餐的事情，只好提出交换农具和瓜苗。这时，兽皮又传到解刀手中，他再一次细细抚摸，手指轻轻滑过上面的美丽花纹，脸上显露出一种豺狼见到羔羊的诡异神情，喜悦，幸福，贪婪，还有着掩饰不住的残暴。不远处传来男人和女人的快意呻吟，那是他的族人在吃饱喝足之后释放出来的天性，不避族人，也不避生人，在露天之下肆无忌惮地交合。

侯冈颉感到一阵不妙，他想尽快离开这个地方。

解刀突然抬起头来，锐利的眼睛盯着牧犍：“当初约定要送来二十五张兽皮，可是——这是多少？”

牧犍略带歉意地讲述了途中的遭遇，又表示今年的货物可以减少一半。

解刀却忽然冷下脸，问：“当初允诺给你们的东西，我们已经备下，现在你们不要了，我们怎么办？”

牧犍一怔，没料到解刀会这样问，他说：“实在是抱歉，对于你们的损失，我们侯冈氏族会尽量给予补偿……”

解刀眉毛一挑：“补偿？拿什么补？用你们侯冈氏族的女人吗？”

大庭氏族人发出哄的笑声。

侯冈颉见自己的氏族受辱，有些着急，站在解刀跟前，毫不畏惧地盯着他那锐利的眼睛：“你们可先将货物给我们，等我们做好兽皮，再给你们送来。”

牧犍听此法可行，遂点头。

解刀冷冷一笑，盯着侯冈颉：“那我要怎么才能相信你们呢？到时你们要是不承认，我不就赔了本？”

侯冈颉道：“我们欠你们几张兽皮，就画几张兽皮，再画上我们的图腾，以此为凭。”

解刀哈哈一笑，伸手摸了摸侯冈颉的脑袋：“小东西，鬼主意不少！可是你以为我会上你的当？我解刀怎么会相信那些鬼画符？我只相信实实在在的东西！”

解刀的手指从侯冈颉身上的麂皮滑过，柔顺的手感让他心生愉悦，脸上浮起一阵笑容：“不过，说起来，你们侯冈氏族的兽皮当真是闻名天下的宝贝！每次看它，我都喜欢得什么似的。十二岁那年和女人交合，欢乐也不过如此。”

说着，解刀摇摇头，脸上做出惋惜的神情，说道：“再说那个女人，真是个傻瓜！我和她一夜露水，她却带着她的族人来找我报仇，既然再得不到她，杀了她也就不心疼了。所以，我父亲将他们一个个砍断手脚抛进渭水的时候，我用粗钝的石刀插到她身体上的那个洞里，就像那天晚上我做的那样，她疼得大叫，我还是说不出的高兴。我看着她鲜血流尽，两天之后才死去。”

牧犍的声音不卑不亢：“我们侯冈氏族历来本本分分，并不想过问大庭氏族的种种英雄事迹。”

解刀盯着牧犍，脸上露出一丝诡异的笑容：“侯冈氏族的男人都是了不起的人物。你们的族长我见过，他是个英雄，我喜欢和那样的人打交道，当年我和他一起响应炎帝号召，讨伐过斧燧氏，他用长矛将斧燧氏族长钉在了一棵粗大的桑树上。”

牧犍说：“斧燧氏无故侵夺邻近氏族的领地，并对那些可怜的无辜之人大肆杀戮，邻近氏族已经忍无可忍，严惩暴虐，铲除无道，是所有勇士的责任。”

解刀点点头：“你很懂得一些大道理。哈哈，我也认得你，讨伐斧燧氏的时候，你虽然还小，但已经是侯冈氏的先锋，你是第一个冲进斧燧氏村社的勇士。”

牧犍点头:“解刀族长好记性。”

解刀说:“我在征服那十一个氏族的时候,最害怕的就是像你这样的勇士啊! 当然也是我最讨厌的。每个氏族都有很多好东西是我想要的,可他们总是不懂得一个道理,乖乖送给我,总好过我亲自去争夺。但话又说回来,如果没有他们的抵抗,没有我想尽一切办法变成我的,我得到那些东西时,又怎么会那样开心呢?”

说罢,解刀仰面朝天,发出一声长长的阴冷大笑,天空随之暗了下来。

大庭氏族的男人们开始悄无声息地向他们聚拢,而女人们却都消失,不知躲到哪里去了。牧犍已经觉察到危险正如黑暗中的恶兽向他们逼近,遂握紧了手中的长矛,而后轻轻碰了碰身边的侯冈颉。

侯冈颉从对填饱肚子的畅想中回过神来,忽然发现,他们已经被密不透风地包围了,就像去年冬季来临前他们围猎一头花鹿那样。

解刀从腰上解下腰刀,牧犍等人急忙紧张地端起长矛,解刀却用它一点点划破兽皮,牧犍一怔:“你……”

解刀笑着说:“得到一条鱼,不如学会捕鱼的方法。我曾经请求你们把制作兽皮的技艺传授给我们,甚至不惜以制作石刀的技艺进行交换,可是你们的族长脸酸心硬,无论如何都不肯交换。东方和南方很多氏族都在兴起,他们手中有各式各样的奇珍异宝,你们制作的兽皮在他们的部落很受欢迎,然而你们却不懂得加以利用,让这可以牟取巨利的技艺在你们手中白白浪费!”

牧犍道:“技艺是祖先传授的,岂能轻易传给异族?”

解刀大笑,继而道:“你们不肯给,那我就只好自己拿了! 我解刀有的是手段! 在我看来,天下所有的氏族都应该对我们大庭氏族抱有敬畏之心!”

牧犍道:“我们只对祖先和造物主心存敬畏。”

解刀说:“我会率领族人进攻你们的村社,捣毁你们的祭坛。”

牧犍道:“我的族人会奋战到底。”

解刀说:“没有人胆敢反抗我大庭氏族。”

牧犍道："遭受戕害就应该反抗，这是连羔羊都懂得的道理。"

解刀冷笑一声，言语中尽是杀气："我给你们生路，你们却选择死亡。"

话音一落，杀戮开始。大庭氏族人抽出早已准备好的武器，一拥而上，对侯冈氏族人肆意劈砍。牧犍迅速发令，即便只有七个人，也立即组成了一个战斗阵列，殊死反抗。温热的鲜血如泉水般喷涌飞溅，两个氏族的男人在血幕中殊死战斗，呐喊声、狂笑声和临终呼号交织在一起，唯独没有求饶与呻吟。

大庭氏族的石刀锋利异常，仰仗着人多势众，他们很轻松地就割破了侯冈氏族人的喉咙。

牧犍早在第一时间就将侯冈颉揽到了身后，围在几位勇士的中央，让他避开了敌人的锋刃，而牧犍每次刺出长矛就能解决一个敌人。

解刀挥舞石刀，一口气斩杀了四个人，其中有一个是挡在他前面的本族人。

最终，战斗的中心只剩下了牧犍和解刀。牧犍的英勇让剩下的敌人不敢上前挑战，尽管他的同族战友已经死伤殆尽。

解刀微笑着提出与牧犍公平对决。

"如果我赢了，一定要放过他！"牧犍指着侯冈颉，"你知道规矩，杀而不绝，无论什么时候，都不能对孩子下手，否则你们就要断子绝孙！"牧犍提出自己唯一的要求。

解刀想了想，答应了牧犍，而后向他亮出了自己的石刀。

决斗一开始，解刀就有些吃力。赶了一天路又没吃东西的牧犍就像是被逼到绝路的豹子，爆发出巨大的能量，不停地出击，或是横扫，或是击刺，手中的长矛带出一阵阵肃杀的寒风，夹杂着快要燃烧起来的血腥气。

很快，解刀招架不住了，闪转腾挪中退到一边，做出一个结束的手势。

牧犍的长矛已经刺到他的喉咙前，但他迅速地收手，把即将刺穿解刀喉咙的长矛抽回。对手认输就应该收手，这是自古以来决斗的规矩。然而，就在长矛收回的一瞬间，牧犍忽觉胸口一阵火热的疼痛，低头一看，狰狞的石刀从他的皮肉中钻出，鲜血汩汩流淌。

解刀的儿子鹿伐趁牧犍不备，在背后刺穿了他的胸膛。

“做得好，”解刀笑盈盈地夸赞鹿伐，“你小子真不愧是我解刀的儿子。”

偷袭者内心充满荣誉感，脸上洋溢着得意的笑容，大庭氏族的勇士们狂舞相庆，纷纷发出胜利者的笑声。

遭受重创的牧犍无力地跪在地上。

六神无主的侯冈颉急忙上前扶住他，他想用手堵住牧犍的伤口，鲜血却从他的指缝间喷溅而出。

石刀刺破了牧犍的心脏，他的心脏每跳动一下，鲜血就会溢出，灌到他的胸腔中，很快胸腔就被鲜血注满，他的呼吸越来越困难，唯有大脑还有短暂的清醒。他看了一眼侯冈颉，对这个和自己长子差不多大小的同族孩子的前途充满担忧。

而后，他愤怒的眼睛找到解刀，眼神如最锋利的长矛，却未能穿透解刀人格中的无耻之盾。

解刀扬扬得意，耻笑着这个在他眼中蠢笨如猪的牧犍：“愚蠢啊，真是愚蠢，总有一些人愚蠢到该死。”

“如果你杀了这个孩子，我的阴魂宁可不去寻找列祖列宗，也要游荡在你们村社，给你们的族人降下灾难，让你们鲜血流尽，断子绝孙，世代不得安宁……”牧犍的临终遗言是出于一位勇士的诅咒，伴着天边最后一缕如血夕阳，回荡在渐渐暗下的天光里，拥有不容小觑的神秘威力。

大庭氏族人听到这个诅咒，忽然全都沉默了。大地在这一刻陷入黑暗，天地一片静寂，只能听到勇士鲜血流淌的声音，人们面面相觑，他们知道牧犍的英勇，因而也都知道这份诅咒的分量。

解刀上前，用石刀撬开他的嘴巴，顺势用力推入，石刀一点点割开牧犍口腔中的皮肉，发出哧哧的声响，而后便是咔咔的喉骨碎裂之声。

牧犍就像是被砍伐的一棵大树，轰然倒地。

侯冈颉像是一条发疯的幼狼，咒骂着扑上去，撕咬解刀的大腿。解刀吃痛，一把将他抓起，狠狠地扔到一边，愤愤骂道："小崽子，咬人！"而后抽出石刀要将他解决。

大庭氏族的智者们却忽然挡在了侯冈颉的前面。

"你不能杀他。"

解刀想起了牧犍的诅咒，但是并未放下手中的石刀："那要如何处置他？"

智者说："放了他。"

解刀说："放了他？他就会和他的族人一起来找我们报仇。"

智者说："那就囚禁他。"

解刀说："囚禁他？他就会浪费我们的食物。"

智者说："如果杀了这个孩子，那么那个勇士的诅咒就会成真，他的灵魂就会化为炙热的丛林大火，化为汹涌激荡的泥石流，化为杀人于无形的可怕瘟疫……我们的部落就会有大灾难。"

人们相信，人死之后，脱去皮囊，其灵魂会释放出非同寻常的力量，而生前拥有勇士之名的人，其灵魂更是具有大威神力，他们的诅咒比一个寻常人的诅咒更灵验，更可怕千万倍。根据智者间的传说，在遥远的西方，有个好战的部落无视一个勇士的诅咒，忽视了他的临终请求，结果在一次漫长的侵略战争中，一夜之间就在睡梦中死去了十八万五千名士兵。

解刀迟疑了。这时，他的儿子上前，要杀侯冈颉，一些人不由一边热切期待一边吞咽口水。然而解刀却制止了他："我是最讲信义的。饶他不死。"

鹿伐不甘心："可是，父亲……"

解刀打断他的话："饶他不死，不代表我要放了他。把他捆起来，我要让他永远困在畜舍里，与肮脏的禽兽在一起。"

侯冈颉咬牙切齿地咒骂道："没错！我现在就正和禽兽在一起！"

鹿伐伸手一掌，重重打在侯冈颉的脸上。侯冈颉只觉眼前一黑，到处都是飘舞的金色星星。鹿伐虽不情愿，但也不敢违抗父亲，他从腰中抽出一条榆树皮编织的绳子,用从其他氏族学来的捆绑法将侯冈颉死死捆住。

侯冈颉放声咒骂,继而失声痛哭,为他的族人,为那个舍命救他的牧犍。

## 4

# 逃　脱

因无金属，其时尚没有任何诸如锁链之类的器具，若想将一个人困住，除了断手断脚，最为有效的方法便是用绳索捆绑。解刀命人将侯冈颉捆得如蚕茧一般，而后将完全不能动弹的男孩扔到了畜舍之中。

和侯冈颉一起被困在畜舍的还有一头强壮的公黄羊，那是大庭氏族刚刚捕获的猎物，是即将进入他们肚子的一道绝佳美味。

侯冈颉感到恐惧和无助，他的脑海里一直浮现着刚刚死去的同族勇士的音容，而且他从解刀刚才的话中已经得知，这个如恶鬼一般的男人很快就要对他的氏族下手了。

“就是死，也要和族人们死在一起。”

亲眼见证了屠杀，过早地明白了死亡含义的侯冈颉坚定地呢喃道。

人类早期聚落而居，对血亲的亲近乃是天性，而在这一刻，孑然一身的侯冈颉无比思念他的族人。不久的将来，战火将燃烧至他们的土地，有人因此死去，有人逃亡他乡，但最终仍要死去……可是不管生死，他只想和族人们在一起，即便是去迎接死亡，也能让他拥有精神上的安全感。

侯冈颉试图挣脱捆绑他的绳子，但绳结打得绵密而紧绷，况且他已经饿得接近虚脱，根本没有多余的体力，于是决定不再浪费孱弱身体里那仅存的能量。

“如果解刀今天不杀我，那么明天也不会杀我，他多半是想让我做他的奴隶，明天他一定会给我东西吃，等我有了气力，一定能有办法逃走！”智慧这个词再次从男孩心中升起，他在内心呼唤，希望智慧之神能降临他的身体。

侯冈颉的身体接近虚脱，思维却因饥饿而越发清晰，心中盘算着，渐渐在饥饿中昏睡过去。

次日一早，为了庆祝初战告捷，解刀亲自上阵，将牧犍的身体肢解开来。

接下来的任务便交给了族中最善于炙烤食物的智者，用的是大庭氏族世代相传的秘密技法。当木柴燃尽，整个村社都笼罩在奇异的香气之中，经验老到的智者便知火候已到，于是众人吆喝着卸下，用手中的棒子轻轻叩击，坚硬的泥壳发出砰砰声响，破开一条裂纹，轻轻一抠，一股热气冲出，一种浓郁而奇异的气味令在场者无不垂涎三尺。最后，配以神农氏族赠送的上等海盐，简直让人欲罢不能！

每个大庭氏族人在尝到这样的珍馐美味时，都不再甘愿做茹毛饮血的禽兽，而要做这吃熟食的文明之人。

吃着吃着，解刀忽然想到什么，随之割下一大块肉，扔给坐在他身边大口撕咬的儿子鹿伐，让他把它交给侯冈颉，而后又特别嘱咐道：“如果他饿死了，我就让你跟他一起上路。”

鹿伐心存不满，却又只能乖乖地拿着肉来到畜舍，看到躺在那里的侯冈颉正在发呆，顺手一甩，将肉扔到他身边，言语中尽是轻蔑：“吃吧！”

侯冈颉动了动被捆绑的身体：“我这样怎么吃？”

鹿伐嘴角漾起一丝冷笑，用嘴冲黄羊一努：“你看它是怎么吃的？”

侯冈颉有些恼怒：“我们侯冈氏族人，从小到大都没这样吃过东西！”

鹿伐不屑地说：“那从今天起就好好学一学吧！你小子别指望我

会给你松绑,更别指望我会喂你!”说罢转身要走。侯冈颉急忙叫住他。

“解刀一定嘱咐过你,不准你让我饿着。”

鹿伐站住了,有种被人看破心事的不快,回头对侯冈颉怒目而视。

侯冈颉继续说:“我要是饿死了,解刀身上的诅咒就会应验,而在此之前,你会先受到他的惩罚。”

鹿伐翻了侯冈颉一眼。不得已,只好开门走进畜舍,捡起地上的肉,生硬地塞进侯冈颉嘴里。他可不想触怒他的族长父亲。侯冈颉顺势张嘴撕下一块肉,贪婪地大口咀嚼,却完全忽略了肉的味道。

看他狼吞虎咽,鹿伐的脸上忽然浮现出诡异的笑容:“你就不问一问,我给你吃的是什么肉?”

侯冈颉摇头,不搭理他,但吃着吃着忽然察觉哪里不对劲,因为这肉的味道是他从未品尝过的,不是鹿肉,不是貘肉,不是羊肉,也不是山猪肉……

他猛然间想起昨天大庭氏族人看着他垂涎三尺的样子,心里咯噔一响,难道传言是真的?他心中产生了强烈的疑惑以及让他全身不自在的不安,张嘴将肉全部吐了出来。

“这是什么肉?”他质问。

鹿伐嘿嘿笑着,露出了牙石斑驳的满口黄牙,那宽大的缝隙之间还塞着肉食的残渣。

“牧犍。”鹿伐笑着说。

侯冈颉大叫一声,随即开始呕吐,就像有只拳头伸进了他的胃里,将刚才吃下去的肉一股脑扯了出来。他的胃不停地收缩,喉咙不停地抽搐,刚刚吃下去的肉吐干净了,紧接着就是黄色和绿色的酸水。他不知道除了呕吐还能做什么,只能不停地吐啊吐啊,直到他的胃和喉咙都变得无比疼痛,直到他整个人都失去意识。

鹿伐看着侯冈颉的狼狈模样,发出怪异的笑声,说:“如果你自己把自己饿死了,可不关我的事!”说罢转身,大摇大摆地离开了。

侯冈颉的意识渐渐恢复后,已经是中午了,他仍然能闻到空气中飘浮着的香气,这气味钻进他的鼻子,刺激着他的脑门,几乎要让他窒息。

一个身上满是各种瘀伤的女人一瘸一拐地来到畜舍前,干瘪的胸前捧着一个巨大的陶瓮,因为沉重而让她走得很吃力。女人将陶瓮放到黄羊跟前。黄羊并不怕人,因为口渴,它迫不及待地把脑袋伸进陶瓮,大口大口地喝水,激起的水花刺激着侯冈颉干裂的嘴唇。

"族长又说,精瘦一些的肉好吃,要我把这头黄羊饿得瘦一些,不让给它喂食。真是想一出是一出,前天还说肉要肥得流油才好吃。"

女人像是自说自话,又像是在和侯冈颉说话。侯冈颉不作声,一是不想,二是实在没有力气。

女人本想离开,看了看地上的孩子,却又转身推开门,走进了畜舍,把水瓮放在地上,小心翼翼地从里面捧出一汪清水,送到侯冈颉的嘴边。

侯冈颉迟疑地望着这个敌对氏族的女人,丑陋的女人却冲他微微一点头,侯冈颉依旧不动。"八成是吓傻了。"女人嘀咕一声,又用手指轻轻碰了碰他的嘴唇。侯冈颉好似赌气一般,说了句:"我不傻!"然后就像是找到奶头的初生婴儿,大口大口地将水喝下。女人又喂了两次,侯冈颉顿感身体舒服了许多,眼神中不由带着些许感激。女人不作声,默默地关上门离开了。

牧犍的肉已经被解刀和他的族人们吃光,曾经让很多勇士闻风丧胆的拳头,让花豹也自愧不如的快速奔跑的腿,如今都不复存在,洁白而干净的骨头被扔得满地都是,任由大庭氏族豢养的山犬疯狂地啃噬。

解刀对牧犍心存一丝畏惧,不想让他的诅咒应验,于是下令不得让侯冈颉渴饿而死。他原本可以放了这个孩子,但是不行,因为一旦侯冈颉回到侯冈氏族,他的精心策划就要失败。他有一个步步为营的计划,这是他作为一个首领最得意的手段。

人类社会发展至此,已初具形态,亦有了相当规模。在遥远的西方,在那两条大河共同孕育的沃土上,在侯冈颉及其同胞未知的新月之地,文明的阴影已让一些崇尚本真、放任天性的族群噤若寒蝉,一些少数而强大的开化民族早已开始使用青铜，这是能敌得过任何一种石头的新型兵刃，是人类眼下所知的最强劲的武器。这些民族还创造了战车，由两匹马共同拉驾——须知，很多氏族还从未见过马这种动物。文明的车轮正无情地碾压着人类史上婴幼时代的兽性，迫使他们做出种种顺应时代洪流的改变，向着人类文明的微光处前行。

人类的原始野性驱使着他们去战斗，文明则给他们提供了更为便捷的杀戮方式，人杀人变成了人们屠杀人们。用更快的速度杀掉更多的人，成为多少人日日夜夜苦思冥想的伟大课题。拥有青铜武器和战车的民族一直在思考如何在杀戮中有效作战，于是，研究战略战术的兵法谋略应运而生，并以惊人的速度完善，使得战争成为人类最早掌握的一门成熟的人文技艺。

侯冈颉所在的黄河流域，各氏族部落虽然尚未发展至这种发达程度，但也已显露锋芒，这是这一族群在数个千纪后开始称霸世界长达二十个世纪的征兆。他们在祖祖辈辈传承的狩猎活动中，在世世代代争夺地盘的博弈中，逐渐习得了杀戮的技巧，并将之系统化和规范化。

二者虽天各一方，彼此之间存在差异，但其天生的共性依旧不容小觑，盖因原始的杀戮习性皆源出一脉，并无本质上的不同。解刀自诩不是寻常莽夫，他已懂得运用技巧，因此将自己视为某一派杀人灭族之秘术的开山鼻祖。

解刀的计划是：牧犍一行人迟迟不归，侯冈氏族长必会再派精锐勇士前来一探究竟，届时他们便可再次仰仗人数优势将其悉数杀死，如此便可大大削弱侯冈氏族的战斗力；这一批人再不回去，侯冈氏族长就会再次派人来一探究竟，届时再将这批人一网打尽；最终，当侯冈氏族对他们产生怀疑时，族长要么会亲自率族人攻来，要么会积极备战，但无论是哪一种情况，侯冈氏族因为精将勇士已经损失过多，都不会占据上风。而他的目的是侯冈氏族那精湛的制皮工艺，战胜后，他会处死那些不肯屈服的勇士，留下那些技艺精湛的工匠，让他们成为大庭氏族的种族奴隶，世世代代为他们制作精美的兽皮，以此向东、向南，换取更多的珍贵财物。

想到这里,解刀不由嘴角上扬,露出一个让他身边任何人都感到恐惧的笑容。

这时,一个族人前来报告:那个被关押的孩子拒绝食用牧犍的肉。

解刀没想到侯冈颉会因为肉是牧犍的而选择绝食。他先是大声嘲笑侯冈颉是个笨蛋,而后又想到可以用这个办法将他饿死。于是,他又拿起一大块肉,那是刚烤好的山犬肉。杀这只山犬时,他们在它的腹中发现了牧犍的肠脏。他将肉扔在地上,冲那个族人说:"把这个也给那个孩子。我答应过不杀他,但如果他自己绝食而死,那就与我无关了。"

躺在地上不能动弹的侯冈颉再次得到了一块肉,还被人告知那也是牧犍的肉。侯冈颉又是一阵痛苦的干呕。送肉的男人冲他肆无忌惮地大笑。

晚上,熊熊篝火照得升腾而起的烟雾如晚霞一般,大庭氏族还在继续着无休止的狂欢。他们的智者此时已是巫师的身份,带着狰狞的狼头面具,挥舞着长而飘逸的雉鸡尾,口里发出完全不知确切意义的恐怖而兴奋的呼号,带领着身后的舞者对他们的祖神和战神致以最狂热的礼赞。

畜舍中的侯冈颉听不到附近有任何鸟兽的叫声,那些夜的生灵远离了大庭氏族的夜晚,只有遥远的山谷中传来狼群的呼唤。夜晚的温度开始降低,他的身体越发虚弱,两天没吃东西,饥饿拼尽全力折磨他,这是成人也难以承受的痛苦。听着大庭氏族的狂欢,他想念他的村社,想念村社里的每一个人。

因为饥饿,畜舍中的黄羊发出不耐烦的叫声,它低着头用鼻子嗅探地面,希望能找到可以果腹的树叶杂草之类的东西,实际上这不大的地方已经被它找了无数遍,根本就没有一草一木。它的鼻子碰触到牧犍的肉和犬肉,喷了一下气,不感兴趣地走开了。

侯冈颉望着和他一样饥饿的黄羊,忽然意识到:吃东西是活物的本能,如果他不用牧犍的肉充饥,那他的命运就和这头黄羊没有任何区别。他原本坚持的一些东西动摇了,他决定无论如何都要活着离开这里。于是，侯冈颉一口叼住了地上的肉，按在地上，左右摇晃脑袋，用力撕下一大口。

侯冈颉不记得那肉的味道，不是因为不敢细品，而是因为太饿，他根本就无暇顾及它的味道。但是，当他用地上的肉填饱肚子，他的肠胃从此就对肉食产生了强烈的厌恶，不管是猪肉、羊肉、貘肉还是鹿肉，直到六十年后，生命的最后一天、最后一刻，他再也没有碰过任何一种肉食。

感到气力渐渐回到身上的侯冈颉躺在地上，仰望满天星辰，忽然泪流满面。

饥饿的黄羊在他身边继续寻找着，嘴巴在他身上蹭来蹭去，他苦笑："我是吃饱了，你还饿着，只可惜你是吃草的，这里又没有草料……"

突然，侯冈颉一个激灵，他猛然间想到了自己身上那一圈圈密密麻麻缠绕的绳子。他低下头，努力伸出舌头，用舌尖感觉绳子的材质和味道——有种淡淡的清苦，被唾液打湿的地方有点黏黏的。

榆树皮！绳子是榆树皮做的！

饿极的黄羊连草根都吃，更何况是味道清淡的榆树皮！

侯冈颉的内心一瞬间被喜悦填满，他挣扎着坐了起来。黄羊吃了惊，吓得跳到一边。"怎么，难道你以为我已经死了吗？我不能死，我也不会死。"侯冈颉嘀咕一声，小心地一点点挪过去，以免让黄羊受到惊吓。黄羊充满戒备，不停地躲闪着。侯冈颉轻声呼唤，让黄羊知道他是没有一丝恶意的。这招果然见效，黄羊安静下来。侯冈颉艰难地移动身体，小心翼翼地蹭到黄羊脚下，而后努力将身上的绳子靠近黄羊那灵敏的鼻子。

侯冈颉的努力终于奏效了。黄羊抽动着鼻子在他身上闻了闻，试探性地伸出舌头舔了舔，而后开始用它锋利如石斧的牙齿一点点啃咬。

侯冈颉的身体能清晰地感受到榆树皮的纤维被整齐地切断，而后是紧绷的绳子一根根断裂……终于，他被绑住的双手猛地一松，绳子脱落了。

侯冈颉将绳子扔在地上，适应了一会儿，才努力撑着麻木的双腿站起来，畜舍的门不过是用一根木棍横插着。他悄悄地打开门，左右张望，四下无人。临走前，侯冈颉回头看了一眼对他有救命之恩的黄羊，它还在津津有味地低头吃着绳子。他给它留了门。而后，在歌舞狂欢声的掩盖下，在夜色的保护中，侯冈颉悄悄地逃出大庭氏村社。

侯冈颉以东方刚刚升起的月亮为参照物，分辨出方向，一路向西狂奔。耳畔风声呼呼作响，不时有树枝迎面抽打着他的脸颊，他却浑然不觉。刚才吃下去的肉已经消化吸收，开始为他的身体提供能量，他一口气跑到月明当头才站住脚，歇息了片刻，而后又继续赶路。他担心解刀发现他逃脱后会追上来，他要尽快把解刀杀害牧犍的消息告诉族长。

侯冈颉跑跑停停，一直坚持到天亮，当朝阳出现在他身后时，他实在撑不住了，大口大口喘着粗气。这时，他忽然看到了那棵他和牧犍等人栖身其下遭遇猛虎的古老的大槐树，树下还有他们燃烧兽皮留下的残骸以及灌木丛中依稀可见的打斗痕迹。当时是八个人，现在只有他自己了。侯冈颉不禁悲痛难忍，热泪奔流。但随即他就告诫自己不可逗留，因为那两头猛虎很可能还在附近徘徊。

侯冈颉加了小心，尽量让自己的脚步变得更加轻快。

小心前行的侯冈颉忽然发现，左前方一棵海棠树下，隐隐约约有一团与周围树丛不同的花纹，虽然它几乎和斑驳的树影融为一体，但目光清亮的侯冈颉还是发觉了异常，停下脚步屏住呼吸，经过仔细辨认，最终确定还是那两只猛虎。

刹那间，侯冈颉因长途奔跑而发热的身体变得冰凉，就像是掉进了寒冬时节的冰窟窿里。

侯冈颉还看到了猛虎肩头被刺伤的痕迹，那正是他用长矛所刺。当真是冤家路窄，他最终还是遭遇了那两只猛虎。

两只猛虎原本正躺在地上相互拍打，忽然听到有什么动静，立刻警觉地抬起圆而硕大的脑袋，锐利的黄绿色眼睛四处扫望，而后迅速地发现了不远处的侯冈颉，它们似乎认出了这个仇人，张嘴露出尖锐的牙齿，喉咙里发出低吼。

侯冈颉站着不动，与两头老虎对视。他只听到自己的心脏如擂鼓一般咚咚作响，还听到一种沉闷而急促的声音，过了很久才觉察那是自己的呼吸声。

就这样对峙了许久，太阳逐渐升起，随着它一起升起的还有丛林中的温度，侯冈颉很快大汗淋漓，但他只感到自己全身在冒冷汗。

两头老虎似乎也明白“敌不动，我不动”的谋略，一直保持着刚才的姿势，安稳如亘古不移的昆仑山，只有那明亮的眼睛不时闪动一下，证明它们还清醒着。

如果我死在这里，那么我的族人就会去大庭氏族打探消息，然后就会死在解刀手里！我不能被两头老虎吓住，我得尽快赶回去，我还要和族人一起杀回大庭氏族，为牧犍报仇！

侯冈颉在心里为自己打气，族人们那些熟悉的面孔一个个在他脑海中闪现，他虽然仍然害怕，但最后还是决定铤而走险。只能前进，生死由天，只在今朝，迈出此步，可见分晓。

下定决心的侯冈颉终于小心翼翼地迈出了自己的第一步。

这一细微举动引起两头猛虎的警觉，它们立刻站了起来，直直地盯着侯冈颉。侯冈颉又迈出一步，两头猛虎随之将身体弯曲成弧形，肚腹紧贴地面，后腿紧绷，快速挪着小碎步，在寻找最佳的进攻角度，随时准备腾空而起。

侯冈颉注意到它们那冒着寒光的眼睛片刻都没有离开自己的身影。天地不语，在这一刻，只有两头猛虎与一个孩子。上天造我，爹妈生我，十年成长，解刀不杀，难道是为了在今天喂这两虎吗？如果虎要吃我，无论怎样是跑不掉的。他不由咽口唾沫，小心地屏息凝神，又迈出一步。

这次，两头猛虎没动，依旧保持着刚才的姿势。

侯冈颉稍稍有些放心，暗自庆幸，壮着胆子又迈出一步。

太阳当空，普照大地，虎与少年屏声静气，相互凝视。世界露出仁慈的光芒，风声昭示着神秘的气息。猛虎依旧没有任何动静。侯冈颉壮了胆子，索性放开步子，就像没看到老虎一样，以正常速度大步前行。

两头猛虎竟一直保持一个姿势，既不追，也不跑，以目送的姿态任由侯冈颉渐渐远去。像是一只命运的大手在身后推着，他一路向前走，与二虎几步之遥交错而过，继续前行。

不知道走了多久，侯冈颉才壮起胆子回头望，身后只有郁郁葱葱的大树和灌木，正在微微春风中缓缓地起伏，一切都很安静，没有猛虎的影子。侯冈颉心想，或许是那两头猛虎刚吃饱，或许是它们有其他事要做，从而无暇顾及我吧！如此侥幸，侯冈颉万分庆幸，但思绪随即就被更加重要的事情占据，于是又加快了奔跑的脚步。

他凭借着惊人的记忆力，顺着来时的路又在走走跑跑中行了很远，沿途一切顺利，没有出现什么拦路的野兽，只是经过一条小溪时看到两头花鹿，它们在看到他后受惊地跳开。侯冈颉距离他的部落越来越近。当他穿过一片似乎还留着他们行走痕迹的灌木丛，又涉过一条他曾在此饮水的清浅小溪，而后翻过一块红绿相间的上古巨石时，赫然入目的是侯冈氏族祭社中直插云霄的建木，顶端是在风中翻卷的图腾旗帜，那是愤怒的祖先在向他招手。

他再一次热泪奔流，泪眼模糊中，家园就在眼前，他胸中拥堵着大团悲愤，他知道，一场旷日持久的杀戮就要来临。此时的他热血沸腾，胸中激荡起阵阵焦躁与不安。他发誓要报仇雪恨，要将解刀碎尸万段，将他的肉丢给野狗。

## 5

# 血亲复仇(1)

侯冈氏族第一百三十七代族长——沉稳而勇敢的大檀，在听身心俱疲的侯冈颉如实讲述了族人牧犍一行的遭遇以及解刀的残暴行径之后，垂头不语。聚在村社广场的侯冈氏族人立刻陷入喧嚣的海洋，男人们愤怒，女人们哀恸，他们诅咒解刀，她们缅怀牧犍和亲人。而大檀依旧迟迟不表态。阳光照耀，春风越来越大，图腾旗帜发出呼啦呼啦的声响。

“族长！”

“族长！”

“族长！”

……

人们群情激愤，高声呼唤着他们的领袖。大檀缓缓地抬起头，上扬的眉毛掩盖不住他的愤怒，闪着泪光的眼睛暴露了他的哀痛。人们安静下来，等待着他们的族长下达命令，一些人已经抓起了长矛和石斧，准备奔赴大庭氏族为他们的同族报仇雪恨。

大檀终于开了口，他缓缓地说：“我侯冈氏族在数不清的年头之前，就来到洛水之滨，在这片土地上围猎，耕种，繁衍，祭祀，恪守祖先和天神的训诲，从未在自己的草场之外做过杀戮之事，我们是最遵守规矩的氏族，也应该是得到祖先和天神庇佑的氏族！”

“是！”人群齐声呐喊。

大檀继续说道：“但祖先和天神也告诫我们，有两件事为侯冈氏族所不能容忍，一是草场被侵犯，二是族人被杀害。大庭氏族请来恶神相助，用诡计杀害了我们的族人，而如今，他们的鲜血正在大地上向我们的祖先哭诉！”

男人们发出愤怒的咆哮，女人们发出嘤嘤的抽泣。

大檀接着说：“对敌人放宽胸怀，就是对族人的侮辱；对敌人收起刀剑，就是对族人的戕害。我们要让那些杀害我们族人的氏族付出代价！血亲复仇，天然正义！”

侯冈氏族人高声呐喊，他们挥舞着手中的兵刃，惊得附近的鸟雀纷纷飞起。

侯冈颉握紧手中的一柄长矛，心想，我要第一个冲进大庭氏的村社！我要第一个将长矛插进解刀的喉咙！

但是大檀并没有起身行动的样子，人们催促他快快拿起自己的武器，大檀却摇摇头。

“我们要报仇，但不是这样报。”

而后，大檀命令人们放下手中的长矛，让他们拿起石斧，去附近山上砍伐树木。族人们都蒙了，不知道大檀族长的用意。然而大檀并不做解释，再次命令人们快去做他所吩咐的事情。满腹疑惑的族人们向来不会违背大檀的命令，这次也一样，于是纷纷抄起石斧，呼朋引伴，七八成群地奔向附近几座山头。

已经做好战斗准备的侯冈颉很是失望，他已经想好了从哪个角度刺穿解刀的喉咙，遂不满地问大檀为什么不现在就冲到大庭氏族的村社里去。

“他们人多势众，我们不是对手。”大檀轻描淡写。

侯冈颉听他这么说，心中难以接受。他爱他的氏族，他认为他的氏族强大到无所不能，如果是别人说他的氏族是个弱小的氏族，他可能就会伸出拳头教训对方了，但这话是他一直尊敬的大檀族长所说，所以他心中的疑惑与忧伤多过愤怒。

大檀说：“你不要疑惑，我不惧怕解刀，因为我从不惧怕任何人，既然我说了要报仇,就一定会报,只是我有我的方式。我不会再让族人白白送命。”

智慧这个词再次跳上心间,侯冈颉点头。

“解刀希望得到的是我们的制皮技艺,我了解这个家伙,只要没有得到,他就不会死心,很快他就会带着他的族人出现在我们面前。颉啊颉,春暖花开,草木生长,这原本就是掠夺和杀戮的季节。很快就要发生的事,你要仔细学着,因为将来你一定能用得上。”

大檀吹了一声口哨,村社中的几条山犬跑来,摇着尾巴向他讨要食物。每次大檀给山犬喂食时,都会吹一声口哨,这些山犬已经形成习惯。可此时大檀并不是要喂它们,而是要给它们派差事,他让剩下的族人带着山犬去捕猎,并特地嘱咐他们可以不遵守平时的规定,猎获多多益善。猎手们带着山犬去了。

侯冈颉着急让大檀给自己指派任务:“族长,我做什么?”

大檀随即下令,让侯冈颉带着孩子们去捡石头,又特地嘱咐他去捡洛水中的鹅卵石。

“捡石头? 捡了能做什么?”

大檀仍不做解释,只说:“你去就是了。”

侯冈颉一贯相信大檀族长,即使是捡石头这种看似简单的事情,也一定有他极为深刻的理由,于是立刻招呼族中的小伙伴们,拿着各种容器,去洛水边收集鹅卵石。

大檀族长目送着族人远去,而后无比恭敬地瞻仰祭社建木上那迎风翻卷的图腾旗帜。他们的图腾是颙,一只长有四只眼睛的神鸟,代表着通明、眼界和智慧。他在心中默默祈祷,希冀获得这伟大图腾神的帮助,赐予他的部落更多胜利的机会。

大庭氏族人发现侯冈颉逃脱是在当天的深夜。吃完榆树皮绳子后,那头雄性黄羊仍然饥饿,于是它在四处寻找时撞到了侯冈颉为它敞开的门,随之跑出了畜舍,而后冲撞了大庭氏族广场上的篝火,引起了大庭氏族人的恐慌。他们还以为是哪个没有被杀干净的氏族寻仇来了。解刀一看黄羊从畜舍中逃出,大叫不妙,跑去一看,惊觉地上的肉被吃光,侯冈颉已逃走。

但解刀并没有派人去追，因为他知道，在那样幽深的夜晚，到处都是吃人不吐骨头的食人怪兽，孤身一人闯进无垠原野和幽暗密林的少年，无疑只有死路一条。解刀冷笑一声，说："给我做奴隶是我对你的善心，你却偏偏要去送死！"

自信能将任何事情都掌握在手中的解刀回到自己的屋舍，爬到他最宠爱的女人身上，亮出了胯下刚健的宝刀，这是他生命力旺盛的最好标志。

解刀高枕无忧，信心满满地等待着侯冈氏族前来打探消息的第二拨勇士。

可是，一直到五天之后，迫不及待地要让手中石刀渴饮鲜血的大庭氏族人依旧不见有任何人来到他们的部落，只有几头不知天高地厚的莽撞水鹿跳进了它们的篝火中。解刀派腿脚轻便的人作为斥候去往西边打探消息。斥候回来说，整整一天都没有看到一个人影，这才引起了解刀的恐慌。

解刀的恐慌不是出于其他原因，而是惧怕族人们会对他的能力产生怀疑，因为之前他说过侯冈氏族人会一点一点来送死的话。解刀有些不痛快，连他最喜欢的鹿肉都少吃了许多。

又过了三天，通向西边的道路上依旧没有任何动静，解刀开始有些躁动不安了。他确信，以大檀族长的性格，不会抛弃任何一个族人。当年他们一同和炎帝讨伐斧燧氏之时，一名侯冈氏族人因为腿摔伤而步履维艰，当所有人都抛弃他时，大檀却背着他走了整整一天一夜。如今大檀没有派人前来问询族人的情况，恐怕原因只有一个，那就是他已经得知了牧犍等人的死讯。

就是说，那小崽子竟然活着回到了侯冈氏族？

除此之外，再无其他解释了。

解刀忽然陷入疯狂的暴怒之中，这些事情完全在他的承受范围之外，计划突变让他认为自己在族人面前出了丑。他从屋舍中冲出，一脚踢开尚未熄灭的篝火，吓得人们一边尖叫一边躲避，这更让解刀气愤，抓住身边一个女人，扯住她的头发，用力地向身边的大树上碰去。

女人因长期遭受解刀和族人的虐待，经常出现神志不清的症状，面对发怒的解刀，她发出异常尖锐的惊叫声，可是她的尖叫只能让解刀更加残忍地对待她，直到她满身鲜血死在树下。

为了挽回这种尴尬局面，解刀急于对侯冈氏族发起进攻。他纠集大庭氏族的男人们，慷慨激昂地发表了自己的演讲，其中夹杂着那个时代最能让一个人解除心中愤懑的恶毒咒骂，而后他号令族人们打磨好自己的石刀，鼓动他们做好赴死的准备，又以侯冈氏族的女人和领地为诱惑，清点好人数，带着他们离开部落，如一群追逐野牛的饿狼，向西而去，冲向侯冈氏族。

就在解刀渐渐明白自己计划已经被改变的这段时间，侯冈氏族人在大檀族长的领导下，进行了一系列有计划的周密工作。这些工作让族人们摸不着头脑，而之后的一场大捷却让第一次经历部落战争的侯冈颉大开眼界。

他们的村社在台原的至高处，南、东、西三面皆是斜坡，是从下面进入村社的通道，村社的背后也即北面是峭壁，即便是猿猴也无法通行，这也是当初侯冈氏先祖选择在此处建造村社的原因。

大檀下令在村社下方构筑一道围墙，将南、东、西三面包围，以阻断进攻者的通道。整道围墙分为上下两部分：下方用黄土夯实，有一人来高，顶端宽阔而平坦，可容一人通行；上方楔入一排整齐的木桩，露在外面的部分有半人来高，如此既能增加围墙的坚固性，又能为族人提供遮挡，还增加了敌人进攻时攀爬的难度。为防敌人火攻，大檀还下令在木桩上裹了一层红黏土，洛水岸边有很多这样的黏土，这是他们烧制陶罐最重要的原材料。

当他们的战争工事建造完毕，侯冈颉已得知大檀族长并不准备与解刀短兵相接，还猜出了他让族人收集鹅卵石的真实用意——这堆积如山的鹅卵石，就是侯冈氏族居高临下打击大庭氏的绝佳武器！

石头当然是不容小觑的武器。在那个时代，几乎所有武器都是由石头制成，这种取材于天地之间的材料是他们所知天下最坚硬的东西，它不但可以轻松地杀死兔子，还可以杀死老虎，甚至可以杀死犀牛和大象。人们制作石器的手艺代代相传，已经传承了不知几代人，其工艺水准早已是日臻完善。

但是大檀很清楚，制作石器尤其是武器，是大庭氏这个穷兵黩武的氏族的强项，当侯冈氏族的石刀与大庭氏族的石刀相碰撞时，崩裂破碎的一定是侯冈氏一方。为了应对即将到来的战争，大檀依旧要依赖石头，但不是制成石刀和石矛与其对面相刺，而是另外一种更为原始的武器。

有时候，最简单的反而是最高效的。

大檀清楚，从小生活在洛水之滨的侯冈氏族，最常做的游戏就是用鹅卵石打水花。大檀小时候就经常和同族少年们比赛，为此还获得过很多战利品，比如一块晶莹剔透红绿相间的美丽石头。后来，不知是谁在此基础上发明了用鹅卵石打鱼的技能，天长日久，侯冈氏族人竟渐渐精通此道，无论男女老少皆是个中好手，最为擅长此道的大眼，能在十几丈开外打中一条游动的鲫鱼。

大多数人都在建造工事时，大檀还让族中最厉害的一些猎手去附近山谷捕猎，短短五天就捕获了包括十五头花鹿、十一头黄羊、七头貘、五头山猪在内的四十九头猎物，加上他们去年就存在仓房中的黍子、高粱以及干果、果脯，足够他们支撑一个月的了。

当然，大檀不会忘了对他们而言最重要的水源。当初，为了汲水方便，侯冈氏族的先祖们选择在洛水之滨安营扎寨，而大檀刚当上族长时，为了让饮水更加方便，他让人们在村社附近挖了三个大大的水池，底部和四壁皆堆砌着一种遍布于对面山头上的光洁页岩，以免泥土让水质变坏。族人们用陶罐一点一点将其灌满，水量倒也充沛。多年以前的一次大旱，洛水断流，他们就是靠着这三个大水池坚持了一个多月，终于等来了一场大雨。

族人们在村社广场清点他们的食物。侯冈氏族人恪守猎杀不绝的祖宗遗训，从不对为他们提供食物的野生动物采取灭绝性的猎杀，比如怀孕与哺乳的母兽不会猎杀，幼兽不会猎杀，渔网的网眼不可过小，春天不砍伐筑有鸟巢的树木……这种原则甚至延伸到植物，不超过胳膊粗细的树木统统列为苗木，不可砍伐。侯冈氏族人从来没有违背这些原则。但是现在他们为了战争，不得不进行一场违背他们祖先意愿的杀戮，猎物不但在数量上远超从前，而且还有很多怀孕的母兽和刚刚生下的幼兽。

但人们依旧心存疑虑，劝说大檀再去猎捕一些，大檀却严词拒绝：“决定他们食物数量的是我们的水源，我们的水源只能让他们坚持一个月。”有人劝说他再挖一座水池，大檀也认为不可行，说：“来不及了，我族不能再在水池上浪费精力和时间。”

多年后的某一天，同样率领族人与敌人顽抗到底的侯冈颉，终于明白了大檀族长坚持不再增添水池的真实用意。

侯冈氏族的斥候终于带来了消息，他们在最高的山岗上遥望东方，看到了从密林中惊起的飞鸟。飞鸟们距离他们越来越近，那是一道无形的前进路线，带着掠夺的恶意。

“他们终于出现了。”

大檀的语气就像是发现了他的猎物，而不是一个致命的威胁。族人们听到这些，脸上的表情隐隐有些改变。侯冈颉明白了族长的意思，他在用这种口吻安稳人心。

大檀下令所有族人进入村社，然后封死了最后一道豁口，从这时起，他们彻底与外界隔绝，村社俨然已成一座孤岛，他们就是这孤岛上同生共死的群鸥。自女娲造人以来，人类因求生的天性而选择群聚而居，进而这群居的习惯也成了一种天性，因此产生了最美好的人类情感。而此时此刻，侯冈氏族的每一个人都从未感觉如此需要身边的同族，那强烈的感觉有些让人窒息，眼睛热辣辣的，想要流泪，他们彼此手拉着手，体温相互交融，逼近的危险和周密的防御瞬间放大了他们蕴藏在身体之内、灵魂之中的能量。他们打算与敌人决一死战。

三十个年头以后，经历了很多事、认识了很多人的侯冈颉，依旧能深深体会这种奇妙的情感。那时，他已被一位继往开来的大君赐名仓颉，而且他业已成为能和燧人氏、有巢氏、神农氏相提并论的伟大人物，而他依旧无法将这种情感具体描述，因为它虽无处不在，却又不可捉摸。

这时，台原下的丛林中传来熙攘之声，侯冈颉和族人们已经能听到解刀及其族人的呐喊声,那是他们在用声音壮大自己的士气。在侯冈颉听来,那是无比丑陋、可恶的声音。不一会儿,赤裸着身体的大庭氏族人从密林中蹿出来,挥舞着光亮的石刀,向他们的村社冲杀而来。

战争开始了。

大檀让男人们站在第一战线,隐藏在木栅之后,脚下堆积着躁动不安的鹅卵石;女人和稍大一些、有作战能力的孩子们则站在男人身后,负责为他们搬运石块,并在必要的时候加入血腥的战斗。

其时,每个氏族皆奉行全民皆兵的普世法则,无论男女,接受各式各样的战斗训练实为生活常态。按照那时的生存状况,没有战斗力便意味着坐以待毙。因此,没有哪个女人不能在紧要关头熟练地使用武器,也没有哪个孩子不能在危急时刻成为凶猛的猎杀者。

也正是因为这样,许多氏族在征战挞伐之时,会让妇女和孩子随军,让他们承担各种辅助性的军事任务,比如看护伤员、补充弹药、呐喊助威以及侧翼突击等。当然,为了保护这些弱势群体,男人们还是会将其置于自己身后,以便战败溃逃时让这些妇孺能在第一时间逃离战场。

侯冈颉一腔热血,向大檀提出了自己的请求:“族长,我要在第一战线参加战斗!我要亲手杀了该死的解刀!”

大檀轻轻拍了拍侯冈颉的肩膀,脸上滑过一丝欣慰与鼓励的笑容。但是为了不让一个经验不足的孩子影响到氏族的整体作战计划,他依旧严词拒绝了这一请求:“你还是个小孩,要和女人、孩子们在一起。”

侯冈颉还想争取,然而大檀不等他开口就直言:“没什么可商量的,这就是规矩。”

侯冈颉随即听出族长语气中暗含的不容争辩的坚定,于是只好乖乖站到了第二战线中。

全体族人屏气凝神,如伏击的山猫一般,隐藏在围墙之内。

在台原坡下对村社发起进攻的大庭氏族人看到了侯冈氏族的工事,对这种新鲜事物感到分外惊奇。可即便如此,解刀仍然不做任何调查和商议就下达了进攻的命令。对本族战斗力的估量让他充满信心,多日的行军也让他们心浮气躁,而途中竟然没有见到一个侯冈氏族人供他们杀戮,更让他们怒火中烧。于是,他们几乎是拼尽全力向侯冈氏族的村社发起冲锋。

大檀传令:"所有人,无论男女老少,皆要在手中拿一块石头,等待我的命令!"当五百余名大庭氏族勇士全部进入射程范围之内,大檀一声令下,三百余颗鹅卵石随即腾空而起,它们在空中相互撞击,迸溅出星星点点的火花,发出噼里啪啦的声响,又像是从天而降,让所有闻声者脊背发凉。在重力加速度的作用下,这些从台原顶端落下的石头爆发出巨大的威力,滚雷一般砸进敌人的队伍之中。一瞬间,大庭氏族勇士人仰马翻,有人头破血流,有人嘴歪牙落,有人一命呜呼,兴奋的呐喊很快被惊号与惨叫代替,他们发起的强势进攻被毫不起眼的石头阻断在台原的半腰。

解刀的额头受了伤,却根本无暇顾及疼痛,他被这种景象激怒,对地上的族人拳打脚踢,咒骂着让他们继续冲锋,意欲一举翻越围墙,将躲在后面的侯冈氏懦夫们一网打尽。

大庭氏族勇士踩着同胞的尸体与鲜血呐喊着发起第二次冲锋。

大檀再次下令投出鹅卵石。站在后方的女人、老人和儿童其实看不到前方的景象,但大庭氏族人已经遍布了整个斜坡,因此对他们来说,不必有命中率的担忧,只要将石头奋力投出,就一定会砸进敌人的队伍之中。又一阵尖锐的声响过后,大庭氏族人再次遭受遮天蔽日的飞石杀伤。

侯冈颉急于寻找解刀的身影,但是人群和高高的围墙挡住了他的视线。他环顾左右,发现附近的一块大石头,随即跳了上去。站在这个制高点上,他看到了围墙外面的景象:大庭氏族人的阵型已经显得非常混乱,可他们仍在向坡上发起冲锋。

侯冈颉的目光在人群中搜索着。看到了,终于看到了!冲在最前面的那个禽兽就是解刀。侯冈颉激动不已,把解刀的脑袋想象成洛水中的一条鲫鱼,瞄准,将鹅卵石投出。

鹅卵石划着一道弧线飞出去,正好打在解刀额头,却因力道不够,并未造成伤害。解刀将血迹一抹,面孔狰狞,继续上前拼杀。

解刀愤怒地身先士卒,他的族人们皆受到极大鼓舞,他们已经习惯了这种疯狂的战争状态,在过去的多年间,至少有五个氏族是被他们在这种疯狂进攻中所灭亡的。他们相信强大的气势会将敌人吓倒,于是紧紧地跟在解刀的身边,不顾一切地向上冲,终于在经历了第三波投石的射击后,置身于围墙之下。

解刀仰望围墙,只见围墙远比他们在远处山坡上看到的更为高大,而且表面十分光滑,难以攀爬。于是,他下令让勇士们后退几步奔跑助力,希望能以这种方式蹿上木栅。然而这一方法并不奏效,围墙的高度远远超过了他们的弹跳高度。

解刀又让一些人蹲在地上,其他人则踩踏他们的肩膀向上爬。这次的努力有了效果,爬上围墙的勇士一伸手就抓住了木栅,不由欣喜:接下来,只需胳膊一发狠力,翻越木栅便易如反掌了！然而,就在他们沉浸在即将胜利的喜悦时,忽然迎面钻出一柄长矛,如毒蛇一般击中了他们的头颅。

木栅后的侯冈氏勇士皆是使用长矛的高手,他们将仇恨凝聚于长矛尖端,对那些冒险爬上围墙的敌人奋起反击。一通迅猛的击刺,大庭氏族勇士一个个直挺挺地栽倒在地,血肉和眼球中的浆液喷涌而出,模糊了他们的脸面。

解刀看到这情景,反而笑出声来,只是那笑声无比阴森和恐怖。勇士们的士气已被接二连三的打击消磨殆尽,竟然选择了漠视解刀的威仪,纷纷溃散,向台原下逃去。大檀立即号令全体族人自由射击,飞石又如暴雨一般追出,落进敌人的队伍,大庭氏族伤亡者越来越多。

愤怒的解刀挥舞石刀劈砍围墙,激起一团团尘雾,却收效甚微。他的儿子鹿伐将他拖拉下台原。来到台原下,解刀一下子瘫在地上,回头望去,只见整个斜坡上横七竖八地躺着他们的族人,有的还在动弹,有的已经死去。鹿伐想上去救助那些尚有生气的同族,却被解刀拦下:“不要为他们再去送死。”他们眼睁睁地看着那些同族被围墙后的飞石砸成一摊摊烂泥。

而后，解刀清点了人数，发现损失了一百四十九人，不由破口大骂：“侯冈氏！我解刀定要扒你们的皮，吃你们的肉！”

精疲力竭的族人们纷纷请求解刀拿出新的对策。

望着高高台原上被围墙保护起来的村社，解刀眉心紧锁，陷入沉思。许久之后，他决定对侯冈氏族采取以静制动的策略：“我们要拖死他们。既然他们喜欢待在山上，我们就陪着一直待下去！他们的食物总有吃完的时候，他们的水也总有喝光的一天。而那一天就是他们的死期。”

血腥而激烈的攻坚战平息下来，大地安静下来，双方氏族陷入了漫长的对峙，整个台原、整片丛林、整条河流都陷入死一般的沉寂。但谁都知道，这沉寂的背后隐藏着死亡使者们的鼎沸喧嚣。

大庭氏族人在洛水岸边的鹅卵石滩地上驻扎，铺上枯树皮、茅草等物，燃起篝火，就建成了最简单的营寨。每天晚上，他们都在数星星中进入昏沉梦乡，这是他们的祖先延续了很多个世代的睡眠方式；每个白天，解刀都要率领族人进行大规模猎捕，而后故意用他们精湛的厨艺烤炙出各色美味佳肴，任由香气升腾而起，飘进侯冈氏族的村社，刺激着他们每一个人的肠胃。

美味的食物有时会成为压垮敌人的最后一根稻草。解刀深谙此道。多年以前，解刀进攻一个以猪为图腾的部落，双方鏖战许久，最后他就是用三十头烤熟的鹿肉诱使他们举族投降的。

相比之下，侯冈氏族的饮食就艰苦得多了。

为了延长存放时间，大檀下令把所有的肉食都制成了烤肉干，大块大块的肉被切成丝丝缕缕，而后穿成一串，放在火上炙烤，直到丢失所有水分，这样利于保存。这种食物是名副其实的干粮，粗粝而无味，刚开始几天经过反复咀嚼，还能顺利下咽。后来天气越发温暖干燥，这些肉干就变成了木柴一般，只能放在陶釜中进行熬煮。但水和木柴有限，也不敢熬煮太长时间，只能在肉质稍软后就将它们填进肚子。

至于仓房中的黍子、高粱和干果，在平时就是非常珍贵的食物，如今在这特殊时期,这些易于消化又美味的口粮便成了男人们的专属,他们都是战士,理应为时刻都会发生的战斗维持体力。女人和孩子们对此当然毫无怨言,愿意将食物优先供给他们,这种对于特权的极大宽容是他们的生存本能。

如此相持了二十天,首先难以忍受的是客场作战的大庭氏族。勇士们每天都要守在台原之下,即便捕猎也不能远离,这种禁足让他们抓耳挠腮;他们的心还要分一半在自己的村社,担心他们的女人因为没有受到打骂管束而变得无法无天,吃完他们存放的食物;他们还喝不惯洛水的水,嫌它太过苦涩,他们的部落一直都喝清冽甘甜的山泉。

而且,他们的族长解刀之前告诉他们说:“大檀和他的族人一定坚持不了二十天!”他们选择相信,因为他们从未怀疑过解刀的权威,他的权威来源于他的自信和之前事情的应验。但是,第二十一天,台原上的村社中依旧升起了袅袅炊烟,怡然自得地飘荡,那是侯冈氏完全没有投降意愿并要顽抗到底的明证。大庭氏人以为敌人很快就会垮掉,当敌人的坚持远超过他们的预期时,他们的愤怒和轻蔑很快就全部转化为恐惧和不满,厌战情绪如瘟疫一般开始在他们的队伍里滋蔓。每个人都成了闹情绪的马蜂窝,一言不合就大打出手,亲兄弟之间往往会因为一个铺位而反目成仇,拔刀决斗,他们之间那些无谓的体力消耗通常能引起众人的喝彩之声。再加上离开自己的村社,离开自己的女人,每个人都烦闷不已,每个人都无聊至极。

这一切,解刀都看在眼里,心中燃烧的怒火一天胜过一天,但解刀不会因此而方寸大乱,他深谙驭人之术。他清楚,这时候他的战士们需要的是鼓励而非以往的打骂。是夜,他下令举办盛大的篝火宴会,大鱼大肉,尽情开吃,然后又让随行智者展现他身为吟游诗人的高超技艺,当众吟诵大庭氏族世代相传的英雄礼赞。那是一个关于长着牛脑袋的族长吃掉很多恶神的上古史诗,抑扬顿挫的声调,充满激情的投入,让人为之沉醉,为之痴狂。

聆听着台原下敌人篝火旁的诡异传奇,侯冈颉先是嗤之以鼻,而后小小心灵中升起对最后一个水池水位的忧虑。那些水只能让他们坚持四五天了。也就是说,五天之后,他们就必须冲下台原,以弱势兵力与解刀的敢死之军一决胜负,否则他们就只能在这孤岛中饥渴而死,最终任由解刀及其族人凌辱他们的尸体,卷走他们的物品。当他向大檀族长询问对将来的打算时,大檀却沉默不语。

台原下智者的吟诵起到一些作用,力量被重新凝聚,大庭氏族的勇士又恢复了斗志,期待天亮,寻找时机投入战斗。解刀随时随刻都保持着跃跃欲试的亢奋状态。智者告诉族人:“我们族长的灵魂已经进入某种奇妙境界,他正在和伟大的战神融为一体,胜利永远是属于我大庭氏的。”大庭氏族人随之欢呼雀跃,原始宗教的多神信仰成为他们自欺欺人的最佳慰藉。

解刀对出现的转机感到快乐,虽然他不知道大檀还能坚持多久,但他的猎杀天赋却告诉他:侯冈氏族的用水即将告罄。每天,他都要激情澎湃地磨砺那把永远喝不饱鲜血的石刀,杀戮冲动灼烧他的每一根神经,让他坐卧不宁,对于未来的乐观评估又让他陷入兴奋的癫狂,经常于寂静深夜里在睡梦中肆意狂笑,挥砍劈杀,以至于惊到众人,无人敢再靠近他半步。

然而,一场突如其来的大雨却彻底浇灭了解刀的如火热情,也冲垮了大庭氏族人的侵略信心。倾盆大雨下了一天一夜,灌满了侯冈氏族的三个大水池。由此引发的春汛导致洛水水位上涨,淹没了解刀及其族人的驻扎地,以至于解刀不得不下令向上迁移他们的营寨,却不料又因此进入侯冈氏族投石的射程范围,猝不及防间,凝聚着愤怒和嘲讽的鹅卵石在暴风雨中呼啸着再次从天而降,将解刀和他的族人砸得七零八落。一直负责鼓舞士气的智者终于受不了良心的谴责,不顾个人安危,拿出长者的威仪,以新的谎言击退旧的谎言,一番诡异舞蹈之后,对族人们言之凿凿地声称:“战神已经回去了,因为他没有穿蓑衣。”并力劝族长解刀放弃这毫无前途的征伐。

于是,在似乎要将整个世界淹没的大雨中,解刀愤怒地做出了这次进攻的最后一个决定:撤退。

围墙后的侯冈氏族人忽然听到台原下大庭氏族人的欢呼声,这让不明真相的他们受到一丝惊吓,仓皇间做好了战斗准备。然而,他们大檀族长的脸上古井无波:“族人们,我们也该欢呼了,他们滚蛋了。”

## 6

# 血亲复仇(2)

大檀带着族人清点敌我双方的伤亡人数：侯冈氏族只有一人受伤——大檀的儿子飞镰在作战时，不知被哪个冒失鬼误伤，脖子上挂了彩；围墙外大庭氏族的尸体一共一百四十九具。大檀拿出记录部落征伐的结绳，在表示胜利的红色绳索上打了一百四十九个绳结，记录下这一光荣胜利。

大庭氏族人的尸体已经腐烂，散发出一股股浓浓的恶臭，密密麻麻的尸虫撑破肚皮，钻开皮肉，从里面爬出来。侯冈氏族人皆义愤填膺，纷纷叫嚷着要将他们丢到山谷中去喂野狗。

大檀对族人的争吵置若罔闻，他径自来到侯冈颉身边，向他征询意见："颉，你认为该如何处理这些尸体?"

大人们对族长的这一举动有些诧异，他们没想到族长竟会如此在意一个孩子的看法，有些人不免侧目。侯冈颉看了一眼母亲，而母亲给了他一个鼓励的眼神。他顿时壮了胆气。

"他们活着的时候，我们应拼尽全力杀死他们。但他们已经死了，我们理应妥善处理他们的尸体。"

大檀问："为什么?"

侯冈颉回答："活着的时候，他们是要杀死我们的坏蛋，是敌人；而死了以后，他们就没有能力再杀人，而仅仅是一具尸体，我们应该尊重尸体,这是一个人曾来到这世上的凭证。”

大檀点点头,而后下令将这些尸体用他们的方式进行埋葬。

然后,族人们请求大檀率领他们乘胜追击,誓要将解刀及其族人斩草除根。

大檀却摇头,说:“对方人多势众,你们也全都看到了,他们可以作战的男人数量就超过我们全族的人数,贸然追击,必败无疑。记住,我们的胜算只在围墙之内。”

飞镰问:“那将来我们怎么办?”

侯冈颉也刚想问这个问题,于是睁大眼睛望着大檀,急切地等待着他的回答。

大檀说:“解刀和他的族人多有伤亡,如今已是十分疲惫,回到他们的村社后,一定会休养一阵子,在这段时间里,我们是安全的。”

“那这段时间过后呢?”侯冈颉迫不及待地问。

大檀说:“这段时间过后,解刀一定会带着他的族人卷土重来,那么第二场恶战就不可避免。”

族人们个个亢奋起来,高声叫嚣,表示自己有不畏战争的勇气,誓与大庭氏族一决生死。

大檀示意他们安静,说:“如今摆在我们面前的有三条路。第一条,继续与大庭氏作战;第二条,和他们议和;第三条,离开这个地方,另寻新住处,举族迁徙。”

族人们开始你一言我一语地议论纷纷,这三条路各有拥护者。

“打了那么久,咱们把春耕都耽搁了,这样下去,这些人还怎么活?以后不要说祭祀祖先了,就是连吃的口粮都没了!还是赶紧议和吧!”

“大庭氏被我们杀死那么多人,他们怎么会跟我们议和呢?”

“反正咱们的耕田也耽误了,倒不如趁着这个机会离开,去找新的草场。”

“这是祖先留给我们的土地,怎么能说走就走?咱们的老墓还在这里呢!你要把祖宗丢了不成!”

“我们的祖先不也是从别的地方迁过来的吗?祖先能挪地方,我们为啥不能挪?"

"大不了再跟解刀干一仗！日他先人！咱们手里的长矛也不是好惹的!"

……

随着越来越多的人加入讨论,声音越来越大,讨论渐渐变成了争吵。赤须等智者皆认为不应再作战,而应议和或者迁徙,而大檀一直默不作声。飞镰被他们吵得心烦意乱,又急于知道父亲的决定,于是站起身来挥舞着胳膊,制止了大家的争吵:"你们莫吵！听听族长怎么说!"

众人这才想起对部落最有决定权的族长大檀,随即安静下来,一双双眼睛紧紧地盯着他。

大檀见众人不再争吵,遂给族人们分析眼下情况:"与解刀议和是不可能的事——哪有侵略者会接受议和的?议和如果有用,解刀就不会杀死牧犍,就不会对我们的部落发起如此恶毒的进攻,他的目的就是杀人,就是要让我们亡族灭种！至于迁徙他方,我们的祖先来自北方苦寒之地,当他们发现这片土地后,就在天神的见证下将图腾幡旗插在此处,同时也将自己的根扎在这里。我们侯冈氏族从不擅自离开自己的家园,这是列祖列宗的遗训,胆敢违背者,必将遭受最严厉的惩罚!"

听到大檀如此说,人们便知道他的意思了:继续与大庭氏族交战。那些坚持与大庭氏族决一死战的人不由兴奋异常,一心要杀解刀为牧犍报仇的侯冈颉更是按捺不住内心的激动,紧紧地抓着母亲的手,甚至因激动而身体颤抖。母亲以为他仍处在恐惧之中,于是轻轻地揽住他的肩膀。侯冈颉却忽然挣脱了母亲的手,冲到大檀族长面前,抬头望着他:"族长准备怎么对付解刀?"

大檀望着侯冈颉那带着恨意的清澈眼睛,语气无比坚定地说:"对付解刀这个天下头号恶人,自有我的办法。"

大檀这话是说给侯冈颉听的,也是说给族人们听的。族人们看到了大檀族长的满满信心,那些对与大庭氏继续作战持质疑态度的人也因此稍稍心安。而侯冈颉却从大檀族长的眼睛里看到了不一样的东西,并隐隐感到似乎哪里有些不妥。

之后,大檀带着族人开始对惨遭破坏的村社进行有条不紊的清理和修缮。他用一种一贯坚毅的眼神望着他的村社,里面尽是不屈与决绝,那一股十足的劲头分明在向大家宣布:我们的家园一定会比大庭氏入侵之前更加美丽!

这场天降的大灾难却极大地提高了人们的警觉性,这是一种被强化的危机意识,尽管有了围墙这道防御措施,可是在吃过晚饭后,大檀族长依旧安排族人轮班守夜。而后,劳累一天的人们纷纷钻进他们的屋舍,很快便沉沉睡去。

夜半,皎洁的月光透过敞开的门洞洒进屋舍,轻轻抚摸着躺在门口的侯冈颉的脸颊。侯冈颉与温柔的月明对视,他并没有睡着,而是一直在思想。耳边的鼾声和梦呓此起彼伏,侯冈颉倾听身边母亲的鼾声,平稳而略显沉重,知道她已睡熟了,便小心翼翼地爬起来,悄悄地走出去。

村社中的篝火还在燃烧,七个勇士手持长矛在围墙上巡逻,他们的注意力都在围墙之外,并未注意到侯冈颉。侯冈颉也没有打扰他们,而是安静地向右一转,爬上斜坡,走到了屋舍的顶上,这里是整个村社的制高点。又走了四五十步,便来到了台原北部尽头断崖的边上,他想在这里透透气。他经常来这里仰望星空,思考问题。

黑暗中,他看到断崖的边上有一个人影,冷不丁地吓了一跳:“谁在那里?”

“过来。”

侯冈颉听出那是族长大檀,遂放下心来,走过去坐到了他身边。

“族长睡不着吗?”

“是。”

“为什么睡不着?”

“有心事。”

“什么心事?”

“此一时刻,还能有什么心事?”

“让族长有心事的是大庭氏族吗?”

“不是大庭氏族，是解刀。”

“族长是在恨解刀吗？”

“不是恨，是怕。”

侯冈颉听大檀这么说，有些讶异：“怕？族长怎么会怕解刀呢？”

“因为他的存在时刻威胁着我的族人。”

侯冈颉忽然想起白天大檀族长的异样眼神，于是说：“族长，有件事我想问你。”

大檀在月光下笑了笑：“你的问题既多，又没人能拦住你发问。你问吧。”

“你是不是还没想出打赢解刀的办法？”

不出侯冈颉所料，月光下，大檀族长沉重地点了点头：“是。”

侯冈颉忙问：“那你今天还骗大家，说你已经有办法对付解刀了？你这是在撒谎。”

大檀用一种提示侯冈颉的语气说道：“历经这场厮杀，我们氏族虽然没有什么损失，但却人心惶惶。你仔细想想，我当着他们的面说那样的话，究竟用意何在？”

侯冈颉皱着眉头思考片刻，豁然开朗，声音不由高起来：“族长是在……”

大檀忙将手指放在嘴边，示意他小声说话。

侯冈颉会意，凑近大檀，压低声音重复了一遍：“族长是在安抚他们……”

大檀“嗯”了一声，继而说：“我要消除他们心中的恐惧，让他们不要失去信心。只要我们的信心还没有丧失，即使再来一个解刀，我们也不用害怕。”

侯冈颉明白了大檀族长的良苦用心，为了表示他内心深处的同意，动作夸张地使劲点了点头。但是，很快他就被另一个问题困扰：“可是我们还是没有拿出对付解刀的办法。”

大檀沉默片刻，继而说：“所以我才在这里苦想。你放心，我们终究能想出对付他们的办法。”

次日一早，侯冈颉在蒙眬中醒来，却发现自己身处丛林之中。狐疑间四下张望,却没看到一个人,然后他惊讶地发现自己身后就是那棵巨大的古槐树,不由大吃一惊:怎么到这里来了?正迟疑间,忽然听到一阵风吹树叶的声响,阵阵不安袭上心头。

这时,风中传来一声低吼,两头猛虎气定神闲地出现在侯冈颉的面前。

侯冈颉顿时陷入绝望,老虎看上去非常饥饿,肚子干瘪得像是流光了水的囊袋,明显已经很久没吃东西了。它们的眼睛里射出一道道愤怒的火花,似乎已迫不及待要将他生吞活剥,而他手中没有任何可以御敌的物件。他想起族人们谈及猛虎吃人的景象,他们说老虎喜欢咬住人的脖子,一直把人憋死才会开始大快朵颐,这个在疼痛中等死的过程一定恐怖得要命。

但侯冈颉心中立刻升起强烈的求生欲望:我还没有杀死解刀,不能什么都不做地在这里等死!他在脚下发现一根手臂粗细的树枝,捡起来,双手紧紧握在胸前,准备与那老虎奋力厮杀。然而就在这时,他忽然感觉自己的胳膊被什么扯住了,回头一看,吓出一身冷汗:不知从哪里又冒出来一头猛虎,咬住了他的胳膊!侯冈颉大叫,用树枝捶打老虎的脑袋。这时,那两头猛虎也狂风一般冲了上来,咬住他的脖子和脑袋。侯冈颉惊恐地大喊大叫,却发现三头老虎突然之间全都掉光了牙齿,他只感觉被它们咬住的部位热热的、湿湿的、痒痒的,却没有一丝疼痛……

“颉!颉!颉……”

侯冈颉听到有人在呼喊他,随后眼前一阵黑暗,接着又是一片刺眼的光亮。他睁开了眼睛,发现自己在屋舍中,而眼前站着大檀的儿子飞镰,山犬们正在快活地舔舐着他的胳膊、脖子和脸颊。原来是一场噩梦。侯冈颉长长地松了一口气。

“你做梦了?”飞镰问道,但不等侯冈颉回答,他又紧接着说道,“族中的智者们要求举行求神占卜仪式,我父亲让所有人都去参加。”

久远世代以前,先民们在丛林山谷中艰难地生存,衣不蔽体,食不果腹,逐水草而居,与豺狼为邻,无论白天黑夜,皆在战战兢兢中度过。日常生活中的每一个举动、每一件小事,都有可能让他们丢掉性命，朝阳升起时还生龙活虎，夕阳西下时却已是野兽的腹中餐。久而久之，一些不甘心任人宰割的氏族领袖再也不是仅凭本能去求生存，而是开始转动大脑，从大自然的变化中受到启迪。太阳每天从东边升起，向西边沉落；河水永不停歇，由西方而来，向东方流去；春天万物复苏，秋天大地转凉凋敝，这一切皆是有条不紊地运行。是否有一双大手操纵着世间万物，使它有序地轮转？那么我们可否从中找到一些暗示，摸出什么规律？在漫长的摸索与感悟中，他们自称获得了非同一般的神奇力量，细致地观察天地、日月、山川、河流、草木、禽兽、雷电、风沙，通过它们的种种形迹来获得一些启示。而这种启示性的征兆中，蕴含着大多数人所不能理解的复杂逻辑。在这已有规律的指引下，朴素的先民们更加善于趋利避害，从而使得他们的血脉更加繁盛，根基愈加稳固。这样的情景不知维持了多少年，正值那伟岸的大君伏羲氏之时，由他本人亲自推演出了占卜之术："占"意为观察，"卜"就是灼烧，占卜就是把龟甲或者兽骨用烈火焚烧，那噼里啪啦的炸裂声便是神的话语，裂开的纹理便是天神给予的具体指示。

占卜之法以小明大，见微知著，便捷性和精准性远超前代，各氏族部落的耕种、畋猎、征伐，乃至于婚丧嫁娶，必定都要通过占卜来寻求天神的指导。

侯冈颉已经猜到智者们要就什么事举行占卜了，他不由犯了嘀咕：昨天族长已经说了自己有办法战胜解刀，如果今天智者们在求神仪式之后得到不好的结果，族长昨天的努力不就白费了？

飞镰见侯冈颉还在出神，便轻轻踢了他一下："还没睡醒？快点啊！"

侯冈颉随即将山犬们推开，从地上爬起，和飞镰一起来到广场。

族人们差不多都聚在这里了，他们已经以祭社为中心，里三层外三层围得满满当当。大檀族长和赤须智者站在祭社中央的高台上，他们身后的祭坛上燃着熊熊烈火，旁边放着一个乌黑发亮的龟甲。

在所有经常见到的兽类中，乌龟的寿命最为长久，人们渐渐相信，它们就像族中的老者一样，博古通今，无所不晓，而且它是四灵兽中唯一能常在人间见到的，因此成为很多氏族部落虔心崇拜的灵物。

寿终正寝的乌龟年岁自然更高，它的壳是最能通神的宝物，其能力远远超过猪骨、羊骨乃至珍贵的虎骨。祭台上这只裂纹密布的龟壳是去年在对面山上捉到的一只老龟，当时它正在与凶猛的山鹰搏斗，几番回合，久久不落下风，却在转瞬间成了赤须智者的猎物。

赤须智者的红胡子在烈火升腾的热气中飘扬，他那小而有神的眼睛在人群中扫视，确定族人差不多都到齐了，于是提高声音宣布："我们即将对大庭氏进行征伐，因此在这里恭请天神下赐指示，启示给我们战争的结果。"

说罢，赤须智者口中诵念着自古流传的祷文，伸出他那干枯、多节犹如乌鸦之爪的双手，颤颤巍巍地将龟甲捧起，恭恭敬敬地送进烈火中。随着一团火星飞起，赤须智者的声音也随之增高，他正投入寻常人所不具备的情感之中，与此同时，他得到了寻常人所得不到的神奇体验。他的动作幅度越来越大，干枯身体的颤抖慢慢发展为一种通灵般扭曲的舞蹈，和跳动的火焰相辅相成；诵祷声变成了一种近乎哭诉的怪异声调，与龟甲炸裂的声音相互交织。在场的所有人都纹丝不动，也不敢弄出一点声音，生怕打扰到他，从而让这诡异而神圣的仪式受到影响。上一代人中曾有一对男女因为打断这仪式而受到惩罚，几个月后他们生下的第一个儿子竟然是一个长着绿油油乌龟壳的怪物，人们坚定不移地认为那是神的发怒。

最终，赤须智者的求神仪式结束了，他瘫在地上，大口喘着粗气，额头上渗出一层白蒙蒙的汗珠。

"把龟甲拿出来。"他命令大檀。

举行仪式期间的智者具有如同天神一般的威仪，同时具有和族长的世俗权力类比的神圣权力，甚至在德高望重的智者跟前，即便是族长，在此时也不过是个唯命是从的副手。大檀接到命令，遂用长矛将火堆拨开，滚烫的龟甲安静地趴在祭台上，上面新增了一些他完全看不懂的裂纹。渐渐恢复体力的赤须智者挣扎着爬了起来，眼睛死死地盯着龟甲，努力解读着上面所显现的启示。阳光照射下的广场没有一丝声息，族人们都焦急地等待着。

大檀虽然表面上看不出什么情绪，但内心已是焦急难耐，恨不能进入赤须这老家伙的肚子里一把揪出答案。

侯冈颉的心情几乎和大檀一模一样，他在心中悄悄跟自己说：“如果神说这仗不能打，那这个神一定是个软蛋。”

赤须智者在龟甲上研究了好一会儿，却迟迟没有宣布结果。其他六位智者脚步蹒跚地走进祭社，加入了研究。赤须悄悄地给了他们一个微妙的眼神，说：“你们看，这确是天上诸神给我们的启示！”

六位智者不由一个个面露惊讶之色，继而背着大檀族长陷入嘁嘁喳喳的小声议论和争吵中。

一旁的大檀并不想听到他们的谈话，但仍有只言片语逸出，飘到他的耳朵里。他隐隐约约地听到赤须智者说：“你们不是没看到这裂纹，这是神的意思，咱们可不敢违背，我说的是也不是？”听他的语气有些着急。

过了许久，七位智者最终统一了结果，并由赤须高声宣布了神的启示：“神对我们说，大庭氏族的男人将在恐惧中号啕大哭。”

族人们听出来了，这是个好征兆，因为号啕大哭的不是他们而是敌人，他们因此兴奋地欢呼起来，无论是主战派还是主和派抑或是遁逃派。大檀长长地松了口气。侯冈颉激动得一跃而起，他决定以后要好好侍奉这位通情达理的神了。

众人散去，大檀族长扶着疲惫不堪的赤须智者走进族长屋舍。飞镰和侯冈颉想要跟进去，却被大檀挡在门外。侯冈颉知道族长和智者有话要说，于是拉着飞镰走开了。

大檀毕恭毕敬地搀扶着赤须智者走进屋舍内，让他坐在自己那舒适的鹿皮褥子上，眼神中流露出关切，又透着感激。

“您老人家原本不支持和大庭氏继续作战，我以为在今天的求神仪式上会……”

“你以为我会暗中捣鬼，弄一个‘不宜作战’的启示，丢给大家，然后摆出我族中年纪最大的智者架子，逼着你跟大庭氏族求和，或者迁徙到别的地方去？”

大檀微微一笑：“看来我又误会您了。”

赤须智者却摇摇头：“其实呢，你小子也没有误会我，因为原本我是要这么做的。本来嘛,我也是不支持和大庭氏族作战的。作战啊,那可是要死人的,即便是打胜仗也是要死人的。我说的是也不是?”

赤须智者看了一眼大檀的脸色,果然变得十分怪异,遂接着说:“实话告诉你吧,其实我和其他几位智者商议过了,本来决定要悄悄地在龟甲上做手脚,占卜的时候,只要将它扔到火中,它就会显示出一个受伤的颙鸟的图形——我们的图腾!等解读这个纹路的时候,我就会说,‘啊,你们看,天神也不乐意我们去作战啊!’”

大檀不由好奇地追问:“那为什么又改变了主意?”

赤须智者的脸上显出一种惊奇,声音中夹杂着一丝兴奋:“怪就怪在龟甲没有按照我们的预想,显示出颙鸟受伤的图案!那上面竟然显示出一匹狼,一匹被撕裂的狼!”

大檀一脸惊诧:“狼?大庭氏族的图腾!”

“没错,所有的裂纹组合在一起,正是大庭氏族的图腾——狼的形象!我细细地观察每一个微小的裂纹,不放过每一个细枝末节,然后你猜,我看到了什么?”

“究竟是什么?”

赤须智者压低声音,神秘而惊悚地说:“我看到了眼泪和男人,还看到一个图案,那是老虎额头上的花纹!哦,还有一个最重要的东西……”

大檀急忙追问:“什么?”

“一只刚刚长出后腿的蝌蚪!”赤须智者说,“是一只还没褪掉尾巴的小蛙。”

大檀对蝌蚪和蛙当然不陌生,其实几乎所有氏族、所有人都对这种动物不陌生。人们自古逐河而居,最常见的动物就是蝌蚪和蛙,夏季他们还常常能在河边水草中看到大片大片的蛙卵,那繁密如星的一颗颗黑色籽粒强烈地刺激着他们的视觉感官,让他们内心深处生出无尽的渴望,很容易因此想起他们那些因饥饿、疾病、野兽侵袭和不知什么原因而夭折的孩子,并痛苦地潸然泪下。自然而然地,他们对蛙产生了一种近乎崇拜的好感。在生命朝不保夕的洪荒时期,在血脉随时都有可能断绝的时代,蛙类的多产为人类所艳羡,女人们无不希望自己能像蛙一样多子多孙，以大量生产来弥补他们脆弱生命的轻易夭折，以繁星般的子女来壮大他们的氏族，强健他们的血脉。

但大檀忽略了蛙的另一个与人类的联系，因此对于赤须智者看到的小蛙仍然表示不解。

赤须智者说："蛙的叫声就是刚出生孩子的哭声，它们都是哇哇的声音，因此蛙就是娃娃，而刚刚长出后腿的小蛙就是指尚未成年的孩子。也就是说，将来撕裂这头狼的是一个驱赶着猛虎的孩子！"

大檀听了赤须智者的解读，大为诧异。

侯冈颉和飞镰坐在围墙上，肩并肩地背靠木栅，飞镰手中拿着一块刚分到的烤肉。飞镰边吃肉边滔滔不绝地说着他对大庭氏族的仇恨，继而又说了在刚刚过去的大战中他如何表现英勇，而后一脸崇拜地赞美他的父亲大檀，称他是有史以来最伟大的侯冈氏族长。

"我一定会成为像我父亲那样的人，我也将成为最伟大的族长。"飞镰给他的长篇大论做了最后的总结。

侯冈颉却说："将来谁做族长不是你说了算，也不是族长说了算，要大家一起说了才算。"

飞镰有些不高兴："侯冈氏族的一切都是在我父亲成为族长后才有的，洛水边上那些耕地是他开垦的，烧制陶器的窑场也是他扩建的，还有这围墙，也是他领着大家垒起来的。族里的东西就是他的东西，将来他不在了，自然是要把这一切都留给我。"

侯冈颉摇摇头，说："你父亲聪明勇敢，所以族人们才拥他做族长，但是大檀族长聪明勇敢，不代表他的儿子也聪明勇敢。到底谁来做族长，还是要大家一起决定才好。"

飞镰不说话了。在他心里，族长的位置早就是他的了，这是在他很小的时候就认定的事，只不过那时他认为，必须要让自己变得像父亲一样优秀才能做族长。而现在的他已经足够优秀，族长的位置天经地义是属于他的，他只需耐心再等几年。

其实，这期间也有一个曲折的转变。那时，他从族人口中听到了有关牧犍的种种传奇，丝毫不亚于父亲。有几次，他刻意地跟着牧犍一起外出围猎，很快就见识到了族中第一勇士那非凡的过人之处。

飞镰不由心灰意冷,他很清楚,如果牧犍是苍鹰,那他就是一只小麻雀;如果牧犍是头猛虎,他不过是一只小山犬。族人们都将牧犍作为教育下一代的榜样,却从来没有任何人夸赞过他飞镰身上的任何优点,除了"你有个好父亲"。

飞镰由此讨厌牧犍,却又拿他没有办法,因为大檀是那样喜欢和器重牧犍。从很早的时候起,飞镰就常常在一种发自心底的欢快中暗暗思忖,如果儿子继承父亲之位成为一种规矩,我不就可以名正言顺地成为新族长了?只有那样,牧犍才可以滚蛋呀!

牧犍的死也曾让飞镰的心产生一丝哀伤,但那是兔死狐悲的哀伤。短暂的难过之后,充斥其内心更多的是喜悦,因为牧犍的死让他看到了某种似乎触手可及的曙光。他的逻辑简单明了,符合他一贯的思想深度:牧犍死了,其他人就更不会对他构成威胁了,只要争取父亲的同意,用不了多久,父亲死了儿子即位就会成为新的族规。

"你在想什么?"侯冈颉见飞镰忽然间呆愣愣地失声发笑,遂问。

飞镰摇摇头:"没什么。"在他眼中,这个比他小四岁的侯冈颉终究还是个孩子,有些事他是不屑于跟他说的。

吃完了肉,手中只剩下骨头,飞镰吹了一声口哨,那几只山犬不知从哪里蹿了出来,在围墙下摇着尾巴转来转去。飞镰将骨头扔出,它们一拥而上,彼此争抢,互不相让。飞镰看着它们打成一团,发出了哈哈哈的笑声。

侯冈颉看到山犬响应口哨的召唤时,就像是有人在他脑袋上敲了一下,有个新奇的设想让他猛然一个激灵,啊,这或许是个异想天开的想法,但用得好了就是个好主意!

侯冈颉迫不及待地跳下了城墙,结果因为激动而一个趔趄趴在地上,着实摔得不轻。他顾不得疼痛,爬起来就向族长大檀的屋舍跑去。

"大庭解刀,我侯冈颉这就要了你的命!"

## 7

# 血亲复仇(3)

侯冈颉冒失地闯进大檀的屋舍,从外面带进一团轻薄的黄尘,在他身后疾速飞舞,像一个兴奋的谜团。大檀和赤须智者同时望向这个气喘吁吁的少年,两人对视一下,心中一跳,想起了刚才说过的预言。

侯冈颉是个与众不同的孩子,对于这一点,两个人皆深有体会。从这个孩子刚会说话起,他们就经常被他层出不穷、稀奇古怪的问题难倒。而赤须智者还在这一瞬间想起了属于自己的遥远童年:曾几何时,他也像眼前这个少年一样,鲜活、灵动、莽撞,充满了不屈不挠的生机,对世上一切都显出好奇。

“颉,什么事?”大檀族长的声音中出现了一丝轻柔,那是这个男人从未有过的声调,听上去就像是慈父在和自己的爱子说话。

侯冈颉激动地说:“我想出了杀死解刀的办法!”

尽管大檀和赤须智者早已做好了迎接某种让他们震惊事件的准备,但侯冈颉的出现,简直让他们开始怀疑所信奉的神是不是此时就和他们站在一起。赤须智者按捺不住激动,说话的语调已经变得不像他本人了:“以前总有人质疑占卜,说占卜就是蒙骗,我说我赤须可从未做过蒙骗之事……这次占卜的确是神在给我们启示啊!族长,我说的是也不是?”

大檀站起身，来到侯冈颉面前，身体微微向前倾斜，俯视这个孩子，语气中有些迫不及待："快说。"

侯冈颉先是告诉了他们在去大庭氏族途中遇到猛虎的事，又说自己在归途中再次遇到了那两头猛虎。大檀和赤须更加惊讶，因为侯冈颉根本没有听到他们的谈话，却如占卜所预言提到了虎。二人已经完全确信侯冈颉就是占卜中那个驱虎吞狼的少年。他们迫不及待地想知道侯冈颉要如何用猛虎除掉解刀。

侯冈颉一边转着圈踱步一边比画着，说出了自己的主意："刚才我看到飞镰啃完骨头召唤山犬，只一声口哨，那山犬就跑到他脚下，这不是因为山犬能听懂他的话，而是因为我们每次剩下骨头就会吹口哨，时间一长，这些山犬就知道，只要口哨响，就会有骨头。族长，既然口哨能召唤山犬，也就能用这个方法召唤猛虎。"

尽管早有准备，侯冈颉此言一出，大檀和赤须智者还是吃惊不小，大檀诧异道："你说……要用养犬的方法养虎？"

侯冈颉郑重其事地点一点头，而后继续阐述自己的计划："我们去的时候，在那棵大槐树下遇见它们；我回来的时候，还在大槐树下遇见它们！也就是说，它们的巢穴就在大槐树附近！"

"那又如何呢？"赤须智者不解地问道。

"我们到了那里，击鼓，弄出动静，然后将食物丢在树下，等它们去吃；第二天再去击鼓，再将食物丢在树下，等它们去吃……时间长了，两头老虎就会知道，鼓声一响，就有肉吃！等它们习惯了鼓声，我们的人就去大庭氏族的村社，将他们引到大槐树下，然后击鼓。等解刀他们来时，刚好与两头猛虎相遇，它们一定认为解刀就是食物啦！"

大檀和赤须智者张大了嘴巴，惊得说不出话来。

好一会儿，赤须智者的声音中夹杂着一丝疑虑："颉啊颉，两头老虎吃不了那么多人，它们是杀不死大庭氏族所有人的。族长，我说的是也不是？"

大檀却立即说道："可是两头猛虎一旦出现，大庭氏族人必然会乱作一团！没有看到饿狼还镇定自若的羔羊，也没有看到猛虎而不慌张的人！"

侯冈颉表示极力赞同，拼命点头。对猛虎的恐惧，他是深有体会的。虎不但身形巨大，气力惊人，而且行动迅猛矫捷，又擅长伏击，神出鬼没，是当时他们所知的最为可怕的野兽。据说很多氏族所崇拜的神秘怪兽，其实都是老虎的子孙。

智者沉吟片刻，他想起了占卜中出现的被撕裂的狼的纹样，又看了看眼前的侯冈颉，遂冲大檀说："这小子或许就是列祖列宗感动了天神，给我们送来的礼物。"

大檀点头表示赞同，一脸欣慰地望了一眼侯冈颉。

侯冈颉没有明白他们对话的内在深意，他只想知道什么时候开始实施他那冒险而又刺激的计划。他睁大了眼睛，问道："那咱们何时去喂老虎？"

大檀随即给出答复："即刻动身！"说着起身就要出去准备，刚走到门口就被赤须智者拦住了。

"不能现在去，也不能就这样去。"

大檀不解，问智者："为何？"

赤须智者站起身，慢吞吞地说："……不过这件事只能我们三人知道，不能让族人知道这主意是颉想出来的。"

大檀说："这是为什么？这主意本来就是他想出来的！"

赤须智者笑眯眯地拍拍大檀的肩膀，说："如果大家知道这主意不过是个毛头小子的主意，他们还会听命吗？我们可是要去跟猛虎打交道！我们的祖先喂过羊，喂过猪，喂过犬，什么时候喂过老虎？你若说是侯冈颉的主意，大家只会嘲笑他，并且不敢去虎口犯险，对咱们的计划一点益处都没有。仔细想想，我说的是也不是？"

大檀明白了赤须智者的用心，遂问："那智者的意思是……求问天神？"

赤须智者抚摸着胡须，微笑着说："只有让大家相信这是神的旨意，他们才会丢掉所有恐惧，跟着族长你勇往直前！"

当晚，大檀召集全体族人集合在广场的祭社前，而后，在他们的注视之下，赤须智者主持了一套烦琐的祭祀仪式：他本人傲然站立在祭社的最中央，挥舞着一把长长的五彩雉鸡尾，口中念念有词，其他智者则在周边尽兴舞蹈，另有十几个近乎全裸的少男少女匍匐在地，健硕的和柔美的躯体不时跟随智者的吟诵而起伏波动，那是全然忘记自我与耻辱的舞蹈，其他族人则静静聆听智者的祈祷，等候天神的降临……

最终，赤须智者忽然扑通一声倒在地上，身体剧烈地抽搐，其他智者随即跪在他身边，伸出双手做出恭请的姿势。在赤须智者忽然发出的一声欢呼后，他们颤颤巍巍地向族人们宣布："天神降临了！"

全体族人随即齐刷刷跪倒在地。

一名智者上前大声呼喊："卑贱之人，恭迎上神！"

赤须智者忽然翻身坐起，眼睛睁开又闭上，而后身上交替呈现两种截然不同的状态，一会儿镇静自若，一会儿惊恐不安，好似他的身体里面还住着另外一个人。与此同时，他还用两种语调完全不同且众人又听不懂的语言激烈地"对话"。后来据智者们解释说，那是赤须智者在神交之中所发出的神语。

许久之后，赤须智者又毫无征兆地倒在地上。众人正惊诧，他好似从噩梦中惊醒，猛地睁开眼睛，长长地吐出一口气，挣扎着坐起身来。其他智者随即上前将他围住，等候他代为传达天神的旨意。

赤须智者说："天神听到我的呼唤，应允了我的请求，答应我派遣神兽，助我族击退强敌。"

侯冈氏族人倍感振奋，发出震耳欲聋的欢呼声，遂对天神庇佑侯冈氏之说深信不疑。

次日，大檀族长抽调了一半青壮男子，带上最精良的兵器，让侯冈颉带路，急匆匆奔赴猛虎出没的大槐树附近，并在途中猎捕到两头花鹿。他们吃掉了一头，剩下一头留下喂虎。

急行军至次日上午，他们终于来到大槐树下，滋蔓的野草和灌木丛已经掩盖了之前的打斗痕迹。他们将花鹿丢在地上，大檀让鼓手擂响了他们的野牛皮鼓。沉闷的鼓声大作，在丛林中回荡，而后迅速带着族人们撤离。他们已在二里之外的地方搭建了临时驻地，这是未来几天他们休息和隐匿的场所。他们要在次日一早去查看鹿的情形。

次日天刚蒙蒙亮，大檀带着人急匆匆地赶到大槐树下。让侯冈颉倍感失望的是，地上的花鹿完好无损，没有任何被动过的迹象，身上甚至连只苍蝇也没有。大檀想了想，忽然恍然大悟，随即用长矛捅进花鹿的肚腹，将其割开，流出了一堆粉嫩的肠脏，血腥气立刻散播开来，那是一种混杂了恶臭与鲜香的怪异味道，并在温热的空气中快乐地发酵。而后，大檀命鼓手擂起战鼓，鼓声响了一通之后，众人迅速撤离。

在临时驻地休息的每个人都很紧张，纷纷将目光投向大檀。大檀一直在闭目养神，嘴唇轻轻翕动。他在祈祷，祈求他们所信奉的天神以及他们敬仰和怀念的列祖列宗能够护佑他们。

侯冈颉充满期待，他有种强烈的预感，可恨的大庭解刀会死，不是老弱而死，不是意外而死，不是死于别人之手，而是死在他侯冈颉的长矛之下。这感觉来自一个奇特诡谲的梦境。于昏沉中，他看到一头猛虎与一匹狼厮杀，猛虎的利齿咬住了狼的脖颈，将狼头扯下，狼的身子倒在地上，狼头却忽然挣脱虎口，狰狞地朝他扑来。他倍感恐惧，大喊大叫，却没有人来对他伸手相助，他想逃跑，却发现自己的双腿就像是陷入了泥潭。情急之下，他随手从身边抄起一样东西，重重打在狼头上，登时血花飞溅，狼头顷刻之间变成一团黄澄澄的颗粒。他想看清楚那是什么东西，却忽然发现自己手中拿着的武器是一件他从未见过的东西，形状像刀，却发出刺眼的光芒，就像是朝阳的光辉在熠熠闪耀……

强光刺痛了他的眼睛，睁开眼，透过树叶的间隙，发现太阳已经到了他们的头顶。大檀已经带着族人又打了一头水鹿和一头山猪，水鹿是他们吃的，山猪是准备送给老虎的。侯冈颉想要再去看一看鹿饵的情况，大檀担心打草惊蛇，执意再等一等。太阳偏离头顶有了一段距离，一天中温度最高的时候，大檀带着族人再次向大槐树奔去。

当侯冈颉看到大槐树下空无一物的时候，他简直要欢呼起来。大檀和族人们皆兴奋不已。大檀细细查看现场，通过遗留的毛发和地上的脚印判断各种信息是他的本领。他从地上拈起一撮虎毛，闻了闻："是老虎。"而后又轻轻拨开一团乱草，用手对比隐藏在那里的老虎脚印，而后声音中有着吃惊："先人啊，这虎的个头太大了！它足能吞下一头牛！"

侯冈颉拼命点头，当初他遇到老虎的时候，就感觉那老虎确实巨大。

大檀又在地上发现了一只略小的脚印，他说："如果没猜错的话，是一公一母两头老虎，此时正在发情。"

族人们开始有些担心，小心地四下张望，唯恐那两头发情的猛虎会突然冲出来。

大檀的语调中又多了一丝担忧："我们必须得尽快了，若是发情期结束，公虎与母虎交配完成，它就要离开了。两头老虎当然要比一头老虎更有杀伤力。"

众人应了，而后将山猪扔在地上。大檀亲自破开它的肚子，将内脏挑出，而后鼓手再次擂起战鼓，众人迅速撤退。

如此接连五天，大檀和族人每天都在大槐树和临时驻扎地之间往返一次，擂起一通战鼓，丢下一头猎物，在胆战心惊中看到战胜敌人的希望。他们渐渐对此习以为常，而更加习以为常的是那两头老虎。

日渐显露的好兆头并没有让大檀的精神松懈，为了提防解刀，他派了四个善于奔跑攀爬的年轻人担任斥候，去往东方巡逻，时刻注意黑暗丛林中的每一丝风吹草动，解刀可是随时都会卷土重来的。

那天解刀带着族人狼狈地回到他的村社，途中又有人因情绪不稳而坠落山谷，因此他们的情况比刚离开侯冈氏族时更加糟糕。因为他们的离开而得到短暂快乐的女人们，看到他们归来，心情顿时变得沮丧，不得不照例出来迎接他们。她们本来要举行欢迎仪式，却意外地发现他们的脸上没有了以往的骄横笑容，而是两手空空，没有战利品，而且身上还有不止一处的伤口。远征军好像出师不利。

当晚，在为这些男人清洗伤口时，有两个女人被族长解刀所杀。

因为一个女人悄悄对另一个女人说:"这些男人身上的伤口像极了咱们下面那个东西。"两个女人都笑了。解刀随即让男人们扯住女人的手脚,用刀划开了她们的阴唇,从粪门直到肚脐,然后指着自己额头上的伤口说:"你们看,她们的要大得多。"

解刀下令整顿军备,扬言要在半个月内恢复元气,然后再次杀到侯冈氏族的村社,将他们一网打尽。

但就在他放出这豪言壮语的第十四天,一个从东方来的使节团就给他浇了冷水。

高贵的使节高举着牛的图腾旗帜,迈着充满仪式感的步伐,来到大庭氏族的村社。他们是神农氏族人,至高无上的大君炎帝的族人。解刀放下一切威仪,对远道而来的贵客点头哈腰,生怕自己哪句话说错冒犯了他们。

神农氏使节给他们带来了一个消息:大东之地的穷桑氏族悖逆天命,同情斧燧氏族,两族沆瀣一气,竟联合成军,拒绝按照炎帝神农氏规定的仪轨进行祭祀,并在神农氏直辖的领地内狩猎。

解刀听到这一消息,义愤填膺,表现出极大的愤慨,用当时他所知道的最痛快的词汇咒骂两族,而后用最美好的笑容恭请使节团享用他们的大庭氏烤肉。

神农氏使节对烤肉并不感兴趣,继而传达了炎帝的口谕:所有与神农氏亲近的氏族,都应积极响应大君的号召,铲除两个悖逆天命的无道氏族,熄灭这目无尊长、以下犯上的可恶火种。

此外,他们还向解刀传达了一个更为秘密的信息:大君神农氏已决定做永远的炎帝,世世代代,炎帝之位都将出自神农氏族,而所有真诚帮助、辅佐他们,与他们一同面对困境的氏族,都将获得丰厚的回报。

解刀对神农氏的承诺深信不疑。多年前,他将第一次掠夺所得分出一半,以供奉的名义送给炎帝,从此两个氏族便结成了一种隐藏着利益关系的同盟。作为天下共主的炎帝,给予大庭解刀诸多馈赠和特权,同时对他的肆意征伐给予最大帮助,而之后大庭氏族每次劫掠所得,皆会分出一半给神农氏族。两个氏族互惠互利,结下了最深厚的情谊。如果神农氏族成为永远的炎帝,大庭氏族将因此成为仅次于神农氏的荣耀氏族。

解刀试探性地询问使节,侯冈氏族是否有与神农氏并肩作战的荣耀。使节坚定地摇头,说出了炎帝神农氏的心声:“他们从不与我们亲近,这次的美味食物,大君无意与他们一同分享。”

解刀随即心下欢喜,他从使者隐晦的话中得知,神农氏已经放弃了不听话的侯冈氏族,这为他将来踏平侯冈氏铲除了最后一丝担忧。稍做准备,解刀带着族人,跟随使节奔赴东方。

穷桑氏族和斧燧氏族发动叛乱的消息传到神农氏耳中时,这个刚刚步入中年的男子大发雷霆。他做炎帝已经二十年了,他自信是古往今来最有权势的一位大君,还从不相信有人敢于挑战他的权威。

多年前,他的一位叔父创制了针砭治病的方法——神农氏族从尝百草的那位神农大帝开始,就有钻研医药的传统。但是他比任何人都了解叔父,这个男人木讷、软弱、不善言谈且没有头脑。出于公义,他这样对自己说,如此重要的技艺,决不能就这样浪费在叔父手中!

于是,他用如簧巧舌说服这位叔父,让他将针砭之法对他倾囊相授,而在掌握了这一技能之后,他就用此法给族人治病疗疾,治愈了众多病患。他还向异族人施针,越来越多身有病痛的人成为针砭之法的受益者。在人们的口口相传中,他的名气越来越大,一些从死亡线上回来的人甚至将他视作神农大帝的人间投影(他们确信神农大帝已升天为神),一大批人成为这位诚实、仁慈、医术精湛的贤人的拥趸。

当他那缺少政治敏感的叔父偶尔提及是自己创制了针砭之法时,他愤而痛哭流涕,言辞激烈地斥责叔父是见利忘义、无视亲情的小人,并当众宣布:“众所周知,救人无数的针砭之法,从头到尾都是我一个人的劳动成果!”

所有的人都相信他,族人们都将他的叔父看作是无耻之徒,在他们的声讨和咒骂中,他的叔父被驱逐出神农氏族,据说很快就成了一头花豹和它三个孩子的腹中餐。

神农氏不断地对外宣称自己创制针砭之法的艰辛，以至于后来连他自己都深信不疑，经常想起自己在钻研针砭之法时遇到的种种挫折，并为此流下幸福而无悔的眼泪。人们发自内心地感激他。在二十年前的氏族联盟大会上，他被各族推举为共同的大君，成为炎帝。为了纪念他那救人无数的针砭之法，他将自己的名字改为大石，因为针砭的工具就是石头。

神农大石不允许任何人挑战他的权威，就像不允许他的叔父与他分享针砭之法的发明权一样。

从神农大石向二族宣战到战争结束，一共持续了四十天。被拉拢至神农氏战列的除了大庭氏，还有赫胥氏、葛天氏、柏皇氏和栗陆氏，他们都是神农氏的亲族和密友，不但人数众多，而且掌握着精良的武器，保持着高昂的士气，有信心打败任何敌人。

然而在最初，穷桑氏、斧燧氏联军却掌握着这场部落战争的主动权，因为当时作战所有行动都只能依靠步行，因此大军的集结很需要消耗一些时间。

最初十天，穷桑氏和斧燧氏联军采取各个击破的战术，用石斧和绑着燧石石刃的木杵（这是斧燧氏最得意的武器），击败了距离他们最近的葛天氏和柏皇氏，将他们的头颅和手脚散落一地，而后一路西进，逐步逼近神农氏族的坚固都邑——一座顶得上十几个寻常村社的大村社。

但是，在途中他们遭遇了赫胥氏的伏击，之后十天，一直被赫胥氏手中的石矛骚扰。他们的矛短而轻，从不用来肉搏，只在看到敌人后远远地投射，因此被杀伤者甚多。

待赫胥氏的轻型短矛用尽，他们稍做休整，经过十天急行军，杀到距离神农氏都邑十里之遥的地方，但此时大庭氏、栗陆氏已和神农氏会合，神农大石召集了溃散的葛天氏、柏皇氏和赫胥氏，合力围攻二族。那真是一场大战，肉泥模糊了大地，鲜血上漂浮着勇士们手中的各色兵刃。

此战中，神农大石还拿出了神农氏族的终极武器：长弓大矢。生活在丛林中的氏族大都不用弓箭，一因其杀伤力小，二因在密林中狩猎无须远程射杀。而神农氏是最早进行农耕的部落,历代族人的刀耕火种已将他们的领地开拓为一望无际的大平原,视野极为开阔,因此弓箭成为他们的常备武器。多年前,东北幽远之地的高山密林中,有部落名为息慎,前来朝贡,贡物中便有一种让人大开眼界的杀器,名为楛矢石砮。

楛矢是一种由坚韧树木做成的单体长弓,石砮是一种用坚硬石头打磨而成的箭镞。在与息慎部落进贡的楛矢石砮进行对比后,神农大石发现自己的弓箭相形见绌,无论精准还是射程皆略逊一筹。随即,他下令在赤县大地寻找楛矢石砮的替代品。能工巧匠们经过研究后惊喜地发现:穷桑氏族领地的桑树质地坚韧,可作制弓之木;斧燧氏族的燧石拥有锋锐断面,可作穿心利箭。

由此可见,无论圣贤还是暴君,决计不会发动无缘无故的战争。

斧燧氏和穷桑氏殊死搏杀,最终不敌对方人多势众,他们的联军领袖穷桑白雀宣布撤退,杀出神农氏联军的包围,一路南下,希冀遁逃。暴怒的神农氏亲率联军追击不舍。

最终,二族在一条未知其名的大江之北与盘瓠氏相遇。

盘瓠氏族人个个身形瘦削、矮小,眼神狡黠,与神农氏他们存在一些身体上的根本不同,这些人是种植和食用各种葫芦的氏族,熟悉水性,还精通造船技艺。

盘瓠氏族人问及二族缘何被他们追杀,二族如实回答:他们的大君神农大石暴虐无道,恃强凌弱,侵占他们的草场,以至于斧燧氏族制作木杵的燧石、穷桑氏族用于养蚕的桑树,都变成了神农氏族的财产,而他们赖以为生的产业因此被阻断,不得已才奋起反抗。

盘瓠氏族人同情他们的遭遇,声称"苦难与苦难相同,人与人之间理当相互关爱",于是义愤填膺地答应帮助他们渡江。盘瓠氏族的大君在南方,因此并不惧怕炎帝神农氏的威严。斧燧氏族和穷桑氏族大为感动,承诺将他们氏族的精湛制作工艺倾囊相授,无形中完成了一次不同文明间的文化融合,这种融合是生活在这大江大河岸边的族群今后傲立于世的伟大基石。

尾随而至的神农大石扬言要渡江，栗陆氏族长不识水性，急忙劝谏道："我听智者说，大江之南瘴气丛生，那里的每一棵树上都住着精怪，每一条河中都潜伏着可以吞掉一头大象的妖兽，它们常常在无声无息中取人性命。那里生活的是与我们完全不同的氏族，他们的大君名为蚩尤，是吃人不吐骨头的怪物，他长着三个牛脑袋，坚硬无比，任何石头碰到它都会被打得粉碎，他还长着六条胳膊，每个胳膊都拿着可怕的武器。大君啊大君，我们的疆域不在那里，北方的赤县才是我们的领地。"

历代炎帝都将他们所管辖的土地(华北大部)称为赤县，意为火焰照耀的大地。

栗陆氏族长的一番话并未熄灭神农大石的心中怒火，他坚持要渡江作战。但是当他站在江边，眺望烟波浩渺的茫茫江面，随即止息了复仇之心，继而宣布自己宽宏大量，决定要饶恕那些逆族。其实问题的关键在于他没有船。

继而，在众目睽睽之下，大石面朝南方，气焰嚣张地往大江里撒了一泡尿，在阳光下闪耀着金黄的光芒，清澈的江水将它拉成了一条长长的绳索，蜿蜒如蛇。

事毕，他仍感觉有某种缺憾，于是心有不甘，便对几位族长说："不管去哪里，我从不空手而回。"于是命令大家就地取材，用柔软的芦苇编织草绳，再用草绳结成渔网，然后用这张大网捕上来一尾相貌奇特的白色大鱼，它看上去就像是一头光滑的猪。

神农大石感觉好歹对后人有了交代："我们在别人的地盘上也可有所作为！"这才哼唱着歌功颂德的上古史诗，率领浩浩荡荡的队伍返回了他们的赤县故土。

在神农氏都邑举行的大型庆功宴上，大石论功行赏，与他的盟友们瓜分了斧燧氏族和穷桑氏族的领地及其土地上的所有产出。大庭氏族的领地因远离二逆族的领地，因此被大石以其他方式进行奖赏：解刀的儿子鹿伐将得到大石的支持，在解刀之后成为大庭氏族的族长。

解刀自认为他得到的赏赐远超过其他人，因此自视高人一等，对另外几个族长越发不恭敬。

封赏之后,神农大石命人取出那条如鳄鱼一般大小的白色大鱼,在场之人不由发出惊叹。这怪鱼离岸已经好几天,却仍旧生龙活虎,嘴巴一张一合,吞吐着丛林中的清新空气,露出里面绵密如无花果肉的白色牙齿。神农大石询问了诸族中所有的智者,都不知道这大鱼的名称以及来历。

“哼!鸟不拉屎的南蛮之地果然到处都是妖物!”神农大石并无过多的求知欲望,他轻蔑地咒骂一声之后,下令将这条模样怪异的鱼烤了吃。

解刀被赐予看上去最美味的白色鱼腹。他千恩万谢,再也按捺不住内心的激动,用匍匐在地亲吻大君的右脚来表示自己的感激与忠诚。他看到大君脚面上那一根根桀骜不驯的黑色长毛,它们冲破了厚厚的老茧与泥垢,茁壮生长,如春天里到处滋蔓的野草,于是触发了内心深处那人类最原始的诗意情怀,撅着屁股仰面朝天赞叹:“啊,如果天神有脚毛,一定也像大君的一样!”

然而,那看上去鲜嫩多汁的鱼腹其实不过是一坨发腻的鱼油,除了浓烈的土腥味,再无其他味道。这是解刀有生以来吃到的最难吃的东西。但是,为了表示自己对大君最真切的情谊,他还是义无反顾地将那块鱼腹大口大口地吞下,那些腻滋滋的鱼油还没碰到牙齿,就顺着喉咙滑到了肚子里。这一行为让他在之后三天的归途中腹泻一路,油腻腻的白色粪便让他的族人们大为吃惊,以为那是某种别具一格的神迹。更糟的是,从此以后他就落下一个后遗症,一种透明而散发恶臭的黏液如幽灵般出现在他身体尾部的那道浅沟里,终生相随,不离不弃,任凭他用粗糙的树叶、坚硬的树皮以及锋利的石头都无法去除。这也证明,无论在哪个时代,获取信任都是一件有代价的事。

解刀回到自己的村社时,距离离开已经一个多月。初夏来临,鲜嫩的树叶变成了墨绿色,遮住了大部分阳光,即便是在白天,整个丛林里也是昏暗一片。经过对斧燧氏和穷桑氏的战争,大庭氏族人再次筋疲力尽,解刀如使唤牛马一般剥削他们的女人,让她们为男人们恢复体力费尽自己的心力。他们迫不及待地要对侯冈氏族发起第二次进攻。

因为得到了大君的承诺，解刀将儿子鹿伐叫到跟前，告诉他说："在即将到来的这场战争中，你要尽可能多地为我砍下敌人的头颅，因为只有杀死足够的人，其他人才会畏惧你！只有这样，你的儿子，你的孙子，你的子子孙孙，才会成为大庭氏族的族长！在将来，只有拥有我之血脉的人，才是大庭氏族的唯一大君！"

年轻的鹿伐被父亲的豪言壮语所感染，心中激荡起无尽的力量，用拳头奋力捶打胸口，咚咚有声，发誓说："我鹿伐一定冲在所有人的最前头！"

大庭氏族迟迟没有动静，反而让侯冈氏族有些不安。大檀派了斥候前去查看，结果发现他们的村社里只剩下了女人。飞镰已经在喂养老虎的日子里憋得快要疯掉了，遂劝父亲乘虚而入，夺取或者杀死这些女人。大檀却想都不想就拒绝了。他说："杀掉大庭氏族的女人只会激发解刀和他族人的斗志，对我们十分不利，因此这样做毫无意义。"而后，大檀还用略带不满的口吻向他补充了一句："我觉得你一点都不像我。"

大檀已经猜到，解刀及其族人一定响应了炎帝神农氏的号召，又去做了什么不可为外人道的事。

在临时驻地喂虎的这段时间里，侯冈颉有了更多与族长大檀接触的机会，他很想了解他曾在很多人口中听到过的斧燧氏的过往，因此央求大檀族长给他说一说当年神农伐斧燧的旧事。

大檀本不想讲，因为这段历史让他倍感懊恼，且羞愧难当。他本想让这段过往任由岁月尘封，但当他看到侯冈颉那少年特有的清澈眼神，却忽然不知从哪里冒出一股勇气，终于毫无遮拦地揭开了自己心灵上的伤疤。

"当年神农大石讨伐斧燧氏，我响应号召前去作战，那时年轻气盛，作战勇猛，现在想来，简直是一头愚蠢的猪！我率领族人，第一个冲进斧燧氏族的村社，用长矛顶在了他们老族长的喉咙上。那是一位白头发、白胡须像是老祖父的和蔼长者。他微笑地看着我——我至今无法忘记老人的眼神，那是宽恕的眼神……"

大檀说到这里,重重叹气,他的良心备受煎熬,多年来丝毫不曾减弱。

"当时老人对我说,'孩子啊,你不要为这样的大君冲锋陷阵。'那时候我并未听懂老人的话,为了显示自己的英勇和忠诚,我推出长矛,将老人当作违背盟约的败德之人杀死。

"但不久后,我就在与神农氏亲近的氏族那里听到一些零星的消息,最终得知了事情的真相。原来斧燧氏族并没有背弃盟约,更不是败德之人,他们招来灾祸只是因为他们的领地之内出产一种石头。神农大石向他们大量索要,理由是他要用这种石头针砭,以救死扶伤,利济苍生。

"斧燧氏族质疑神农大石的真实用意,于是拒绝提供石头,并声明每个氏族的领地都为本氏族所有,即便是大君也不可侵犯。神农大石于是胡乱给他们扣上一个罪名,下令讨伐……所以说我是个蠢货!

"所幸当时诸族公义尚在,很多氏族敬重斧燧氏族长,同情这个命运多舛的氏族,因此合力劝止神农大石将其灭族的行动。事后我找到大石,质问他为何蒙骗大家,继而怒斥他。我要和他动手,却被他的勇士们打出了他的华屋。"

侯冈颉想了想,好奇地问道:"神农大石是个坏人吗?"

大檀想了想,点点头,又摇摇头,说:"世上没有坏人,也没有好人,人就是人,就像老虎就是老虎,花鹿就是花鹿。只是人会在有些时候让自己更像是野兽,就像会跑进畜舍中杀死羊羔的豺狼;也会在有些时候让自己更像是天神,就像给人类带来火种、光融天下的燧人氏。"

侯冈颉思考着大檀族长的话,而后说出了自己的观点:"有人会像是野兽,是因为他们从不担心,也从不害怕。豺狼偷吃羊羔会被人打死,而这些人即便做了像野兽一样的事,也不一定会得到像豺狼一样的下场。"

大檀听了侯冈颉的话颇为惊讶,轻轻点头:"你说的有道理。"

侯冈颉接着又说,声音中充盈着一种不属于这个年纪的无奈:

“神会漏掉那些像野兽一样的人……”

大檀忙说:“神不会漏掉这些人,他们死后会得到惩罚。”

侯冈颉发出一声还略显稚嫩的叹息,然后说:“那还有什么意思?得让他们在活着的时候就担心害怕,不敢作恶,那样才对活着的人有意义。”

大檀惊异于这个孩子的言论,不由凝神望着他那张刚刚有些青春模样的脸庞,内心生出无限感慨。

侯冈颉没有注意到大檀的眼神及内心,依旧自顾自地说:“其实我们可以创造一样东西,一种可以取代结绳记事的东西。啊,族长!你也知道,结绳记事虽然厉害,可有的时候太不方便!将来这个新的创造,可以将任何人做过的每一件事都一五一十地记录下来,无论好事还是坏事。做好事的,要让大家都知道,让天下人都赞美他,尊敬他,学习他;做坏事的,要让他的恶行暴露在阳光下,让所有人都仇恨他,蔑视他,诅咒他,并让那些和他一样的人感到害怕,逼着他们不再做野兽,而要去做天神!”

大檀听着侯冈颉的言论,瞠目结舌,这个孩子脑袋里的东西已经超出了他的理解能力。不过虽然难以理解,可他听得出来,这个不知天高地厚的孩子所说的“新的创造”,将是一个不亚于燧人钻木取火、伏羲创制八卦、神农尝百草的伟大奇迹!

“看来侯冈氏族的将来真的在你身上了。”大檀不由动情地轻声呢喃。

身负重担的大檀族长猛然间感到一阵轻松,对氏族血脉的责任心让他一直谨小慎微,不敢轻易与族中的智者们决定未来的族长人选。可现在他心里有底了,而且他相信赤须智者一定有着和他一样的想法。

## 8

# 血亲复仇(4)

驯养老虎的事务坚持了很长一段时间,两头老虎已经养成了每日听到鼓声就来到大槐树下吃肉的习惯。但是,不久后大檀他们就忽然发现了一个问题:其中一头老虎消失了。

根据大檀的经验,老虎和人类一样是有领地范围的,一山不容二虎,公虎已经和母虎完成了交配,因此就离开了。有人开始担心:一头老虎是不是有足够的威力击败大庭氏族?大檀也陷入忧虑,但并没有放弃这个既定方案。他坚信这是唯一能战胜大庭氏族的方法。

差不多半个月后,他们忽然又在大槐树下面发现了很多虎的掌印,只是它们明显要小得多。侯冈颉看到那些小脚印后大叫:“母虎生了虎崽子!”大檀通过地上的蛛丝马迹细细观察,最终确认:母虎产下了四头虎崽子。大檀忽然又陷入欣喜之中,他很清楚,一头做了母亲的老虎,威力绝不可小觑。他曾亲眼见过保护羊羔的母山羊独自对抗两只饿狼,并用尖锐的羊角刺穿了其中一只狼的喉咙。

侯冈颉还没见过虎崽子,不由好奇,想要看看虎崽子长什么样。但已经来不及了,天气越来越湿热,他们已经不能在闷得像是陶罐的丛林中继续待下去了,经验告诉他们,经常在这样的环境中待着,骨头和关节会得一种剧痛的病症。大檀决定开战。

大檀召集了所有可以作战的族人,包括身强体壮的女人、老人以及身形矫健的大孩子——这是他们氏族的最后一道防线。侯冈氏族人几乎全都转移到了丛林中的临时驻扎地。而后，大檀派出最善于奔跑攀爬的几十人组成一支分队，让他们奔赴大庭氏族的村社，对解刀进行骚扰和挑衅，但是不能与之近身肉搏，他们的任务是将大庭氏族人引到大槐树下。

“胜败在此一举，你们务必要记住我的命令！”大檀像是忽然变成了一位慈母，不厌其烦地叮嘱着种种作战要点，而后在担忧与期待中目送他们上路。

身负重任的侯冈氏族人谨记大檀族长的命令，带着族人的重托上路了。这股侯冈氏族小分队的首领名为夸父，与传说中那个追逐太阳的英雄同名。其实他本名梧桐，是牧犍的弟弟，天生一双大长腿，特别善于奔跑，每次跑起来都让人怀疑他的两只脚究竟有没有踩到地面，狩猎时常常是跑着跑着就冲到了猎物的前头，有一次他的奔跑让一头水鹿当场吓得暴毙。族人们因此称之为夸父，因为夸父是他们所知的最善于奔跑的人，后来人们忘记了他从前的名字。

夸父一行悄无声息地来到大庭氏族的村社，隐匿在附近的浓密灌木丛中，悄悄地观察着大庭氏族的一举一动。他们丝毫没有防备，正在准备用餐，村社周围有人在巡逻。

夸父悄悄从地上捡起一块石头，瞄准后投了出去，刚好砸中一个巡逻者的脑袋。那人是鹿伐，正急着与“父亲的臣民”同甘共苦。他将额头上的鲜血抹开，怒气冲冲地寻找着偷袭者，最终在灌木丛中发现了敌人，随即高声大叫，召唤他的族人。

愤怒的解刀下令族人迎敌，大庭氏族人纷纷拿起武器，呐喊着冲杀出了村社。但很快他们就发现：侯冈氏族人个个都是胆小鬼，他们只是不断地用石头进行远程袭击，根本不敢近身肉搏。

解刀再一次被砸中，新的疼痛唤醒了上次攻坚战中的耻辱，继而唤醒了压抑许久的暴怒之火，他挥舞手中的石刀，命令族人们正式对侯冈氏族发起全面战争。

夸父带着他的族人们且战且退，解刀则领着他的族人们穷追不舍，双方始终保持着一定距离，恰好是飞石的有效投射间距。解刀不断地看到迎面飞来的一颗颗石头，而后便是身边的族人在哀号中头破血流，那温热的鲜血溅到了他脸上，还有几次他差点被那从天而降的石头砸中脑门……

敌人就在前面几十步的地方，他们却怎么都追不上！解刀越来越愤怒，只想亲手抓住他们，一刀刺死。愤怒本身好像已经有了形体，挤压着他的五脏六腑，他握着石刀的手因为力道变大而发紫，那是他逐渐暴动的血液，除了加快脚步，他们别无他法，唯有对侯冈氏族人的快意屠杀才能将愤怒涌动的血液重新燃烧并融化。

夸父一行五十人，如放风筝一般，引着解刀及其三百名氏族勇士，一路朝着大槐树的方向而去。他们并不累。夸父曾经从族中善奔跑的前辈那里学习过许多经验，并把这种经验推广给了他的伙伴们。他们懂得如何控制腿部肌肉，如何迈出快而轻巧的步子，如何在长途跋涉中保持体力。大庭氏族在这方面跟他们相比就要差得多，因为他们原本就人数众多，且武器精良，无论狩猎还是征伐，皆仰强攻，而不赖速度取胜。

在欢呼声中，在哀号声中，在挑衅声中，在咒骂声中，侯冈氏族人和大庭氏族人不断地在丛林里、原野上走走停停，且战且歇。如此行进了一天时间，将近日落时分，夸父一行忽然加快了脚步，而后迅速消失在幽暗密林中。

解刀急于与之一战，唯恐跟丢了敌人，随即下达了加快脚步紧追的命令，族人们遂在族长的淫威之下强撑着打起精神。

这时，前方的黑暗中传来一阵阵沉闷的鼓声，声浪穿过密林，震颤着每一片树叶和每一根野草，每一次声响都让他们的神经如拉开的弓弦一般被绷紧。

鹿伐面对前方的未知，问解刀："父亲，这是侯冈氏族的鼓声吗？"

解刀侧耳倾听。"嗯，这个鼓声我熟悉，沉闷而传得很远，是侯冈氏族的野牛皮鼓。"他遂一点头。

鹿伐眼中掠过一丝惊惧，但随即便被兴奋所取代。

而一个年长的族人则没有掩饰他的恐惧，声音中夹杂着一丝胆怯："这……这些人……不会……设下什么埋伏吧？"

解刀不屑地冷笑:“这鼓声不过是胆怯的侯冈氏族拿来壮胆的!你们都不许害怕!”他用命令的口吻喊道:“只管跟着我杀过去!不要忘了,侯冈氏族无论男女全部加起来,也不及我族勇士人数众多!拿出你们的刀,杀敌去吧!”说罢,他一个向前冲的手势,命令族人们继续追击。

大庭氏族人的斗志再次被点燃,呼号着向他们的敌人冲杀过去。

然而,解刀及其族人丝毫没有注意到,鼓声响过之后,鸟兽的动静开始异常;他们也没有注意到,密不透风的林中悄悄吹起了瘆人的寒风——丛林中常见的某些暗藏杀机的征兆,此时被杀戮欲望冲昏头脑的他们却并未觉察。

鹿伐冲在最前面,快得像是突击猎物的豹子,裆部的遮羞布在一瞬间被树枝挂掉,那是他身上唯一的一件衣物。而急于得到族人认可的他,迫不及待地要与敌人决一死战的他,对自己已经赤身裸体毫无察觉。这是个刚刚开始接触女人的年轻肉体,胸膛坚硬硕大,大腿刚健有力,每一寸肌肤、每一块肌肉都是造物主最热烈、最奔放的笔触。

鹿伐的英勇奔跑极大地刺激了族中的其他年轻人,他们被鹿伐的热情所感染,便一个个将身上的累赘——兽皮衣物扯掉丢开,甩开步伐,紧紧跟在鹿伐身后,很快就将长辈同族们远远地抛在了后边。

解刀和其他同龄人望着他们儿子的优美背影逐渐模糊,不由感到欣慰——没有什么比血脉传承更让他们兴奋的了。

最终,一群年轻人消失在了他们父辈的视线中,钻进了更加幽深的密林深处。

然后,解刀很快就听到了年轻人的呐喊声瞬间变成了呼叫——那绝非出于对杀戮的狂热,而是惊恐的呼喊。他大感不妙。

紧接着,又传来了年轻人鬼哭狼嚎一般的呼救声。

当解刀带着壮年同族追上来时,他一眼就看到了倒在血泊中的七八个年轻人。他的目光快速地搜寻鹿伐,结果让他几近崩溃的是,他看到儿子鹿伐就倒在最前面,脖子已经被拧断,明明趴在地上,脸却望着天空,眼睛睁得大大的,里面尽是惊恐。这张狰狞的面孔永远定格在了死去的躯体上,也定格在了解刀的脑海里。

同样失去了儿子的几个大庭氏人随之放声痛哭,其他人则将惊恐万分的年轻人保护在身后,握紧石刀,指向了新出现的敌人——猛虎。

身形硕大到让人窒息的猛虎正在用它粉嫩的舌头舔舐嘴角的鲜血,腥热的鲜血刺激着它的辘辘饥肠。面对越来越多的人围上来,它愈加愤怒,发出一声声缠绵低沉的怒吼。

在听到鼓声之后,这头母虎一如既往地赶到这里,然而这次它却没看到早已习以为常的鹿肉或者山猪肉。它不禁有些纳闷,就像不知道为何听到鼓声就有肉吃一样,今天也不知道为何忽然没有肉了。

正纳闷时,它听到远处传来吵闹声和脚步声。敏锐的听觉告诉它,来者既不是有蹄子的,也不是有爪子的,而是平时很少吃到的两条腿的。而后,它果然看到一群鲜美的小家伙跑了出来,它大喜过望:原来今天鼓声带来的是他们!

而且让它更加欣喜并困惑的是,这次鼓声带来的食物好像格外多,他们一个接一个地跳出来,身上十分光滑,几乎无毛,唯有两腿之间覆盖着一团茅草,整个看去像是被剥了皮的猴子。

它早已经饥饿难耐,而且它的四个孩子也正在向它哭诉自己的饥饿。对于这头以填饱五个肚子为首要目标的母兽来说,眼前忽然出现的这群小鲜肉,不过是它值得为之冒险的食物罢了。面对冲到跟前的猎物,它不再犹豫,朝着最前面那个小家伙扑了过去,瞬间将其按在身下,锋利的牙齿刺进脖子。然而那小家伙并不乖顺,拼命挣扎,还用长长的爪子划伤了它的华美皮毛。母虎被刺痛,而后被激怒,随即一口咬碎了他的颈椎。

不及见识到它的威力,仅仅是看到它的皮毛,其他人就已经慌作一团,待看到它大开杀戒时,他们吓得魂飞魄散,开始四散奔逃。这和母虎通常遇到的情况一样,它在水边伏击一群花鹿时也是这样的情景。它乘胜追击,瞄准了看上去弱小的几个人,将他们逐一扑倒,而后在他们脖子上献出自己的致命之吻。它发现杀死这些小家伙比杀死最弱小的花鹿还要轻松,他们跑得既慢,又皮细肉嫩,它于是一口气结果了八个。

这些味道并不怎么鲜美的家伙足够孩子们吃几天的了，它想。

但是，后来出现的这一批两条腿就不一样了：他们更多，而且看上去更加强壮和凶猛，不再鲜嫩，老虎闻得到他们的气息，没有刚才那几个小家伙清新美好。他们每个人都横举着长长的利爪，不断向它逼近，嘴里发出愤怒威胁的低吼，似乎并不怕它，这让它愤怒。

解刀抱着被猛虎咬死的儿子，不等呼唤他的名字就已经确认他断了气。他的胸口就像是被一块大青石突然砸来，沉闷而疼痛，重压之下有种要爆炸的力量急剧释放。他的双手在冰冷的地面抓挠，土花夹杂着血花飞溅，然后他将鹿伐的尸体丢在地上，挣扎着爬起来，高声招呼众人，鼓动他们丢掉悲伤拾起仇恨，将猛虎剁成肉泥，为族人复仇。

但是，面对在他们的神话中拥有无穷力量的猛兽，谁都不敢向前一步。杀人如麻、以一当十的大庭氏族勇士从不畏惧任何人，但他们畏惧猛虎，这是从他们父辈、祖辈乃至于更久远的已升天的列祖列宗那里传承下来的种性，深植于他们的基因之中，业已成为氏族集体人格的一部分。

解刀见状，扯破喉咙高声怒骂：“懦夫！日你先人！”接着又提醒他们：“难道你们忘了老饕?!”

老饕是存在于他们神话传说中的一位打虎英雄，被誉为勇士中的勇士，是无数杀人不眨眼者的精神楷模。解刀希冀借助榜样的力量，鞭策这些人继续为自己卖命。

然而危险面前，人人皆是智者。他们依旧无动于衷，没有为解刀的豪言壮语所蛊惑，只是静静观察着猛虎的动静。他们曾经听一位同族的智者说：“看到猛虎而勇往直前的人，固然是勇士中的勇士，但他们最终都进了猛虎的肚子。”在场者都不否认他们是畏惧猛虎的那大多数人。

解刀随即改用最恶毒的语言咒骂他们，威胁他们，但他们依旧选择按兵不动。丧子之痛最终让解刀决定孤身犯险，他抄起石刀，准备一个人冲上去跟猛虎拼命。 个同族人眼明手快，急忙将他拉住，劝说他不要做无谓的牺牲。

当这些人正在用他们那一套虽然高效却未必纯粹的文化为复仇而争执进退时,猛虎却用它纯粹得不能再纯粹的野性本能发起了进攻。它是伏击的高手,身段如闪电一般敏捷,不等解刀等人做出反应,它看准时机,前肢利爪从肥厚的肉垫中弹出,躬身一跃,直奔解刀而去。

解刀手疾眼快,忽然将那个正在劝说他的同族推了出去。猛虎顺势将那人钩到身下,一口咬住喉咙,结果了性命。

解刀想要借此机会命中猛虎的要害,却不料身形硕大的猛虎远比他想象的还要敏捷。不等他靠近,它就闪到一边,弓着身子,透着寒光的眼睛死死地盯着他。

解刀喷火的眼睛与它对视,它那黄绿色眼睛里慑人的寒气让他不由倒吸一口凉气。

这时,忽然有人发出一声惊呼:“虎崽子!”

一个大庭氏族人慌乱中跌入一丛灌木,惊吓了藏匿其中的四头幼虎。小老虎吓得瑟瑟发抖,紧紧地缩在一起,发出宛如山猫的尖锐嚎叫,这是在威胁敌人,也是在呼唤母亲。

解刀毫不犹豫地下令:“杀了它们!”

然而族人们却无一人敢向这四个小东西伸出手中的刀,他们听说过:猛虎的复仇之心特别强,而且记性很好,曾有一头猛虎被一个人弄伤,结果十年间那头猛虎不断骚扰那个人所在的村社,直到村社中的族人集体决定将那人抬出献给猛虎,才止息了猛虎之怒。

听到孩子呼唤的母虎立刻不顾一切地向虎崽子冲过去,巨大的身体一连带倒好几个人。

解刀忽然朝着虎崽子奋力将手中的石刀投出去,结果正中其中一头幼虎,同时再次命令族人杀死虎崽子。这时,那些失去儿子的大庭氏族人丢下儿子的尸体,最终站在了解刀的身边,愤怒让他们暂时忘却了恐惧,对准母虎和虎崽子,将手中的武器纷纷投射过去。

他们的武器让母虎受了皮外伤,却让它的孩子遭受重创,随着稚嫩的惨叫声而倒在血泊之中。母虎见状,用嘴巴轻轻晃动它们,喉咙间发出可怕的哀鸣，然后猛地抬起头，目光中闪现着慑人的寒光。一声震彻天地的怒吼，母虎腾空而起，跃入人群中疯狂撕咬。

比猛虎本身威力更大的是在无形中蔓延的恐怖空气，大庭氏族人的意志终于崩溃，他们乱作一团，如遭受攻击的羊群一般纷纷溃散。单纯为复仇而杀戮的猛虎死命追击，不断将落在后面的人扑倒在地，一口拧断脖子，干净利落，然后又闪电般扑向下一个。很快，地上便到处都是横七竖八的尸体。

解刀从虎崽子身上拔出自己的石刀，一路狂奔，天色渐黑，他不得不小心地绕开地上那一具具尚且温热的尸体，那些刚才还是斗志昂扬的勇士们。想着死去的最为疼爱的儿子，那是自己最珍贵的财产，又看到地上的一片尸体，这是氏族中最为宝贵的战斗力，也是繁衍后代、壮大人口的火种，解刀近乎疯狂，咒骂他所知道的每一位神和所有叫得上名号的祖宗，咒骂他们瞎了眼睛，咒骂他们的良心被野狗吞吃，在此危难时刻没有一个出来庇佑他。

大庭氏族人根本不知道猛虎是何时离开的。一路上，身后不断传来同族人的惨叫声，恐惧让他们不顾一切，仅仅凭借直觉冲开一重重浓密的树枝和灌木丛。当他们实在累得跑不动的时候，后面已经没有猛虎追击的迹象了。他们松了一口气，然后三五成群地挤在大树下，大口大口喘着粗气，身体止不住地剧烈颤抖。

后面赶到的解刀呼喊着召集了余部，而后在月光下清点人数，发现竟然损失了四十三个人。解刀神情肃穆，陷入短暂的思考，将扎在肩膀上的蒺藜一把抹掉，而后用命令的口吻说："咱们还得回去，不能因为一头野兽就放过侯冈氏族！"

族人们从未像现在这样厌恶并痛恨他们的族长，人群中爆发出一股明显带着敌意的怒火："你要是想喂老虎的话，那就自己滚回去吧！"

解刀随之陷入新的愤怒，将手中的石刀指向了他的同族们。族人们则随即齐刷刷将手中的石刀指向解刀。

"我们是怕你，可我们更怕猛虎！"一个人高声喊出了他们的心声。

解刀深知恐惧是最大的勇气，因此只好放弃了用武力逼迫众人的想法，暂且选择隐忍不发，将刀收起，暗自发誓：回到村社，待猛虎对我们的威胁彻底解除后，我要对这群愚蠢的蠕虫施以最残忍的惩罚！

他下令回家。大庭氏族人惴惴不安地上路了。

然而，猛虎并没有远离他们。当天夜里，他们一路东行，在月光透过树叶间隙投下的光斑中小心探寻生路，希望以最快的速度赶回他们的村社。途中每一处摇晃的斑驳树影都让他们惊出一身冷汗，让他们怀疑那是尾随而至的食人饕餮在蓄势待发，甚至有人在这种连续不断的重压之下变得疑神疑鬼，失去了最后的理智，突然发出癫狂的笑声，朝着相反的方向狂奔而去，最终消失在众人视野之中。

漫长的奔走让整个队伍被零零落落地拉得很长，所有人都在努力让自己身处前队，因为猛虎杀死的都是后面的人。他们一边走一边不提姓名地咒骂杀死幼虎的那个混蛋。这让解刀怒不可遏，却又无暇顾及，他悄悄地让自己身处队伍的最中央，因为他敏锐地感觉到，前首和后尾都欠缺安全。

似乎是他们的担心得到了某位促狭的恶神的响应，在他们神经最为脆弱的时候，猛虎忽然无声无息地从天而降，夺去了队伍最后面几人的性命。他们除了惊呼、哭号以及加快脚步，再无任何对策。每个人都不顾一切地冲到最前面，谁都不想落在后面做其他人的肉盾。但很快，冲到最前面的人就惊觉他们已经腹背受敌——猛虎忽然又从前方的黑暗中蹿出，以更凶猛的势态将他们按在地上，张开血盆大口咬碎了他们的脑袋。

当他们以为猛虎已跑到前面而准备后撤时，忽然发现后面的杀戮还在进行！母虎并非孤军作战，它的悲鸣和怒吼呼唤来了帮手，那是四头幼虎的父亲，它饥肠辘辘，而且怒火中烧。它们就像是某个氏族神话中的男神和女神，前呼后应，精诚合作，对这群两条腿的家伙们进行最疯狂、最残酷、最肆无忌惮的撕咬。

解刀见势不妙，丢下族人，迅速爬上附近一棵粗壮的大树。月影斑驳下，族人们的身影忽东忽西地横冲直撞，像是被砍掉了脑袋的小鸡。远处的黑暗中传来阵阵惨叫声，大庭氏族人正在他们所不熟悉的环境里，于昏暗中丢掉性命。解刀继续向树梢爬去，他知道，猛虎嗅觉非常灵敏，绝不能让它们闻到自己的气味。

侯冈颉和族人们隐藏在大槐树附近，他们通过声音大致判断了杀戮进行的情况，大庭氏族人的惨叫声一如从前，和当初被他们的飞石击中没有什么两样。侯冈颉胸中激荡起一种从未有过的快意。一切安静下来后，大檀带着族人们到达第一现场，看到了满地狼藉，地上横七竖八地躺着十几具尸体和四只血泊中的虎崽子。大檀下令补刀，坚决不能让任何一个敌人成为漏网之鱼，侯冈氏族的长矛刺进地上的尸体中，每一刺都在要害处。

侯冈颉蹲下身子，小心翼翼地碰了碰地上的虎崽子，竟然发现其中一头正睁大惊恐的眼睛望着自己。他一惊，而后壮着胆子轻轻抚摸一下它的脑袋。它的左前腿上有一道向内倾斜的伤疤，正在汩汩淌着鲜血。飞镰见状，走上前去准备刺死地上的虎崽子，却被侯冈颉抓住长矛。

“你拦我做什么？”飞镰问侯冈颉。

侯冈颉说：“咱们的敌人是解刀，不是它。”

飞镰仍旧举着长矛，做出要继续刺下去的架势：“它是老虎，会吃人的。”

侯冈颉反问：“我们侯冈氏族中有人是死在老虎口中的吗？”

飞镰想了想，不吭声了。他从未听说有哪位同族是死于虎口的。这时他的父亲大檀来到跟前，将他手中的长矛推开，而后冲侯冈颉一点头，认可了他的做法。飞镰见状，登时脸变得绯红，心中有些不自在。

侯冈颉抚摸着受伤的虎崽子，自言自语道：“这样下去它会死的。”而后从地上抓起一把干净的尘土，轻轻覆盖在伤口上，这随处可见的东西可以加速血液的凝固，是止血的良方。接着他又从身上扯下一条兽皮，在虎崽子前腿上缠了一遭，将伤口包扎好，又抚慰似的轻轻抚摸一下，而后伸出手，想要将它抱起。

这时大檀忽然开口阻止他:“虎是不能被驯养的。”侯冈颉一愣,为大檀猜出了自己的心思而有些不好意思,但还是尽力争辩道:“它自己在这里很可能会死掉的。”大檀说:“如果你抱着它,会把母虎引来,我们就会成为它的敌人。你放心,母虎会回来找它的。”

侯冈颉虽然不甘心,也只能放弃了抚养虎崽的打算。

大檀下令继续沿着地上的尸体前进,他们的长矛不断地刺进已经开始变得冰凉的尸体里,怀有一种尽兴杀戮的快意。

接下来的很长一段路程,侯冈颉都跟着族人的队伍,踩踏着尸体前进,这激发了他心中复仇后的痛快,让他倍感振奋,甚至产生一种从未体验又难以言说的愉悦。

但是,随着越来越多的尸体出现在他眼前,先前的愉悦感慢慢消失,取而代之的是一种恐惧。他能听到胸腔中急促而沉闷的心跳,视线越来越模糊,地上的死人好像一个个直愣愣地站了起来,如活着一般,目露凶光,急着向他索命。

他又踩踏着尸体前进了一段路程,脚下是死人,前方还是死人,成堆的死人似乎漫无边际,他心中的恐惧又逐渐为一种压抑所取代,这些人之前一个个鲜活灿烂如太阳,转眼之间就成了没有一丝声息的枯朽之物,成了没有颜色的花朵、没有绿叶的大树、没有朗日的天空,昏暗到让人有流泪的感觉。

继而,流泪的冲动引发了悲悯之心,让他心生哀伤:这些人死的时候必然是恐惧难当,万般不甘,还留恋着这个万物生长、色彩鲜明的世界。他们不愿离去,趴在地上嘤嘤哭泣,请求诸神、列祖列宗以及所有他们知道或者不知道的神灵对他们施以援手,向他们诉说着恐惧、痛苦和不舍,就像那头受伤的虎崽子。不过虎崽子或许还有一丝生机,而他们此时已经切实地拥抱了死亡。

侯冈颉忽然发现已经不知该如何自处。

失去解刀指挥的大庭氏族人在丛林中乱撞,被两头猛虎蹂躏得损失惨重,最后历尽千难万险回到他们村社的只有不到一百人,全部筋疲力尽,多数人负有重伤。留守的女人们惊讶不已,上次失败的出征已经让她们确信不会再更糟了,但没想到这次竟然一败涂地到这种境地！她们急切地在人群中寻找，寻找她们的丈夫，寻找她们的儿子。苦苦寻找无果后，她们陷入绝望，一个个发出了痛苦的哀号，而后有人开始不顾一切地放声咒骂，咒骂的对象则是他们的族长解刀。

解刀在树上蛰伏许久，等耳畔再也听不到猛虎撕咬的动静后，稍稍松了口气，准备从树上爬下来，却又忽然隐隐听到远处传来密集的脚步声，于是又暗伏不动。脚步声逐渐靠近，他看到一群人来到他脚下，一个个手持长矛，对地上的尸体疯狂地补刀。他看见了大檀，而后又看到了跟在大檀身边的侯冈颉。

当初要不是你小子回去报信，我解刀怎么会落到今天这个地步！

解刀望着侯冈颉，眼睛憋得通红，拳头攥得咯吱咯吱响，身体剧烈颤抖，险些从树上掉下。他恨不能现在就跳下去，一刀划开这小崽子的喉咙！

我解刀发誓，一定要让侯冈颉付出代价！

片刻后，大檀带着侯冈氏族人继续向东前进，脚步声渐渐变小，最终消失。

解刀确信敌人已经走远，从树上爬下，来到一具年轻尸体旁。那是四个儿子中的一个，是他和他的第一个女人在河边种下的，因为长得像那个女人，所以他并不喜欢这个儿子。

解刀拍了拍他的脸，确认他已经死亡，然后用石刀在他大腿上割下来一大块肉，又随手从地上扯出一条藤蔓，把肉系在腰间。这将是他的食物。

“村社是不能回去了，侯冈氏族人一定会攻占那里；族人也顾不得了，他们原本就是些没用的人。眼下唯一能指望的是神农大石！我要去找他，让他帮我复仇，我要让侯冈氏族每个人都死无葬身之地！”

解刀拿定主意，绕开了侯冈氏族前进的路线，直奔神农氏族的都邑而去。

大庭氏族人的尸体散落各处，侯冈氏族一共发现了九十具，大檀任由他们散落丛林，作为回报丛林中神灵的礼物。很多大庭氏族人的死状十分怪异，从而让侯冈氏族人认为一定是丛林中的神灵在对他们暗中相助。野性的丛林之神从不浪费一星一点粮食,大庭氏族人的尸体都将成为各类野兽和树木的食物。

紧接着,大檀带领族人占领了大庭氏族的村社。一如预期,他们没有遇到任何抵抗。大庭氏族勇士已经身心俱疲,他们现在最想做的事仅仅是睡一觉,哪怕醒来就被刺死也在所不惜。而且他们听族中那个丑陋的瘸腿女人说过:"猛虎是丛林中的神灵派去帮助侯冈氏族的!"于是他们更加坚信:战胜他们的侯冈氏族人确有神助,大庭氏族的神落败于侯冈氏族的神,或者说他们已经被自己的神所抛弃了。

如今,幽暗密林中的猛虎带给他们的恐惧感,被族人们的惊呼声和惨叫声无限放大,带给他们的创伤已经影响到了他们的神志。他们还没从惊魂未定的境况中走出,一个个木然而松弛地站在他们的广场上,呈现出一种任人宰割的局面。

作为征服者的侯冈氏族人齐声发出雷鸣般的呼声:"灭族! 灭族! 灭族!"他们迫不及待地要将所有的大庭氏族人送上死路。

大檀陷入了深沉的思考。杀还是不杀,关系着两个氏族的未来,他要仔细筹划,不敢盲目行事。

这时,侯冈颉忽然站在大檀跟前,说道:"族长,不能再杀人了!"

大檀对侯冈颉早已另眼相看,遂征询他的意见:"那你准备怎么处置他们?"

侯冈颉认真地说出自己的想法:"我们可以收留他们,让他们成为我们的族人。"

这话一经说出,立刻在人群中掀起轩然大波,人们议论纷纷,各抒己见,但多数人并不支持侯冈颉的提议。

"他们是我们的敌人,不是我们的族人!"

"收留他们,就是与豺狼做伴!"

"他们都是坏人,应该全都杀掉!"

族人雀舌从人群中冲到大檀跟前,振臂高呼:"大庭氏族人是我们的敌人,我们不能让他们跟我们在同一个屋舍里安眠!"

人们随即热情高涨,跟着雀舌大叫:"不能! 不能! 不能!"

飞镰见状,立即操起长矛,目露杀机,直奔大庭氏族人而去。大庭氏族人见状，发出惊恐的叫声，人群中起了骚动。侯冈氏族人就像是得到了某种信号，随即纷纷操起长矛，一步步逼近手无寸刃的大庭氏族人，准备继续那尚未停息的杀戮快感。

大檀一个箭步冲到飞镰身后，伸手抓住他的长矛，用力一扯，将飞镰拽倒在地，而后愤怒地补上一脚，踢中了他的侧腰，飞镰发出一声痛苦而滑稽的叫声。侯冈氏族人一下子都愣住了，迟疑地望着他们的族长。

大檀神情肃穆，用充满威严的声音质问雀舌：“你认为你的决定比族长的更加高明吗？”

雀舌急忙摇头。

大檀冷冷一笑，说：“既然这样，那你就要学会向族长一人提出自己的意见，而不是鼓动族人去擅自行事。”

雀舌随即冲大檀一脸讪笑，唯唯诺诺地退缩到人群之中。大檀环视众人，见大家都安静了，遂冲侯冈颉道：“颉啊，你要这么做，肯定有你的理由。”

侯冈颉略一思忖，而后决定独自和大檀一人说出自己的想法，于是压低声音在大檀耳畔道：“我们已经杀死他们太多人了，再杀的话，即便是天神不怪罪，我们的良心也会不安。另外，我们的氏族若是需要壮大，就必须让其他氏族的人加入。还有，大庭氏族擅长制作精美的石刀和石斧，有了这些人，我们就再也不用拿珍贵的兽皮去换这些东西了。”

大檀已经不惊讶侯冈颉的独到见解，只是悄悄给了他一个眼神，而后当众宣布：“杀人者是解刀，与大庭氏族其他人无关，如今解刀不知所踪，大庭氏族人与他再无半点瓜葛！天神已将大庭氏交与侯冈氏，从此以后，你我两族就都是侯冈氏族人了！若同意，我族便止息杀戮，视你等为兄弟姐妹，否则，我将视你们为解刀的党徒！”

大庭氏族的男人和女人彼此相顾，他们已经找不到族长解刀——那个将他们送上死亡之路的凶手，而且族中最勇敢的人也已经死伤殆尽，剩下的他们原本就是不受解刀和他的亲信待见的妇孺老弱之人。此时如果没有人施以援手，他们将无法狩猎，无法生存，甚至死后无人安葬，而是任由野兽撕扯吞吃。

经过彼此之间的眼神交换，他们决定加入侯冈氏族。于是，在众目睽睽下，年纪最大的智者双手捧着他们的图腾旗帜，躬身屈膝，将它交到大檀的手中，这就意味着大庭氏族放弃了自己的图腾信仰，放弃了他们的列祖列宗，承认了侯冈氏族是他们的血脉之亲，侯冈氏族的一切就是他们的一切。身为族长的大檀要做的，就是将他们交在自己手中的旗帜当众焚烧销毁。

正当人们翘首盼望大檀引燃火种烧掉旗帜时，大檀却做出一个令所有人都倍感意外的举动：他郑重其事地将大庭氏族的图腾旗帜放在了侯冈颉的手上，然后示意他代替自己将其焚毁。

侯冈颉颇为讶异，有些不知所措地望着大檀。

接着，大檀又将手中的火种放在侯冈颉手上，而后冲他一点头，示意他可以动手了。侯冈颉仍旧有些迟疑，他下意识地寻找自己的母亲，却忽然想起这是在大庭氏族的村社，母亲不在这里。

侯冈氏族人群中开始窃窃私语，继而私语声越来越大，闹哄哄的一片，言语中多是对这个小孩子的不满，还有不屑，他们皆认为这么一个十来岁的少年竟然能越到他们头上去。大檀向人群中投去一个威严的目光，人们急忙闭嘴。

侯冈颉向大檀投去一个"我真的可以吗"的征询眼神，大檀肯定地向他点头，侯冈颉壮了胆气，而后将旗帜点燃。人群中一阵惊叹。

火光在飞镰的脸上晃动，他的整张脸变得如烧红的木炭一般滚烫。他看了一眼父亲，而父亲正专注地望着侯冈颉，他能清晰地看到他眼神中的信任与慈爱。那一瞬间，飞镰心中五味杂陈。

大檀下令让他的族人们把所有可以带走的东西都拿上，而后将大庭氏族的村社付之一炬，包括他们最为神圣的祭坛，因为那上面已经没有神祇可供供奉。他们的队伍壮大了一倍，浩浩荡荡地一路向西而行，高唱着赞美部落英雄的上古颂歌，向他们的侯冈氏村社前进。

在密林深处独自前行的解刀听到了侯冈氏族的凯旋之歌，在树林中的一片空地上，他在湛蓝的天空中看到浓浓的黑烟，那是大庭氏族村社的方向。“我的村社完蛋了。”他有着巨大的悲伤与失落,但更多的是愤怒和仇恨。他再次发誓一定要报仇雪恨。

回到村社的侯冈氏族,在族长大檀的带领下,扩建了他们的村社:新挖了三个大蓄水池,增加村社的储水量;又开凿了十个宽敞明亮的窑洞,以容纳新加入的族人。有亲人的维持原有家庭;失去亲人孤身一人的,进入一个又一个侯冈氏家庭。这样有利于他们更好地融入新的大家庭。而后,大檀当着全体族人的面,取出了他们那沉重而复杂的结绳,然后在代表水池的黑色分支绳索上打了三个结,又在代表窑洞的黄色绳索上打了十个结。

最后,大檀又取出一条粗粗的白色绳索,这是大庭氏结绳上的主绳,之前绑在上面记载各种事务的辅绳已经被丢弃。大檀先是将这条总绳涂成了和他们的主绳一样的苍翠之色,而后将它如藤蔓一样缠绕在他们的总绳之上,使之拧成一股绳。这一举动才真正宣告两个氏族融为一家。随之大檀又宣布了他和智者们的决定:“今天晚上就作为我们这个崭新的伟大氏族的纪念日,两族男女当在星空下交合,以让我们彻底地血脉相连!”说着他高高地举起已经缠绕在一起的结绳:“就像它一样!”人群中爆发出欢快的呼声,彼此之间热情拥抱,随即陷入狂欢的海洋。

侯冈颉望着大檀族长手中的那一堆结绳,不由又陷入了新的思考。

# 第二章 造字

自从侯冈颉成为族中的“特权人物”以来，他就开始像那遥远过去的伏羲氏一样，观察天地万物，探究其中奥秘：雨后的长虹，晴空的白云，风中的落叶，水中的鱼鳖，地上的鸟迹，茧中的蝶蛹……无论宏大还是微小，好似什么东西都能引起他的注意，继而引发他的无限遐想。

## 1

# 改　变

大庭氏族残存势力的加入让侯冈氏族出现了空前的繁荣。

因为人口的急剧增加，侯冈氏族对粮食的渴望日趋迫切，而想要得到粮食就必须有耕地，这时大庭氏族带来的精美耐用的石质农具就派上了用场。他们不愧为天底下最精湛的石匠，制作出来的农具让人爱不释手，那些懒惰成性的人也乐于拿着它们废寝忘食地在田间劳作。侯冈颉还认得那个曾给自己喂水喝的瘸腿女人，她叫东葵。出于报恩的心理，他让这个孤身女人与他们母子一起生活，给初来乍到的她以热心帮助。没过多久，他们母子就和东葵成了最好的亲眷。但是有些族人始终对新成员心存芥蒂，不愿意主动接近他们，甚至用餐时也有意与他们保持距离，那是一种显而易见的隔阂与排斥。

一天，侯冈颉的母亲和东葵在田间播种，两个姐妹已经无话不谈。东葵平静地控诉着解刀和其他男人给大庭氏族女人们带来的创伤，侯冈颉的母亲则不时点头或者叹息，对她的遭遇表示同情，对解刀的残暴表示愤慨。侯冈颉跟在她们身后，看着她们两个熟练地操作着手中的石铲，而后向东葵提出了他思考许久的请求：“姨母，我认为应该让所有的族人都掌握制作石器的技艺。”

东葵先是一愣，而后肯定了侯冈颉的提议：“我们是至亲，应该这样。”于是，在东葵的倡导下，新成员将数百年来秘不外传的石器制作工艺传授给了侯冈氏族，包括如何选择石材，如何用其他石头进行初步打磨，如何用木材进一步打磨，如何用木棉进行最后的抛光……仅用了三个月时间，侯冈氏族人就掌握了制作精美石器的工艺，他们制作出来的石头器具与大庭氏族的无有二致。

侯冈氏族人大为感动，和新成员之间的关系迅速拉近。作为回报，他们也将加工兽皮的工艺手把手地相授，让新成员在最短的时间里拥有了制作皮草的技能。

因为春季耽误了播种，所以在下半年中，他们只能将更多的时间用在采集和捕猎上。而在这些关乎生死存亡的活动中，两个氏族之间的感情进一步加深，几次共同对抗大型猛兽的围猎活动，不仅让双方看到彼此的优势，也让他们在相互营救中建立了更深层次的情谊——信任。世间最珍贵的感情就是彼此信任，就像子女从不担心父母会加害自己，就像种子不必担心土地会埋没自己。

次年春天，在大檀族长的带领下，团结一心的侯冈氏族人挥舞着他们新近制作出来的农具，在洛水沿岸新开垦了一大片肥沃土地，种下了高粱、粟子和黍子。接着，在稍晚一些的仲春时节，不等侯冈氏族人提出请求，新成员大庭氏族人就主动拿出了他们引以为傲的金瓜种子，并公布了培育这种瓜果的秘密：必须在瓜苗发芽后到长出三对叶片之间的这段时间里，每天用陶罐将其罩住，从日落西山罩到次日日上三竿，严格把控夜间的光照，唯有如此，才能让它们顺利开花结果。

这一年风调雨顺，侯冈氏族人的辛勤劳作换取了丰厚的回报，不但猎获和采集所得颇多，田地间的粮食、蔬菜以及新种植的金瓜也全都获得了大丰收。已经禁绝肉食的侯冈颉还将他的聪明才智发挥到了对素食的深加工上，他用制作水果蜜饯的方法制出了大量易于保存的金瓜蜜饯。女人们在附近山崖下采集的蜂蜜派上了大用场，这些阳光般的甜美浓稠液体不仅可以让金瓜蜜饯变得甘甜，还具有极大的防腐作用，使金瓜蜜饯这一热量巨大的食物得以长久保存，极大地解决了冬日粮食供应不足的难题。经过两年艰苦卓绝的劳作，已经有两个氏族共同血脉的新生命不断诞生，侯冈氏族焕发出让人振奋的勃勃生机，已经有了强盛氏族的规模和气度。

这一年中的某两个美好的日子里，大檀族长在围猎时，看到了一头在老林中悠闲漫步的银白色水鹿；侯冈颉在田间徜徉时，采到一株随风摇曳的长有双穗的黍子。这两种现象，不仅在当下被族中智者视为祥瑞，即便数千年后，也被历代天子当作太平盛世来临的绝佳证明，因而在各类文献中皆有详细记载。

闲来无事时，侯冈颉曾留心观察村社附近那棵老榆树，那是一棵已经不知道经历了多少岁月洗礼的古老木灵。族中最年长的赤须智者说："在我还年幼时，那棵老榆树就已经是那个样子了。而我那已经去世的老祖母也曾说，她年幼的时候，就爬上过这棵老榆树，坐在上面的树枝上吃过榆钱。"

树木年头虽久，可是因为地势过高，远离水源，常年保持着一种病态，干枯皴裂的树干常让人以为它已经死去。但是每当有雨水降下，这棵老榆树就会一夜之间焕发生机，石头一般的树干上竟然会钻出一粒粒青绿的嫩芽，然后再长成枝丫，不久便满树绿叶，整棵树的面貌焕然一新。

"几经磨难之后，总有不一样的春天！"侯冈颉在与赤须智者交谈时不由发出这样的感慨。这句话也让赤须智者更加对侯冈颉另眼相待，他在这个少年身上看到了他年轻时候的影子，那时候的他也是这样，对世上一切都充满了旺盛的好奇心。而且他在吃过侯冈颉制作的金瓜蜜饯之后，更对他产生了一种近乎崇拜的好感，因为他和所有老年人一样，都无比喜欢甜食。

于是，在一次氏族大会上，他郑重其事地向大檀族长提出要求："这孩子天赋异禀，与寻常众人不同，他应走与别人不一样的道路。我说的是也不是？"

大檀族长点头。

赤须智者满意地继续说道："所以我准备让他跟在我身边，亲自传授他祖先留下的智慧，让他为将来承担大任做准备。"

大檀族长欣然答应。从此以后，侯冈颉就成了与众人不同的人，拥有诸多族中的特权，比如可以不用参加围猎和农事。大檀这样做的目的是想让他拥有更多的时间去安静思考,去与神交流以及进行发明创造。

从此以后,侯冈颉就经常出现在村社后面的断崖上,村社下的洛水边,对面山头的树林中……他在每一处亲近自然的地方,思考着智者们讲述的一切关于人类的知识,思考着他所急于阐述的新课题。

迅速灭亡的大庭氏让他产生了一些思考。

人们都说大庭氏曾担任炎帝,这或许是真的,他们既然能制作精美石器,能种植别人种不好的蔬菜,能猎到别人猎不到的美味猎物,那就证明它确实是个了不起的氏族,是能为天下人创造福祉的氏族。可现实的情况是,大庭氏越是了不起,带给别人的危害也就越大。他们不仅伤害别人,也伤害自己。而这一切都是因解刀而起。如果大庭氏的族长不是解刀而是大檀,那氏族还会落得这样的下场吗?不会,一定不会。大檀族长是侯冈氏族的灵魂,他是什么样子,侯冈氏族就是什么样子,侯冈氏族人就是什么样子。大檀族长是侯冈氏族的一切,他永远不会把自己放在首要位置,就像历代先贤,钻木取火的燧人氏,建造房屋的有巢氏,创制八卦的伏羲氏,始作农耕、亲尝百草的神农氏……大檀和这些先贤一样,他们的创造绝不限于那些显而易见的可摸可触的东西,而是那些在潜移默化中影响着人们的东西,那是顺承天道的各种规矩。我从未听说过大檀会允许族人之间厮杀,从未听说他无故侵夺别人的草场,也从未听说他毁坏山林、虐杀鸟兽……但是归根究底,历代先贤费心劳神所做的一切都是为了人,一个个活生生的人,每个人都是万物之灵长,是上神女娲最精致的创造,所有的学问和奥义都应以人为本。因此,没有圣贤的族群、没有灵魂的族群是悲哀的族群,是可怜的族群,是没有出路的族群,是终将惨淡收场、走向衰亡的族群。大檀族长是值得大家尊重的人,只有越来越多这样的人存在,族群的血脉才能长长久久,恒昌不衰。

大檀族长朴实坚毅的性格,赤须智者的谆谆教诲,无不在潜移默化中影响着侯冈颉的内心,以至于他时常鞭策自己:不应庸庸碌碌度过人生,总要做出一点什么,就像雨滴滋润禾苗,春风拂动杨柳,阳光普照大地……总要让这个世界发生一些改变——恐怕这也是造物主的本意。

自从侯冈颉成为族中的“特权人物”以来，他就开始像那遥远过去的伏羲氏一样，观察天地万物，探究其中奥秘：雨后的长虹，晴空的白云，风中的落叶，水中的鱼鳖，地上的鸟迹，茧中的蝶蛹……无论宏大还是微小，好似什么东西都能引起他的注意，继而引发他的无限遐想。

“这些都是天地的标记，是造物之神的结绳记事。”

但侯冈颉转念一想，又感觉如此比喻并不恰如其分：“同样是花，却有红色、黄色、蓝色、紫色之分，也有桃花、杏花、葫芦花、槐花之分，也有春花、夏花、秋花、冬花之分。天地万物比结绳记事细致得多，丰富得多，准确得多！天地是最有灵性的智者，既然我要创造一种代替结绳记事的东西，就要以天地万物为师，将它的造化为我所用。”

之后的整整八个月间，侯冈颉将自己融化在大自然之中，每天醒来，他便像小鸟一样扑向屋外，他的脚步出现在高山上、泥土里、大树下、河水中，整天如傻似狂地钻研那种能代替结绳记事的崭新创造。正是在这一时期，他养成了一边踱步一边思考一边自语的习惯，全然不理会族人们的非议、嘲讽和奚落，因为他根本就没有注意到那些足以让一个普通人心神纷乱的嘈杂声音。每当陷入思考，他的脑海里就没有了任何来自外界的声音，而只有一个个生动鲜活的画面。

与此同时，他这一异于常人的举动渐渐地让人们觉得不可忍受，因为谁都不想在自己累得要死的时候，眼巴巴地看着一个身强力壮的半大小子什么事都不做，只是悠然地在天地之间快意徜徉，观花赏月。伟大农耕的发明从根本上解决了人们的吃饭问题，但也在之后的数千年里，成为重重地压在农耕民族身上的一座大山，面朝黄土背朝天的日子并不好过，繁重的劳动、肌体的痛苦经常会发酵为精神上的好恶。族人们开始愤愤不平，他们搞不懂侯冈颉这样悠闲自在的依据何在，而他到底想干什么。

终于有一天，飞镰找到他的父亲大檀，言辞恳切地说：“父亲，如果再这样下去，族人们就会对他们敬爱的族长进行刻薄的非议，因为他这完全是在以权谋私！父亲，您一定要收回赋予侯冈颉的一切特权。”

大檀族长目光锐利，死死地盯着自己的儿子：“侯冈颉是要做大事的，我们不能将他的才能浪费在无用的地方。”

飞镰不屑地冷笑：“哼，我看不出他有何才能。”

大檀族长目光锐利：“别忘了，他曾用他的聪明才智战胜了大庭氏族。”

飞镰冷冷一笑，说：“那件事早就过去了。父亲，侯冈颉应该和我们一样去参加劳作，不然我们所有人都会瞧不起他。”

大檀摇头，轻轻呢喃一句：“萤火之光不能与日月同辉。”

飞镰感到纳闷，不明白为什么父亲对侯冈颉这样器重，在他看来，侯冈颉不过是一个打不过他也跑不过他的小毛孩，他甚至一度怀疑侯冈颉跟赤须智者学了什么妖术，从而控制了他的父亲。

大檀翻了他一眼，用命令的口吻说：“你记着，不准刁难他，更不准伤害他。”

飞镰有些窘迫：“我才是您的儿子！”

大檀的脸上出现一种飞镰完全看不懂的神情，而后毫不客气地说：“你这才是以权谋私。”

飞镰再次强调：“我才是您的儿子啊！”

大檀苦笑一声，说：“大庭氏族的灭亡就与他们的族长解刀想要立其子鹿伐为族长有关。飞镰，我的好儿子，你信不信，有父亲传位给儿子的那一天，就有儿子杀死父亲的那一天。”

飞镰有些愤怒地望着父亲，而父亲也一脸沉静地望着他，他从父亲的眼神中看到了坚决与固执，于是他只好悻悻地走开了。大檀族长从此陷入深深的忧虑之中——这忧虑又与后世那些受人称颂的帝王，如秦始皇、汉武帝、唐太宗、明成祖之辈对于他们儿子的忧虑不同。这是孔圣人所称颂的时代，这是人心尚且有节有度的时代。

飞镰从此和侯冈颉这个小兄弟逐渐疏远，而填补他情感生活中不可或缺的友谊空白的，是深谙说话之道的雀舌。

已经而立之年的雀舌曾在十几岁时试图讨好族长大檀，在一次集体围猎中，大檀带领族人追击一头罕见的犀牛，当时已经崭露头角的牧犍投出一支长矛，将那头犀牛击毙。人们簇拥到犀牛跟前，眼明手快的雀舌拔下犀牛身上的长矛，交到大檀手中，同时高声宣布：“我们英勇的族长大檀为我族猎杀一头犀牛！”

在场所有人都面面相觑，不知如何面对这突如其来的窘状，因为连瞎子都看到了那支长矛是由牧犍掷出的。大檀不言不语，接过长矛，塞到牧犍的手中，说：“这是你的——不会因为任何东西而改变。”然后拿眼睛翻了一眼雀舌，又说：“希望下次出猎，你能擦亮自己的眼睛。”雀舌随之淡然一笑：“真是没用啊我！这么近，竟然看花眼了！”

从此以后，雀舌就将大檀视为不可接近之人，他能敏锐地觉察大檀在看他时的微妙眼神，他也知道，如果自己不是大檀的族人，如果自己不是和他有着血缘上的关系，这个冷酷无情的族长一定会毫不客气地将他逐出部落。

放弃了大檀的雀舌，又将赤须智者视为自己的目标，开始尝试接近他，主动地成为他的热心听众。赤须智者从不缺少真诚的聆听者，但雀舌绝对不在其列，他缺少一种安静下来专注做一件事情的能力。他慢慢发现，与赤须智者为伴是一件十分枯燥无趣的事，因为这个老家伙除了讲述那些漫无边际的上古传说，就是发表自己对天地日月、山川草木、鸟兽鱼虫的各种看法，而他对这些一点都不感兴趣，醉心于这些东西在他看来纯粹就是浪费大好时光。

但是为了赢得赤须智者对他的好感，他每次都会在赤须智者完成他的讲演后发出声声惊叹，而后称赞智者博闻强识。久而久之，赤须智者注意到了这个经常陪伴在他左右的年轻人，并将他视为可造之才，遂决意对他进行悉心栽培。于是，在一次讲述夸父逐日的过程中，赤须智者忽然向他发问，结果弄得他措手不及，所做回答完全驴唇不对马嘴。之后，狡黠的赤须智者开始对他特别留心，结果几个问题下来，他就断定这人是个不学无术的无耻之徒。一次吃饭时，赤须智者从烤熟的大麻雀口中揪出一条舌头，当众宣布：“我最讨厌麻雀的舌头，因为它只会叽叽喳喳，说些废话。”话音刚落，所有族人都将目光投向雀舌。雀舌讪讪一笑，暗自发誓总有一天要将赤须的舌头拔下来塞进猪的嘴巴。从此,他再也没有靠近赤须智者半步。

当大檀族长和赤须智者的两条路都走不通后,他郁闷地在族人们那似有似无的蔑视中坚持了许多年,直到大檀年纪渐老,飞镰逐年长大。他曾看到有的父亲将自己分到的食物送给生病的儿子。在那个远古的时代,母亲将自己的食物让给子女是常事,父亲将食物让给儿子却实属罕见。久而久之,他开始坚定不移地认为:父亲的东西传给儿子,原本也是天经地义,包括族长和大君的位子,列祖列宗传承千百年的禅让之举其实是伪善,不近人情,灭绝人性。他看中了飞镰,将他作为自己的下一个目标,因为他身份特殊,而且并不像他的父亲大檀那样睿智果决,不近人情。还有什么比跟一个族长的笨蛋儿子做朋友更便宜的事?更何况,他还能清楚地觉察出这个笨蛋儿子对侯冈颉复杂而微妙的情感。

他开始接近飞镰,并将自己关于君位传承的想法告诉他,结果正在饱受煎熬不知该不该与父亲翻脸的飞镰忽然茅塞顿开:“父亲的东西传给儿子本就是天经地义啊!”于是飞镰向雀舌允诺,事成之后,雀舌将成为仅次于族长的尊贵人物。

侯冈颉对这些一无所知,他的所有精力都在那宏观的伟大课题上。

一天晚上,他在村社北面的断崖上仰望天空。明月照耀大地,远方的狼嚎不时划破夜的宁静。他猛然间想起,一年多以前他在跟牧犍去大庭氏族村社的途中,也是一个这样的明亮月夜,那时他借着月光,在地上画出了太阳和月亮的图形。他自认并不是高明的画手。他曾在赤须智者珍藏的页岩岩画上看到过先人们绘制的奔跑的犀牛、站立的大象、狂舞的人们,那些画作的色彩十分艳丽,上面的人与兽个个惟妙惟肖。

“我这画技远不及那些岩画,但牧犍却能认出我画的就是太阳和月亮,这是为什么?”

侯冈颉陷入沉思,而后他又拿起一块尖锐的石头,借着明亮的月光,在一块深色青石上用力刻画,先画出一个太阳,又画出一个月亮,而后端详着自己的作品:太阳圆圆的,环绕着一圈代表阳光的短线;

月亮弯弯的，就像一个尖锐的鱼钩。

“我明白了，牧犍之所以能分辨出太阳和月亮，并不是因为它们真像，而是因为我画出了它们最特别的地方——圆圆的东西又光芒万丈，这自然就是太阳了；而弯弯的自然就是月亮了。”

侯冈颉遥望远方，北方三座紧紧偎依的山头的轮廓在月光下格外明朗，于是他灵机一动，又在青石上用力刻画出一个山的形状。

“这自然就是山了！”

侯冈颉就像忽然找到了一种珍贵的宝物，欣喜不已，他摩拳擦掌，在原地走来走去，同时兴奋地自说自话：“其实只要抓住天地万物的特点，就能用最简单的笔画刻画出纹样，把它们记录下来！”

侯冈颉不知该如何表达胸中激荡的热情，他感觉自己就要窒息了，兴奋间又在地上捡起一块石头，在大青石上又刻了一个鸟，那是他们经常在洛水之滨见到的鹳的形象：大大的脑袋上是长长的喙，翅膀和爪子一应俱全。这些部位全都用最简单的线条刻画。

侯冈颉望着自己的杰作，不觉笑出声来，清脆的笑声在安静的月夜中荡出很远。

他当然不知道，在这个平凡的夜晚，由他草创的这几个简单图形已脱离了绘画的范畴，进入一个奇妙的境界，达到了一个崭新的高度，并将影响后世数千年，很多民族的文化依赖它而薪火相传，它成为不同民族进行联系的纽带，还是许多有识之士实现理想的绝佳工具……直到几千年后，一个又一个人使用它们，写下他侯冈颉的故事。

出自侯冈颉之手的日、月、山、鸟是这片黄色沃土上最早的文字，这种造字法将被后世总结为象形。而侯冈颉不会想到，他的象形文字将成为后世八万汉字的直系祖先。

正当侯冈颉沉浸在创造的快感中时，于月夜静谧中，一个黑影蹑手蹑脚地躲到距他不远的老榆树后面，悄悄观察着他的一举一动，那双眼睛在明亮月光下闪着微微的寒光。然而专心致志的侯冈颉并未察觉，他的所有精神都在那些新发现上。

黑影几次蠢蠢上前，似乎要做出什么举动，又似乎心存忧虑，几次在暗处扬起了手，却最终又停止了动作。最终，他似乎终于下定了决心，身子稍稍倾斜，胳膊上扬，奋力掷出一个核桃大小的东西。那东西在空中划了一条抛物线飞出，却并未击中侯冈颉，而是落到了距他三四步远的一块大石头上，发出一声啪的脆响，飞来的是一块小石头。

侯冈颉一个激灵："谁？"

黑影吓得一动不敢动，死死地贴在老榆树的阴影中，身上的黑色野猪皮让他和嶙峋峥嵘的老榆树融为一体。

侯冈颉站起身来四处张望，不见有人，也没将这件事放在心上。

黑影静静地等待了许久，见侯冈颉没有追过来查看，于是再次悄悄探出身子，又将手中的石头向侯冈颉掷出去。

这次石头砸中了侯冈颉的脑袋。他只觉额头像是被火烧了一下，热乎乎的鲜血流到眼睛里。他下意识地擦了一把，却流下更多鲜血，模糊了他的视线，但疼痛却让他的脑海中又蹦出一个问题："太阳、月亮、山峦都好办，可是如果我要记载自己被石头砸了，这个砸我要怎么刻画？流血又要怎么刻画呢？"

刚刚燃起的热情忽然间被这个从天而降的石头砸得无影无踪，随即他又陷入漫无止境的思考当中。他不顾额头的伤口，任由血流下来，还是一边拿着石头在大青石上画来画去，一边自言自语。

次日一早，大檀发现了睡在大青石旁边的侯冈颉，他的半张脸上全是暗红色的血迹，大檀以为他遭遇不测，着实吓了一跳。当侯冈颉睡眼惺忪地站起来并说自己肚子饿时，大檀才长长地松了一口气。伤口已经结痂，没有大碍。

"究竟怎么回事？是谁把你打伤的？"大檀急切地询问。

侯冈颉回忆了一下昨晚的情形，也确实没有看到什么人在附近，于是摇摇头："不知道，就是忽然被不知哪里来的一块石头砸中了。"

大檀在地上扫了一眼，看到了一块白色鹅卵石，弯腰将其拾起，拿在手中端详片刻，而后抬起头，神情忽然变得沉郁。

"大晚上的不在屋舍里睡觉，你来这里干什么？"

一听大檀族长这么问，侯冈颉立刻想起昨晚的新问题，然而转念一想，我的创造才刚刚起步，而且目前遇到了困难，还是暂时不要跟族长交代的好。遂撒了个谎，说：“没什么，屋舍里太闷，睡不着，来这里透透气。”

大檀的眼神中流露出一丝质疑，但没有深究，点点头说：“以后还是谨慎些好。”

侯冈颉“嗯”了一声。

这时，村社中升起了炊烟，木柴燃烧的烟熏味道四散开来，让侯冈颉立刻感到腹中饥饿，遂辞别大檀，匆匆忙忙找吃的去了。

大檀望着侯冈颉的背影，神情中充满了担忧。

侯冈颉先来到赤须智者的屋舍，请他帮自己处理伤口。赤须智者拿研磨好的草药敷在他的伤口上，自信地说：“保管不落伤疤！”侯冈颉笑了笑，又辞别赤须智者，出了屋舍，来到广场的炊火旁。

母亲正在和女人们用陶釜煮粟米粥。为了不让母亲为自己担心，他没有靠近。正想着再找点什么别的吃食，一转身，看到了躲在远处一棵树后的飞镰。飞镰看到他发现了自己，神情有些慌乱，转身准备走开，却被侯冈颉叫住了：“飞镰！”

飞镰装作没听到，快步离开。侯冈颉急忙追上去，伸手将他拦住了。

“飞镰，我叫你呢！”

“哦……我……没听见。”

“你脸色怎么那么难看？”

“没……没什么！”

“你今天怎么如此怪异？”

飞镰讪讪一笑：“有什么怪的……我……我不一直这样嘛……”

侯冈颉指着额头上的伤口，开玩笑道：“我受伤了，你也不问候一声。”

飞镰只好问道：“啊你……你……这是怎么了？”

“被石头砸的！”侯冈颉轻轻摸了一下伤口，一阵剧痛，“也不知哪个冒失鬼！”

“哦……那你好好养伤……我……我还有事！”飞镰含糊其词，转身急匆匆地走开了。

侯冈颉望着飞镰的背影，莫名其妙，碰了碰额头上的伤，又剧烈地疼了一下，不由得龇牙咧嘴。

几天后，烈日炎炎，滴雨未下，人们一个个走下村社，手持陶罐，准备从洛水中汲水，去浇灌那些已经打蔫干瘪的娇嫩蔬菜。而此时，侯冈颉仍旧沉浸在“我被石头砸中了应该如何刻画”的问题中，独自一人在洛水河滩上来回踱步，一边自言自语，一边陷入那让他欲罢不能的深深思考之中。

在河中取水的雀舌看了看不远处的侯冈颉，而后碰了一下身边的飞镰，冲他努嘴，让他将目光放在侯冈颉身上。飞镰却有些不自在，冲雀舌摇摇头，而后闷声将陶罐沉到水底，继续取水。

“他侯冈颉是谁？他的曾曾曾祖父才和族长的曾曾祖父是亲兄弟，关系远得很呀！哼，你是族长的儿子，却在这里出这种苦力气！”雀舌用充满惋惜的声音说道。

飞镰仍是不语。

雀舌接着说：“别忘了，我可答应过你，要帮你夺回应该属于你的东西！”

飞镰一怔，沉吟许久才慢吞吞地说：“还是算了吧，今天早上我看父亲和赤须智者又跟他谈话了，看上去他们倒像是祖孙三代人，而且父亲看我的眼神……我现在想想都觉得难过！再说我已经报仇了。”

雀舌一听，气急败坏地叫嚷道：“侯冈氏族的一切都是大檀族长辛苦得来的，难道你想把这些都白白地送给他侯冈颉？你的父亲是族长，你就是我们的小族长，难道你甘心将来让那小子骑在你脖子上屙屎？——这里的山，这里的水，这里的田地，这里的村社，这里的窑场，还有这里的人，都应该是你的！”

飞镰一脸纠结，不知如何是好，但眼神中已经有了松动的迹象。

雀舌继续劝说：“我已经问过了，族人们都说，当然应该是大檀族长的儿子继承他的位子，成为未来的族长！”

飞镰一惊：“真的？”

雀舌信誓旦旦：“这还能有假？”

飞镰脸上露出欣慰的笑容："族人们还是有良心的。"

雀舌接着说："族人们还说，侯冈颉这个臭小子，什么都不干，却整天在族里白吃白喝，早就应该收拾他了！"

飞镰惊喜，急忙追问："族人们真是这么说的？"

雀舌不禁扬声道："这还能有假？"

飞镰终于下定决心，悄悄问雀舌："说吧，你想怎么收拾他？"

雀舌冲飞镰一笑，拍了拍他的肩膀，然后轻蔑地翻了一眼远处的侯冈颉。

没过多久，在田间劳作的人们纷纷撂手不干了，一个个懒洋洋地躺在树荫下乘凉。修理窑场的大檀看到这情形，随即过去询问发生了什么事。人们一个个叫苦不迭，这个说："这鬼天气！太热了！日头太毒！我们都没力气了，实在干不动了！"接着一些人又怨声载道，说："族长，侯冈颉年纪轻轻的，竟然和族中智者一样。我们累死累活，他却悠闲自在，我们心里不服！"雀舌在人群中高声道："咱们族中可不能养一个吃白饭的呀！"

族人们遂七嘴八舌地纷纷附和。

大檀明白了他们的用意，解释道："侯冈颉不事生产，是我和赤须智者商议之后的共同决议，况且他也不是吃白饭！非但不是吃白饭，甚至他的肩膀上还担负着一个更重的担子！而这担子关系到我们侯冈氏族的未来！"

人群中的族人甲尖着嗓子道："族长啊！我们不相信什么未来，我们只知道他一直在偷懒！他有啥本事？竟让我们辛苦地弄来食物白白地给他吃！"

族人乙："就是！就是！他有什么本事让我们供养他！"

族人丙："就是！他又不是我们的祖宗！"

族人丁："族长啊，您老人家还是改主意吧！"

……

大檀听着族人们七嘴八舌地表达反对之声，神情冷肃，直到七嘴八舌变成乱糟糟一团，他才做手势制止了众人的喧嚣，而后高声质问道："你们吃的那些甘甜美味的金瓜蜜饯，是谁做的？"

众人不说话了，一个个面面相觑。

大檀又问："你们能做得出来吗？"

众人依旧不说话。

大檀接着说："金瓜被制成了蜜饯，我们不再担心它会腐烂。正因如此，我们的仓库中才有了更多可以越冬的食物，才能养活更多的人！难道你们不知道，这是这个孩子的功劳吗？难道你们不知道，让你们不至于在冬天忍饥挨饿的，就是他侯冈颉吗？"

面对大檀的质问，众人陷入更加安静的沉默。

飞镰一言不发，悄悄碰了碰身边的雀舌，让他再说点什么。雀舌鼓了鼓勇气，而后混在人群中高声问道："总不能因为这一件事，就让他永远高我们一头吧！"

大檀锐利的眼睛在人群中寻找，他已经听出了是雀舌的声音，并且更加确认这一切都是雀舌在捣鬼。他愤怒地从鼻子里喷出一股气，翻了雀舌一眼，而后问："那你想怎样？"

雀舌鼓起勇气，高声道："如果他能在我们灌溉完成之前再创制一样东西，我们就服他！"

大檀看了看田地中的活计，全部干完差不多还要三天，心里犯了嘀咕。在雀舌的带动下，大家都高声嚷了起来，声浪立刻将大檀包围了。

这时，侯冈颉来到人群前，众人随之止了声，目不转睛地望着他。大檀将目光转移到侯冈颉身上，眉心依旧紧蹙。侯冈颉冲人群扬声道："三天就三天。"

大檀一怔，而人群中随之发出毫不客气的嘲讽笑声，他们都认为侯冈颉在说胡话。三天，他能做出什么？

雀舌冲飞镰一笑：等着吧，等着看笑话吧！这个笨蛋，这个蠢货，这个不知天高地厚的臭小子侯冈颉，你就等着在族人面前出丑吧！

当天下午，侯冈颉被叫到了族长大檀的屋舍中。赤须智者也在，见侯冈颉进来，略微点了一下头，示意他坐下。侯冈颉席地而坐在赤须智者对面，大檀族长坐在了赤须智者身边。

大檀脸上的表情始终有些凝重，赤须智者不由长叹一声，道："大有大的难处，人多了和人少的时候当然不一样，人越多，人心就越乱，何况如今我们的族人是两股血脉。”

大檀道：“只是我没想到他们会突然出这么一道难题。虽说是雀舌闹出来的，但族人们都站在他那边，足可见雀舌的话也是他们的心里话。”

赤须智者忽然苦笑一声，说：“有些事情，谁都拦不住啊！比如春天要开花，冬天要下雪，太阳会落山，河水会干涸……再比如，天下人会越来越聪明。人越聪明就越刁钻，越刁钻就越凶狠。燧人氏、有巢氏、伏羲氏之时，人们彼此相亲相爱，没有猜忌，亦没有隔阂，更不会有杀伐，那真是让人羡慕的时代啊！你们说，我说的是也不是？”

大檀和侯冈颉点头：“是，您说的是。”

赤须智者又问：“可你知道人们为什么会彼此相亲相爱吗？”

大檀和侯冈颉摇头。

赤须智者接着说：“人们彼此之间相亲相爱，不是因为他们天性纯善，而是因为他们太弱小，弱小到和大家守在一起才能存活，弱小到互相扶持才能繁衍生息……而等他们变得强大了，他们就会抛弃同类，甚至对曾经的伙伴痛下杀手！”

大檀的语气有些失望：“智者的意思是，我们的族人现在正朝着这条路上走？”

赤须智者肯定地点头：“不过你也别想阻拦。我早就说过，人变得聪明是阻拦不了的！”说着，望着侯冈颉那清澈的眸子问：“颉，我说的是也不是？”

侯冈颉想了想，继而说：“智者说得有道理。我认为人变得越来越聪明是好事，燧人氏、有巢氏、伏羲氏、神农氏，这些伟大的先贤都是聪明人。要是没有他们，我们到现在不还要过着茹毛饮血野兽般的生活吗？在这件事上，族人们没有错，他们感觉事情有不公平的地方能站出来反对，总好过心里不高兴，嘴上却不说。大庭氏族人不就是这样在解刀手里灭亡的吗？”

赤须智者的眼睛一下子变得明亮起来，笑嘻嘻地冲大檀道：“你看，我说的是也不是？这孩子的心思不是你我可以揣摩的！”

大檀望着侯冈颉，当初那个总是跟在别人屁股后头问东问西的少年已经长大，之前柔软的脸颊变得坚毅，已经有了男人的轮廓，那双细长的眼睛脱去了当初的懵懂，如今更加明亮，透着睿智的光辉。看到这个精神的青年，大檀忽然感到一种安定，因为他对侯冈氏族前途命运的担忧已经被这个青年一扫而光，这真是一个可以将氏族大任放心托付的年轻后辈！对于一个肩负氏族血脉传承重任的族长来说，他在一生中要面临许多选择，而继承人的选定无疑是这众多选择中最重要的一个。

但现在他还不能全然放心，因为"越来越聪明"的族人们正在等着看侯冈颉和他的笑话。他随即问侯冈颉："在三天之内造一样新物件，你有把握？"

"有。"侯冈颉信誓旦旦。

大檀盯着侯冈颉的眼睛，再次问道："真有把握？"

"有！"侯冈颉依旧充满信心。

赤须智者笑了笑，问侯冈颉："这么说，你心里早就有主意了？"

侯冈颉点头："是。"

赤须智者满意地冲大檀微微一笑："我说的是也不是？你大可放心，这孩子的心思不是你我可以揣度的。"

大檀轻轻地松了一口气。

三天后，雀舌和飞镰召集族人们来到广场，要求侯冈颉将他的新发明拿出来。而后在众目睽睽之下，侯冈颉拿出一样在场所有人都没见过的物件：它有长矛的木柄，顶端却是一个与之垂直的横杆，横杆上面插着四把竖着的石刀。

在场众人都不知道这是什么玩意，但用不了多久，他们就会离不开这个东西了。

它的名字叫钉耙。

在母亲和东葵进行播种时，侯冈颉注意到她们每人都是用一把石刀在地上挖出一个个土坑，不但费力，还耗费时间；而且因为完全是手工操作，播种的路线通常会在不知不觉中发生扭曲，这又导致了每畦之间的距离不均匀，而多年的经验告诉他们，畦垄均匀分布更有利于庄稼的增产增收。

于是，侯冈颉制作了这把钉耙，可以同时挖出四个坑，且能保证每畦之间的距离相同。

一个族人好奇地拿过钉耙，在地上试了试，只轻轻一下，就在地上刨出四个排列整齐的坑。随即，这个人惊喜地大叫：“呀！这东西好！一下子就四个坑！”

赤须智者忽然振臂一呼：“侯冈颉给我们带来了礼物，这礼物来自列祖列宗，更是至高之神的馈赠！向我们的图腾大颙鸟神高唱赞歌吧！”在场的所有智者随即一边敲打水牛皮鼓一边咏唱，瞬间将气氛带动起来。

众人一拥而上，争先恐后地要试试这个崭新的伟大发明。他们无比兴奋，上一次这么兴奋是在十九年前，那时一场狂风暴雨让许多他们从未见过的八爪怪、大螃蟹以及山猪一样大小的凶猛大鱼从天而降。人类最执着的梦想是不劳而获，这是亘古以来的普世真理。这一发明的出现，让他们内心深处产生了一种类似于大雨从天而降的莫名快感，因为劳动强度变小，功效加大。

显而易见，钉耙可以让这些农耕者降低农事的辛苦程度，因此他们对它的发明者感恩戴德，瞬间就将对侯冈颉享受特权的所有不满抛之脑后。一些人冲到侯冈颉身边，将他高高地举起，奋力抛向空中，落在众人手里，人们发出欢快的呼声。

此时此刻，他们忘记了这个名叫侯冈颉的小伙子曾是他们口中的大懒虫，更忘记了他们心中曾对他怀有深深的敌意和轻蔑。此时此刻，他们感到由衷的自豪，在遇到其他氏族时，他们有足够的底气去面对任何人，而后气沉丹田，对他们高声叫嚣：“不要小瞧我们，我们可是发明了钉耙的伟大部落！”

雀舌和飞镰没有融入人们的欣喜之中，他们面面相觑，不发一声，脸上浮现出几经努力却遮掩不住的嫉妒、愤恨和继续复仇的欲望：“我们落到这个地步，都是你的原因，诸神在上，我一定不能放过你！”

大檀的目光落到了雀舌和飞镰的脸上，他们的心思他已悉数尽知,眼神中流露出一种肃杀之气。继而,他制止了族人们的欢呼,高声询问族人是否还要撤销侯冈颉的一切特权。族人们纷纷立即表示支持族长大檀,希望侯冈颉继续为族人创造福祉。大檀很满意,族人们对智慧的尊重,让他重新看到了侯冈氏族的光明前途。

就在大家都认为事情已经结束的时候,侯冈颉却站在大家面前说:“我还有话说。”

众人皆静静地看着侯冈颉,等候着,想听他说出一大堆感谢至高天神、感谢列祖列宗、感谢族长和族中智者之类的话。他们立刻调动了情绪,准备一会儿跟着侯冈颉动情不已。

然而侯冈颉却说:“我不应该与众人不同,而应该和大家一样,像以前一样,和大家一起狩猎,一起做农事,一起做一个侯冈氏族人所应当做的一切。”

大檀一听很是诧异,他没料到侯冈颉会忽然来这一手,脸上立时露出不悦之色。侯冈颉冲大檀点头示意,而后径自离开了。

大檀不甘心,跟上去叫住侯冈颉:“你小子给我站住!”侯冈颉停下,大檀压低声音,愤愤地问道:“你小子想做什么?”

侯冈颉笑道:“族长,之前您特许我不事生产,整日钻研学问,已经让族人心生不满,何况这本来就是不对的。我已经拿定主意了,从现在开始,与族人们一起劳作,以前如何,今后就如何。”

大檀掩饰不住自己的怒气:“你这个笨蛋!赤须智者说过,他要一心一意栽培你,让你学到他和其他智者脑子里的所有智慧,你得听从我和智者的安排!”

侯冈颉一脸认真地问:“族长,您和赤须智者是不是已经决定,将来让我继承您的族长之位?”

大檀一怔,继而气消了大半,而后一点头。

侯冈颉一笑,说:“族长,我明白您的用心,可是我若想成为一个合格的族长,首先要成为一名合格的族人。”

大檀一听这话,遂茅塞顿开,脸上的肃色释然了:“这么说,你小子不但早就知道了我准备禅位于你,而且还为自己的将来做好了谋算?”

侯冈颉有些腼腆地笑了。

大檀又道:“我明白了,你是对的。若是连一个族人都做不好,难道还妄想得到大家的敬服不成?与族人同甘共苦就是你将来的根基,若无这根基,就好比是天上的浮云,风一吹就散了。”

侯冈颉有些兴奋地说道:“多亏了雀舌他们这一闹,若不是他们,我还沉浸在那些刻画当中不能自拔呢!”

大檀一怔:“刻画?什么刻画?”

侯冈颉自知失言,遂一笑遮掩过去:“没什么,日后时机成熟了,自然会告诉您的。”

大檀深知他的脾气秉性,因此也不追问,拍了拍他的肩膀,眼神中充满殷切的希望,亦满是真切的关爱。侯冈颉明白这个父亲一样的长者对自己的期望和关怀以及多年来对自己的种种扶持与帮助,更深知他将氏族兴旺视为自己生命的崇高使命,这是当今世上除了母亲之外他最为敬爱的一个人。他心中涌起感动,随之用一个儿子的拥抱,紧紧地抱住了大檀族长。

大檀先是一怔,继而欣慰地一笑,像所有的父亲那样轻轻拍打着侯冈颉已经变得坚实的后背。这一瞬间,侯冈颉忽然感觉大檀就是他那去世多年的父亲,而大檀也忽然感到侯冈颉才是他真正的儿子。

飞镰远远地瞧着眼前这一幕,越来越激动,不知被什么东西紧紧地扼住了喉咙,神态极为夸张地大口大口喘着粗气。雀舌在一旁云淡风轻地说:“你看吧,那个人不但夺走了你的族长之位,还夺走了你的父亲。”

雀舌话音刚落,飞镰忽然倒吸一口气,喉咙里发出呃的一声鸣响,瞬间一切恢复了正常,他就像什么事情都没发生,一句话不说,转身走开。

狩猎或者农事之余,侯冈颉便独自一人找个僻静的场所,继续陷入他那有的放矢却漫无边际的思考之中。他一直沉醉并困惑于如何解决“我被石头砸中了应该如何刻画”的问题里,而且没多久他就发现,用那种刻画日、月、山峦的方法,只能表现出那些可见可触的物事,而对于那些说出来和感受到的东西却无能为力,比如说骂,比如说想,再比如说美。

侯冈颉绞尽脑汁,却没有任何头绪,最终这种思考成了他重大的精神负担。他开始有些沮丧,渐渐感觉自己的身体僵硬,思维也开始麻木。他陷入惊慌,为了保持自己的精神和清醒,他用大量的劳动鞭打自己的身体,在狩猎时像个疯子一样奔跑,在农耕时像个狂人拼命劳作。但这些超大负荷的体力付出并未让他的思路更加清晰,他在疲乏劳累中陷入更深的迷惘,就像是失去了方向的孤雁,在空中扑棱着翅膀,惊恐地徘徊。

母亲并不知道他在思考什么,但不忍心他这样进行自我折磨,于是劝说他放弃这种无谓的牺牲:"毕竟不是每个人都能做圣贤!"但侯冈颉明确地告诉母亲:"我并不是要做圣贤,我只是要寻找一样东西。"

接着,在之后一连几天的酷暑中,侯冈氏族终止了一切劳动,全体成员在安逸中等待暑气消退。侯冈颉却从屋舍中走出,在人们的视线中走到了广场中央,然后盘腿而坐,任由烈日照射。持续的高温并没有让他醍醐灌顶,却让他陷入昏迷,继而大病一场。赤须智者用最好的药物为他医治,还用了神农氏族的针砭之法。

侯冈颉在沉重而黏滞的梦境中看到了漫无边际的山羊群,无声无息地从远处奔跑而来,每只羊的嘴里都叼着什么东西。侯冈颉努力地睁大眼睛,而后模糊的影像渐渐清晰,那些山羊的嘴里叼的竟是一颗颗痛哭流涕的人头!侯冈颉大声呼救,而后甩开胳膊奔跑,但无论如何也跑不快,而羊群却离他越来越近,他大叫,只觉吓出来的汗液让自己身上一片湿津津……

他睁开了眼睛,大口喘着粗气,继而看到了眼前的母亲、大檀和赤须智者。他们紧张的脸庞慢慢舒展开来,露出月光般的微笑,而自己的身体也感觉到突如其来的轻松。

侯冈颉离奇地在一场梦境中大病痊愈。

自称感知到了这个梦境并好奇不已的赤须智者,急于从梦境中获得一些珍贵而隐秘的信息,于是问他:"你梦到了什么?"

侯冈颉将梦中的内容告诉赤须智者。赤须智者随之陷入沉思，而后独自去往祭社，决心破解梦境中隐藏的秘密。

族中的其他智者见侯冈颉已经为自己的问题痴迷，为了能帮上他的忙，于是决定带他领略八卦的奥秘。他们从那些传承了很多年的珍贵石板中拿出了最珍贵的八卦图，据说那是伏羲氏的真迹。

"'—'为阳，'- -'为阴，以这两种最简单的图案进行各种组合，谓之阴阳变化，最终组成乾、坤、震、巽、坎、离、艮、兑八卦。别小瞧这两个小棍子，它们包含了四方上下、古往今来的万事万物，是一切智慧的根本。"

侯冈颉请他们教自己解读八卦，但智者们却直言相告："这东西看似简单却蕴含无尽奥秘，而我们只懂得其皮毛。"

侯冈颉进而追问："普天之下，还有谁懂得八卦的真谛？"

智者们一指东方，说："神农氏，神农大石。"

侯冈颉遂暂时放弃了深入学习八卦奥义的念头，但他又以直觉感到八卦将对他的创造有所裨益，于是凭借良好的记忆，将八卦图画在了地上，画完之后细细端详，然后擦掉，重新画一遍，再细细端详，再擦掉，然后再重新画一回……

如此几天，也不知道画了多少次，侯冈颉看着那些简单得不能再简单的符号，就像有个什么东西冷不丁飞进他的脑袋，猛然间想到：伏羲氏创制八卦时，他脑海里的东西肯定跟寻常人是不一样的，所以我要改变脑子里的东西。以往都是因为饿就想到肉，因为渴就想到水，因为冷就想到衣服，因为黑暗就想到火，因为手不够坚硬就想到石头……伏羲创制八卦的时候，绝不是这样简单的考量。我不能执着于眼前的事物，眼前看到的东西都是阻碍。

就在侯冈颉受到某种启发准备另谋新路之时，族人们却忽然发现了一系列不同寻常的迹象：太阳越来越毒辣，照在地上的白光就像是盐碱地中析出的碱霜；天气越来越干燥，每个地方的空气都像是篝火旁的热浪；草木不再萌发新叶，老叶也在燥热中渐渐萎靡；河水快速退去，裸露出大片大片的河床，水鸟在河中啄食鱼蛙，却被黏稠的泥汤锁住双脚……

不知从何时起，孩子们放弃了以往所有好玩的游戏，开始在村社中趟着漫天黄尘奔跑追逐，而追逐的对象竟是飞来飞去的蝗虫。

人们在酷热难当中殷切期盼雨水的降临，为此杀掉了一头白羊、一头黑猪和一头黄牛献给祖先，所有的智者都在烈日下不辞辛苦地高唱颂歌，企图让祖先看到子孙们正在遭受的疾苦。终于，几天后的一个早晨，人们看到了从遥远的西方压过来一大片阴云，他们跳跃着欢呼起来，真诚赞美列祖列宗为他们送来的珍贵甘霖。但随着乌云越来越近，那团深灰色中不时隐隐翻出黄绿色的光泽。他们察觉出异样，很快就清楚地听到那种频率极快的沉闷声响，好似无数骨骼在挤压中严重碎裂。

大檀和智者们遥望，并很快确认了那迎面而来的不是他们希望的乌云，而是亘古以来便为人所惧的大灾难。

大檀随即宣布："族人们，那不是雨，是蝗虫。"

这一年，天干地燥；这一年，蝗虫肆虐；这一年，万物毁灭。

蝗虫带来的恐惧抵消了去年雨水丰沛带来的欢乐，无数面目狰狞的小小飞虫在干燥的空中振动翅膀，卷起一阵又一阵带着腥臭热气的大风。人们就像是躲避风沙，噤若寒蝉地窝在屋舍的角落里，眼睁睁地看着它们在天上地下张牙舞爪，耳朵因它们闹出的不间断声响而患上听觉障碍，很多人坚称死去多年的亲人在外面向他们倾诉蝗虫之苦。

如此几天，已经近乎冥想状态的赤须智者忽然惊恐地睁开眼睛，而后慌张地抓住侯冈颉的胳膊，干枯皴裂如老榆树枝的手指深深抠进侯冈颉的肌肤中，他颤抖着声音道出了隐藏在那个梦境之后的杀机："很快就会从西方杀来一位大君，他将驾驭太阳和月亮，征服所有的土地！"

## 2

# 受命(1)

人类的灾难一直在继续，仿佛上天不允许它有片刻停歇。在经历了无数艰苦的岁月以后，人们的后裔会在最幸福的短暂时刻追忆他们的祖先，但他们只知道那些值得夸耀的事，对于祖先受到的戕害与屈辱大都不愿提及，更无人会选择铭记。

侯冈颉即将经历一场大灾难。这场灾难让他成长为一个真正的男人，更让他坚定了寻找一种方法记录下这人类灾难的决心。

人们在极度恐惧中度过了一段时光——没有人知道到底是几天。源源不断的蝗虫大团大团地飞来，抵得过最厚的乌云，随之而来的还有远方的黄沙，这两样东西遮天蔽日，以至于地上的人们根本无法辨别白天与黑夜。

又不知多久后的一天，侯冈氏族人在模糊的天地之间看到了几个昏黄的身影。那几个影子越来越清晰，并最终站到了他们的面前，一个个风尘仆仆，衣衫褴褛，脸上的泥土在汗水、皮脂以及烈风的混合作用下变得坚硬如岩石，以至于这些人的神情显得有些过分严肃。当一个人终于决定开口说话时，他脸上的泥土竟然一整张地掉了下来，它们已经在汗水、风和阳光的作用下变成了坚硬的面具。

随之，侯冈氏族人看清了那是一张害羞的脸庞。

这几个人来自朔阳氏族，一个赤须智者、大檀族长、侯冈颉皆非常陌生的部落。他们带来了一个让所有人倍感震惊的消息,这消息关系到两个氏族的生死存亡和全天下的安宁。

干旱和蝗灾波及的范围从渭水之畔远及淮济之间,东方氏族很快也遭受重创,所有活着的人都经历了这场以黄色为基调的灾难。那不是丰收的粟黍的颜色,而是甲壳坚硬的蝗虫。

绝望中,人们试图召唤雨水之神,愿意倾其所有。但他们的献祭却无任何效果,仍不见一滴雨水落下。东方某些氏族的智者宣称这是旱魃在作怪。旱魃是上古时期就存在的恶神,他一出现就会天下大旱。他似乎有无数分身,让人感觉他无处不在,从东到西,从南到北,到处都是他的身影。他的火舌灼烧着每一片绿叶,榨干了每一寸土地中的水分。

与此同时,干旱带来的越来越严重的蝗灾则让人们领略到蝗虫之神的残暴,那些打蔫、干瘪的庄稼在这些小虫子的冲击下脆弱得不堪一击。他们眼睁睁地看着田中的庄稼快速地减少,消失,听着那近在咫尺的蝗虫群体啃噬庄稼发出的嚓嚓声,无不毛骨悚然,有的人因此而抓狂,因为他们坚信蝗虫钻进了身体,在日夜啃噬他们的骨头……

最终,智者们信誓旦旦地宣称:这是天神放出了饕餮,要对他们施以不容反抗的惩罚,至于他们因何惹怒天神,尚无从得知。

在尝试了所能想到的任何一种方法后,干旱和蝗虫的情况丝毫没有好转,一些氏族于是前去哀求神农大石,他们的大君。

但事实上,坐镇东方的神农大石比他们更揪心于眼前的情况:他们是以农耕为主业的部落,没有粮食,多数人都要陷入要人性命的饥饿。因此,早在这些氏族采取各种应对措施之前,神农氏族就尝试了所有智者们能想到的办法:在数千人的上古陵墓前跳起气势恢宏的祭舞,动用了最贵重的太牢牺牲,甚至还有精挑细选出来的少男少女,因为有智者说天神不悦是因为缺少服侍他们的男女仆婢……但他们的一切努力都无济于事,饕餮依然狂舞,旱魃仍旧肆虐,一时间粮食成了比任何东西都珍贵的宝贵财物。后世的史家在忆起这段岁月时,无不用颤抖的笔迹这样写道:这一年,苍穹变成了灰色,大地变成了黄色，旱魃与饕餮肆虐了整整一年时光，高贵的人在饥饿面前失去了尊严，伟大的人在饥饿面前变得卑贱。人们开始做回野兽，重拾茹毛饮血的古老传统，唤醒深植于内心的野性，彼此征战掠夺，撕裂人的皮肉，填饱自己的肚子……

神农氏族的田地颗粒无收，饥饿的族人簇拥到神农大石的殿宇前，高声呼喊："饥饿！饥饿！饥饿……"神农大石让他的亲信走出雄伟的殿宇，将十几个符节交给族中那些有力善走的勇士们，让他们去各部落传达他们至高至尊大君的旨意：向神农氏族供奉三分之一的口粮。

天灾降临时，遭殃的不止神农氏一族，其他部落也面临着严峻的考验，甚至更糟。面对神农大石的索粮要求，他们一个个暴跳如雷。柏皇氏族长拉着神农氏的使节，指着空空如也的谷仓，高声叫嚣："来！来！来！你们把整个谷仓都拿去！"葛天氏族则这样回复使节："如果大君给我们粮食，我们情愿献上自己的脑袋；如果大君索取粮食，我们一定会献上我们的长矛！"饥饿的栗陆氏族则直接将三名使节做成了午饭。

神农大石震怒，仓促间要对这些胆敢藐视他的部落发起征讨，但与他血缘关系最近的祝融氏族长急忙劝谏："利箭对内，不如对外。蝗虫飞不到大江之南，旱魃从不光顾南蛮之地。我们可以号召这些氏族与我们一起南下，去夺取南方氏族手中的粮食和财物。"

神农大石瞬间忆起祖先的辉煌，那时他们尚未丢掉茹毛饮血的习性，还没有建屋定居，他们仅凭手中简单粗糙的石头，就攻下了一个又一个村社，征服了一个又一个部落，从不苦耕，富足皆赖豪夺。他当即决定丢掉农具，拿起武器，重拾祖先的荣耀。

收到神农大石命令的各氏族深知，如今风云变幻，仅凭一己之力已经难以存活，于是一个个响应号召，投奔神农氏族，组成了气势恢宏的联军，彼此奔走呼号："日他先人！拼了拼了！去打他娘的蚩尤！"

居于侯冈氏族东北方的朔阳氏族，其族人安静、温和、内敛，长久以来隐匿于深山密林之中，拒绝与其他氏族有任何过于亲密的往来。

但他们的现任族长亦深知没有一成不变的法则，尤其当一种不知从何而来的恐怖阴云开始笼罩整个世界之时。早在侯冈氏和大庭氏征战期间，他们就开始注意侯冈氏族。他们的神隐斥候经常悄悄接近侯冈氏族的村社，以便近距离观察他们的行为方式，最终他们得出一个结论：侯冈氏族人不仅足智多谋，而且忠诚可靠，他们的族长是个值得信赖的人。于是，他们有心向其靠拢。

朔阳氏族收到神农大石的命令后，陷入了重重的矛盾之中，全体族人为将来的去向讨论了整整三天三夜。最终，他们的族长息柴和智者们达成了一致意见，决定与他们已经默默观察了许久的侯冈氏族取得联系，并结成军事战略同盟。

当大檀得知他们的来意后，热情接待，而后表明了自己的严正立场：必须与神农氏族分道扬镳。他用自己的语气明确地告诉朔阳息柴，这是他最为坚定的态度。

朔阳息柴淡然一笑，向侯冈大檀摊开他的双手，伸出他的双臂，表示朔阳氏族将是侯冈氏族最可靠的兄弟。大檀则以拥抱作为回应。

二族长遂在代表两族祖先的图腾旗帜以及至高天神的见证下歃血为盟，他们将燕子的血抹在各自嘴唇上，而后彼此宣告誓词：外敌来犯时，他们将携手作战，同生死，共进退，并恪守誓言，绝不背弃盟约！

他们坚信，代表信义的燕子的鲜血具有巨大魔力，将它抹在嘴上说出来的话便具有了某种威力，背信弃义者将遭受最残忍的惩罚。随之，朔阳息柴正式对族人宣布：对神农大石的征召不予理睬，既不纳粮，也不出兵。

被饥饿搅扰得焦头烂额的神农大石无暇顾及其他杂务，即便在使者告知他朔阳氏族已经和侯冈氏族沆瀣一气时，他也没有动起西征的念头，他要执行他的既定方针，遂心急火燎地踏上南征之路。他让由八个氏族组成的部落联军分三路南下：神农氏、祝融氏、赫胥氏、葛天氏为中军，柏皇氏、栗陆氏为左军，阴康氏、尊卢氏为右军。解刀作为神农大石的亲随，随军于中路。开战之前，神农大石命人赶制了一批轻快的艨艟，分发给各氏族，让他们抬着南下，遇水下水，凭借此物涉过一条又一条湍急的河流。饥饿让神农大石下达了三路大军同时发起猛攻的命令。

左军最先投入与敌方的战斗，并且很快就取得了骄人的战绩。柏皇氏和栗陆氏的居住地本来就有大片水泽，因此善于在水上作战。而且他们征服的那些居住在海边的氏族，相对来说分散而弱小，并不崇尚武力，将他们拿下十分轻松。

他们一路烧杀，凭借神农氏族赠送的长弓大矢，仅用一个上午就征服了居住在他们跨过的第一条河流南岸的方相氏族，这是一个以怪异人面为旗帜图腾并且擅长大傩之舞的部落。紧接着，他们又南下征服了正在海边打鱼的鲛人氏族，他们的图腾是一条长着鱼尾巴的海中怪兽，名为鲛人。据说这些生物来自遥远的南海，拥有泣泪成珠的神奇能力。而后，他们又征服了几个只有百余人的弱小氏族，因为言语不通，未能得知其族号，也不认得他们旗帜上吊诡的图腾究竟为何物，反正在他们看来，那些图案不过是些缺头少脑、多手多脚的丑陋妖怪。

神农大石亲率的中路军渡过一条又一条河川，却始终不见敌人的身影，也不见他们的田地，不由心焦难耐。左军已经征服了数个氏族的消息传来，更让他倍感焦虑，后悔当初没有自领左军。

也不知渡过了几条河川，一天深夜，他们抵达一条江边，黑暗中只听到滔滔水声。日出之后，出现在他们眼前的是烟波浩渺的宽阔水面。他们正踌躇满志地放下艨艟准备渡江，忽然江面上出现一群人，身着五彩斑衣，打着葫芦图腾旗帜，驾着小船，如浪中的白鱼，轻巧灵活。

他们是盘瓠氏，送来了他们大君的问候。

“你们北土之人皆居住于大河之畔，那里水草丰美，地域广袤，为何不请自来，贸然涉足大江之南，践踏我们的祖居之地？”

神农大石让祝融氏族长回应说：“炎帝乃是天下的大君，至高无上，所到之处皆是赤县之地，大君因此要品尝一下你们的稻谷。”

盘瓠氏族人脸上露出嘲讽的笑容：“南人吃稻，北人食粟，饮食不同,风俗相异。还是滚回北方,乖乖吃你们的粟米去吧!”

神农大石又令祝融氏说道:“你这无知的狂徒,这天下就没有大君吃不到的东西,何况是区区稻米! 若是大君偏要品尝,你们又能如何?”

盘瓠氏族人淡淡一笑,言语中夹杂着不屑:“很久以前,也有一个食粟者一如今日,不吃自家粟,偏要吃稻米,结果吃下的稻米还没屙出来,就掉进粪坑淹死了!”

神农大石无法容忍他们的威胁和嘲讽,下令麾下所有长弓手对江面上的盘瓠氏族人进行射击。然而盘瓠氏族人身手矫捷,轻轻一跃,一个接一个翻身入水,神农氏联军空举着弓箭,茫然地望着江面上的船只和阵阵涟漪,一个个不知所措。

片刻,盘瓠氏族人一个个钻出水面,可是已经到了弓箭的射程之外。神农大石不禁大为惊诧,直到这时才相信传闻中南方诸族戏水就像他们走路一样轻松。神农氏联军的勇士们也不由得开始怀疑他们都是水中精怪,或者体内流着鱼鳖的血液。

愤怒的神农大石下令艨艟下水,要对大江对岸的敌人发起进攻。

然而大江对岸并非只有盘瓠氏一族。

大江以南的高山密林、河川谷地已被统治在一位实力强大的君长之下,名叫蚩尤,又被尊称为格蚩耶老。蚩尤按照地域,将包括本氏族在内的八十一个南方氏族划为九个氏族联盟,并称九黎,每个氏族联盟皆有联盟长,称为黎正,其中又以蚩尤氏族为尊,是九黎部落至高无上的大君,因此他们皆自称蚩尤九黎。

九黎之民中的大部分在久远以前居于大江之北,蚩尤的先祖就曾渔猎于大东之地,这片地方后来亦成为人们常挂在嘴边的中原的一部分。那时,蚩尤先祖与华胥氏、燧人氏、女娲氏、伏羲氏等氏族交往甚密,且地位颇高,诸族之间和睦相处,其乐融融,直到后来神农氏创制了农耕。

借助农耕的力量,神农氏迅速崛起,日渐势强,后来又以农耕技术获取了民心,成为天下的君长。但并非所有的氏族都承认神农氏的威权,其中蚩尤的先祖即是众多反对者中威望最高的一个。

原来在有农耕之前，人们几乎从不砍伐树木，而在刀耕火种之下，原始丛林却大片倾倒，以至于土地裸露，就像是猪狗身上脱落的斑驳皮毛。蚩尤先祖一直坚信：天地万物皆有灵性。对于那些从天地伊始就开始生根发芽的参天古树，他们更是奉为神木。因此从一开始，蚩尤先祖就拒绝以砍伐大片树木为代价而去发展可笑的农耕。坚持这一古老信仰的氏族不在少数。蚩尤先祖遂揭竿而起，招徕志同道合者，如此一呼百应，众多氏族加入了他们，组成声势浩大的护木者联盟，一起反抗神农氏这种“毁天灭地，盗伐树灵”的无道暴行。

护木者联盟首先做的一件事就是毁坏农田，他们驱赶着自己豢养的各种猛禽恶兽，成群结队地在已经耕作完成的农田上任意践踏，而后一把一把地撒上他们心目中神树的种子；第二件事就是对那些手持农具的农耕者进行无差别的杀戮，短短一个月不到，至少五个氏族被灭，九个氏族被打得半残。

神农氏迅速应对，率领农耕者反击护木者联盟的进攻。当人类与茹毛饮血的时代渐行渐远，一旦掌握农耕技术，将土地变为农田，他们就会像捍卫自己生命一样捍卫它。农耕者丢下农具、拿起武器之后，像保护自己食物的饿狼一般，与蚩尤联军厮杀。

有粮食作为食物的氏族有更充足的补给，因此在战争中有更大的优势。很快，农耕者击退了护木者联盟，将他们逼至绝境，神农氏要求他们投降。蚩尤的先祖们却严词拒绝，逃离了祖居之地，向南迁徙。不知过了多少年，护木者联盟一路辗转，最终来到大江之南，在时间的帮助下，他们渐渐忘记了故土的模样，变成了这里的土著居民。

蚩尤早就听到了神农氏南下侵伐的消息，因此给麾下九黎部落大小八十一个氏族下达命令，让他们从西至东，分左、中、右三路列阵于大江南岸。蚩尤本人自领中路，统率诸族中九个实力最强大的部落，盘瓠氏族即是其一。

神农氏联军下水之后，奋力将船划至江心，却不料忽然间喊杀之声响起，撼动江面。蚩尤身先士卒，率领数百条大小船只下水，呼喊着杀向已经下水的神农氏联军。

不善水性的神农氏联军心惊胆战,刚才已经见识到了盘瓠氏的水性,因此不想白白送死。有一艨艟胆怯,不听号令,掉头回转,其他艨艟见状,便呼啦啦一起掉头,向北岸划去。

神农大石的旗舰在队伍中央,见状气急败坏,高声下达冲锋命令,那些尚未被恐惧击垮的勇士们只好硬着头皮冲上去。但是双方一经交战,神农氏联军就落了下风。南方氏族的船只更加轻快、利落,一艘艘如江豚一般冲到他们跟前。还没等他们反应过来,南人已经跃上他们的艨艟,一边摇晃船体一边拖拉着他们下水。落水后惊慌失措的神农氏联军如被雷击中一样拼命挣扎,很快就溺毙江中。

解刀和祝融氏族长与神农大石同乘一船,二人见战况不妙,急忙下令调转旗舰船头,而后他们的船如掠过水面的翠鸟一般,在江面上风驰电掣,将所有还在战斗的联军勇士都抛在后头,率先撤退到大江北岸。

神农氏联军随之彻底失去斗志,纷纷掉头撤退,却又一一被追上来的南方氏族拖入水中。混乱的江面如滚水一般,惨不忍睹的场景极大地刺激着岸上的神农氏联军,他们只能眼睁睁看着自己的同胞死于敌手却无能为力。

中路军的征程遂因己方损失三分之一兵力而停滞不前,神农大石既不敢下水,又不甘撤退,因此逡巡于江边,犹豫不前。南方氏族也在江中止步,绝不肯踏足北岸半步,双方陷入僵持。

与此同时,一直顺风顺水的左军也陷入了意想不到的困境,并在一顿午餐中全军覆没。

栗陆氏族和柏皇氏族在征服了大大小小十七个氏族后,越发趾高气扬。他们攻占了鲛人氏族的村社,在他们的祭坛插上自己的部落图腾,将此地作为他们东征西讨的大本营。而被征服者则成为他们的仆役,任他们作威作福,肆意生杀予夺,并且每日都要索取大量稻米、瓜果和肉食,当然数量最多也最能引起他们注意的还是各类海货。

因为担心被下毒,栗陆氏族长和柏皇氏族长下令:“所有族人只能吃活蹦乱跳的新鲜海货!”族人们理解了族长的良苦用心。这一日,出去觅食的鲛人氏族给他们献上了一种模样怪异的鱼,装了整整二十个大陶瓮。栗陆氏族长和柏皇氏族长查看瓮中的鱼,见它们不仅肥硕而且新鲜,很是满意,遂将它们定为当日的午餐。

而后,他们燃起篝火,架上陶釜,庖厨们操起杀人的刀,将鲜鱼一条条开膛破肚,粗粗地收拾干净,丢进陶釜。水已煮沸,里面早就添加了各类刚刚采摘的调味料。庖厨宣布他要给大家做一道亘古以来无人能及的美味鱼羹。

鱼羹做好了,当庖厨打开陶釜的盖子时,清香四溢,一种异于肉香也异于其他鱼香的味道笼罩了整个村社。栗陆氏和柏皇氏族人个个垂涎三尺,争先恐后地抢到鱼羹,迫不及待地又吃又喝,完毕舒适地将嘴一抹,回味悠长。

栗陆氏族长打了一个夹杂着鱼腥味的饱嗝,拍一拍肚子,从地上拈起一根鱼刺,一边慢条斯理地剔着牙缝中的残留肉渣,一边问跪在地上服侍的鲛人氏族长:“这鱼如此美味,叫什么名字呀?”

鲛人氏族长笑着回答:“河豚。”

丧命之前,栗陆氏和柏皇氏族人皆出现了剧烈而可怕的中毒反应,所有的人都在大口大口地呕吐,夹杂着肉糜、胃酸以及毒素的五颜六色的呕吐物引来了成团成团的蝇虫。而后他们便开始止不住地拉稀,如水一样的黄色粪便喷涌而出。而后人们如木头一样僵硬地倒在地上,张开嘴巴大口大口地呼吸,却仍然被憋得脸红脖子粗,像是离开水的鱼,同时一些人发出含糊的语调,口齿不清地胡言乱语。

鲛人氏族、方相氏族以及其他十几个氏族从四方慢慢靠拢,他们一点也不着急,只是赏心悦目地观赏着眼前的惨烈景象,看着他们的敌人一个个慢慢地在痛苦中气绝身亡。当地上的人都不再动弹后,鲛人氏族用手中的竹枪、鱼叉、石刀对地上的死者一通疯狂补刀,发泄心中的怒火。最后他们将尸体统统丢到了江边,任由江中鱼虾将他们一点点啃噬殆尽。

从西方进攻的右军不比他们的两路同盟军顺利多少,阴康氏族和尊卢氏族同样在大江北岸就遭遇折戟沉沙的命运。他们误打误撞,进入了敌人用于猎捕的陷阱。这让他们误以为是敌人专门为他们而设下的埋伏，于是一些人开始惊慌失措地逃窜，却因不辨方向而偏离了原来的道路，直接冲进了一个未知其族号只知是以猿猴为图腾的氏族。双方发生交战。

战争一开始，他们并未看到一个敌人的身影。正在丛林中疑神疑鬼时，忽然四周大树上枝丫晃动，树叶发出瘆人的哗啦啦的声响，同时还有一声声让他们直惊到骨子里的尖锐叫声——他们不知那声音是什么东西发出来的。很快他们就发现自己已经无路可走。紧接着，戴着狰狞面具的敌人从四个方向跑了出来，还没等他们明白过来，长矛掠过一道寒光，刺穿了他们的脖子，余者顿时失去斗志，四散而逃，全军溃败。

原来那个部落善于豢养猿猴，经过长期训练，可让猿猴像孩童一般任人驱使。战前，他们派出大批猿猴将阴康氏族和尊卢氏族包围。这些猿猴爬到树上晃动树枝，同时发出尖厉的吼叫声，弄出极大的动静，在第一时间瓦解了入侵者的斗志，让他们丢盔卸甲，一败涂地。

很快，东西两线大败的消息传到了神农大石那里。他怒不可遏，却又无可奈何，在一通震撼天地的捶胸顿足之后，他下令残部折身回返，放弃对南方氏族的征讨。在南方氏族的嘲笑声中，神农氏联军沮丧地返回北方，在那里等待他们的依旧是可怕的旱魃和狰狞的饕餮。

但蚩尤并不会就此罢休。在敌人的背影消失后，他又忽然亲自率领九个强大氏族，戴上牛角战盔，扬起精良的坚石武器，如江豚掠过江面，快速渡过大江，对只顾撤退而无暇顾及身后的神农氏联军发起追击。这些行动敏捷的九黎人跑得比花鹿还快，轻装前进，甚至不需要携带任何给养也能坚持长期作战，因为他们是天底下最精准的猎手。

神农氏联军先是听到背后忽然响起的喊杀声，而后便看到地平线上出现无数个长着牛脑袋的怪物，随即在极度惊恐中尖声哭喊，全然不顾他们的大君神农大石的指挥，丢盔卸甲，如无头苍蝇一般，朝着他们认为的安全地带没命地跑去。

神农大石先是震怒，而后又让自己镇定下来，呼唤祝融氏族长，却发现他早已不知所踪，同时消失的还有他那把御用的长弓大矢。

"这厮抛下我不管,还偷走了我的武器!"

神农大石暴跳如雷,从地上抄起了一根被丢弃的木棒,朝着敌人的方向挥舞:"来呀!来呀!厮杀啊!"

眼看敌人渐渐逼近,解刀却忽然出现在神农大石的身边,手里还拿着神农大石的御用弓箭,那是从祝融氏族长手中夺过来的。解刀将弓箭交到大石手中。

"大君,祝融氏已经带着他的族人逃走!这些叛徒弃你而去了!"

愤怒的神农大石随即抽出一支鸣镝箭,朝着敌人的方向满弓射去。鸣笛发出尖而悠长的声响,那是神农氏族人常能听到的具有特殊力量的声响。听到声音后,逃窜者们随之慢下脚步,而后他们看到了面对敌人岿然不动的神农大石。啊!我们英勇的大君正独自面对强大的牛鬼蛇神!

神农大石振臂高呼:"冲锋吧!拼杀吧!为了我们的图腾!为了我们的列祖列宗!"

一瞬间,一种久违的荣耀感重回内心,塞满了这些勇士的胸膛。他们纷纷转过身来,英勇地面向敌人,高喊口号,挥舞着刀枪棍棒冲杀上去。

神农大石松了一口气,脸上的焦急神色稍稍缓解。

解刀忽然一把拉住神农大石的胳膊,压低声音:"快走。"

神农大石:"什么?"

解刀:"快走!"

神农大石:"快走?"

解刀:"让他们拖住敌人。"

神农大石:"这……不妥吧?"

解刀:"你是大君!"

神农大石遂不假思索地点点头:"有道理。"

临阵脱逃前,神农大石再次振臂高呼,鼓舞了战士们的士气。望着他们一窝蜂地冲锋陷阵,并在敌人的刀砍斧劈下纷纷丧命,他的心里涌起了愧疚与不舍,随后便在解刀掩护下,倒退着悄悄撤出了战场。

“我还会卷土重来的。”他在心里呐喊道。

他们很快就撤出了战场，然后转身没命地向北方跑去。越往北方走，他的心里就越踏实，因为那里才是他的家，尽管那里有蝗虫带来的饥饿。

等厮杀声渐渐消失，神农大石紧绷的神经慢慢放松。在途中的短暂休息中，他喝了一口解刀用树叶在一条几近干涸的小溪中收集的水，然后一本正经地对其承诺：“本大君一定要重重地奖赏你，因为你是我见过的最有德行的贤人。”

就这样，这位伟岸的大君用自己的举动为后世开启了一个恶劣的先例：以所谓道德而飞黄腾达成了一件效率极高、成本极低的事，道德成了阴谋家和野心家最喜欢的硬通货。

解刀救下神农大石，当然不是出于忠诚。这个男人，这个永远都在考虑如何杀人以及如何避免被人所杀的人，终其一生都未曾对任何人忠诚。其实他根本就不知道忠诚为何物，就像当初他在走投无路时投靠神农大石一样，如今救下他也是因为他想好好利用这颗棋子——神农大石拥有炎帝的称号，这称号对许多氏族来说具有毋庸置疑的号召力。

当初解刀来到神农氏族，请求神农大石下令征讨侯冈氏，神农大石先是以东方事务繁忙为由而拒绝，然后又于微笑中做出一个承诺：只要解刀在他身边待上五年，帮助他南征北战，将他的每一个敌人打倒在地，他就会帮助解刀复族，并任由他处置侯冈氏族人。解刀答应了他，从此成为神农大石身边的一条猛犬，不但要负责保护他的安全，还要负责在征战中冲锋陷阵。

为了取悦神农大石，解刀几乎想尽了一切办法，忍受了一切屈辱。神农大石脾气暴躁，而且生性多疑，因为在他手下遭受磨难的氏族数量众多，所以他总疑心这些氏族要对他不利。他惧怕黑夜，因为曾有氏族派遣暗夜杀手前来行刺，他们赤裸的身体抹上了一种黑色油泥，能很好地与黑夜融为一体，杀人于无形。一次，解刀在神农大石的帐篷外守护，不巧冲进去一只野猫。受到惊吓的神农大石大喊大叫,随手抄起一根木棒接连打在解刀的胳膊上和脑袋上,鲜血在他身上流淌,就像是在血中洗了个澡。但是解刀毫无怨言,反而一如既往小心翼翼地侍奉他。

与神农氏族亲近的祝融氏族有着与其相同的血脉,他们也是那尝百草、治农耕的神农氏后裔。仅仅在数百年前,祝融氏的祖先还以神农氏族人自居,而无祝融氏的名号。他们从神农氏族分离出来后,没有与他们分道扬镳,而是成为他们最忠实的拥趸和最坚定的盟友。

祝融氏族长祝融悉鹿常年跟随神农大石,常常动情地宣称:“我是大君最亲近的兄弟,亦是大君最卑贱的奴仆。”神农大石对他信赖有加,待他与待别人到底有所不同。悉鹿因此而自觉高人一等,瞧不起那些与他一起侍奉神农大石的人,尤其是已经失去根基的大庭解刀,常以对他进行各种冷嘲热讽为乐。

而如今,悉鹿的逃亡被神农大石视为不可饶恕的背叛,也被解刀视为报仇雪恨的绝佳时机。他如何恨侯冈氏族,就如何恨祝融氏族。

解刀对神农大石进言,历数悉鹿的种种罪恶。神农大石越发怒不可遏,最终在愤怒中与解刀达成一种心灵上的共融。他们拥有共同的心境,那就是对别人的仇恨。和解刀一样,神农大石心中的复仇冲动也强烈得如同被大堤拦截的汹涌河水,他发誓要灭掉祝融氏族,将他们统统杀光,不留下一根头发、一片指甲。

而后,解刀又小心翼翼地说出了更深层次的战略:“征讨南蛮失利,一是因为天神的眼睛暂时离开了大君的身畔;二是因为侯冈氏族和朔阳氏族在战前公然反叛大君,导致天下人心浮动。如今能让大君重拾荣耀的还是战争。天神必能听到我们的祈祷,重新赐力量予大君。大君可重新集结诸部,转而向西攻伐,消灭公然反叛神农氏族的侯冈氏族和朔阳氏族,让天下人知道背叛大君就是这个后果!到时候祝融氏族必然不战而降,大君再将祝融悉鹿生吞活剥。”

神农大石认同了解刀的主意,然后在归途中不断召集旧部。时值深秋,他要在冬天到来之前发动对侯冈氏族和朔阳氏族的攻势。

神农大石临阵脱逃后,那些折身回返与蚩尤大军决战的神农氏族人死伤殆尽,但也因此为那些逃亡者争取了宝贵的时间。蚩尤趾高气扬地踩在他们的尸体上，手中的石刀向前一挥，示意勇士们继续追击。但他的命令却被他们的大巫师制止。

大巫师大概有一百岁了，干枯如苞茅的头发像藤蔓一般杂乱地盘在脑袋上，高耸如山，据说他从出生那天起就没有修理过他的头发。

大巫师说："眼下，我们的祭坛上正供奉着大母神，祭祀期尚未结束，大母神爱护天下生灵就像爱护自己的儿女，因此这个月绝不能进行大规模的杀伐，更不可赶尽杀绝，杀人夺地，当适可而止。我们应将这些敌人的尸体丢到江中，喂养鱼虾鼋鼍，酬谢江中诸神，然后速速回到我们各自的村寨里去，继续对大母神的祭祀。"

大巫师说的话，即便是蚩尤也不敢轻易反驳。于是，本来对他们的敌人拥有绝对优势的南方氏族放弃了对神农氏联军的追杀，回到了大江之南。

神农大石在北归途中不断召集联军旧部，各族在密林中磕磕碰碰转了半个多月，陆陆续续地在距离神农氏都邑两天路程的一处山谷中会合。山谷中的灾情要比外面好一些，水源充足，而且有不少飞禽走兽供他们捕猎。又休整了四五天，清点人数后，神农大石和解刀发现，他们的兵力减少了十之三四。

"对付侯冈氏族和朔阳氏族，足够了。"解刀说。

解刀和神农大石发现人们的眼睛不再充满熊熊烈火，他们似乎已经对任何敌人都充满了畏惧之情，似乎宁可饿死也不愿参加新的战争了。

为了让这些已经厌倦战争的人们重拾杀戮热情，解刀哄骗他们说："侯冈氏族和朔阳氏族之所以不参加战争，是因为他们有吃不完的食物，有粟米、黍子、瓜果、貘肉、鹿肉和蜂蜜……不但味道鲜美，而且足够我们撑过三个这样的灾年！"

饥饿的人们眼睛里随即充满了热切的期望，嘴角不由自主地流下了串串口水。

解刀随即趁热打铁："他们公然反叛大君，大君已决定将他们灭族，他们的食物就是大君的食物，大君的食物也就是你我的食物！"

人群立刻沸腾起来，大家纷纷响应解刀的这一倡议。在饥饿的作用下，他们的想象力被彻底激活，每个人的脑海中都形成了一幅大吃大喝的雄伟画卷。那真是纯真到极致的欲望，单纯得像是雨露、空气和阳光。

于是，在这一瞬间，这些人不约而同地集体坚持了一套具有普世价值效能的逻辑思维：你有吃的我没有，我拿你的理所应当，你不给那你就是恶人，打死你顺理成章，你的食物归我天经地义。

随之，神农氏联军在神农大石和解刀的带领下，浩浩荡荡地继续向侯冈氏族的村社进发。

解刀的双脚重新踏上了这条路，令他惊奇的是，他在地上看到了一个人的脚印：步幅很大，走得焦急，与现在他的前进方向相反。令他感到十分诧异的是，他竟然能认出那正是他在三年前逃亡时留下的。他不明白为什么过了那么久他的脚印还如此倔强地赖在地上不肯离去，想了想，便认定这是某位天神实在同情他的遭遇，于是保留了他的脚印，要他在这些脚印的指引下回去寻仇。

解刀这时又忽然想起，啊，我失去一切已经三年了！这三年是我为人的一生中最为煎熬的三年，这一切都拜侯冈氏所赐！不过如今我已经熬到头了，很快，我就要将敌人的脖子放在我的刀下！

解刀已丧失了复仇欲之外的任何欲望。此时的他除了复仇，不做他想。

“我要狠狠地将自己所受的屈辱一股脑地还给他们！”

## 3

## 受命(2)

因为大檀的镇定自若,灾难中的侯冈氏族在短暂的慌乱之后很快就恢复了秩序,竟然没有发生一点混乱。

因为粮食短缺,他们开始进行大规模的猎捕活动,虽然捕到大型猎物的机会越来越少,但大檀总是能将猎杀的每一头野兽合理地分配到每个人的一日两餐中去。过去三年积累的食物堆满了他们的仓房,这些食物才是真正让他们感到安全的东西。大檀细致地将其分成了许多份,尽力保证每个人在将来的三个月里有足够维持体力的食物。

在这些艰难的岁月里,侯冈氏族的族人们无比感谢带领他们进行艰苦卓绝奋斗的族长大檀,侯冈颉更是将大檀的智慧与操劳看在眼里。而且他比任何人都要感谢他,正是因为有了大檀明里暗里的支持与庇护,他才能在这么艰难的时期继续着他的发明创造。

偶尔有那么几个晚上,浑浊的夜空中会露出几颗不算明亮的星,按照大致的位置,侯冈颉可以判断出它们是哪几颗星,每次见到这几颗星他就有种与老朋友久别重逢的喜悦。因为旱灾和蝗灾,他和他的族人不得不进入一种紧急戒备状态,对绝大多数人来说,这状态的特点之一是枯燥:每天的日子都是一个样子。但是侯冈颉的生活却因为他的伟大课题而变得与众不同:别人的生活中只有吃和睡,他的生活中还多了观察和思考。

他一直在观察，也从未停止思考，以各种方式，从各种角度体察、探索着他生活了十几年的这个美丽的世界。春夏秋冬如期光临，冷热风雨轮回交替，太阳西沉，月亮东升，春天万物蓬勃生长，冬来大地一片枯索安静，这一切是为了什么？最早是谁创造的这一切？到底谁的大手在拨弄着世间万物，使它以稳重不变的步伐前行？他长久地观察着夜空中的星星，试图在上面找到先贤们注视过的痕迹；他试图站在伏羲氏的角度思考他创制八卦的心路历程，想从这些简单到只有横线的图形中获得至关重要的隐秘启示；他也想到要站在一个普通人的角度去进行他的创造，因为“如果我想要创造一个为天下人所用的东西，那么它一定要简单至极，一看明了，绝不能因为复杂而让人们对它望而却步，就像钻木取火的技艺，它之所以能让天下人受惠无穷，就是因为它的简单便宜，一学就会”。

我不能放松，必须加快脚步。几乎每天，他都要如此鞭策自己，因为直到如今，他还未能解决“我被石头砸中了应该如何刻画”的难题。而出于一种本能，他隐隐地感觉到：敌人不会因为时间和距离而消弭对他们的仇恨，复仇者的脚步肯定正在一点点向他们逼近。时间紧迫。

“总有一天，我要把那些恶人的罪行完完全全地记录下来，让他们像是被剥了皮的野兽，让天下人将他们的骨骼和肚肠看得清清楚楚，让后世人知道他们的恶！”

然而让他没想到的是，他所预感的复仇来得远比他想象的快，而且迅猛。

那天的早晨与以往没有什么不同，太阳依旧在昏黄中慢慢升起，那些被蝗虫喂养得几乎飞不动的飞禽从这个枝头笨拙地飞到那个枝头，人们在昏沉中开始了新的一天。直到中午时分，才有一些异样的动静开始引起人们的注意。

最初，东方的丛林中出现了大的骚动，有数不清的乌鸦、秃鹰以及其他以腐肉为食的鸟类腾空而起，发出令人头皮发麻的凄厉叫声。紧接着，似有一条巨蛇在丛林中蜿蜒前行，而它的目的地正是侯冈氏族的村社。与此同时,他们的耳朵听到了杂乱而有力的脚步声。人们开始议论纷纷,为眼前的景象感到诧异和恐惧。

似乎是为了配合他们的恐惧,丛林之下那长长的队伍忽然加快脚步,无数双脚踩踏大地,好似某位好战的大神在愤怒中擂响了战鼓。

侯冈颉站在围墙上,丛林中的景象尽收眼底,他看着那发黄、黯淡、稀疏的丛林在脚步声中颤抖,似乎能感到那一阵阵灾难的声浪扑面而来,打得他的脸颊隐隐作痛。他不知道对方有多少人,只知道对方的数量是之前对他们发起进攻的大庭氏族的数倍。哎呀！他担忧地发出一声惊叹。

对方的队伍冲出了丛林,一个个如狼似虎,像是从蜂巢中喷涌而出的凶猛黄蜂。他们打着如鲜血一般的红色旗帜,上面描绘着威武的牛头图腾。

“牛的图腾。”侯冈颉惊叫道。

大檀轻轻地拍了拍他的肩膀,试图通过这种举动让他镇定一些。可是,侯冈颉明显地感觉到了大檀的手在颤抖,大檀的举动让他更加担心了。

当解刀的身影出现在他们的视野中时,侯冈颉大为诧异:“他还活着!”侯冈颉一下子变得十分愤怒,脑海里又浮现了牧犍惨死的画面。

而大檀的神情在愤怒之后却陷入深深的担忧。

侯冈颉看到大檀的神情,一想,不由得从内心深处浮起和大檀一样的担忧:族中那些出身大庭氏族的族人,有可能会倒戈相向,与围墙之外的敌人一起对他们发起进攻,毕竟他们的老族长大庭解刀就在下面。

族人中有人发现了解刀,吃惊地叫出声来:“是解刀！那家伙还没死!”

最终,所有人都看到了解刀的身影,他高傲地站在神农氏联军的最前方,伸出长长的舌头舔舐着他那把杀人无数的石刀。解刀早已得知他的族人们投靠了侯冈氏族,因此他向围墙内喊话,劝说大庭氏族人弃暗投明，跟随他和神农大石一起铲除叛逆的侯冈氏族。

人群中起了骚动，人们开始交头接耳，嘁嘁喳喳地窃窃私语。侯冈颉明显地觉察到一种极不安稳的情绪在人群中蔓延。让他感到脊背发凉的一幕很快就映入眼帘：那些大庭氏族的族人们竟然自发地聚拢在了一起，彼此之间或低声交谈，或眉眼交流。侯冈氏族和大庭氏族已经清晰地分成了两个队伍。

不知何时，侯冈氏族人已经抄起武器，面对着已经与他们朝夕相处将近三年的大庭氏族人，眼神中充满了疑虑。

大庭氏族人亦随之抄起武器，一个个神情紧张，狐疑不定，似乎随时准备投入厮杀，但又似乎惧怕战斗的发生。

大檀随即一个箭步冲到双方之间，做出让他们放下武器的手势，同时高声说："我们的敌人在下面，神农大石才是我们的敌人！"

一个侯冈氏族人随即问道："那解刀呢？他是谁的敌人？"

侯冈颉刚要开口，忽然从大庭氏族中走出一个人。

东葵看了看她的族人们——既有大庭氏也有侯冈氏，而后用无比坚定的口吻高声宣布："解刀也是我们的敌人！"

侯冈颉望着这个女人那一脸坚毅的神情，不禁为之动容，一个女人，在关键时刻勇敢地站了出来。

随即，东葵厉声质问大庭氏族人："像宽恕自己孩子一样宽恕我们的，难道不是大檀吗？让我们像人一样存活于世的，难道不是侯冈氏族吗？三年来与我们一起采集、猎捕、做农活的侯冈氏族，难道不是我们的亲人吗？"

在东葵的质问之下，大庭氏族人一个个面露惭色，为他们刚才心中的动摇而羞愧。然而，东葵的质问之声却并未停止。

"难道你们忘记了解刀是如何将你们踩在脚下的吗？你们的父亲和兄弟、丈夫和儿子，难道不是因解刀而死吗？解刀作为族长，只会驱使我们，奴役我们，残害我们，关键时候抛弃我们。你们曾任由解刀将族中的男人送上死路，难道今日也要眼睁睁看着他对我们的亲人痛下杀手吗？"

大庭氏族人未等东葵说完，纷纷丢下武器，伸开双臂，泪流满面地扑过去拥抱对面的侯冈氏亲人们。侯冈颉和母亲冲过去,一把抱住了东葵,三个人热泪盈眶。

这一刻,他们深知彼此水乳交融,是至亲骨肉,而神农氏和解刀是他们共同的敌人。

这时,解刀的喊话声传了上来:“族人们！我解刀才是你们的族长！我们大庭氏族是炎帝神农氏最忠诚的盟友！出来吧！凡是将侯冈氏族人视为仇敌的,都将获得至高无上大君的赏赐!”

而后,解刀期待地望着围墙,他心想,一定会有族人从上面走下来,他们就是不畏惧我,也应该畏惧神农大石。

在他的期待中,一个大庭氏族男人翻身上了围墙,又爬上木栅。那是曾与他并肩作战的一个族人的儿子。解刀的嘴角漾起一丝微笑,只要有一个人站出来,就会有一百个站出来。

然而让解刀十分失望的是,那个人脱下自己腰间的遮羞兽皮,而后一边用力拍打着自己的屁股,一边极尽奚落和嘲讽地说:“来！这是我们侯冈氏族给你们准备的礼物!”

愤怒让解刀呈现一种近乎疯狂的状态,他请求神农大石下令进攻,要将围墙之后的敌人全部化为齑粉。

“那上面可有你的同族。”神农大石睨视着解刀,意味深长地说道。

“如今已经不是了!”解刀愤愤道,“既然得不到,那就得毁掉它。”

神农大石点了点头,说:“你跟了我这么久,这是你说的唯一一句还算中听的话。”

随即,神农大石下令对侯冈氏族发起进攻,一如从前,他要他麾下的长弓手对敌人进行远程射杀。

但是,在这场攻城战中,让神农氏族引以为傲的长弓大矢并不具有任何优势。侯冈氏族的村社位于台原顶端,地势很高,且有坚固的围墙作为厚盾,神农氏族只能对其进行仰攻,而仰攻的劣势大大抵消了他们手中弓箭远程射杀的优势。他们若是想要射到敌人,只能尽量接近围墙。

而且他们没有想到，他们的敌人还有一件大杀器：鹅卵石。

如果是在平地上，侯冈氏族人手中的飞石自然不如神农氏族的长弓大矢来得快，但居高临下本身就是优势。这一优势不仅增加了飞石的射程，还加强了杀伤力。

当神农氏族的弓手进入鹅卵石的射程范围后，大檀一声令下，无数颗鹅卵石从族人们手中飞出，天空中响起尖锐刺耳的噼啪声响，漫天飞石如蝗虫冲向庄稼地一般砸进人群。

神农氏弓手正诧异这遮天蔽日的是什么东西，还未放出一箭即被砸得死伤严重，霎时间鲜血喷溅，一团团血雾模糊了他们的视线。这刺耳的声音和恐怖的景象带给他们巨大的损伤，一个个不顾神农大石的号令，也不顾那些被砸伤倒地的同族，惊慌失措地撤退至安全地带。

神农大石被这突如其来的远程射杀激怒，随即放弃远距离射杀的决定，下令全军对侯冈氏族发起冲锋，尽快近身肉搏。

神农氏联军不敢违抗大君的命令，在呐喊中向围墙冲去。

大檀下令继续射击，一拨又一拨鹅卵石从围墙内飞出。神农氏联军被拦截在半山腰，他们在疼痛中忘乎所以地哀号，连声咒骂，不是咒骂带给他们疼痛和死亡的侯冈氏族人，而是咒骂没有告诉他们侯冈氏族还有这招飞石战术的大庭解刀。

解刀无暇顾及别人对他的咒骂，一心要将侯冈氏族斩尽杀绝，如同一头凶猛的豹子，拼命地向上冲。他的脑海里只有复仇，复仇！除了复仇还是复仇。但是勇气不能让他成为战神，身边不断有人倒下，他的胸口也被一块飞石击中，让他感到一阵喘不过来气的疼痛。天上的飞石来势依旧凶猛，丝毫不见减少。“日他先人，他们投石的技能又提高了呢！”解刀躲闪不及，接连又吃了两下，所幸没有击中要害，他没有办法，只好忍着剧痛，撤退到山下。

面对己军的惨状，神农大石有恃无恐，对这场战争的走向十分有把握。

“打不过南方的蚩尤，难道我还打不过北方的你们吗！”

神农大石认定，侯冈氏族的石头终有用完的时候，只要他们投出最后一块石头,靠近围墙然后与他们近战,仅凭人数优势,就可以将他们轻松战胜。

然而,接下来两天的事实告诉神农大石一个道理:任何时候都不要小觑困兽之斗。作为曾经战无不胜的大君,他严重低估了侯冈氏族的战斗力。不止十倍于侯冈氏族的神农氏联军,竟然在一次又一次的冲锋中减员十之二三,他们全都死于侯冈氏族的飞石之下,死在远离围墙的半山坡,没有一个人能冲到围墙之下,没有一个人能与侯冈氏族人进行对面搏杀。

神农大石绝不放弃,继续让族人对围墙发起一次又一次冲锋,他的意图再简单不过:消耗掉侯冈氏族的飞石,最终将他们拖入近战的深渊。为了保证战力不衰减,他们逼迫那些老弱病残冲在前面,让他们成为吸引侯冈氏族火力的牺牲品。

之后两天,面对敌人一次又一次自杀式的冲锋,大檀却越来越忧虑:他们的鹅卵石即将告罄。用飞石远距离射杀敌人,能降低敌人的人数优势,为将来的近战赢取更大胜算,而如今敌人数量仍是他们的数倍,族人们亦因此陷入深深的忧虑,他们的表情十分沉郁。大檀一时想不出什么办法,面色凝重,似乎已经做好与敌人进行近身战的准备。

侯冈颉忽然想到那块他曾在上面写字的大青石,遂告诉大檀:“那块大青石足可以让我们再坚持一天了。”

大檀听了,立即来到大青石下,围着巨石看了看,一边看一边点头,但很快又面露忧色:“大青石坚硬无比,我们怎么砸碎它?”

他们只有石器,而且也只知道石器,石头固然可以砸碎石头,但绝没有石头可以砸碎那么大、那么坚硬的大青石。

“这块石头足够咱们再坚持一天,至少可以再杀死他们一成的人,可是……”大檀无奈地摇摇头。

侯冈颉盯着青石,陷入思考。他相信没有弄不碎的石头。他的脑海里浮现出一个场景,那是很多年前的一个晚上,族人们在熊熊燃烧的篝火旁载歌载舞,毛手毛脚的飞镰不小心打翻了附近盛水的陶罐,冷冷的水泼在围住火堆的石头上,当时炸裂的声音至今让他心有余悸。

“有办法了!”

侯冈颉兴奋地大叫,然后在大檀惊奇的目光中,有条不紊地指挥族人在大青石下燃起篝火。烈火翻腾,很快就将大青石烧得像木炭一样红亮,侯冈颉让族人们用陶罐从水池中汲水,然后一声令下,几十个陶罐的冷水齐刷刷地泼向大青石。一阵浓白的雾气升腾,大青石发出一连串咔嚓声响,表面出现无数道纵横交错如蛛网的裂痕。

很快,侯冈氏族就获得了一堆尖锐的石块。大檀粗粗估算,加上剩下的鹅卵石,足够他们再坚持三天。接下来的三天,侯冈氏族人又充分利用了这些石块,让近一成的敌人失去了作战能力。

已经对自己人的死亡近乎麻木的神农大石仍未停止对侯冈氏族村社的自杀式冲锋,相反他越来越疯狂,因为他觉得胜利在望,对方的石头总有用完的时候。在这场漫长的投石战似乎永无止息之日时,在神农氏联军已经损失了近一半时,身心已经失常的神农大石终于等来了他所殷殷期待的景象:当他的族人再次向上冲锋时,侯冈氏族的村社毫无动静,没有一颗石头落下。

在这场漫长的投石战中,侯冈氏族最终用尽了他们所有的石头。

神农大石大喜过望。冬日正在一步步逼近,他们可以猎捕作为食物的野兽越来越少,必须速战速决,征服侯冈氏族,夺取他们的食物。而如今,他们终于可以冲上围墙,对村社后的侯冈氏懦夫们尽情挥砍手中的武器了!

神农氏联军终于在无任何阻拦中冲到了围墙之下。

大檀站在围墙上,望着如春潮一般涌动的敌人,冷静地对族人们说:“用好你们手中的武器。”

神农氏联军冲到了围墙之下,多日来的恐惧如今一瞬间化为近乎病态的愤怒,他们肆意号叫着,像是饿极了的狼。有人在原地张牙舞爪像是在跳某种上古祭舞;有人徒手去挖那堵让他们吃尽苦头的围墙,即便手上鲜血如注,也全不在乎。他们已经没有了身体上的痛感和羞耻之心,完全变为没有任何出路的野兽。

但是,这些疯狂的战士很快就被一个现实打回了人类原形:侯冈氏族人用一种奇怪的长柄兵器尽情收割了他们的头颅。

侯冈氏族是惯常使用长矛的氏族，而自从大庭氏族加入后，他们更是将磨制石刀的技艺用在了磨制矛头上，使得他们长矛的锋利和坚韧远胜从前。而后，侯冈颉在一次狩猎中发现：长矛这种武器只能击刺，且在刺出之后的回抽过程中，不会有任何杀伤力，因此这是一个被浪费的动作。于是，他久久地陷入沉思，并最终想到一个方法：将一把锋利的石镰垂直地绑在矛头之下，做成了一种新式武器。

这把兵器上的石镰能在回抽过程中再次对敌人造成杀伤，达到尽快放倒猎物的效果。而且因为这个与手柄垂直的石镰如同鸟喙，所以这把兵器除了可以进行击刺和抽割，还可以像鸟吃食一样，从上向下啄击，族人曾用这种方式轻松凿穿了一头山猪的头骨。

而这次侯冈氏族居高临下对付神农氏联军的长柄兵器就是侯冈颉创造的，因为它身上有镰刀的影子，也要用到割的动作，所以侯冈颉给它取的名字发音为戈。

以为只要侯冈氏族的飞石告罄他们就能夺取胜利的神农氏联军再次遭受重创。侯冈氏族的勇士们熟练地使用手中的戈对源源不断冲上来的敌人毫不客气地进行击、啄、割。神农大石和解刀就像是疯了一样，驱赶着麾下勇士发起一次又一次进攻，那些胆怯者、退缩者，皆被他们毫不留情地手刃了。

恐惧就像是水下的死尸，渐渐浮出水面，浮在侯冈颉的心头。他在围墙上观察着战争中的人们——自己人和敌人，那情景让他感到悲凉和绝望。在这场攻城战中，所有的人都杀红了眼，所有的人都失去了最后的悲悯之心。进攻者麻木地对围墙发起进攻，防守者机械地夺人性命，神农氏族的头颅一颗颗碎裂，侯冈氏族的武器也在不断的击打中折断、破碎，视线里到处都是鲜血和断臂残肢，耳畔全是因为快感或痛苦而发出的歇斯底里的号叫……

围墙下的尸体越堆越高，神农氏联军踩着友军的尸体，与墙内侯冈氏族的落差越来越小。

侯冈氏族在大檀的带领下作战英勇，但体力渐渐不支，而敌人还在源源不断地送上来。

大檀绝不允许神农氏联军在这时攻进他们的村社，他身先士卒，手中的长戈不断将敌人了结在围墙之下。

解刀已经看到了大檀的身影，随之抄起弓箭，大步靠近围墙，然后引弓搭箭，瞄准了大檀，一支利箭离弦而去。

羽箭射中了大檀胸口，大檀猝不及防，打了一个趔趄，但在摔倒之前仍将戈上的石镰凿进敌人的脑袋，随后向后一栽，重重地摔在地上。

族人们顿时慌乱起来，七手八脚地将大檀抬到安全地带，一些孩子和老人发出了嘤嘤的哭泣声。

与此同时，女人们将五个盛满滚水的陶釜抬上围墙，然后用陶罐舀起热水向下泼洒，这是开战之前侯冈颉让她们准备的。敌人被烫得鬼哭狼嚎，裸露的身体迅速变得绯红一片，水疱像雨后的蘑菇一般隆起。他们没想到还有从天而降的热水，只能暂时放缓了进攻速度。

侯冈颉目睹大檀被解刀的利箭射中，一瞬间，他的复仇欲望被重新点燃，仇敌就在眼前，他无数次想过要亲手杀死他，为牧犍报仇。他弯腰从地上捡起一把由戈上脱落的石镰，用尽全身力气，嘶喊一声，奋力向解刀投掷而出。

石镰飞速旋转，带着呼呼的风声，深深刺进解刀的喉咙，暗红的血液如注。解刀捂着脖子，想要痛骂一声，从嘴里钻出来的却是黏稠的血液。在神农大石诧异的眼神中，解刀瘫在地上，在痛苦而漫长的抽搐中结束了性命。

神农大石愤恨地吐口唾沫，朝解刀的屁股上狠踢一脚，却从他的肛门中喷出一股白色的黏液。神农大石不知道，这是他赐给解刀鱼肉而让他落下的怪异的后遗症。

神农大石不得不下令神农氏联军暂时休整，并决定重新制订进攻计划。

侯冈颉伏在大檀身边：“族长……”他忍不住声音哽咽。

大檀伤势很重，眼睛望着侯冈颉，已经无法说话，片刻，他的眼睛又转向赤须智者。

赤须智者会意，轻轻说："你放心。"

大檀抓住了侯冈颉的胳膊，嘴巴张了张，却只有一缕气息无声穿过喉咙。

赤须智者再次说道："你放心吧。"

大檀的眼睛望向天空，嘴里吐出一口气，喉头一动，抓着侯冈颉的手忽然松开。这个像父亲一样的人最终离他而去。

族人们在门外哭泣。

赤须智者立即宣布："族长大檀在活着时，已经禅位于侯冈颉。从现在起，侯冈颉就是侯冈氏族的新族长。"

族人们先是惊讶，而后纷纷接受了这特殊时期的特殊禅位。

全身沾满血迹的族人夸父站出来，对侯冈颉说："敌人就在山下，我们不知道明天命运如何，也许会亡族灭种……但是我们相信大檀，也相信你。"

侯冈颉站起身来，擦去脸颊的眼泪。从现在起，他已长大成人，不能再有眼泪了。

侯冈氏族的男人女人们一起擦干了眼泪。

然后，侯冈颉以族长的身份向族人们表示了他的立场和决心：与敌人决战到底，直至折断最后一支长矛。

但在当天下午，战况突然出现转机。

正当神农氏联军准备再一次对侯冈氏族的村社发起进攻时，从他们身后传来沉闷的脚步声。那不是一个人的脚步声，也不是十个人的脚步声，而是一个部落的脚步声。

在得知侯冈氏族被神农氏联军围困后，朔阳息柴毅然决然，带领他那些温和内敛的族人，拿着他们远远落后于神农氏族的武器，不顾生死，前来兑现他们的诺言，与侯冈氏族并肩作战。

神农氏联军猝不及防，随即陷入混乱。

侯冈颉很快看清了下方的形势，新来的队伍插入敌人后方，将敌人掐去尾部，又向中间进发。神农氏联军大为受挫，自顾不暇，急忙掉转方向。朔阳氏族让侯冈颉和他的族人大为振奋，他随即给全体族人下达了身为族长的第一道命令："男人冲锋陷阵，老幼妇孺呐喊助威，和朔阳氏族一起将我们的敌人赶回他们的草场！”

族人们齐声发出怒吼，操起他们的武器冲下山去，如同一把大锤，重重地砸进神农氏联军的后背，与朔阳氏族形成了夹击之势。

这是压在神农氏联军身上的最后一根稻草。腹中的饥饿，前途的渺茫，战况的逆转，早已让神农氏联军失去了战争的兴趣，如今他们对神农大石的不满超过了对他的恐惧。

在腹背受敌之下，赫胥氏族首先动摇了决心，他们的族长是个聪明人，很快就在战斗中瞄准时机，找到一个间隙，而后带着他的族人一路向东逃去。

正在战斗的葛天氏族见状，同样毅然决然地放弃了对他们大君的忠诚，毫不犹豫地丢下神农氏，加入了溃败的行列，尾随赫胥氏族东奔而去。

剩下的神农氏联军皆无心恋战，不顾神农大石的阻拦，纷纷溃散。本应悲壮的最后决战忽然莫名其妙地变得可笑起来。

神农氏联军如同初春时节河面上的冰层，越来越少，最终只剩下神农氏族的二百多人负隅顽抗。这是实实在在的困兽之斗了。往昔神勇的神农氏族战士已经没有了威风，无助地发出虚张声势的吼叫声。可是谁都能听得出，那声音传达出内心的恐惧，他们的神经分明在阵阵战栗。

侯冈氏族和朔阳氏族将神农大石和他的族人团团包围，他们的武器齐刷刷地指向神农大石。

神农大石气急败坏，抄起弓箭还要放箭。夸父一个箭步冲上去，将弓箭从他手中夺下。神农大石不防，脚下不稳，打了一个趔趄，狼狈地摔倒在地，这一幕引得人们忍不住发出促狭的笑声。

“我是神农大石！赤县大地的炎帝！你们的大君！”神农大石挣扎着爬起来，愤怒地冲人们大吼大叫。

夸父冷笑一声：“我们可没有趴在地上啃泥巴的大君。”

人们哄的一声大笑出来。这笑声除了针对神农大石的窘态，更多的是对自己多日来所受压抑的释放。

神农大石轻蔑地翻了夸父一眼：“你们的族长呢？让他跟我

说话。”

夸父指着侯冈颉:“他是我们的新族长侯冈颉。”

神农大石不屑地看着侯冈颉:“侯冈氏大檀竟然禅位给这么个愣小子!”

侯冈颉淡然地盯着神农大石的眼睛。这是他第一次见到这位有着炎帝之称的人物,他只看到他那无神的眼睛里充满了恐惧、狐疑和佯装镇定,他实在很难将眼前这个狼狈又不可一世的败军之将和那位尝百草、治农耕的神农大帝联系起来。这难道就是天下人的至高共主?他感到一阵深深的悲哀。

“你小子别忘了!我是炎帝,是你们的大君!”神农大石再次给众人提醒他的身份。

侯冈颉并不理睬神农大石的歇斯底里。他环顾四周,眼睛扫过每个人的脸,他们的脸上满是疲惫、悲伤、麻木……他们都是这场无妄之灾的受害者!他的目光也停留在那些敌人的尸体上,他们的脸上凝固了死前瞬间的神情。他还看到一个比他大不了多少的年轻人,那人倒在地上,脑袋冲着东方,那是他们故乡的方向。侯冈颉惊讶地发现,他的脸上充满了希望,好似故乡就在眼前一样。

随即,侯冈颉对神农大石直言道:“天灾降临之时,你,神农大石,身为天下共主,未能及时安抚民心,却宠信奸佞,听信谗言,将天下人的生命放在最卑贱的位置,违反当初各氏族共同订立的互不侵扰盟约,让天下人彼此攻伐。如今天下分崩,百姓困顿不堪,你脱不了干系!”

神农大石眼睛一瞪:“我是炎帝!是神农大帝的后裔!你一个小小的族长,竟敢当众指责本大君!”

侯冈颉淡淡一笑,说:“神农氏的族号,你不配。”

神农大石一怔,嘴唇剧烈地颤抖,内心深处产生无尽恐惧,不类祖宗是他讳莫如深的软肋。神农氏的族号是他能成为炎帝的最大资本,如果有一天神农大帝不是他的祖先了,鬼知道自己会落得一个什么下场!他说不出话来,但是他痛恨侯冈颉,越恐惧越痛恨。

侯冈氏族和朔阳氏族的人们纷纷高呼:“杀他!杀他!杀他!”

神农大石立即脸色大变，惊恐地望着他的“子民”们：“你、你们竟然要杀我？我、我、我是你们的大君！”

侯冈颉示意众人安静，而后瞥了神农大石一眼，沉默片刻，说：“走吧，滚回你们的家乡去。”

神农氏族人的脸上立刻露出感激的神情。

可是侯冈氏族人一听这话，又惊讶又着急，他们的眼睛里闪现怒火：“不能放他们走！杀了他们，祭奠我们的列祖列宗！”

侯冈颉坚持着，再次冲神农大石道：“快走吧！”

神农氏族人颤颤巍巍地拉着神农大石的胳膊，示意他赶紧走。神农大石不置可否，一言不发，挪动了脚步，却被侯冈氏族人挡住了去路。

“放他们走！”侯冈颉忽然威严地高声道。

族人们一怔，他们从未见过侯冈颉如此威严而可怕的一面，于是不由自主地乖乖让开一条路，放神农大石和他的族人离开。

山坡上的赤须智者望着这一幕，脸上露出欣慰的表情。

“为君者，自有为君之相。”

侯冈颉带着族人，在朔阳氏族的帮助下，用了三天时间埋葬死者。这其中既有他们的族人，也有他们的敌人。

然后，他亲手将族长大檀埋葬在距离他们列祖列宗最近的位置，那也是最靠近天神座次的位置。

“安息吧，宽仁的兄弟！安息吧，勇敢的英灵！安息吧，侯冈氏族的大檀！”

在赤须智者的颂唱中，族人们用手捧起黄土，一捧一捧地撒到葬坑中，一点一点将大檀的遗体掩埋。侯冈颉目送大檀离他越来越远，听着赤须智者的诵唱，身体因巨大的悲痛而感到极度寒冷，犹如掉进无尽的黑暗深渊，身处让人难以忍受的苦寒之地。

但是他没有流下一滴眼泪。他已经长大，成为一族之长，要带领全族繁衍壮大，再不能流泪。

“安息吧，宽仁的兄弟！安息吧，勇敢的英灵！安息吧，侯冈氏族的大檀！”

侯冈颉俯伏在地，手捧黄土，亲吻大地，让它一点一点覆盖了他的族长大檀。

而后，侯冈颉召集族人，公布了一个他经过三日深思而做出的决定：离开侯冈氏族的祖居之地，去寻找更为丰美、更为宁静的新家园。

此言一出，立刻遭到绝大多数族人的反对。

“这片土地是列祖列宗留给我们的，怎能轻易丢弃？”

“先族长大檀誓死捍卫的就是这片土地，我们怎能说不要就不要？”

“我们的列祖列宗都埋葬在这里，难道你要将他们全都丢下不管？”

质问一个接着一个，个个直指侯冈颉，皆在反对他的决策。

而侯冈颉面对人们的反对之声，脸上古井无波，对他们的质问一一做出他的回答。

“祖先留下的最宝贵的东西是我们每个人的生命，是一个个活生生的人，是氏族的血脉，而不是这些随处都可寻找的草场。

“族长大檀所誓死捍卫的是你我每个人存在于世的尊严，而不是这片已经千疮百孔、满目疮痍、缺少雨水的土地。

“我们的列祖列宗不在大地之中，而在苍穹之上，无论我们走到哪里，他们的眼睛都不会离开我们的身影。”

人们的质问被一一驳回，他们虽然不情愿，但是又不知道该如何反驳侯冈颉。

飞镰不满，几次欲言又止，最后终于在雀舌的鼓动之下站了出来，言语中夹杂着不安与不屑：“要走你走，反正我坚决不走！我要守护祖先的这一片土地。”

侯冈颉冲飞镰微微一笑，然后对族人们解释他的用意，声音依旧沉静：“先是天灾，后是人祸，我们的草场已难以供我们生存下去，在这里苦苦挨着只有死路一条。世上没有一成不变的道理，如果有，那就是无论如何人都要活下去。我们的祖先当初在这里定居，是为了活下去；我们的族长大檀坚持不离开这里，是为了活下去；如今我们离开这里另寻新的草场，也是为了活下去。活下去，无愧于天地，无愧于祖宗。”

族人们全都沉默了,再也找不出反驳的理由,而且这个年轻人身上的聪慧、威严、果决让他们获得了一种安全感、信赖感,眼下的他们就像是混乱不堪的羊群,迫切地需要一位能果断决策的领头羊。

赤须智者适时地加入,劝慰族人们:“颉是天神和列祖列宗给我们的馈赠,我和先族长大檀相信他,他一定会带着我们走出困境,让我们在多年以后可以在笑声中面对我们的列祖列宗。”

夸父倍感振奋,站在侯冈颉身旁,高声说:“我誓死追随族长!”

族人们受到感染,纷纷振臂高呼:“追随!追随!追随!”

而后,侯冈颉将目光投向站在一旁的朔阳氏族,他希望朔阳氏族能和他们一起踏上迁徙之路。

朔阳息柴目光柔和而坚定,缓缓地说:“朔阳氏族是侯冈氏族永远的兄弟,当初订立盟约,我们就要生死与共,你们去哪里,我们就去哪里。”

侯冈颉感到欣慰而欢喜。强大的氏族联盟可以让他们更加游刃有余地应对各种困境。

随之,侯冈颉宣布:两个氏族开始向南方迁徙。之所以向南方迁徙,是因为那里雨水充沛,草地肥美,干旱和蝗灾很少波及。

但在临走前,赤须智者和族中其他老人却选择留下,他们坐在氏族墓地的一块石头上,似乎已经做好了慨然赴死的准备。

侯冈颉拉住赤须智者日渐枯萎的手,请求这位传授给他无尽知识的老人跟他一起走,他们背也要把他背走。但赤须智者微笑着,坚定地摇头。

“我老了,走不动了,不能拖累你们,就让我成为葬身于此的最后一代侯冈氏族人吧。”

“智者,我离不开您。”

赤须智者摇摇头,明亮的眼睛深情地望着侯冈颉:“不,你早就已经超越了我,你还会超越大檀,将来你还要超越许多伟大的祖先和先贤。你是侯冈氏族的族长,但这绝不是你唯一的称号,许多年后,你还会得到更加荣耀的尊号。”

“我不管这些,我只想让您跟我们一起走。”侯冈颉用哀求的语调说道。

赤须智者笑着摇头,脸上却浮现出毋庸置疑的坚决。

侯冈颉最终选择尊重赤须智者的意愿,他伸开双臂,长久地拥抱了这位可亲可敬的老人,然后带领族人决然离去。

赤须智者目送族人们远去,笑容渐渐凝固。

侯冈颉率领着两族族人一路南行。将来的路途,他将要翻山越岭,还要披荆斩棘,但再也没有大檀族长和赤须智者做他的坚实后盾了。他脚步坚定,却含着热泪,一次也不敢回头。

别了,赤须智者。

别了,族长大檀。

别了,生我养我的故乡。

## 4

# 洛水之南

很多年后的一个早晨,蓦然从梦中惊醒的侯冈颉仍会庆幸自己当初做的这个决定:带着族人离开祖居之地。

在这远离故土的新家园,不但他自己意外地获得了崭新的生命,他的氏族也因这一决定而焕发生机,就像故乡那棵不知经历了多少岁月的老榆树,历经一场甘霖,骤然吐露出青翠的嫩芽,重新长成参天大树。更为重要的是,一直到临终前,侯冈颉都认为自己更像是得到了一种召唤,然后要在这里获得启示,而这启示关乎他那伟大的课题。

当日,侯冈颉决然率领侯冈氏族和朔阳氏族,带着他们的家当:全部的粮食、大量的实用器皿、武器以及农具,还有他们的牲畜,包括十七头猪、三十四只羊以及两头黄牛。这些必不可少的财产成了他们旅行途中的累赘,严重影响了他们的行进速度。无论男人还是女人,皆衣衫褴褛,每个人的脸上都沾满了厚厚的泥土,看不出泥土之下的面容。

这是一场艰苦卓绝的旅行,也是一场回报丰厚的冒险。

他们的迁徙绝对不敢偏离最重要的标志物:河流。因此,最初五天的行程,他们一直沿着世世代代赖以为生的洛水,一路南下。

那时,河水早已因为干旱而退去,裸露的河床上躺着成片成片散发异味的白色死鱼，有人惊喜地发现尚有鲫鱼在鼓动身体，好似还有一丝生气，于是急忙将它抢在手里，却又在一声突然的尖叫后将它远远地丢弃在泥淖中。原来，虽然天气日渐寒冷，却仍有大量蝇虫在这些死去的鱼尸中产卵，密密麻麻如葵花子的蛆虫在鱼体内翻滚涌动，造成了那鱼儿尚未气绝的假象。

从此以后，侯冈氏族和朔阳氏族中的许多人终生不再进食鱼肉。

洛水一路向南，在这里流入渭水，更加浩大而宽广，向东而去。当侯冈颉带着族人走到洛水的入河口时，所有人都已经精疲力竭。在岸边休整了一天后，侯冈颉又带着他们沿渭水一路东行，翻过一座峥嵘的山岭，穿越一道幽暗的峡谷，涉过一条泥泞的河川，双手拨开荆棘，两脚踏平沟壑，如此三天三夜，最终在气喘吁吁中登上一座高高的台原。

辽阔的台原一望无际，他们目力所及，仍旧跳不出台原的边界。但无论脚下还是边界，皆是一片荒芜，暗淡无光的昏黄是他们所看到的唯一色调。他们似乎难逃恶神的手掌心，依旧身处干旱和蝗虫所创造的恢宏画卷中，惊人的破坏仍如岩刻一般昭示在天地之间。

绿洲好像永远在遥不可及的地方，人们感到失望透顶，一个个唉声叹气。

正当他们还在为似乎遥遥无期的迁徙而惆怅时，忽然有人指着东方发出女人一般的尖叫："啊！鹿！白鹿！"

一头通体白色的鹿毫无征兆地出现在了黄色基调的台原上。在无数双眼睛的注视下，它缓缓扭动身躯，走到近前来。近到几十步远的地方，姿态高贵地收住脚步，脖颈前后轻动两下，定住了。身上那如白云一样干净的皮毛，在阳光之下闪烁着动人心魄的美丽光华，使得它看上去像是置身于梦境之中。

人群中发出此起彼伏的惊叹之声。

白鹿静静注视着侯冈颉和他的族人们，清澈明亮的眸子流淌出潺潺泉水般的慈悲。那是侯冈颉终生难忘的眼神。

"她不是野兽，她一定是神。"

侯冈颉忽然感受到一种超乎寻常的奇特体验，被这美丽的瑞兽触动了一种超乎寻常的神圣感。这感觉不是发自他的身体,也不是来自他的精神,而是出自灵魂深处。一股神奇的力量充斥他的身心,好似在虚空中伸出一双手将他缓缓托起,送入云端。

侯冈颉忽然跪在地上,朝白鹿的方向俯伏叩拜,这是他所能想到的最能表达此时心情的举动。

族人们见状,也跟着他跪在地上,怀着无比崇敬的纯洁感情,朝站在他们面前的白鹿俯伏叩拜。

白鹿神情肃穆,静静地望着人们,轻轻迈动脚步,缓缓走到侯冈颉身旁,伸出舌头,在他头顶轻轻舔舐了一下,一股暖流如春苗生根,舒缓地从他的头颅钻遍全身。

侯冈颉抬起头,希望能看透白鹿的秘密。

白鹿昂首挺胸,以王者之姿俯视众生。那绝不是野兽的神态,而是慈母般的眼神。侯冈颉终于相信这世间确有许多不可思议的神奇玄妙,他感受到一种来自造物主的至纯善意,这与列祖列宗的仁慈又有所不同。

白鹿如水的眸子望着侯冈颉,一只蹄子轻轻在地上叩动,发出清脆的声响,它又冲侯冈颉抬了一下脑袋,似乎在示意侯冈颉站起身来。侯冈颉起身,忍不住轻轻触碰白鹿的额头。白鹿如春花烂漫时节的少女,温柔地在他手掌上摩挲数下,而后望向东方。

侯冈颉一怔:“你要我们往东方去?”

白鹿转身,径自向东方走去。

侯冈颉兴奋起来,随即高声向族人们宣布:“走啊！跟着白鹿!”

白鹿的脚步不缓不急,似乎在有意照顾拖家带口的人们,并且不时回头看一眼走在最前面的侯冈颉。

两族之人紧紧地跟在白鹿身后,浩浩荡荡一路向东,用了一天时间走出了这片广阔的台原。

下原后,他们又在河滩谷地中艰难地行进了一天。河滩上有一群狼与他们打了个照面,结果那群饿得眼睛发绿的猛兽看到白鹿后,不但没有发起袭击,反而远远地躲在树丛中,一动不动地目送白鹿和它身后的人群远去。侯冈颉和族人们对此更感惊奇。

走出河滩,他们进入了一道东西走向的绵长而高大的山脉(笔者注:此处为秦岭),在峰回路转中一直向东艰难行进,最终在五天后登上一座陡峭的山峰。峰顶覆盖着大片大片的松树和栎树,遮挡了他们的视线,以至于他们看不到山下的情形。

他们跟在白鹿身后,用了一天半时间,小心翼翼地从峰顶走下,饱受饥饿、疲累与恐惧折磨的人们最终结束了他们的艰苦行程,置身于这重峦叠嶂、连绵不绝的高大山脉的南麓山脚。

所有人都不敢相信自己的眼睛,因为眼前的景观对他们来说,是完全超出人生体验的天下奇观。

就像是掌管季节的天神忽然改变了主意,又像是忽然走了冬天,来了春天,连绵山脉的南麓呈现出与北麓完全不同的景象:郁郁葱葱的群山缓缓起伏,大大小小的河川在山间蜿蜒流淌,阳光明媚,雾气氤氲,山风拂过水面,带来晚秋时节的清爽气息,不远处的两座山头上红彤彤一片,一看便知那是已在温暖日光中历经一夏生长,饱满成熟的美味山果。

族人们兴奋得无以复加,欢呼雀跃,不在意你我彼此,流着热泪拥抱身边的每一个人,一些人不知应该如何表达心中狂喜,不顾身体的疲累,跳起欢快的舞蹈。

只有侯冈颉一人保持着清醒的头脑,也只有他一人注意到,引领他们来到此地的白鹿在人们的欢呼声中默默转身,轻快地钻进山林,转眼间就消失在层峦叠嶂之中。

随之,侯冈颉长舒一口气,高高悬在半空的一颗心终于可以放下来了。

他们顾不得休息,继续向南进发,一边走一边观察四周的地形地貌。眼下最为迫切的是选择一块可以安营扎寨的地方。又行走大半天之后,耳畔越来越清晰地响起清脆悦耳的流水声。追寻水声而去,发现一座峥嵘轩峻的石山(此处为今陕西省洛南县冢岭山,《山海经》作“灌举之山”),山下是一潭幽深泉水(即龙潭泉)。泉水溢出,顺着铺满深灰色鹅卵石的河道向东南方欢快地流去,河底的银色鱼儿游弋在飘逸的水草之间,河床清晰可见。

侯冈颉举目望去,发现距离这条河的南岸不远之处,是一座并不太高的台原,台原一片苍翠,看来是个适于定居的场所。侯冈颉当即决定在这条河水边建造他们的村社。

为了让族人铭记故乡祖居之地,铭记曾养育他们数百年的母亲河,侯冈颉将新发现的这条河流命名为洛水(即发源于今陕西省洛南县的南洛河,黄河重要支流,又作雒水)。

他当然不知道,许多许多年之后,当人们说起这条河时,会将它纳入河洛文化的范畴,而这个词将成为由生活在这片土地上的人们所创造的伟大文明的代名词,它将拥有与华夏一词同等的分量。在许多代人来了又走的千百年后,河洛之地将成为千年天子都、万世帝王宅,它会被后世公认为古老的东方文明的源头,是所有华夏儿女的心之故乡。

侯冈颉所挑选的这座位于洛水之南的台原与故乡那座截然不同。这里满眼绿色,地势更为广阔,更为平坦,登上台原就如同置身于大平原。因此,沿袭之前的建筑风格去挖掘窑洞是不可能了。所幸,前大庭氏族人和朔阳氏族人皆善于构木为房。在他们的指导下,仅用了不到一个月时间,就建好了一座村社。新的村社中,屋舍、祭社、仓房、畜舍、窑场等建筑一应俱全。而后,两族人齐心合力,在距离这个村社大约一千步的地方,又建了一座同样规格的村社,作为朔阳氏族的居住地。最终,在冬日来临之前,两族族人全都住进了铺满柔软干草和温暖兽皮的屋舍。

此后,侯冈颉为了加深对新居之地的了解,遂借着在冬日来临之前储存食物的机会,沿着洛水行走了七天,大概弄清楚了他们这片新家园的水文地理、气候风貌:此处是许多条河流的发源地,最大的一条即是洛水,其大小支流密布如蛛网,北岸的由北向南,南岸的由南向北,次第汇入洛水,以至于在走出三天路程后,他便发现洛水已是水势汹涌,远非源头水量可比;根据河流流向进行大致推断,这里与世人所熟知的四海之内“天倾西北,地陷东南”的地形如出一辙,即西北地势高,东南地势低;沿途留心观察地形地貌,发现此处既有平缓的台原,也有连绵起伏的丘陵,也不乏高耸入云的山峰,土壤松软的台原可供种植庄稼,丘陵上生长着大量野生干果及浆果可以采摘,山峰上也有许多肥硕的山猪、花鹿可供猎捕……

总之,新家园河川交汇,台原遍布,丘陵起伏,山峰林立,物产丰饶,是一处适合生存的好归宿。侯冈颉为这突如其来的幸运而感到诚惶诚恐,他无数次感谢那头带领他们来到此处的神奇白鹿。

但与此同时,他也开始考虑另一个问题:这里还有没有其他氏族生存?

至少在这七天中,除了跟着自己来的族人们,他没有看到任何人的影子,也没有任何人类活动的迹象。

侯冈颉心想,可能是那座连绵高大的山脉将人们的脚步阻住了吧?毕竟若不是有白鹿在前面领路,我们也不会在这崇山峻岭之中找到通往这里的隐秘山道,也许至今还在渭水沿岸徘徊呢!

接下来的一段时间,女人们在附近几座山头上所获颇丰:历经风雨而新鲜如初的红苹果,饱经风霜慢慢变色的晶莹剔透的鲜红柿饼,已经褪去果皮而富含油脂的大核桃……她们几乎不停手,将看到的每一颗果实都收入囊中。男人们自然也不能落后,他们在各个山头之间奔走,一共捕获了十一头山猪和十四头花鹿。天气越来越寒冷,这些野兽的身影会越来越少见,他们不得不暂时违背了世代相传的不得滥杀的规矩,一次性猎捕了许多。已经被天灾人祸吓破了胆的人们被迫培养了一种疯狂储存食物的习惯。

多日辛苦之后,两个氏族聚在侯冈氏族村社的广场上,在月光下燃起篝火,大口撕咬刚刚烤炙的新鲜鹿肉,喝着从他们祖居之地带来的粟米熬煮的粟米粥,暂时忘记了所有的痛苦记忆,脑海中尽是美好的事物,所思所想无外乎是美味的食物和温暖的床铺。他们大口大口地吃喝,互相开着玩笑,甚至参与着孩子们的追逐打闹,而那些不善言谈者则选择用动作夸张激烈的即兴舞蹈来表达喜悦。

侯冈颉微笑地望着眼前的热闹景象,他明白了大檀族长的心境,族人的欢乐无忧,是一个族长最大的满足,也是最高的荣耀。

夸父忽然拿一块冒着热气的鹿肉,送到侯冈颉的嘴边。侯冈颉一惊,下意识地躲了一下,然后抱歉地一笑,举了举手中的陶碗:“我吃粟米粥。”

夸父随即将肉塞到自己嘴里，说：“族长现在还不吃肉？”

侯冈颉只是淡淡一笑，没作声。

夸父吃了几口，苦笑一声：“我吃了那么久的野果子和粟米粥，嘴里都淡出鸟来了！就是让我天天吃肉，我也吃不够呢。”

侯冈颉笑道：“那就多吃。”

夸父吃着吃着，一脸兴奋的神情慢慢转换成疑惑，声音中也充满疑问：“族长，当初你为何没有杀了神农大石？”

侯冈颉听问，随即神情肃穆，声音深沉地说：“要不是他，大檀族长也不会死，我当然想杀他，比任何人都想杀他！可是他不仅仅是神农大石，他还是炎帝，是天下氏族共同推举的大君。如果我们杀了他，那天下人就会认为侯冈氏族觊觎炎帝的位子，而杀他不过是为了夺位，这样一来，不但我们侯冈氏族的声誉会受损，还会让天下人在这种误解中埋下一颗可怕的种子！从此以后，天下人皆会认为，炎帝的位子不是禅让得来的，也不是众人推举得来的，而是由武力争抢得来的！

“人是什么呢？人是被规矩束缚的野兽，他们会想尽一切办法、寻找所有机会解开束缚。若是能让自己获取丰厚的利益，他们必然甘冒风险，进而大肆宣扬争抢的东西同样合乎道义。这样一来，天下人就一定会彼此攻伐、相互杀戮，无辜的流血、无谓的牺牲就会成为氏族与氏族之间的寻常事……真有那么一天，人世就不是人世，而是连兽群都不如的污浊泥淖了。”

尽管夸父没有完全听懂侯冈颉的话，但这一席话已让他若有所思。他发现，侯冈颉的所思所想皆与寻常人不同，他身上有着大檀族长也没有的独特魅力。不过他没有说出来，因为他知道，一旦提及大檀就会勾起侯冈颉的伤心事。

整个冬日，侯冈颉都沉溺在自己的伟大课题中。到目前为止，他的创造仅能表达一些可见的实物，用后世的话说，这些以弯曲线条勾勒而成的图形仅仅是汉字的雏形——象形字，所用造字法亦是最简单的象形法。这种文字取实物的外形特点，易于识别，比如日、月、山，稍有常识的人都可辨识。但天地万物种类繁杂，而且式样各异，很多东西是无法用简单的外形概括的，象形并非万能钥匙。而且如果想要将一件事情表述清楚，话中不仅要有事物，还要涉及动作、状态以及情感，所以仅有这些表述实物的象形字远远不够。

侯冈颉苦苦思索，试图突破已初步成形的象形文字的局限，创造一种新的造字法，以更为轻松地表达一些抽象的事物。但是一整个冬天过去了，创造仍然毫无进展，这让侯冈颉感到万分沮丧。

侯冈颉早就有了一种冲动，这冲动来自灵魂深处。他迫不及待地想要着手一次最为翔实可信的记载——不是颂歌中的传奇，不是岩壁上的图画，也不是形式烦琐复杂却信息量贫瘠的结绳记事。这种记载方式与之前截然不同：只需一块泥板或者一块骨片，他就可以翔实地记录一次狩猎活动的真实地点、详细经过和具体收获，他还可以如实地记载大檀族长的仁德、大庭解刀的残暴以及神农大石的昏庸……人们只能在口口相传中诉说过去但又讹误重重的时代终将结束，人们将不再寄希望于虚妄的神话和荒诞的传奇，取而代之的应是更加真实的“所有人的传承、积累和发展的轨迹的集合”——历史。

“我将要以我的创造让人们告别一个时代，迎来新的时代。”

侯冈颉将以他的创造，让人们告别神话时代，迎来信史时代。

不论有多少困难，侯冈颉都绝不会放弃他的创造。

初春时节，冬日储存的粮食已经吃得差不多了，经历灾年的人格外珍惜美好的春光，于是自发地加快了耕种、猎捕和采集食物的速度。他们在洛水之滨开辟了一片片新的土地，早在去年寒冷的深冬时节，他们就不顾地表坚硬，进行了一次深耕翻土，这样便可以冻死藏匿于土壤里的各类害虫，以免他们种下的粟、黍以及各类蔬菜被荼毒。

无须进行农事劳动时，人们也不舍得休息片刻，女人们成群结队去河边采摘新鲜野菜，男人们则去附近山上狩猎。获取更多的食物仍旧是人们最重要的事情。

侯冈颉将男人们分成两拨，一拨去南边那片石山，一拨去北边那座土山。据他的观察，这两座山上各有特产：南山上经常跳跃着一种岩羊，体态轻盈，肉质细嫩；北山上常见一种山猪，膘肥体健，饱含油脂。这两种肉食对他们来说皆不可缺少。侯冈颉带着夸父等人来到南面的石山。相较于肥硕的山猪，灵巧的岩羊更难捕捉，他想尽快寻找一种捕捉岩羊的方法。

一行人在山上转了大半天，却没看到一头岩羊的影子，夸父不由泄气地往地上一瘫："这畜生也太狡猾了，我们来了这大半天，你们这些四条腿的东西怎么着也得出来露个面吧！"说得大家都笑了。

正笑间，忽然一个白色的身影在他们眼前一晃。众人一惊，眼见那头岩羊如闪电一般向北逃去，于是一个个瞬间精神抖擞，拔腿追去。

夸父善走，跑在最前面，侯冈颉等人虽然速度慢，却也紧紧地跟在后面，一行人穷追不舍。

也许是因为惊慌，岩羊在翻越一棵歪倒的大树时，一不小心绊倒在地。夸父见状，急忙投出手中的长矛，但因为处在奔跑中，长矛并未击中岩羊。岩羊反应极快，弹跳而起，掉转方向，一路向东跑去。

当它掉转方向后，却发现自己犯了一个致命的错误：树林越来越密，而它那对气宇轩昂的大角已经严重影响了灵活性，一边奔跑一边磕磕绊绊，样子极为狼狈，而猎捕者依旧紧追不舍，与它的距离越来越近。

跑在最前面的夸父急于表现，在奔跑中抓住了岩羊躲闪迎面灌木丛的一个空当，掷出手中的第二根长矛。长矛就像是长了眼睛，直奔岩羊而去，然而就在即将刺中的一瞬间，岩羊突然一个趔趄，凭空消失在地面上。

夸父大吃一惊，第一个闪到脑海的念头是：难道这岩羊已经修炼成精？

这时，地下传来岩羊痛苦的叫声，人们冲了上来，这才发现，原来岩羊掉进了一个插满了削尖木桩的巨大陷阱里，木桩已刺穿它的身体，鲜血浸湿了它雪白色的皮毛。夸父不由倒吸一口凉气：幸亏是岩羊跑在前面，不然我就惨了。

两个族人小心地跳下陷阱去取岩羊，当他们将岩羊从尖尖的木桩上抬起时，它已经断气了——木桩刺穿了它的脏器，伤势实在是太严重了。

大家见状，不由纷纷咂舌，一个族人不由连连叹道："凶险！真是凶险！"

一听此话，侯冈颉忽然陷入沉思：凶险……如果我想提醒大家此处凶险，可以用什么方法呢？最早人们喜欢用动物血液、红色泥巴和红色颜料，因为红色代表杀戮，代表生命受到威胁。但是我不想用颜色，而是要用我的新创造来表述！凶险这个东西是看不到的，却能通过事件的联想将它表达出来！

侯冈颉感到一阵兴奋，迫不及待地将自己的想法展现在地面上，用手指勾勒出一个大大的"凶"。

夸父注意到他的举动，不由好奇地问道："族长，这是什么标记吗？"

侯冈颉不答反问，抹掉了里面的"×"，指着外面的"凵"，问道："你看这个，它像什么？"

夸父盯着看，而后摇摇头。

"像不像一个大坑？"

夸父恍然大悟："嗯，确实是个大坑！"

侯冈颉接着又给里面加了一个"×"，问夸父："这是削尖的木桩，然后将它放在大坑里……"

夸父点头："确实挺像。"

侯冈颉又问："你感觉我画的是什么？"

夸父不假思索地说："是陷阱吧！"

侯冈颉摇摇头，然后说："是凶，凶险的凶。"

夸父仍旧有些不明白，一脸困惑。

侯冈颉遂解释道："还有什么东西比忽然出现在平地上的扎满尖桩的陷阱更凶险的？"

夸父"哦"一声恍然大悟："也就是说，这东西不仅能用在陷阱上，还能用在猛虎上、悬崖上、大火里、深水中，还能用在我们的敌人身上！不管是什么地方、什么事情、什么人，只要是凶险的，都能用这个东西来表示！”

侯冈颉似乎是灵感突现，又在地上勾勒出一个刀的简略外形，问道：“这是什么？”

夸父看了一眼，脱口而出：“刀！”

侯冈颉点头，随之在刀上添了一个斜长的点：“这又是什么？”

夸父盯着看了半天，摇头：“不知道了。”

侯冈颉解释道：“这是一把刀，刀上最锋利的部分就是这一个点，所以它代表的是……”

“刀刃！”夸父抢先喊了出来。

侯冈颉一笑，道：“是，这就是刀刃的刃。”

夸父很有成就感地笑起来，那感觉就像是猜出了最难的谜语。

灵感继续起了作用，侯冈颉略一想，又在地上写了一个“上”，问道：“这是什么？”

夸父摇头，说不知道。

侯冈颉又写了一个“下”，问：“这个呢？”

夸父盯着看了半天，说：“它俩我都不认识，不过看上去挺像，却又完全不同。”

侯冈颉遂指着“上”提示夸父：“这个横代表地面，有个东西在地面之上，所以它代表上。”

夸父忽然茅塞顿开，急忙指着“下”大声说道：“这个代表下！”

侯冈颉随即问：“你怎么知道的？”

夸父回答：“在上面的就是上，在下面的就是下嘛！很好理解啊！”

侯冈颉笑道：“看来你明白我的意思了，我的用意正是以这个地面为界，上者为上，下者为下。”

夸父盯着地上的几个图形，逐个看了几遍，不由得脸上浮现出崇敬的神情：“族长真了不起！亏你怎么想得出，还能把凶险、刀刃、上下画出来！”

侯冈颉摇头，更正道：“这个不叫画，只有画影图形出来的才叫画。这个是我的新创造，我给它取名叫文。”

夸父一脸懵懂：“文？”

侯冈颉继续解释：“我最初创造这种东西是依类象形，也就是以可见事物的形体画出纹样，这是我进行这种创造的基石，算是一种标志吧。”

夸父虽然似懂非懂，也不知道侯冈颉发明这种东西有何用意，但能把凶险画出来的人，足以让他佩服得五体投地了。

侯冈颉自然不知道，他刚刚发现的这一新的创造思路，将被后世的人们总结为指事造字法，而这类文字则被称为指事字。侯冈颉已摆脱象形造字法的束缚，转而在象形文字的基础上，使用抽象的符号来表示更为复杂的事物。他越来越明确地感觉到他的新创造的便利。

这时，族人们已经将岩羊收拾干净，羊皮被撕下，羊肉被分解成若干块，便于他们在途中携带。他们在地上擦干手上的鲜血，呼唤侯冈颉回村社。

侯冈颉起身，又看了一眼地上的陷阱，心道：实在要感谢这个陷阱，如果不是它的凶险——

想到此，侯冈颉忽然惊觉一个他们因为兴奋而忽略的可怕问题：既然有陷阱，那就证明附近还有其他氏族的存在。

他说出了他的疑虑，族人们随即陷入惶恐之中。

在这个氏族现身之前，他们是敌是友，一切都还未知。

“在前头等着我们的又是什么呢？”

# 5

# 新 生

侯冈颉带着族人急匆匆回到村社之后，依旧心下不安，之后两天向各个方向派出斥候前去调查，结果一无所获，每个斥候都说，他们所到之处皆没有发现其他氏族。

越是找不到，越是让人不安。侯冈颉遂嘱咐族人和朔阳氏族外出时务必多加小心，同时发动族人为村社建造高高的围墙、深深的沟壑，作为他们抵御那不知其详的外族的两道屏障。

历经多次战争的族人们已经具备了极强的军事素养，竟然仅用了七八天的时间，就完成了他们的防御工事。

似乎是冥冥中的安排，他们的防御工事刚刚建好，一直游荡在外的斥候就急匆匆地跑来，惊慌失措地带来一个消息：密密麻麻的人流忽然从东北方的峡谷之中钻出，挥舞着他们的图腾旗帜，正朝着我们的村社杀来！

族人们顿时陷入惊慌，纷纷望向他们的族长。

侯冈颉早就做好了迎接不速之客的准备，因此镇定自若，沉吟了片刻，缓缓地说："做好迎战的一切准备。"

随后，在侯冈颉的安排下，族人们迅速各就各位。村社外围的沟壑中已经插满了尖桩，村社里也早已堆满了从洛水中拣选的鹅卵石。尽管准备充分，族人们仍然紧张不已，皆屏声静气，不安地等待着，整个台原安静得如洪荒初始。

远方渐渐传来大军行进的动静。

忽然,一个孩子在莫名的恐怖氛围中放声大哭。

这刺耳的哭声就像是催化剂,一下子把人们心中的恐惧无限放大,他们彼此相顾,之后无助而充满期待地望向他们的族长,目前他是他们唯一的希望。

但是并非所有人都期盼和平,雀舌就盼望侯冈氏族发生一场战争,这样一旦侯冈颉失败,他们就可以借机鼓动族人,让他们重新选择飞镰为大檀族长的真正继承人。雀舌悄悄给了飞镰一个眼神,飞镰示意他见机行事。

虽然每个人都不说话,可侯冈颉能很明显地感觉到他们内心的战栗。侯冈颉抱起那个孩子,柔声抚慰,用自己的方式赶走了孩子心中的恐惧。孩子的母亲愧疚地从侯冈颉手中接过孩子,缩回到人群之中。侯冈颉面带微笑,环视他的族人,目光锐利,声音坚定。

"记着,我们侯冈氏族从不拒绝和平,但也不畏惧战争!"

族中的勇士们受到鼓舞,挥臂发出震耳欲聋的呐喊。

对方的身影出现在了他们的视野当中,侯冈颉看到他们的旗帜有两种,一种暗红色,一种明黄色,因此断定对方是由两个氏族组成的联盟。整体看上去,他们的队伍闹哄哄的,不但队形不整,行进时毫无章法,而且声音嘈杂,完全听不出他们到底在喊些什么。当他们如胡乱游荡的走兽一样靠近侯冈氏族村社后,侯冈颉看到他们身上都穿着由竹篾编织而成的盔甲,在阳光照射下闪烁着竹子的特殊光芒。

对方同时还发现了朔阳氏族的村社,分出一个氏族的兵力,也将朔阳氏族的村社团团围住。

双方在围墙内外对峙,整个台原上开始弥漫着冷冷的杀气,氛围逐渐变得压抑。

在紧张的等待过后,来者用一种语调十分奇怪的语言向他们喊话。侯冈颉很是吃力地弄懂了他们喊话的大意:你们派个人出来跟我们进行对话!

侯冈颉随即准备出去,人群一阵骚动,夸父一把拉住了他:“族长不能出去!”

族人们纷纷表示赞同,同时表达了自己的担忧:“你是我们的族长,如果你遭遇不测,我们该怎么办?”

侯冈颉望着外面的敌人,脸上浮现愁容:“总得有人跟他们接洽才是。”

人们随即嘁嘁喳喳地议论起来,这个说:“你去,平时你就话多!”那个说:“还是你去吧,你不是就喜欢跟人抬杠吗?”每个人都在出谋划策,但每个人都不敢说一声“那我出去吧!”

侯冈颉望着吵闹的人群,不由轻轻叹了一口气,而后准备出去。

这时,一个人突然拨开人群,来到前面,高声叫道:“我去!”

侯冈颉一看,是雀舌。

雀舌拍拍胸膛,自告奋勇:“不就是跟他们谈判吗?我去了!”

夸父瞥了雀舌一眼,脸上尽是不信任的神色,悄悄碰了一下侯冈颉,示意他不要轻信这个举族皆知的小人。

侯冈颉似乎没有觉察夸父的提醒,似乎也忘记了雀舌曾经的种种不光彩,冲他道:“出去与他们谈判是很危险的。”

雀舌做出大义凛然的样子:“族长,我想为族人立下功勋,就是让我去死我也不怕!”

侯冈颉微微点头,脸上浮现一丝微笑,随即轻轻拍了拍雀舌的肩膀,说:“既是这样,那就辛苦你走一趟了,务必小心。”

夸父有心阻止,却来不及了,只好冷冷地白了雀舌一眼。受大檀族长的影响,夸父从来都不相信雀舌这个人。虽然侯冈颉选择相信他,但夸父总隐隐觉得这个人会暗中使坏,定会做出对侯冈颉不利的事情。

村社的大门被打开一条缝,雀舌钻了出去。

侯冈颉望着雀舌的背影,脸上并无表情。站在一旁的夸父已经完全搞不懂这个年轻的族长到底是怎么想的了。

雀舌走出村社,跨越沟壕,走了六七十步,站到了对方的队伍前。

来者队伍的族长是个身宽体胖的中年人,脸颊绯红,头上戴着一顶式样夸张的竹篾编织而成的头盔,以侯冈氏族的审美看来,这种头盔是有些可笑的。

雀舌站在这个一脸横肉的族长面前忽然有些发怵,因心里发虚而身体颤颤巍巍,腿脚发软,强撑着才能站住了,不由咽了口唾沫,目光躲闪着对方的眼睛,照着天下通行的规矩,机械地朝对方伸展双臂并摊开双手,示意自己手中并无兵刃,而是诚心实意出来谈判的。

对方族长以同样的动作做出回应,但眼睛中的敌意丝毫不减,用带有极强特色的一种语调问道:"你们是什么人?来自什么地方?为何会忽然出现在我们的草场?"

雀舌想了想,努力地让自己平静下来,回答道:"我们是侯冈氏族人,来自这座高山的北麓,我们来这里是因为……"

雀舌略一沉吟,接着说:"是因为我们的族长认为我们的领地太小,已经不适合居住,所以……"

对方族长大怒,脸颊红得更厉害了,质问道:"这就是说,你们的族长是特意来夺取我们的领地了?"

雀舌脸上现出为难的神色:"当初我们的族长决定这么做,我是反对的,可是他年轻气盛,什么都不懂,不听我的劝告,坚持离开祖居之地,偏偏要在这里定居!"

对方族长更加气愤,连眼睛也变成了红色:"你是个明白事理的人,可你们的族长竟这样蛮横,这样不顾廉耻!看来不给他一点厉害,他是不会害怕的了!回去告知你们族长……"

他的话尚未说完,一个智者模样的老者急忙拉扯一下他的胳膊,示意他不要贸然做出决定。他将耳朵凑到老者嘴边,老者耳语了一句什么,他有些不情愿地点了点头,随即接着说:"回去告诉你们族长,给你们三天时间,如果你们不主动离开这里,我们就会抬着你们的尸体把你们赶出去!"

雀舌急忙点头哈腰,小跑着回到村社。

侯冈颉问:"他们怎么说?"

雀舌回答:"他们说,我们已经侵犯了他们的领地,惊动了他们的祖先和神灵,犯下了不可饶恕的罪过,他们必须对他们的祖先和神灵有所交代,因此要求我们乖乖地束手就擒,男人做他们的祭品,女人做他们的奴隶!”

此言一出,遂掀起轩然大波,咒骂声、哭泣声、哀叹声此起彼伏。男人们纷纷抄起武器,做出准备战斗的姿势。众人望着侯冈颉,等他下达命令。

侯冈颉先是默不作声,片刻之后,来到门前将大门拉开。族人们以为侯冈颉要出去战斗,刚要向外冲,却又见他将手中紧握的长矛往地上一丢。族人们都蒙了,不知道侯冈颉要做什么,一个个表情诧异。

侯冈颉回头冲族人们说:“你们别动,等着我。”而后向对方的队伍走去。

雀舌手中的长矛啪的一声掉在地上,脸上的表情就像是受了什么打击,惊恐而僵硬,嘴唇动了动,吐出几个字:“这小子是有意试试呀……”

侯冈颉不卑不亢地站在了对方族长的面前,族人们在围墙内远远地望着。刚开始只有侯冈颉和那个族长,一会儿那个族长又派人去了附近朔阳氏族的村社,叫来了另外一个氏族的族长。三个人在一起说了许久的话,但完全听不到他们究竟在说什么。当一些年幼的孩子开始哭闹说肚子饿的时候,侯冈颉回来了。夸父急忙将大门打开,侯冈颉站在门口,嘴角的微笑尚未散去。

族人们无比期盼地望着他们的族长,希望他能给他们带来截然不同的消息。他们相信他,毕竟这个年轻的族长曾不止一次给他们的命运带来转机。

而雀舌却止不住大汗淋漓。

这时侯冈颉高声宣布:“我们已经与容成氏族和西陵氏族缔结合约,从此以后,可以和他们一起生活在这片洛南大地!”

族人们虽然早有准备,但是一时之间仍接受不了这巨大的反转,一个个面面相觑。

侯冈颉脸上的微笑继而消失,接着他又宣布了另外一个命令:“将雀舌囚禁起来。”

雀舌无力地瘫在了地上。

飞镰亦受到惊吓,颤颤巍巍地擦了一把额头上的冷汗。

来者是容成氏族和西陵氏族,已在洛南之地生活了数百年,他们之间也曾有过摩擦,并由摩擦发展成为战争。但短暂的战争并未阻碍人与人之间的相互关爱之情,因为他们发现对方都曾受到种种不公的待遇,历经了重重难以忍受的磨难,于是他们最终摒弃前嫌,缔结和约,由仇人成为亲密的通婚族,一起生活在洛水之南的幽深峡谷之中。

侯冈颉之所以未能发现这两个氏族,正是因为他们的村社都非常隐秘,那是一条入口仅能容四五人通过且被树木遮挡住的幽深峡谷。

侯冈氏族之所以能获得他们的信任,盖因他的诉说首先斩获了他们的同情。侯冈颉将本氏族遭受神农氏族、大庭氏族戕害之事如实相告,而容成氏族和西陵氏族恰恰也是这两大氏族的受害者。

容成氏族对神农氏族没有一丝好感,尽管他们至今仍保持着在春耕时节祭祀神农大帝的习惯,那个擅长舞弄锋利刀刃的大庭氏族也是他们往日的仇敌。

“我们的第十代曾祖曾在大庭氏族之后担任天下的大君,这是当时参加会盟的五十四个氏族共同推举的结果。但是在我们氏族掌握天下大权仅仅五个年头之后,大庭氏族和神农氏族就在暗中勾结,他们联合起来将我们击败,理由竟是我们在祭祀祖先时没有使用最新鲜的祭品!

“当两族兴风作浪时,没有一个氏族站出来与我们并肩作战,似乎一切都是理所应当的。最终,我们的族长被赶下大君之位,我们的氏族也被逐出赤县大地。之后,我们长久地在旷野中无助地游走漂泊,长达三代人的时间都不能结束流浪生涯,其间遭受种种天灾人祸,这段悲惨的经历成为本氏族肉体和精神上无法磨灭的痛楚记忆!

“而大庭氏族,那个曾在氏族联盟大会上宣誓向我们效忠的大庭氏族,却在神农氏族的帮助之下成为天下的大君,担任了炎帝的职务。他们的丑恶行径给天下的氏族做了极坏的示范!”

侯冈颉哑然失笑。许多年后的今天,侯冈颉终于确认了大庭氏族担任过炎帝之职这一事实。他告诉容成氏族:大庭氏族已在一位残暴不堪的族长手中灰飞烟灭。并且他还坦白了大庭氏族遗民已成为侯冈氏族人的事实,并请求他们摒弃先祖遗留给他们的恩怨,不要让已经熄灭的复仇火种重新燃起。

容成氏族长淡然一笑,说:“我们的敌人是大庭氏,不是侯冈氏。”

或许是因祸得福,容成氏族在流亡过程中掌握了一样新的技能,这技能成为他们立足于世的重要资本。

因为长期处于迁徙流动之中,他们无法建造窑场,因此各类陶器就成为十分珍贵的物品。为了保护这些陶器,容成氏族人就地取材,用柳条、荆条缠绕在陶罐的外围,以保护它们免受坚硬物体的磕碰。后来这种技艺逐渐发展,最终让他们练就了编制藤质器皿的高超技艺,柳条、荆条乃至任何柔韧的枝丫、藤蔓都可以在他们手中化腐朽为神奇,变成一个个结实耐用的筐、篓等盛器,他们编制的最大竹筐,可以将整个人放进去。

西陵氏族在古时生活在呕丝之野,那里有大片大片的桑树,美味的桑葚是他们最钟爱的食物之一。但是桑树很容易就会招来一种肉嘟嘟的虫子,这虫子会毫不留情地啃噬桑叶,导致桑葚严重减产。

他们想尽一切办法想要除掉这种害虫,却依旧挡不住它们肆无忌惮地在桑树上繁衍生息。夏日里,满树都是它们的卵,洁白如云,温润如玉。

“我们愤怒地将这小东西揪下来丢到沸水中,誓要让其断子绝孙,可是……你猜怎么着?却意外地得到一团细腻而柔软的丝线!直到这时我们才知道,这小东西不是虫子的卵,而是虫子的衣服!哈哈,既然可以做虫子的衣服,为什么不能做人的衣服?

“我族中有个叫嫘的聪慧女子,决定找到一种方法,将这满树的害虫变为益虫,于是用了一年时间苦苦研究,终于发明了从蚕茧中取丝的方法,后来又用两年的时间研究,又受到纵横交错的叶脉的启发,创制了纺织的技艺,最终制成了普天之下、古往今来第一块精美的丝绸！

“从此以后，我族中那些心灵手巧的养蚕缫丝能手，皆被族人们尊称为嫘，而这位发明养蚕、取丝、织绸的姑娘，也被族人尊奉为蚕神，称为先蚕，或者是嫘祖，经常在我族的各种颂歌中出现，被认为是赐予天下人衣物而非兽皮的伟大女神！

“但是当我们获得这个重要的生存来源后不久，一个雄强有力的氏族联盟忽然从南方杀来，他们烧毁茂密的桑田，推倒高耸的祭坛，在西陵氏族的土地上胡作非为，唉……我族勇士都不是那些虎狼之师的对手。

“我们的族长让一部分勇士保护着掌握纺织技艺的女人们，带着桑苗、蚕种和孩子，顺着我们的母亲河逆流而上，向西北方向出逃，自己则带着剩下的老弱残兵与敌人周旋。据几个后来找到我们的幸存者说，族长将敌人引入深山老林，周旋了一个多月，等确认我们已经安全撤退，他们才杀出与敌人决一死战，以一敌十，击碎手中的石斧后，就用血肉之躯作为最后的武器，在杀掉对方三成兵力后才最终战败。他们的头颅被愤怒的敌人用石头砸得粉碎，因为敌人们想确认一下他们如此坚硬的脑袋里究竟装着什么东西。

“绝境逢生的西陵氏族不会忘记这位伟大的族长，我们将其奉为神灵，而且永远记住了那个逼我们进入绝境的氏族联盟长的称号——蚩尤！”

侯冈颉为两个氏族的历史而感动，内心深处感激与尊敬那些为族人的福祉而奉献自己聪明才智与不屈生命的先贤。他不禁感叹，但凡是人的事，皆出不去一个套子，所有的人都在这个套子里，无论善恶。他也将大檀族长和赤须智者的故事告知他们，两族族长不由感叹，无形中亲近对方，拉近了彼此的情感。

侯冈颉当然不是仅凭同病相怜就获取了两个氏族的接纳，两个氏族之所以同意侯冈氏和朔阳氏与他们共享这片山水，是因为侯冈颉告诉他们：侯冈氏族精通制皮工艺，而朔阳氏族则精通陶器制作，双方可以取彼之长，补己之短，合作互利。

容成氏族和西陵氏族不但看到了侯冈颉的胆识，还由此看到了他睦邻友好的诚意,大为感动,当即与侯冈颉缔结城下之盟,止息兵戈,宣布将洛南之地作为容成氏、西陵氏、侯冈氏、朔阳氏的共同家园。

之后的几个月间,四个氏族的交往日渐密切。他们相互传授各自氏族的传承技能:容成氏族和西陵氏族教会侯冈氏族、朔阳氏族编织藤制品和养蚕缫丝,侯冈氏族和朔阳氏族则教会对方加工兽皮和制作精美陶器,彼此之间几乎毫无保留。并且他们每隔半个月便聚在一起举行一次大型围猎,这是侯冈颉的提议,因为没有什么活动比并肩作战更能增进彼此的情谊了。

而侯冈颉最大的动作便是倡导四个氏族合力开发了更多位于洛水两岸的田地,并在上面种植各类适宜生长的谷子、黍子和高粱等庄稼。侯冈颉告诉四族族人:天下正在经历重大变革,将来的一切都将发生变化,如果一成不变,一味沿袭旧法,那等待他们的就只有死路一条,采集、狩猎乃至畜牧皆不足以壮大氏族,真正能让天下人摆脱生存困境的唯有农耕。

这一年的仲夏时节,西陵氏族和容成氏族就吃到了他们土地上出产的金瓜,对他们来说,那真是此生吃到的无上美味。

侯冈颉和侯冈氏族的到来让洛水之南呈现了与以往大不相同的气象,而每个氏族的每个人也都显现出崭新的面貌。如今不止侯冈氏族和朔阳氏族,即便是西陵氏族和容成氏族,在提及侯冈颉时,也是赞不绝口,视他为心目中的领袖。

这一日,容成氏和西陵氏带着礼物前来拜见侯冈颉,先是商议几天后的围猎,然后又提出带他去见一个人。

"谁?"侯冈颉问。

"一个很早就想见你的人。"

侯冈颉继续追问:"到底是谁?"

西陵氏族长忍不住嘴快,脱口而出:"我们的老祖母。"

侯冈颉一头雾水,心想,他们两个分属不同的氏族,怎么会有共同的老祖母?再问时,二人却无论如何都不肯说了。

二人带着侯冈颉进入了他们所居住的大峡谷。这里幽暗清凉,到处是甘洌的山泉,溪水边长满各种不知名的野果。他们一路前行,最终在峡谷的最深处找到一座小小的村社。村社中的房屋与外面的大不相同,既不是在黄土中挖掘的窑洞,也不是由树木搭建而成,而是由大片大片页岩堆垒,只有屋顶用到了一点木材。

继而,侯冈颉惊讶地发现,整个村社中竟然看不到一个成年男性,站在屋舍外面的不是女人便是蓬头稚子,不由心中暗自纳闷。

两位族长带着他来到一座与周边其他房屋没有什么区别的中央建筑,向阳面的墙壁上爬满了浓密的藤蔓,背阴处则长满了湿津津的肥厚青苔,门前竖立着一根高高的旗杆,上面挂着他们的图腾旗帜。侯冈颉抬头细看,依稀可见是只形象夸张的大青蛙。

两位族长将侯冈颉带进屋舍,而后在昏暗中看到一个人,待适应了眼前的黑暗,他终于看清楚了:那是一位老妇人。

西陵氏族长介绍说:“这位就是我们的老祖母。”

侯冈颉按照规矩给老妇人行了礼。

老妇人抬头看了侯冈颉一眼,而后发出清脆的笑声。

她已经老得看不出年龄,因为常规判断在她身上不适用,她的皮肉早已松弛,皱纹上面还有更细的皱纹,但同时又面色红润,精神矍铄,显示出孩童一般的旺盛活力。其实她已经有了第五代孙辈,而其中最年长者也已到了婚嫁的年龄。她坐在篝火旁,手法熟练地编织着由羊毛、树皮和茅草共同组成的绳索,绳索轻快地抖动着,像是一条充满活力的蛇。

她对谁都是笑嘻嘻的,因为她一直坚信:即便是凶恶的猛虎,也不吃面带笑容的人。她的笑声曾让她成功俘获过好几个男人的心,其中两个便是西陵氏族长和容成氏族长的曾祖父,不过距离现在最近的一次相好也是六十年前了,而那些男人也早已作古。

西陵氏族长又说道:“我们的老祖母是弇兹氏族的族长。”

侯冈颉听了不由一怔。尽管在此之前他从未见过弇兹氏族,但他曾无数次在智者的口中听到过这个氏族的名字,很多族人在用绳索捆绑东西时都不会忘记提一句:“我这样捆绑乃是弇兹氏族的诀窍!”

自古以来，鼻兹氏族就擅长对树皮、藤蔓等物品进行加工，他们以揉搓的方式做成了史上最早的绳索，同时他们还对自己的创造进行了近乎科学的分类：单股绳称玄，两股绳称兹，三股及以上则称索。

仅发明了绳索还不够，为了对绳索更好地利用，他们还发明了许多种捆绑以及打结的方法，据说有三百七十多种，用以应对不同的被束缚物，当然也包括人，尤其是男人——再强壮的男人也无法挣脱鼻兹氏的绳索。

男人是他们氏族仅次于食物的迫切需求。

千百年来，这个氏族仍然遵循着古老得不能再古老的传统，延续着自女娲氏、伏羲氏的母族华胥氏所处时代就已盛行的风俗：由女人来组建部落，并坚决树立女族长的统治权威。

与神农氏族、大庭氏族、西陵氏族、侯冈氏族皆不同，鼻兹氏族以人类的老祖母华胥氏的女儿女娲为她们的至高神，他们是早已不多见的母系氏族，时至今日仍然沿袭一种走婚制度。她们与没有血缘关系的外族男性通婚，男性族人一旦成年则立即被驱逐出族，没有哪个族人知道谁是自己的父亲，因为其母一旦确认怀孕，其父就会被赶回他自己的氏族，以至于他们的语言系统里没有父亲这个词，与之对应的是那个三条腿……而所有的族人都有一个共同的外祖母，也就是他们的老族长。

但与侯冈颉从某位智者那里听到的不同，在鼻兹氏族，大地之母女娲的形象不是细长的蛇，而是外形奇特的蛙：肚子硕大，四肢纤细，两腿之间是饱满而巨大的女阴。

鼻兹氏族人坚信：起初，女娲的外貌就是一只彻头彻尾的大蟾蜍，后来才慢慢有了人的模样。当父系氏族逐渐成为天下的主宰后，鼻兹氏族不得不开始与一些男性氏族发生交流，女娲手中随之又渐渐地多了一把尖锐的匕首，由与他们通婚的父系氏族所馈赠。据说匕首的原型其实就是男根，是父系氏族强加给这个母系氏族的新兴图腾。

侯冈颉发现这位如枯树一样的老祖母正盯着自己看，小小的眼睛明亮得像是天上的星辰。侯冈颉索性就这么站着，让她细细地看。

老祖母从眼睛看到手臂,从手臂看到双腿,又从双腿看回到手臂,看回到眼睛。嗯,不错,确实不错!这年轻人的眼睛是明亮的,那是智慧的象征;手臂是长而有力的,证明他勤于动手;双腿是强劲饱满的,可见他已踏遍千山万水。

老祖母点点头,冲两位族长道:“不错,果然是个不错的年轻人。我喜欢。”

两位族长随即对侯冈颉露出灿烂的笑容,那是一种“好事成了”的笑容。侯冈颉已经隐隐地意识到了什么。

“我们的老祖母决意打破规矩,将弇兹氏族最美丽的女子——白荣嫁给你,让她做你的妻子!”

侯冈颉终于确认了他们的用意,稍稍有些局促,一时之间不知该如何作答。

西陵氏族长笑道:“还不赶快感谢老祖母!你可是第一个从弇兹氏族娶走姑娘的人!”

侯冈颉这才恍然回过神来:弇兹氏族长是要打破他们氏族传承千百年的走婚制,改而引进男婚女嫁的规制,将他们的姑娘嫁到侯冈氏族!

他忽然有些受宠若惊。

侯冈颉历来尊重规矩和传统,他一直坚持认为,天地之间的万事万物只要存在,便有其合理之处。尽管几乎所有氏族都已树立男性权威,几乎所有氏族都在遵循男婚女嫁的习俗,但他仍然尊重这个传统到近乎顽固的女人天下。对于老祖母这样的恩遇,他下意识地想要拒绝,但是她和两位族长那带着笑容的神情分明是已经替他做出了决定。

他转念一想,弇兹氏族长是个充满智慧的老人,她绝不会轻易做出一个草率的决定。

侯冈颉遂问道:“老祖母忽然改掉祖宗的规矩,一定另有原因吧?”

弇兹氏族长笑着说:“老家伙有话直说,不藏着掖着。后生,先前你说天下要有大变故,守着列祖列宗的老规矩未见得就是好事。你这话说得对,很合我的心意。我早就占卜过不下十次,将来确实会有大灾难,一个妖王会从西方杀来,很多人会死去。但死去的人绝不会白死,因为有一个人会站出来,止息这场灾难,杀掉那个妖王。”

侯冈颉忽然想起当初赤须智者说过的那个预言:“很快就会从西方杀来一位大君,他将驾驭太阳和月亮,征服所有的土地!”

巧合是世界上最可怕的东西,赤须智者和弇兹氏族长的预言出现惊人的巧合,这让侯冈颉陷入一种不安。

这时,弇兹氏族长继续说道:“我思来想去,这个人莫非就是你小子?”

侯冈颉不知该如何作答,沉默不语。

弇兹氏族长忽然收敛笑容,以一种侯冈颉有些不习惯的严肃语气说道:“弇兹氏族终将消亡,就像当初的华胥氏、庖牺氏和女娲氏族一样,拦也拦不住,虽然说出来我老家伙挺不甘心,可这是事实。将来这天下是你们男人的,女人的时代早就结束了。”

侯冈颉听着老祖母的话,心中升腾起一股莫名的哀伤。

老族长接着说:“所以我想着,从现在起,将我族中的女子嫁到各个氏族中去,这样一来,弇兹氏族的名号虽然没了,可是父精母血生出来的小东西,到底还有弇兹氏族的血脉。这也算是我这最后一任族长为我弇兹氏族做出的一点贡献吧。”

侯冈颉点头,想了想,说:“我想见见姑娘。”

老祖母脸上的笑容就像是绽放的向日葵,不停地点头:“这个自然要见的,自然要见的!”

当那个名叫白荣的姑娘被带到侯冈颉的面前时,侯冈颉终于明白了“族中最美丽的女子”的含义。不,她不但是弇兹氏族最美丽的女子,也是他见过的所有氏族中最美丽的女子!他从没见过这么白皙的皮肤,如此明媚的笑容,那样清澈的眼神!除了他的母亲,他从未对另外一个女人生出这样的好感。

白荣若无其事地瞥了一眼侯冈颉,而后忍不住露出一个羞涩又略带促狭的笑容。她早就想一睹这位两个族长皆满口称赞的年轻族长的风采了,好奇心驱使她急于弄清楚这个青年究竟是个什么样的人物。如今她看到了,他就活生生地站在她的面前:身材高大,四肢强劲有力,初看有些木讷的样子,但那双狭长的眼睛却透着一股桀骜之气。

她只是微微一笑。

这笑容把在场所有人都弄蒙了,因为他们在这个笑容中看不出任何情感色彩:到底是喜欢还是不喜欢?

白荣对侯冈颉的初次见面谈不上喜欢,也谈不上不喜欢。在她眼中,这就是个看上去既不讨喜也不生厌的男人,唯一能让她有些动心的是他身上有一种淡淡的与众不同,但究竟是何不同,她又一时说不出来。

"白荣,你是开天辟地以来第一个出嫁到其他氏族的弇兹氏族人!"西陵氏族长的脸颊一片绯红,这让他的笑意显得更浓了。

白荣淡然一笑:"这有什么可自豪的,若是弇兹氏族像三百年前那样风光,我们还用这样外嫁吗?况且嫁与不嫁,也得我自己说了算。"

容成氏族长有些急了:"虽说我们都不敢强迫你,可这桩婚约是已经答应了侯冈氏族的,总不能……"

"是你们答应的,我可没答应!"白荣毫不客气地打断了容成氏族长的话。

容成氏族长不满地瞪了白荣一眼,却又无言以对。

弇兹氏族长呵呵笑起来,点头道:"这丫头的小脾气又上来了!不过她说得对,这事是我们擅自做的决定,事先并没有跟她商量,也怪不得她不服气。"

白荣偎依到老祖母身边,像个小姑娘似的撒娇:"老祖母,既然我是第一个出嫁的弇兹氏族人,那么,得让我来定一个出嫁的规矩。"

"说。"老祖母将手中的绳索放下,急着想看她的曾外孙女又要搞什么花样。

白荣随即一拍手,立刻从门外走进来一个笑嘻嘻的小姑娘,手中拿着一个什么东西。

白荣从小女孩手中接过那物件,在众人面前晃了晃,众人看清了,是一个乱七八糟的绳团。

“这是我用树皮和茅草做的绳子,一个不小心绳子打了结,这结又揉成了团,解了半天解不开,侯冈族长要想将我娶走,就帮我打开这个绳团吧。”

西陵氏族长拿过那绳团转着看了看,不由咂舌:“这么乱糟糟的,怎么解得开!”

容成氏族长的声音中还带着刚才的不满:“你的意思是如果侯冈氏族长打不开,你就不会嫁给他了?”

白荣看了侯冈颉一眼,脸上露出一个挑衅的笑容:“嫁是会嫁的,不过他要是解不开就把我给领走了,这一辈子就别指望我能瞧得起他!以后他就得什么都听我的,我要他做什么,他就得做什么;我叫他上东,他不能往西;我要他上天,他不能入地。”

容成氏族长更着急了:“你干脆做侯冈氏族的族长算了!”

白荣脖子一扭:“也不是不可以啊!这样我就去侯冈氏族做个女族长!你们别忘了,我们弇兹氏族从华胥氏老祖母起就一直是女族长!”

容成氏族长被驳得哑口无言,西陵氏族长悄悄碰了碰他的手,使个眼色,示意他不要跟白荣做毫无胜算的口舌之争。容成氏族长无奈,只好忍气吞声。

白荣脑袋一歪,用下巴一指侯冈颉:“怎么样?”美丽非凡的眉眼之间依然充满挑衅的意味。

侯冈颉遂从西陵氏族长手中拿过麻绳细看,发现这条绳索显然是被人故意弄成团的,乱得像是一个鸟窝。当年,大檀族长和赤须智者皆教他在绳索上下过功夫,比如如何打绳结,如何解绳结,这些都是非常需要动脑子的事。侯冈颉盯着手中的绳团,冥思苦想。

他从腰上抽出石刀,手起刀落,无声无息之间,绳团被一分为二,落在地上,分散为无数条短绳。随即,他冲白荣一笑:“看,解开了。”

白荣脸上现出怒色:“你这是耍赖!”

侯冈颉一笑:“姑娘又何尝不是耍赖呢?那个绳团是姑娘花了多少心思才弄得那么乱的?姑娘如何待我,我便如何待姑娘了。”

白荣脸上的怒色慢慢消失,渐渐浮出笑意,走到侯冈颉面前,睁大了眼睛盯着他。侯冈颉面不改色,泰然自若地与之对视。他们在对方的眼睛里看着自己的影子。白荣忽然莞尔一笑,说出一句话:"我跟你走,我的男人,我的族长。"

夫妇二人临行前,弇兹氏族长命人举行了盛大的仪式,以此送别族中第一个出嫁的女子。这仪式以往只在外族男人进入他们氏族并决定跟族中女子交合时才会举行。在老祖母的指挥下,这群恪守传统的女人虔诚地默念那上古流传、暗含隐晦意义的祷文:

大哉娲皇,
炼石抟土,
补天造人,
功在治极。
是大母神,
是大战神,
是大族祖神,
是无上上神。
庇佑我族,
所获丰盈,
花开水涨,
子孙繁盛!

歌调悲壮苍凉,老祖母神态肃穆,图腾旗帜在她头顶随着大风呼啦啦翻卷飘扬。看着女人们在神圣的宗教情怀中忘乎所以地舞蹈、歌唱,侯冈颉又想到老祖母为血脉传承而做出的有悖传统的决定,猛然意识到:人其实一直都没有改变,却又一直都在改变。

侯冈颉带着妻子白荣回到侯冈氏族。族人们欢呼雀跃,欢迎他们部落的美丽新娘。朔阳氏族、西陵氏族和容成氏族皆送来贵重的礼品,同时不忘记祝福他们早日诞下氏族的血脉。因为对他们来说,血脉传承才是婚姻最本真的用意。

母亲倍感欣慰，却又因此而落泪，从此以后，她的儿子就是真正的男人了。

白荣像拥抱自己母亲一样拥抱了侯冈颉的母亲。从今以后，她也是自己的母亲了。婚姻让两个不同的氏族变成了血脉相连的至亲。

族人们载歌载舞，盛大的篝火晚会一直持续到月落乌啼，而后人们自发地散去，并在屋舍中保持着安静，喜悦以一种十分有趣的宁静弥漫在空气中，这是他们为新婚夫妇做出的默契举动。

夜色深沉，暖风吹拂，侯冈颉和白荣手牵着手，来到洛水之滨。早有人将这里清理干净，因为这里将是他们的合欢之地，他们要在这里孕育氏族新的生机。

温暖的潮水打湿了河岸的浓密草丛，于黑暗中温柔地抚摸坚硬的上古磐石。

凭借造物主赋予人类的本能，他们颤抖着热烈相拥，在摸索中将身体严丝合缝地贴在一起，舌头热烈地缠绵相拥，双手如狩猎的花豹匍匐游走，嗅探着对方的每一处领地。无须再宽衣解带，因为衣物早在他们碰到彼此之前就被脱掉了，他们袒露胸怀，每一处私密领地都为二者所共有。

大地发出吱吱呀呀的声响，天空扑扑簌簌地落下灰尘。两人在天地之间滚来滚去，歇斯底里，不顾一切，从白雪皑皑的昆仑之巅滚到碧波滔天的东海之滨，从艳阳高照的阳春三月滚到万里丰饶的九月金秋，天地更易，斗转星移，岁月变迁，沧海桑田……一切都不重要了，唯有欢乐源源不断地升腾，才是所有男人和女人执着追求的永恒真理。他们忽然发现，自己从来没有如此幸福过，身体深处的热流似乎要喷涌而出，那是一股股让他们愉悦不已的力量源泉！

浓密的草丛中浮起温暖的潮水，淹没了坚硬的岩石。岩石傲然挺立，在大水中激荡起欢快的浪花。一群鱼儿快乐地跳跃在岩石与河水之间，闪烁着晶莹的银白色光华。

两个人在狂风暴雨之后，不由得跪起身来，向着天空虔心礼赞：

这真是造物主对人类伟大的馈赠！

突如其来的爱情滋润着侯冈颉，白荣的到来也让他迎来自己的新生。自从有了这个女人，天地之间的一切都变得美丽，那些常让他感到沉重的阴郁事物再也无法发挥效力，明媚的阳光永远照射大地，灿烂的花朵长久绽放心田。

看着妻子矫健的身姿、如花的面庞，侯冈颉时常在内心充满了感激，这种感激与对母亲的感恩又有所不同。

当族中繁忙的事务处理完毕后，侯冈颉和白荣会携手在洛水之滨漫步。漫步的过程也是侯冈颉紧锣密鼓地进行他伟大课题的时候。白荣常常指着自己看到的每一个事物，问侯冈颉该怎么写，侯冈颉便轻轻地抓住白荣的手指，在地上写给她看。而更多的时候，白荣会静静地挽着丈夫的胳膊，饶有兴趣地听他在思考中喃喃自语。

一日，二人小心涉过洛水，来到北岸的阳虚山下。这是一座石山，并非高大的山体，却陡峭异常，山下遍布碎石。侯冈颉喜欢用这些石头在平整的山体上写写画画，石头摩擦而出现的白色线条常让他有极强的成就感。

二人手挽着手，先是在山下漫步，来来回回走了许久，都沉默不语。侯冈颉在思考着新的造字之法，一般情况下，白荣不会轻易打断他的思路，但今天她却玩心大发，忽然笑嘻嘻地问侯冈颉："阿颉，你告诉我，世上最美好的事是什么？"

侯冈颉知道白荣这样问是因为她心中早有答案，于是故意反问："你说呢？"

白荣不假思索地说："世上最美好的事，就是你和我手挽着手！"

侯冈颉哑然失笑，刚要跟她开个玩笑，却忽然灵光一闪，白荣的话在他脑海中激起一道闪电："你和我手挽着手！"

白荣看了侯冈颉的神情，便知道他一定是又有了什么新想法，遂沉默不语，安静地望着他。

侯冈颉随手拿起一块石头，一边思考一边自说自话，同时将自己的想法刻画在石壁上："你和我，一个男人，一个女人，手牵手站在一起……这个图案代表男人，这个图案代表女人，这便是一个好！"

侯冈颉随即放声大笑，拉着白荣的手，指着石壁上的好字，兴奋地高声大叫："阿荣你看！这个女人是你，这个男子是我，你我手牵着手，你我在一起，这便是最美好的事，而这个新的文字也就是好字！"

白荣看着侯冈颉兴奋不已的样子，莞尔一笑："这也是巧了，若不是我问你这个问题，你也不能想出这个字来了——难道真是祖先显灵了？"

侯冈颉的兴奋却不止于此，他激动地说："如果仅仅是一个字，那倒也罢了！让我高兴的是，你这一问，让我发现了一种新的造字法！之前，我用取事物外形的方法，造出日、月、山、人、鸟、戈、刀等字，后来又在此法之上推演出另一种新的造字法，造出凶、一、上、下、大、中、刃等字。可是这两种方法仍有不足之处，比如好这个字，是难以用以上两种方法造出来的。"

白荣饶有兴趣地望着自己的丈夫，歪着脑袋问："那么，用这种方法又可以造出多少字来呢？"

侯冈颉想了想，在石壁上写下一个武字，一边写一边解释道："这是一个戈字，也就是我创制的那种武器，下面这个勾代表脚指头，这个字也就是一个人拿着武器向前奔走！你说，他要去做什么？"

"战斗！"白荣脱口而出。

"对！战斗！所以这个字就可以代表出征作战，就是战斗的武字。"

白荣不由兴奋地拍手道："有意思，像是在说一个故事！趁着新鲜，再写一个吧！"

侯冈颉想了想，眺望远山那片郁郁葱葱的原始丛林，随即又在石壁上写下一个森字："这是一棵树，再加上一棵，然后再加上一棵。很多棵树聚在一起，是什么？"

白荣也看到了远处的丛林，随即说道："丛林！"

"对！"侯冈颉大笑，"这个字就是代表树林的森字！"

白荣有些兴奋，也顺着侯冈颉的思路开始了自己的创造："如果三个人在一起，那不就是众了？"

侯冈颉大笑，连连点头，忍不住夸赞白荣："好家伙，看来就是没有我,将来也有一位白荣姑娘造字,福泽天下啊!"

白荣得意地一扭脖子。

侯冈颉随即对这种造字法进行整理,按照这种思路一口气造出歪、尖、囚、苗等十几个这样的字。这种造字法将已经存在的象形字和指事字按照一定的方式进行组合,根据它们之间的关联性表达出新的含义。后世的人们将称之为会意法。

侯冈颉有时候会想:或许阿荣就是天神为了帮助我而派来的使者吧!

此后三年,侯冈颉几乎每日都要在阳虚山下推演他的造字之法,他废寝忘食到了近乎疯狂的地步,常在炎炎夏日被汗水淹没,数九寒冬又被霜雪冻坏手脚,吃喝也在这里解决。他的双脚几乎踏平了阳虚山下每一块尖锐的石头,他的手不知在石壁上画出多少道横线竖线,人们从不担心找不到他们的族长,因为他的身影只会出现在阳虚山下……他对自己的创造近乎痴迷,除了文字,脑袋里再无任何事。

一次,白荣实在是担心他的身体,便在洛水南岸呼唤他回村社:"阿颉!该走了!"

他不假思索便高声回应道:"走字早有了!一个人迈开双腿,就是个走字!"

白荣哭笑不得,毫无办法,只能尽自己所能支持她的男人。侯冈颉作为氏族族长的所有重担,几乎一股脑地落在了这个女人的肩上。身为弇兹氏族才华最为出众的女子,她不负所托,将氏族事务打理得井井有条,获得了族人们的一致称赞。

时间和坚持给予侯冈颉丰厚的回报,最终让他找到了一种最为重要的造字之法,他对现有的三种造字法——象形、指事、会意进行归纳整理,将已成形的这三类文字按照字形与字音的协同进行组合,即一个字由表示事物类别的形旁和表示读音的声旁共同组合而成。

这一造字法诞生后,侯冈颉忽然发现一切都变得无比顺畅,大量难以构思出来的字如雨后春笋般一个个冒了出来:柱、睁、璋、蛛、昭、沾、肿……

很快,这种字就超越了前面三种字的总数,成为侯冈颉所造文字的主力。在将来,他的后裔们会称这种字为形声字,它们占据整个文字系统的十之七八,以至于由此而诞生了“山东秀才念字边”的俏皮谚语。

而后,侯冈颉决定将文字作为侯冈氏族最重要的礼物,馈赠给生活在洛水之南的四个氏族。

这年的金秋时节,侯冈颉召集四族族长,宣布今后将举行一种新的仪式,各族智者以及求学心盛的族人皆可前往,由他本人亲自教授文字。一时之间,人们对这种奇形怪状却包罗万象的新事物趋之若鹜。

那些年迈的智者们毕竟拥有常人所没有的气度与见识,当他们领略到文字的魅力之后,无不泪流满面,皆认为找到了一种可以代替口头史诗和结绳记事去彰往考来、上达天庭的利器。他们用自己刚刚学到的文字写下虔诚的寄语,焚烧给他们的至高天神与列祖列宗。

这个秋季,天清气爽,一场瓢泼大雨突然降临,之后便一直艳阳高照。白色日光从早到晚温暖地亲吻着田地里的庄稼,短短半个月,那些谷子、黍子和高粱就在雨水和阳光的作用下迅速成长,膨胀得犹如受到惊吓的河豚。不久之后,人们便在金黄田地中发现了双头的谷穗,而且不止一棵、两棵,而是无数棵。

“天降祥瑞,地生嘉禾。”

侯冈氏族、朔阳氏族和西陵氏族的智者都将这八个字写到了他们的氏族籍册上,以记载这个自文字诞生以来的第一个盛世景象。

而一贯喜欢夸张修辞的容成氏族则用了六个字,记载自侯冈颉创制文字以来所产生的一系列祥瑞征兆:“天雨粟,鬼夜哭。”他们声称:侯冈颉所创制的文字具有任何祭品、神器和仪式都不具有的神力,甚至可以连接天、地、人三才,达到天人感应的目的,因此天神布撒谷穗以示嘉奖,而鬼怪邪祟则因畏惧文字的通神正气而吓得鬼哭狼嚎。

然而这些并不是侯冈颉最关心的,在他眼中,文字的最大功用莫过于使得他们摆脱了结绳记事的束缚,改而在竹板、龟甲、兽皮、绸布上去记录更为翔实的资料。

而这正是后世史书的前身。

之后，在弇兹氏族老族长的倡议下，西陵氏、容成氏、朔阳氏等族皆同意组建一个氏族联盟，并由侯冈颉担任他们的联盟长。侯冈颉坚辞不受，他甚至不想组建联盟，从而破坏各个氏族的独立传承。

对于他的这种执念，白荣为他打了一个绳索的比喻："弇兹氏族为何要发明三股绳？因为三条绳缠在一起，总比一条绳结实得多！"

侯冈颉恍然大悟，遂接受了各族的建议。但是在成为联盟长之前，他向各族提出一个要求：制定盟约，以盟约作为氏族联盟的至高准绳，各个氏族皆要严格遵从。各族皆同意了。

而后，用了一个月的时间，侯冈颉制定了侯冈氏氏族联盟的盟约，命族中善篆刻者将其刻在一块巨石之上，并要求所有联盟成员铭记于心。盟约如下：

不杀二毛，不杀稚子；

不取他族草场，不断上游河流；

有难共赴，共享其成；

不私盟，不背盟；

违约者，共戮其身。

侯冈颉并不盲目信任任何人，在他心中，任何人都有可能做出像大庭解刀和神农大石那样的坏事，所以他要以至高盟约的形式确立一种威仪，让那些心存恶念之人心生畏惧，让他体会到作恶的代价，进而斩断他们作恶的念头。

侯冈颉立在自己制定的盟约前，看着上面的每一个字，猛然想到，或许这才是"鬼夜哭"的真实意义吧！

此后七年，洛水之南一片盎然生机，侯冈氏氏族联盟日渐强盛，农耕文明的光辉普照大地，如今的五族之民已与三年前截然不同，他们已在一种神奇力量的推动下焕发生机，而白荣则为侯冈颉生下两个儿子和一个女儿。

第八年春汛时节，洛水一如往年定期泛滥，但水势却比之前明显增长。侯冈颉遂率领五族族人共同治水，修河堤，开渠道，历经二十一天，终将洪水平息。

而在治水这一工程的末期，当洛水水位下降后，人们忽然发现身处治水第一线的侯冈颉身旁似乎游弋着什么东西，皆大惊。侯冈颉也觉察脚下的异动，遂低头一看，不禁诧异万分：脚下是一只背幅足有四步宽的白色大龟！

大龟划动四脚，平稳而缓慢地向岸边移动，竟平安地将侯冈颉驮到了河岸上。侯冈颉从龟背上跳下来，再一细看，赫然发现龟背上隐隐刻着某种奇怪的纹样，于是更为惊异。这时，族人们围了上来，对大龟指指点点，议论纷纷。

侯冈颉对这大龟的来历一无所知，于是就此询问了族中所有的智者，可就连最年老的大耳智者都不知道此为何物。

最终，侯冈颉还是在弇兹氏族老祖母那里得到了一个答案：相传伏羲氏曾得到两样天神所赐的宝物，其中一个在黄河之中，由龙马背负而出，名为河图；另外一个便在此河中，由一只灵龟背负而出，其名已经不可考。这两样东西是伏羲氏创制八卦的基石。

侯冈颉恍然大悟，抚摸着龟背上凹凸不平的纹理，似乎还能感受到伏羲氏指尖的温度，随之将龟背上的纹样描摹下来，说："此白龟从洛水中出，便称此纹样为洛书吧！"而后将白龟投放洛水之中，目送它游弋而去，最终消失在荡荡水面。然后，侯冈颉亲自将纹样刻在了山间所产的红绿玛瑙上。

五族族人皆认定洛书是上天厚待他们的联盟长侯冈颉的最佳佐证："除了伏羲氏，谁还能得到这样的恩遇？"随之，他们对侯冈颉产生一种近乎崇拜的情愫，而一些智者坚称：侯冈颉已具有了匹敌上古先贤的德行！于是五族智者经过商议，决意效法炎帝的称号，为他们的联盟长侯冈颉议定尊号。

大耳智者说："洛南之地郁郁葱葱，一派苍翠，而此时又是春神当值之时，绿意盎然，且盟长侯冈颉具化育万物之德行，此为木德。因此，当为盟长上尊号曰仓帝。"

其时，侯冈氏及其他氏族称呼草木青翠时，其发音为 cang，但此时侯冈颉尚未造出与之对应的字，因此仓帝一词只出现在口语之中。

在来到洛水之南的第十个春秋，侯冈颉接受五个氏族的请求，最终承担了仓帝的称号，成为洛南沃土的唯一大君。而洛南之地的族人们再称呼侯冈颉时，往往将其尊号与人名并称，呼之为仓颉。

仓颉这个称呼是人们对侯冈颉至大功勋与仁恕德行的最高赞美。

# 第三章 文明

临终前，黄帝问仓颉：“我死后，有多少人会记得我？后世的人们也许会把我忘得干干净净吧？”

仓颉摇头，肯定地说：“不会，相反会有无数人将大君铭记于心。一千年后，三千年后，五千年后，人们都会因为是你的子孙而感到光荣。”

## 1

# 轩 辕

在成为洛南之地大君的第二个年头，仓颉开始着手做一件在他看来更为重要的事：编撰史书。

他是结绳记事的终结者，如今已经掌握文字玄妙的他要为天地立心，以文字作为天地之道、圣人之言的载体，以宏大叙事书写古往今来第一部信史。

在他的宏伟计划中，这部信史应当记载伏羲氏时代、神农氏时代以及当世的著名氏族、伟大先贤以及臭名昭著的恶人。伏羲时代的中心人物自然是伏羲氏，此外还有比伏羲更为久远的华胥氏、燧人氏、有巢氏；神农时代的中心人物则是神农氏；而当世的中心人物则被他设置为神农大石，除了神农大石，还有九黎蚩尤、侯冈大檀、大庭解刀以及所有参与三次大规模战争的氏族。

除了文字，他还要发挥图画的巨大功效，毕竟智者们给他看的那些上古时期的岩画曾深深震撼过他的灵魂，因此绘画可以更为方便地将每个氏族的图腾以及他们所使用的武器、农具和其他器具全都详细地描绘下来，作为深入了解其世代、其人文的重要依据。

他的资料来源于结绳记事，来源于石洞岩画，来源于口口相传的传奇和颂歌。经过日复一日的翻阅、调查和研究，他在脑海中清晰地描绘出一幅从太古洪荒到人文初盛的恢宏画卷，当他如造物主一般俯察自女娲造人以来的每一个重大历史事件后，却惊诧地得出一个结论：一直以来，人类都在做一件事——不停地用左手按下拿刀的右手。

他陷入长久的沉思，试图找出这一结论的意义所在，最终他弄明白了一件事：每个时代所呈现出来的面貌，都是人类体内的野蛮兽性与其灵魂深处的光辉神性博弈的结果，二者皆无法完全剔除。人类就是这样，携带着与生俱来的野蛮兽性，不断斗争与剥离，去向往和追寻光辉神性，由此步入人类发展的漫漫征途。

人是万物之灵长，是如此与众不同的存在。他美善起来，就像春天里盛开的花朵般绚烂；他丑恶起来，就像腐烂尸体上蠕动的蛆虫。

正因如此，他更要尽快书写这部信史，他急切地要在所有的信史中树立一个新的图腾。

随之，他排除一切杂念，摒弃一切纷扰，在与阳虚山隔洛水相望的元扈山上开始了他这一气势磅礴、经天纬地的书作。

在写下第一个字的半年之后，他的恢宏著作已经有了一个漂亮的开篇，且已得到五族中智者们的祝福和赞美。但就在这开篇之作完成之后没多久，洛水之南的广袤大地上又忽然风起云涌。

那一天，他正率领族人们在田中收割他们丰收的粮食，忽然一名斥候急匆匆地从北方跑来。即便是最太平的岁月，仓颉也没有放松对外界的警惕，机警的斥候常年在领地四周巡查。这名斥候一边奔跑一边惊慌地大叫："敌人入寇！敌人入寇！"

人们一下子陷入惶恐之中，唯有仓颉依旧镇定自若，让女人和孩子迅速赶回村社，自己则带着族中的男人们手持武器前去一探究竟。在北部的高大山脉下，在他们也曾暂作休息的山麓斜坡上，布满了密密麻麻的人。整个山坡上全是人，看上去几乎与他们五个氏族的人口数量相当。

他们的出现引起了对方的恐慌，仓颉清楚地听到了他们女人的惊叫声和孩子的哭泣声，可以想见无尽的恐惧在他们体内不断地发酵。待走近之后更是发现，对方一个个衣衫褴褛，横七竖八地或是蹲着或是趴着，在地上苟延残喘，像是乞食的山犬。

仓颉由此得知，这些人不过和曾经的他们一样，是在窘境中流落至此的异乡人，遂萌发善心，决意对他们热心相待，并上前招呼。而这些人显然对来者充满戒心，一个个警觉地站起来，拿起武器，握紧了拳头。

“这里是侯冈氏族及其四族同盟的领地，我是盟长，此地的大君。远道而来的朋友，请告知你们的族号与来历。”仓颉不想因自己的语言而让对方产生误会，继而引发不必要的恐慌甚至是冲突，因此面对这些人时他面带笑容，且声音温和。

对方看到了仓颉的善意，放松了警惕，他们的族长站了出来。

“我们来自西方，是彤鱼氏族，与我同来的还有三个氏族，我们是血脉相连的通婚族，来到此地并无任何恶意。”为了表示诚意，彤鱼氏族长主动交出了自己的武器，将其放在了仓颉的脚下。

“我们忍饥挨饿，从遥远的西方来，不知道走了多远的路，最终在一头白鹿的带领下来到这里。恳请你们给我们划一片草场，我们希望能继续活下去！”彤鱼氏族长声音哽咽，言辞恳切，让人为之动容。

仓颉暂且没有回答，命族人给他们准备粮食和饮水，然后在村社中召集了所有的族长和智者，商议彤鱼氏等族的去留。

在众人发表观点之前，仓颉先表明了自己的态度：“我认为，我们应该像当初西陵氏和容成氏接纳我们一样，接纳彤鱼氏族。”

此言一出，侯冈氏族的智者们便没了话说，因为他们深知一个氏族居无定所的苦楚，因此不想在自身已经安逸的情况下，眼睁睁看着新来的这个氏族遭受他们曾经的苦难。

西陵氏族长说：“可是他们人多势众，万一日后联合起来与我们对抗，该怎么办？”

仓颉说：“尽管是做好事，却不能不加以防备。我们可以将他们四个氏族分散开来，而我们五家横亘在他们之间，形成一道屏障。这样一来，我们就大可放心了，而且我也不认为他们会做出什么恶事来。”

西陵氏族长努了努嘴，嘀咕一声：“防人之心不可无……”

继而容成氏族长又道：“可是我们的土地就那么多，难说能养得活这么多人!”

仓颉道:“如果还像以往那样,仅依靠采集和射猎,这片山水绝对无法养活九个氏族,可是你们忘了?如今我们还有农耕!农耕的优势便是不惧人多,人越多,我们能开垦的土地就越多。洛水沿岸的大片河滩地以及台原上的那些平地,只要稍加开垦,便是良田阡陌!洛南山水秀美,土物丰饶,再多的人也养得起!”

众人被说动了,皆不言语。

仓颉趁热打铁,又说:“人口多,力量便强大。将来洛水再泛滥之时,我们便有了更多的人参与治水,届时,我们便不必遭受那么多苦累。而且一旦将来再有强敌来犯,我们人多势众,也大可不必惧怕!”

众人见仓颉说得合乎情理,遂再无异议,于是划定疆界,将四个氏族分别安置到他们的土地上。四族主动请求结盟,与朔阳氏、西陵氏等族一样,尊仓颉为大君。

一日,仓颉与彤鱼氏族长交谈,希望能从其讲述中获取更多见识,亦想知道他们颠沛流离的原因。仓颉的母亲却赫然发现彤鱼氏族长的语调正是自己一生都不会忘记的乡音。她来到彤鱼氏族长面前,尽管时隔多年,她还是认出了那熟悉的脸庞——那道深深的伤疤提醒她,此人正是自己的血亲!随即惊叫一声,而错愕的彤鱼氏族长也激动地认出了自己的妹妹。

他们紧紧相拥,因喜悦而放声痛哭。

仓颉欣喜于母亲和族人的团聚,上前拥抱他的舅父彤鱼氏族长,安慰他们一番,又道:“母亲从未讲过身在彤鱼氏族时的事。”

母亲脸上露出不愿回首往事的痛苦表情。彤鱼氏族长想接过话头讲述当年发生的事,母亲却忽然深吸一口气,鼓起勇气,主动将当年自己所遭受的伤害说了出来。

“那时,我们彤鱼氏族生活在距离这里至少二十天路程的西北方,在一座高山脚下,一条河的上游,我们的祖先至少已在那里生活了三百年。那里的人聪明、勤劳、善良,我们的一位老祖母发明了许多烹饪方法,让饮食变得美味可口,还用竹子做了箸,让我们免去了吃热食时烫伤手指的麻烦。

“我从小就在那里生活，跟着族人在河里捕鱼，在山下放牧，晚上我们有美味的鱼肉和羊肉，还有智者给我们讲故事。直到有一天，一个凶狠的氏族乘坐皮革制成的小船出现在我们的河边，他们冲入我们的村社，见人就杀，不放过每一个人。老族长带着男人们加入战斗，女人和孩子们则撤往山中，但很快他们就战胜了我们的男人，族长下令年龄不满二十者保护着女人一起撤逃，我兄长即是其一。在逃往山中的途中，一股敌人杀了出来，兄长为了保护我，让我骑在马上，逃了出来……”

“马?”仓颉对这个词感到陌生，“难道当时人们所说的瑞兽就是马?”

母亲点头。

“马是西方以及西北方很多氏族都会豢养的牲畜，像是驴子但是双蹄，像是鹿但是没有角，没有牛力气大，却比牛跑得快。咱们这里从没见过这种野兽，所以大家都不知道，当时智者坚称这是瑞兽，而且……为了自保，我也没有跟大家说其实这是一种在西方很常见的牲畜。”

母亲说着更加动容，眼睛再次湿润。

仓颉并不知道母亲还有这样的往事，心中酸楚，伸出胳膊轻轻搂住她的肩头。

“那些人太强了，他们手中的武器都是我们从来没有见过的，我以为我的族人们就此离我而去了，因此也断绝了回去的念头，没想到这么多年后还能在这里相遇!”

母亲的眼泪流了下来，仓颉轻轻为其拭去，又问彤鱼氏族长：“舅父，后来又发生了什么事?”

彤鱼氏族长说道：“我们的斥候向距离最近的两个氏族同盟求援。其中一个采取观望，弃我们于不顾，而另外一个方雷氏迅速举族前来援救。老族长死后，我的哥哥继任族长之位，联合两个氏族，一点点干掉了那个氏族的精锐勇士，最终将他们赶了回去。”

“但是不久后他们就卷土重来，还带来一个更为强盛的氏族——

一个氏族联盟。我们不是他们的对手,成为他们的附庸,在他们手下生活了十几年,为他们养马,吃尽了苦头!最终,在我哥哥被他们杀死后,我就暗暗发誓,一定要带着我们的族人逃脱他们的控制,过我们自己的生活。

“经过几个月的秘密活动,我们联络了其他三个氏族,趁他们不备而出逃。可是逃出之后我们才发现,从东到西,到处都是他们的势力!他们的爪牙已经遍布了整个大地!”

彤鱼氏族长说着,脸上露出惊恐的神色,显然是对流徙途中的经历见闻依旧心有余悸。

仓颉忽然意识到:身处洛水之南的这些年,如同困在一座孤岛上,我和我的族人错过了许多事,洛南山水之外的广大地域,正经历着怎样巨大的动荡?

事实上,早在仓颉成为大君的那一年,赤县之氏族就已经开始听到一些风声。短短两年之后,西方便已是阴云密布,如鬼魅一般的不安隐匿其后,各种扰乱人心的恐怖传闻甚嚣尘上:北方部落中的智者们放出消息说是玄武裂变导致的龟蛇大战;南方部落传说是饕餮巨兽在震怒中要吞掉全天下;东方部落则说是苍龙出水,福祸难料……随着这恐怖传闻中的各种诡异故事逐渐丰满,越来越多残破不堪、苟延残喘的氏族在巨大的恐惧中,在让人喘不过气来的压抑中,不断向东方迁徙。

仓颉听到这消息,立刻警觉起来。在这年头,什么稀奇古怪的事都可能发生,什么闻所未闻的人都可能出现。他意识到问题的严重性,随即向舅父询问更为详细的消息。彤鱼氏族长遂召集四个氏族的族长和智者,告诉他们要对大君仓颉知无不言。众人你一言我一语,将自己所闻、所见、所知毫无保留地告诉仓颉。这种谈话整整进行了三天,最终让仓颉得到了更为可信的消息。

“在遥远的地方崛起了一位雄武的大君,他麾下有无数好战的嗜血勇士,他们的性格是好大喜功,他们的信条是穷兵黩武,他们的目的只有一个,那就是收获天下人的恐惧与疆土。作为一系列恐怖阴云的来源,这个横空出世的部落是与我们截然不同的族群。

“他们自称西土之人，来自遥远的西方，比侯冈氏族所知道的最西方还要遥远。那里到处是黄沙，却物产丰饶，以至于能孕育出最伟大的氏族，不但人口众多，而且个个身强体壮。这一切皆拜丰富的粮食和肉食所赐，因为他们不但善于耕种，还拥有高超的畜牧技术，豢养的皆是闻所未闻的大型牲畜，它们跑起来就像是在飞翔。

“他们不再满足于有巢氏以来矮小易燃的屋舍，而是用烈火将当地的黄沙变成了坚硬的石头，堆垒出如山峰一般高大雄伟的建筑。成群的屋舍组成了比寻常村社大得多的聚落，大到可以装下上百个村社，它被称为城池。那里有很多这样的城池，彼此之间以界石相隔，每个城池都有城中的居民们虔心信仰的大祖神或大战神。

“他们还有能力挖掘出丝毫不逊于天然有之的河流，名为运河，而后用它将珍贵的水源引到他们的城池和田野，供他们饮用、运输以及农田灌溉，河流上常年通行着不同形制和大小的船舶。

“他们喜欢将目光投向幽远的夜空，因此得以在伏羲氏的基础上推进星相占卜的发展，不但占卜谶纬之说盛行，还制定出了伟大的历法，用历法来指挥农时。

“他们用火烧化石头，从里面取出一种如阳光般耀眼的精华，称之为铜，他们用铜制作武器，还制作一种名为战车的大家伙，由四匹马拉驾，所向披靡。他们严格管控青铜冶炼技术，封锁所有与之相关的消息，将这些技术垄断在本族群手中。

“他们是自己人眼中无往不利的战神，是敌人眼中无恶不作的妖魔。他们的某位大君曾说过这样的话，‘我用敌人之尸体，无论贵贱男女，填满山谷；我砍去敌人之头颅，用以装饰我的都邑；无论丛林还是农田，村社还是城池，我最爱将其付之一炬；我热衷于撕剥人皮，以铺满我的土地；我把男人钉在树上，我把女人砌进墙中，我把婴孩吞到肚里……’更可怕的是他言出必行，每个被征服的氏族都饱受恐惧的折磨。

“在与他们打过交道的氏族的诗歌中，他们被描述为杀人如砍瓜切菜的妖物，有的氏族称之为旱魃，因为他们像旱魃一样，所过之处寸草不生，尸横遍野，瘟疫肆虐。他们杀人近乎狂欢，因为他们的部落会按照杀人数量定义身份和等级。每到一片新土地,他们就毫不留情地对他们的敌人实施最残忍的戕害,割耳割鼻、断手断脚、剖心挖肺……种种酷刑,令人胆战心惊。但是,他们只杀那些年轻体壮的男人,没有作战能力的儿童和老人不在他们的杀戮范畴之内,而女人则是他们最重要的战利品之一,另外一个是食物。他们从不吃人。

"他们将这些骇人听闻的真实故事按照他们的审美情趣进行艺术加工,创作成气势恢宏而又朗朗上口的诗句,每个章句中都有死亡、鲜血、头颅等摄人心魄的字眼。他们有一支专门咏唱这种诗歌的队伍,声音洪亮无比,气势雄伟,很多部落在听到他们的歌唱后就失去了战斗能力,未经交手便乖乖地缴械投降。

"别人眼中的残暴恰恰是他们的荣耀。他们的车轮碾轧了许多不肯臣服的部落,而对那些胆敢起身反抗的人,则会施以更为严厉的惩罚,杀死他们的人,烧掉他们的村社,断绝他们的血脉,将他们从大地上抹去……总之,就是要让他们不复存在,永远消失。

"他们的部落由至少九十九个氏族组成,而长久以来居于统治地位的是轩辕氏。轩辕氏本为有熊氏,因为他们的先祖曾从一头怪兽口中救下一群熊,这群熊知恩图报,向其俯伏叩拜,尊其为主人,而他们亦开始驱使熊作为他们的战兽,用以征伐敌对部落,由此声威渐大,而熊就顺理成章地成为他们的图腾。也不知过了几世几代,他们的一位族长在途经一座名为空桑的高山时,也不知受到了何物的启发,竟然创制了一种东西,此物之上有两个主要由木头构成的重要物件,横木为轩,直木为辕,因此此物代称便是轩辕,而他们的族号亦由有熊氏改为轩辕氏。

"轩辕氏又称轩辕为车。轩辕氏是熟练使用车子的氏族,以祖先发明了车而无比骄傲,他们氏族吟诵的曲子已明白无误地向世人宣称了他们是车的发明者。"

这时的赤县大地尚未有人见过车子,因为他们没有冶炼技术,缺少造车所必需的金属,所以仓颉对彤鱼氏族长口中所说的车极感兴趣,因此好奇地问道:"这个叫车的东西,到底长什么样子?"

彤鱼氏族长颇有些得意地给虚心好问的仓颉解释:"其实轩辕部

落的车我也只见过一次而已，那还是率领族人在躲避他们爪牙追击的路上，若不是忽然出现了一片茂密的山林，只怕我们就要死于其滚滚车轮之下了！在平地上，车子跑得很快，可是一到密林中，它们就完蛋了，根本跑不起来。”

“您的意思是车很大，就像那些长了大角的麋鹿，一旦进入密林就行动不便？”仓颉越发好奇了。

尽管不想再提及这可怕的庞然大物，但彤鱼氏族长还是壮着胆子给外甥形容了车子的模样：“它大得像头牛，坚硬得像石头，四角锋利得像是刀刃，但无论撞到什么东西，它都不会像刀刃一样折断，跑起来速度很快，因为有四匹马拉着它……”

“马拉着向前跑？车自己没有腿吗？”

“没有，车没有腿，我没在车下看到一条腿，车会走路不是靠着腿，而是太阳和月亮！”

“太阳和月亮？”仓颉十分诧异。

彤鱼氏族长使劲点头表示确定：“车下面是两个东西，左右一边一个，是太阳和月亮的形状，它们会转，转起来还发出像是燧石摩擦的声响。”

仓颉一脸疑惑：“舅父的意思是车子下面有太阳和月亮？”

赤县大地的人们之所以未能发明车子，最重要的原因是还未能创造出轮子，因此在初次听闻车子没有腿而是依靠日月前进时，仓颉陷入一种近乎恐惧的纳罕和迷茫。

彤鱼氏族长的认知也仅限于那为数不多的遭遇，对于车轮，他着实不知该如何描述，比画半天，依旧没能说明白，最后只好蹲在地上，凭借记忆画出了一个圆圆的轮子。

仓颉看了地上的图案，恍然大悟：“如果一种东西是这种如日月一般的圆形，那它确实可以在地上滚动，就像从山坡上滚下的冬瓜。”聪慧的仓颉大致明白了这种名为车的东西的运动原理。

这时，他又想起了当年赤须智者说过的那个预言：很快就会从西方杀来一位大君，他将驾驭太阳和月亮，征服所有的土地！

想到这里，仓颉不由暗暗称奇，感叹赤须智者的奇异能力，因而又对这个神秘族群的大君产生了兴趣，遂又问道：“这个氏族联盟的大君是个怎样的人物？”

彤鱼氏族长说：“眼下这位大君比之前任何一位大君都要厉害，还有人说他是古往今来最伟大贤明的君主。”

仓颉问：“谁说的？”

彤鱼氏族长道：“他们的人说的。”

仓颉淡淡一笑。彤鱼氏族长略一思忖，补充道：“还有那些被他征服的氏族。”

仓颉点头，示意他继续说。

彤鱼氏族长继续描述：“所有的族人都知道他是神最宠爱的人。从他的祖父开始，轩辕氏族的至高神就不再是创造天地万物的造物主，而是掌管粮食生产和男女生育的大地之神。他们崇拜大地，最隆重的礼节是在祭祀的时候大口大口地吃土——没错，就是往嘴巴里塞满泥土！他们还用泥土涂抹自己的身体，他们说这样可以更接近他们的大地之神。当下这位大君号称自己是大地之神的唯一儿子，具有大地之神的所有德行，而他们的大地全由黄色的泥沙所构成，黄色也成为他所征服的土地上最尊贵的颜色，因此他下令将自己的称号改为黄帝。”

“黄帝……”

仓颉重复着这个称号，坚毅的目光中闪现出一丝迷惘。一系列的征兆以及变故已经明确无误地向他表明：他们短暂的平静生活即将过去，迎接他们的是可怕的未知。

彤鱼氏族长最后补充道：“轩辕战车是神给他们的馈赠，我们的智者说，将来会有很多人死在滚滚车轮之下。”

## 2

# 交锋(1)

当从彤鱼氏族长那里得知了轩辕部落的情形之后，侯冈氏、朔阳氏、西陵氏等族皆向仓颉进言：“眼下应加强防御工事，建造更为高大的村社，以抵御将来可能出现的强敌。”

仓颉却不以为然，他说：“彤鱼氏族长已经说得很清楚了，轩辕氏族与大庭氏族、神农氏族皆不同，他们最厉害的武器不是石刀和弓矢，而是战车。虽然还没见过这东西，但从描述中可以得知其概略，这是一种只能在平坦地面上发挥效力的武器！”

朔阳息柴遂道：“大君的意思是，我们要找到应对这种战车的新战法？”

仓颉道：“正是。围土筑城不仅劳民伤财，而且还会让我们逐渐依赖这种高墙壁垒，进而使得我们越发被动，最终成为没有任何战斗力的废物。我们得动起来！走进高山，钻进密林，蹚过河流，让他们的战车发挥不了一丝作用，让他们的长处变成短处！”

众人皆赞同仓颉的主意，遂不再坚持建造防御工事。

但仓颉对于战胜未知的敌人并没有十足把握，他心中燃烧起一丝隐隐的焦虑。为了获取更多敌情，仓颉派出一支队伍，让他们翻越北面的高山，等候敌人的出现。

一直以来，仓颉都没有忘记昔日的大君神农氏，没有忘记高山北麓的那些苍凉岁月,当初他毅然决然地选择迁徙,除了因为要寻找更好的猎场和田地,还因为他想避开神农大石的追击。

当初在北洛河畔,夸父曾这样问他:“为什么不和神农氏决一死战?”

他回答说:“尽管人们一直在发动战争,但其实没有人真正喜欢战争。我们的族人也一样,他们早就被杀伐征战吓怕了,也吃尽了相互杀戮的苦。我决不能再让他们陷入这样的泥淖中。争端起来时,人们想起的第一件事总是杀,却从未将具体的活生生的人放在心上,每次都是当所有人都被折磨得不像人样时,才有人站出来阻止战争。我们并不畏惧战争,但我们更珍爱每个族人的性命。既然无法阻止神农氏的战争,我们就远远地躲开它。”

但是让仓颉没有想到的是,失败的战争让神农氏和他的盟友们也经历了一场痛彻心扉的剧变。

神农氏联军与侯冈氏联军之战结束后,神农大石率领残部灰溜溜地回到了他的都邑,而其他氏族早已在抛弃他之后龟缩到了自己的村社中。在依靠死去的鸟兽、腐烂的草根、干枯的树皮等物挨过一段时间后,狂魔乱舞的蝗虫逐渐散去,甘霖随之降临,饥饿的各氏族百姓随即止息了征战攻伐之心,专注于采集、渔猎、稼穑,天灾人祸带给他们的创痛慢慢愈合,赤县大地逐渐恢复了往日荣耀。

之后数年间,神农氏、葛天氏、赫胥氏、栗陆氏、柏皇氏、阴康氏、尊卢氏等诸多氏族渐渐恢复了元气。接着,他们在逐步扩张的过程中,进入了一些之前未曾注意过的幽深峡谷、密林深处以及低洼河谷,并在那里邂逅了一些小氏族。

通过交流,他们得知,这些小氏族拥有和他们一样悠久的历史,而且并非从一开始就只有这样小的规模,甚至其中某些氏族还担任过某一任炎帝的重要辅佐。

然而,大饥荒的出现让这些小氏族再也无法凭借一己之力去获得足够的食物。于是他们放下祖先的荣耀,主动向葛天氏、柏皇氏等大氏族靠拢,希冀凭借大树之阴获取一片清凉。

在生存面前,任何形式的价值观都不值一提。饱受天灾人祸的强大氏族也懂得这个道理，他们摒弃一切种族偏见和氏族恩怨，敞开怀抱，迎接了这些新成员，将他们与自己的血亲同等对待，并接受了他们的图腾信仰，取其中一部分放在本氏族的图腾之上。而那些小氏族则在这种巨大的善意之下，泰然地放弃了自己的族号，两族乃至多族就此融为一家。

一切的一切似乎都在揭示一个强大的事实：融合自古就是这片大江大河所养育的广袤土地上的主题叙事。

当一切都逐渐恢复平静，乃至各族的势力更胜以前时，已是大战之后的第十个年头。神农大石的田地上重新长满了颗粒饱满的庄稼，每一棵庄稼都被压弯了腰，他们粮仓中的粮食不断累积，下面的已经发霉，新粮食却依旧源源不断地从田中运来……他们的土地就像是在跟过去颗粒无收的灾难赌气，拼命地产出粮食。

神农大石痛定思痛，在这十年孤独而凄苦的战后生涯中意识到无道带给所有人的灾难，因此他常在繁重的耕种之余反思自己的所作所为，经常落寞地向他遇到的每一位族人倾诉自己的痛悔之意。

这时，早已习惯于在他面前缄口不言的智者们忽然一反常态地嘁嘁喳喳起来，纷纷高声宣称：

"大君无道，天降示警！"

"赤县大地纷乱，皆因大君一意孤行，背弃祖宗遗命，罔顾天道人伦！"

"大君不听我等智者的指导与规劝，方有此报，如今落得这般悲惨境地，也实在怨不得旁人！"

……

大石并不傻，听出来这群一贯喜欢拐弯抹角的知识分子说了那么多，言下之意无非就是两个字：活该。

可曾经遭受众叛亲离的他再也不敢抖威风，这时他才猛然发现脾气其实跟境遇有莫大关系。他卑躬屈膝，虚心地向智者们求教，并向族人们表态："我大石定要恢复神农氏族的荣耀，重新将赤县大地统合在一个至高大君名下！"

随即，他听从智者们的建议，向各大氏族派遣信史，召集各氏族前来参加盟会。

接到命令,各氏族族长颇有抵触,他们已经厌倦了在一位穷兵黩武的联盟长手下战战兢兢。如今他们食物富足,生活安康,最畏惧的东西只有两样:一是战争,二是借贷。他们既担心神农大石发动战争,又担心神农大石向他们借贷粮食物资,因此不约而同地对这一宣召置若罔闻。

然而,当神农大石得知各氏族族长的反应后,并未生气,他再次派出使者去葛天氏族,并带去了许多粮食,作为馈赠之礼。葛天氏族接受了神农大石的馈赠。神农氏信使趁机进言:“葛天氏族长需替大君向各族长美言几句。”

葛天氏族长淡然一笑,轻描淡写地说:“无须美言,只要告诉各族,去参加盟会就能分到粮食,这就足够了。”

神农氏信使认为这主意不错,便不经请示就将这消息散播给了各大氏族。各氏族遂在第一时间奔赴神农氏都邑,就像十年前那样,参与炎帝神农氏所领导的盟会。

盟会当日一早,神农大石站在各族族长面前,恭谨谦逊地行了一个大礼。诸族长皆吓一跳,怔怔地彼此观望,不知这暴君葫芦里卖的什么药,亦不知该如何是好。接着,神农大石说:“过去数年,我神农大石所为狂悖,致天神震怒,使天下愁苦。从今日起,我必当痛改往昔之恶,礼待天下,特此宣告,请人神共鉴!”说罢便在祭坛前割破手掌,流血明志。

诸族长听神农大石这样说,皆大为感慨,相信他已痛改前非,于是与神农氏族和好如初,重续前盟。

葛天氏族长想起了侯冈氏族和朔阳氏族,诸族中很早以前就流传着二族在战后远遁他方的消息。他早就想与这两个氏族尽释前嫌,于是借此机会提醒神农大石:“大君洗心革面,是天下人之大幸,可当日出逃在外的侯冈氏族和朔阳氏族还没有音讯,大君应该将其召回,以全天下共融之义。”

神农大石喟叹道:“这是自然。葛天氏族长不说,我也要去寻找这两个氏族的。”说罢遂派出三十名斥候,四处去寻找两个氏族的踪迹。

与此同时,轩辕部落在他们大君的带领之下,排列着他们精心布局的阵仗,杀气腾腾而来。

轩辕氏的军队由一排紧密排列的战车开道,战车上站有身披皮甲的勇士三人,分别手持马鞭、弓箭和长矛,各自承担驾车、远射以及击刺的任务;四匹马的力量将这重得像座小山的大家伙拉得飞快,以致它冲击力惊人,能将任何挡在前方的物体撞到一边去;而且战车的轮轴两头各装有一把锋利的青铜镰刀,转动时会发出尖锐刺耳的声响,能在瞬间将敌人一截两段。

青铜战车之后是大君的亲卫,同样是战车部队,却更为豪华壮观。战车顶端置有华盖,既可以遮阳避雨,又能够抵挡流矢,除此之外,还置有一面奇大无比的牛皮大鼓,声如春雷,上面三人既是鼓手又是死士,负责护卫大君的同时还负责擂鼓助威。大君的战车位于最中央。

再往后便是数量众多的步卒,他们手中的兵器皆为清一色长矛,但与侯冈氏族不同,他们的矛头和他们战车上的重要部件一样,是由青铜锻造的。

"自从我们由祖居之地昆仑山出发以来,还从未遇见过像样的敌人,此生之中未逢敌手,乃本大君最大的遗憾!"当他们从西边进入赤县大地时,这支军队的拥有者,轩辕氏族长、轩辕部落诸族共同的大君黄帝,安稳地坐在战车中,不无遗憾地如是说道,"希望进入这片土地,能遇到让本大君心满意足的敌人。"

道路两侧的青山连绵不绝,因远近不同而显现出深浅各异的苍翠,越发凸显出它们的层峦叠嶂。虽不见山外之色,却不难想象山背后的辽阔与富饶。轩辕黄帝喜欢这里的山,它们的优美多姿与家乡的雄峻高拔截然不同。

不光是山,这里的水也让他频频点头,露出赞许的神色。故土的河川何其壮美,但壮美之中却少了一丝水的灵动。这里的水似乎全都来自山泉,一缕一缕在山间流淌,也将那连绵青山沾染得多了一脉温柔。

越来越青翠壮美的河山映入眼帘，黄帝一边微微点头一边问身边的智者沮诵："脚下的这片土地叫什么名字？"

沮诵是个身材瘦削、目光炯炯的年轻人，出身一个小氏族，在很小很小的时候，他的氏族就被黄帝的族人所征服。从那时开始，他就不得不忘记自己的族号，将轩辕这个名号冠在自己的名字之前。他聪慧异常，是轩辕黄帝最为信赖的得力助手，也是整个轩辕部落最聪明的智者，曾有许多灵巧而实用的发明，战车车轴上的镰刀是他最广为人知的杰作，因为这东西让轩辕部落所向披靡。

"向东一直到大海之滨，向北一直到幽冥之地，向南一直到大江之畔，皆是这片土地上的大君——神农氏的属地。昔者，第一代人君燧人氏钻木取火，光融天下，号称火德，火者为炎，因此其后世大君皆称炎帝，故而这片土地又称赤县。"沮诵说起敌人的历史如数家珍，脸上露出一丝得意神色。

黄帝微微一笑，说："即日起，就都可以改了！我们的故土号称神州，因此，凡我轩辕战车经过之地，全是神州大地。"

沮诵俯首轻声："诺。"

轩辕氏大军继续以恢宏的气势向东而行。

很快，他们就与赤县大地西部的一些小氏族不期而遇。但毫无例外，这些仍旧生活在石器时代的氏族皆被这种铿锵作响的庞然大物吓得魂飞魄散。他们既没有见过马，也没有见过车，他们甚至以为马和车是长在一起的，在毫无防备的情况下就被这如风似电的怪物收去了头颅。

他们毫不怀疑来者就是传说中的妖王，是让任何一位祖宗英灵都束手无策的恶神。他们除了恐惧还是恐惧，除了逃跑只能逃跑。随之，他们不约而同地想到了神农大石，这是他们唯一能寄予希望的人。与此同时，他们中的智者也明白了先祖们千方百计与其他氏族组建同盟并为自己树立一个人君的原因：当危难来临时，大君是能最快地让各个氏族团结起来的重要核心。

赤县大地的氏族们在恐惧中奔走呼号时，轩辕黄帝的虎狼之师已经差不多看清了他们的真实实力。这一次，黄帝再次失望了，因为他的敌人依旧那么不堪一击，如入无人之境让他没有一丝成就感。

神农大石得知消息后，立即给各氏族下达命令，号召大家团结起来，共抗强敌。葛天氏、柏皇氏、栗陆氏、赫胥氏等强大氏族纷纷响应，威胁给他们带来巨大的恐惧，从而使得他们在无形中增强了向心力，所有的氏族都迅速地齐集在神农氏的都邑，自备口粮，而且每个族人都装备了最精良的武器。

神农氏派出的斥候因为走了捷径而免于与轩辕氏遭遇，他们先是来到侯冈氏族的故旧之地，在北洛河畔业已荒废的村社中发现了几具皑皑白骨，那是赤须智者和几位老人的遗骸。枯草如燎原烈火一般铺满地面，密密麻麻的藤蔓缠绕着断壁残垣，脚下的一切没有一丝人类的气息，满眼都是无尽的荒凉。

斥候们不由发出绝望的叹息。

一名斥候心想，看这样子，寻找侯冈氏族和朔阳氏族是无望了，不如我们扯个谎，尽早离开这鸟不拉屎的地方，我的小心肝还等着我回去跟她生孩子呢！

于是，这名斥候与众人商议后决定，回去向大君禀报就说：已经发现了侯冈氏族人的遗骸，他们已经死在了泥石流中。

孰料，在归途中，他们却在误打误撞中与轩辕氏族的后军相遇，当时轩辕氏的前军已经与赤县大地上的氏族交战。这些轩辕氏勇士以为对方是来打探军情的，遂紧追不舍，三十名斥候在且战且退中被杀伤过半，剩下的十余人躲进密林，甩掉了这些凶悍的敌人。

“这都是些什么人？”他们不禁深感疑惑，对方的发式、服装、图腾和旗帜都是他们从未见过的，而且凭直觉，他们知道那些人与他们有着某种本质上的不同。他们决定尽快抄小路回去报告给大君，却在惊慌失措中发现自已迷了路。十余人置身于高山密林之中，连太阳在哪里都找不到，而身上的武器和工具也在躲避追击中丢失殆尽。野狼的嗥叫声在空旷的山谷中回荡，不知名的鸟儿不知受到什么惊吓，扑棱棱飞出山林。他们一个个顿感头皮发麻，无助地抱头痛哭。

几个大男人正在哭泣时，忽听附近一阵窸窣之声，这声音更是将他们吓破了胆，以为是自己的哭声引来了丛林中的凶猛野兽，甚至在那一刻做好了赴死的准备。然而，很快他们就看到从里面钻出来的不过是几个人，手中拿着侯冈氏族那标志性的石质长矛。为首的人正是夸父。

几个神农氏族人竟然在一瞬间忘记了侯冈氏族与他们的种种过节，纷纷扑上去，热烈而真挚地紧紧拥抱他们。侯冈氏族的斥候个个一脸呆愣。

哭泣过后，这些神农氏斥候哽咽着说："侯冈氏族的兄弟，我们是大君神农氏的斥候，千辛万苦来到此地，就是为了见你们的族长侯冈颉。"

夸父轻轻拍拍神农氏斥候的肩膀，笑着说："现在是仓颉了。"

侯冈氏族的村社广场上，侯冈氏族人和各族族长、智者与仓颉一起倾听神农氏斥候的讲述。当仓颉听完他们转达神农大石的致歉后，遂面容沉静地冷声说道："虽然时隔多年，但我们绝不会原谅一个背信弃义、杀我族人的恶人。"

神农氏斥候面露尴尬，讪讪一笑，说："可是，我们的大君真的已经痛改前非，现在的他已经不是以前的他了……"

仓颉道："不管现在他是个什么样的人，都抹不掉他曾经做的恶，我们不会因为现在的好人而原谅以前的恶人。"

神农氏斥候面面相觑，不知该如何是好。

仓颉接着说："不过请放心，虽然不会原谅你们，但是我们已经抛弃了仇恨，只要你方不再兴兵，我们也就不会对你们下手。"

神农氏斥候一个个缄口不言，不知该如何继续这让他们倍感压抑的谈话，同时在心里将他们的大君神农大石痛骂了无数遍。

这时仓颉又问道："大石既然派你们前来传信，那你们便是身手了得的勇士，却为何如此狼狈不堪？"

神农氏斥候遂将途中遭遇强敌的事如实地告诉仓颉，并请求他安排人手，配备好武器，将他们护送回神农氏都邑，以便向他们的大君复命。

仓颉却摇摇头，沉吟着自言自语："想不到他们来得竟这样快……”随后冲神农氏斥候说：“你们刚刚遇到的敌人来自西方，他们不同于以往遇到的任何一个敌人，我们对他们唯一的了解就是他们实力强大且生性凶残。你们回不去了，若我没猜错，如今他们的先锋军已经与你们的氏族交锋了。”

几个人听了，立刻神情紧张起来，慌乱着不知该如何是好。

“那我们该怎么办？”

侯冈氏族人和诸族的族长们望着仓颉，因为他们知道，他们的大君很快要就此事做出自己的决定了。

仓颉目光沉静，坚定地说：“与赤县大地的氏族们并肩作战，将侵入赤县大地的人赶出去！”

此言一出，就像是石子投入水中，激起阵阵涟漪，人们陷入嘁嘁喳喳的议论之中，但绝大多数人都认为不应该卷入这场战争之中。

一个人高声说道：“大君！我们在这片土地上生活了这么多年，已经与外面再无瓜葛，何必蹚他们的浑水！”

有人随声附和，说道：“对啊，大君，当初神农氏带着那么多氏族将我们包围，杀了我们那么多人，为何还要与他们并肩作战？”

又有人喊道：“大君，西方来的是那么强盛的氏族，拥有精良的武器，远非我们所能抵挡！”

……

仓颉静静地听着人们的呼声，没有一种声音能切合他的心意。看着人们的呼声越来越统一，他一个手势打断了已经近乎喊叫的吵闹声，而后放高声音，发表了此生最大的一次战前演说：

“来者是远比我们强盛的氏族，人数众多，拥有比我们更加精良的武器，还有我们闻所未闻、见所未见的战车。但是，人多势众和武器精良不是决定胜利的关键！当初，我们的人数远少于神农氏联军，武器也远落后于他们的武器，但我们依然击退了强敌！

“神农氏联军曾与我们为敌，而且时至今日，神农大石在我们侯冈氏和朔阳氏人心中仍是罪人。但是，我们和他们的身上也有着共同的烙印——都是华胥氏的后裔！燧人氏、有巢氏、女娲氏、伏羲氏，这些伟大的先贤也是我们共同的祖先。

“我们虽然生活在洛水之南已十数年，但我们绝不应忘记，我们的故土，我们的祖居之地，就在这座大山的北面，就在那些强人的脚下！如今那些人正在蹂躏的土地曾养育了我们氏族千百年，那里还埋葬着我们的列祖列宗！

“神农氏、柏皇氏、栗陆氏、赫胥氏，赤县大地上许许多多的氏族正在为了土地、荣耀和祖先而浴血奋战，我们却像苟活的蠕虫，躲在大山背后，任由天下人耻笑！”

所有人都陷入了死一般的沉寂之中。

仓颉又说道：“鸿雁飞过会留下清音，人活一世当留下美名。比被天下人耻笑更可怕的是后世的人们、我们的子孙羞于提及我们。当外面的战争结束，我们又当如何书写史书？又怎样将我们的事迹记录其中？”

人们陷入了更死寂的沉默之中，彼此相顾，仓颉的话让他们感到羞愧，十余年的安定生活并未将他们的血性彻底抹杀。

朔阳息柴率先站出来说：“我息柴代表朔阳氏族人保证，誓死追随大君仓颉，战至最后一人，在所不辞！”

夸父也不甘示弱，站出来高声说：“我夸父誓死追随大君，绝不做缩头乌龟！”

人群中忽然走出一个女子，是他们的大君夫人白荣。

白荣站在仓颉面前，仪态庄重，神情谦恭，眼神中透出浓浓温情，语气坚定不移：“如果你去战斗，我将永远站在你的身后。你若倒下，我便捡起你的长矛，杀死你的人就是我的仇人！”

白荣话音刚落，男人们立刻在人群中喧闹起来，纷纷为白荣的豪迈英气而喝彩。继而，夸父振臂高呼：“誓死追随大君，不做缩头乌龟！”随之，一股所向披靡的士气在人群中迅速扩散，感染了每一个人，激起了他们战斗的决心，每个人都迫不及待地要与强敌决一死战。

仓颉看着人们脸上那兴奋的神情，明显感觉到了整个广场上如风似浪的高涨热情，他差点流下泪来，随即下达了他成为九族联盟盟长、仓颉大君之后的第一道军令：“全军出击，誓退强敌！”

## 3

# 交锋(2)

神农大石率领大大小小共计二十一个氏族，在神农氏都邑向西一日行程之处的平原上列阵，等待强敌的到来。

按照神农大石的安排，神农氏联军一如既往地遵照传统的作战阵形，没有任何兵种的区分，射箭的和拿刀枪的混在一起，以氏族为单位，南北一字排开，而且战线很薄，最薄弱处只有三行人，队形歪七扭八。

在神农大石的心中，人多势众仍是亘古不变的制胜法则，他之所以要将战线做成这样的安排，主要是出于“看起来人更多”的考量。

然而他不知道，这是一个风云变幻的时代，很多祖宗之法已经在不知不觉中变成了腐朽无用的框架。

在不算漫长却让人心焦难耐的等待之中，敌人出现了。

他们先是看到西方天际出现一片昏黄，像是落日余晖，但是现在时值正午，因此他们确信那不是余晖，而且一片人马正在快速向他们逼近。很快，眼尖的人看出来那是漫天的黄沙，那一大团遮天蔽日的大地之尘被不知从何而来的大风吹起，在天空中剧烈翻滚。接着，他们听到了从黄沙中传出的沉闷雷声，越来越大，越来越清晰，他们终于听出那不是雷声而是鼓声——不是一面鼓，而是不知道多少面鼓。紧接着，赤县大地上的这些人们看到了此生此世最让他们震撼的场景:数百辆青铜战车如猛虎跃出草莽一般从黄沙中奔腾而来,车轴上镰刀的鸣响撕破了沉闷的鼓声,如利箭一般穿进他们的耳膜。

这些从未见过战车的人们被眼前的景象吓破了胆,一个个好奇而惊恐——越是好奇越是惊恐。他们伸长脖子,睁大眼睛,想要弄清楚这不知从哪里来的庞然大物到底是个什么东西。

但是,眼前之景已经完全超出了他们的认知范围,他们一无所知,只能呆呆地出神,全然忘记了对面的阵线上全是他们的敌人。

轩辕战车行驶至距离神农氏联军大约五百步的地方,整齐划一地停了下来。神农氏联军以为他们要进行某种礼节性的谈判。

“大君,不如一会儿商谈的时候,趁他们的酋长与我们近距离接触时将他生擒,这样就能逼迫他们退兵!”某位氏族长这样说着,全然不知死亡的危险正在向他们逼近。

可是,轩辕部落的军阵停下来不是要与他们进行和谈,他们不知道,在轩辕部落的神州大地上,在这个和他们截然不同的族群所生活的土地上,和谈是一件极其无聊、乏味的事情,凡是有过和谈经历的大君,无一例外都会留下不好的名声,为后世子孙所蔑视。他们正在准备的是一项每个战士都热衷不已的恢宏仪式:轩辕战舞。

轩辕氏族能歌善舞,且特别擅长将这种才华应用到他们的征伐之中。也不知是多少位大君以前,轩辕氏族在一次围困敌人时,因为无聊而在一位有名勇士的带领下跳起他们的舞蹈。说是舞蹈,其实不过是对日常生活中诸如搏斗、捕猎、解剖野兽等场景的模仿。但是因为长时间的压抑,轩辕氏族将敌人假想成为他们的猎物,因此整个舞蹈展现出无穷无尽的气势:动作十分夸张,表情尤为狰狞,声音也更加充满威胁性。不料,敌人因此而丧失了最后的一丝斗志,竟然纷纷缴械投降。

轩辕氏族因此而受到启发,遂集体创作了一系列舞蹈,以此显示他们的力量、无畏和残忍,借此恫吓他们的敌人,力图在战前就撼动其心理防线。早年间,据一些智者统计,流传于神州大地的轩辕战舞有拔舌、抽肠、析骨、裂头、京观等十八种,轩辕黄帝嫌其冗长烦琐,达不到他要的视觉效果,因此亲自参与编舞,将这十八种战舞浓缩为一种，其名即为战舞。每个轩辕部落的战士都是优秀的舞者，他们的舞蹈步伐与杀人手法一样灵活多变。

对此浑然不知的神农氏联军忽然看到对面的人纷纷下车，整整齐齐地列队站定，随之，他们的大君挥舞手中旗帜，一个声如洪钟的中年人随即高呼一声：“呜——呀！”

毫无防备中，对面的近一万人忽然异口同声地高呼：“呜——呀！”神农氏联军被这一声怒吼吓得慌了神，不知道对方究竟要搞什么名堂。

紧接着，战车上的牛皮大鼓忽然一起发出了雷鸣般的响声，先是一阵急促的密集鼓点，而后便渐渐舒缓下来。节奏虽然慢了，可是每一个鼓点的气势却更加强盛，间歇处让人更是惊恐。

跟着鼓点一起振奋起来的是轩辕部落的舞者们。他们面孔狰狞，一边发出如雄狮般的怒吼，一边踩踏大地，擂响胸口，神情、声音和动作皆有条不紊地追随战鼓的节奏，整齐划一，气势逼人。他们手中没有任何一种武器，却让神农氏联军感到前所未有的恐惧和压抑，苍穹摇摇欲坠，大地瑟瑟发抖，鸟兽惊恐乱撞，无处遁藏。

神农氏联军被无形的恐惧所俘虏，区域性的骚动很快就扩展为整个联军的骚乱，他们已经明白：这个雄强的族群不会轻易向他们伸出友善之手！

正在神农氏联军傻愣愣地于惊恐中观看轩辕部落的舞蹈时，对方却戛然而止，几乎毫无一点时间空隙，轩辕部落的勇士们翻身跃上战车，紧接着，数百辆战车齐齐地发出一声响彻天际的尖厉鞭响，而后车轮与镰刀滚动，直冲神农氏联军而来。

胜负在一瞬间就决定了。战车凭借巨大的冲击力一下子就攻破了神农氏联军的防线，因为有些地方过于薄弱，轩辕战车在冲锋到神农氏联军的后方时，得以迅速掉转车头，开始第二轮冲锋，神农氏联军如被割的谷穗一般倒下。

神农大石见状，遂后悔自己贸然将军阵布置在平原上，随即传令：全军迅速撤退，向东南方的密林中寻求遮蔽！

神农氏联军随之大溃败，在轩辕战车的追击下纷纷逃进树林之中。

炎帝和黄帝的初次交锋，以炎帝大败而告终。

与此同时，仓颉在洛水之南也开始了他们的战略部署。

仓颉麾下九个氏族，共计三千六百名青壮勇士，被他按照人数和作战经验分为两军：侯冈氏族、朔阳氏族、彤鱼氏族等七族负责主力作战，而西陵氏族和方雷氏族则负责运输作战期间所需的肉食、粮食以及各类备用武器及盔甲。

在过去的数年中，仓颉主动向各族推广先大庭氏族的石器制作工艺，之后不断地按照先大庭氏族人一以贯之的严格工艺要求，做出更多坚实耐用的石刀、石斧、长矛以及戈等武器。与此同时，他还让容成氏族向各族传授编织藤质品的工艺，制作了大量由藤条和竹篾编织而成的藤甲。仓颉具有常备军务的预见性，因此在强敌忽然来犯时，他们有充足的战备资源壮大自己。

根据仓颉的部署，西陵氏族和方雷氏族每个人都背负着自身体重一半的辎重，紧随主力之后，并且时刻保持着一定的距离，以便在与敌人突然交锋时确保粮草无虞。

仓颉率众翻越大山，沿高山北麓向东前进，在半山腰上，他清晰地看到山下黄土地上有一条泛着白色的路线，那是千万双脚踩踏出来的印记。

仓颉下山，发现那些脚印看似凌乱实际上暗有章法，因此得知敌人在前进时绝不是乱哄哄的一窝蜂，而是迈着某种整齐的步伐。

而后，他又在一些松软的地段看到了一种没有被脚印掩埋的特殊痕迹，大约有一掌宽、半掌深，形成一道浅沟。

"这是他们的战车留下的。"彤鱼氏族长指着地上的车辙解释道，"他们的战车跑过去之后，就会在地上留下两条深深的印子。"

仓颉点点头，脑海中浮现出战车车轮在地上碾轧一切的画面，耳畔响起摄人心魄的青铜镰刀的尖锐鸣响。

"他们是以战车在前方开道，徒卒紧随其后，而且从地上被踩踏的情形来看，数量确实不在少数。可是人数众多也未必全是好事，人既多,他们便要将战线拉得很长,以致前军与后军首尾不能呼应,犹如一条长蛇,攻击其尾,其头难以及时相顾。只要我们追上他们,攻击其后军,其前军人数再多也无法在短时间内调度过来,那么也就是说,多也无益。”仓颉一边观察着地上的印记,一边说出自己的作战计划。

彤鱼氏族长说道:“可是攻击其尾,并不能将这条长蛇杀死啊!”

仓颉摇头,说:“我们的作战计划不是要将这条蛇杀死,我们的兵力远不足以将如此强大的敌人击败,我们要做的是不断对他们进行骚扰,影响他们前军在东方的作战。”

诸族长明白了仓颉的意思,息柴又道:“我们是不是还要和神农大石互通消息?”

仓颉点头道:“这是自然,我们一定要让友军知道,他们并非在孤军作战。”

息柴面露难色,说:“前往东方的路都被敌人挡住了,我们没办法与神农大石取得联系啊!”

仓颉遥望东方,说:“我早就有了打算,一旦与敌人交战,我们便派出一股有力而善走的勇士,走山谷密林之偏僻小路,绕开敌人眼线,与神农氏诸族通上消息。”

各氏族皆对仓颉唯命是从。

仓颉继续率众向东方快速前进。

沿途随处可见轩辕部落留下的种种痕迹:大片大片的丛林被齐刷刷地砍倒。让仓颉惊讶的是倒下的大树就像他们割下的庄稼,茬口十分整齐,地上是无数个如地洞一样的黑乎乎的篝火堆,篝火旁是成堆被啃得干干净净的各种野兽骨头,空气中弥漫着一种烟熏火燎的气息。

最让他们感到恐惧的场景出现在一个轩辕氏族的车辙曾进入的小村社中。

而在仓颉率族众进入之前,就已经闻到了浓浓的异味,那是血腥和腐臭缠绕在一起的味道。紧接着他们又听到了蝇虫乱舞的嗡嗡声,而异味也越来越刺鼻,似乎要刺穿他们的颅腔。他们注意到地上凌乱地丢弃着一些石质武器。仓颉还看到,有把严重裂开的石斧上还抓着一只乌黑的断手,胳膊和身躯不知去了哪里。

仓颉从地上捡起几把兵器,细细查看,发现它们均已断裂,且断口极干脆,明显是在相击的瞬间碰碎的。他从未见过如此坚硬的武器,不禁惊诧地说道:“他们手中武器竟然这样厉害!”

彤鱼氏族长发现了一具尸体,死者是个成年男子,身上插着一截折断的长矛。他双手抓住断掉的矛柄,一脚蹬地,一脚踩住尸体,用力将长矛拔出。时隔多日,尸体的创口已经干涩,长矛从肉体拔出时发出了吱吱的皮肉割裂声,让人毛骨悚然。

彤鱼氏族长看了长矛一眼,用手揩掉上面的血污,长矛露出了鱼鳞一般的光泽。他冲仓颉说:“大君,这就是他们的武器……”说着,将长矛递到仓颉的手中:“青铜锻造。”

仓颉将青铜矛头拿在手中,指尖滑过一抹冰凉,感觉到坚硬与锋利,似乎上面裹着一层寒霜,指腹碰触那道锋刃,稍一用力便划出一道口子,鲜血瞬间渗出。

“真是锋利!”仓颉吃惊地感叹道,继而问彤鱼氏族长,“你说这东西是从石头中提取出来的?”

彤鱼氏族长点头:“是! 千真万确!”

仓颉一脸不解:“石头里如何能提取出这种东西来?”

彤鱼氏族长摇头:“这个我就不知道了,听说轩辕氏族是被他们的大地之神所厚爱的,因此派遣智者传授给他们这种秘技。掌握这一秘技的只有轩辕氏族,他们从不向任何人透漏半点信息。”

仓颉将青铜矛头擦拭干净,用一根绳子系住,挂在了脖子上,示意继续前进。他们进入村社中央的广场时,发现立于祭坛中央的建木挺木牙交上,覆盖着一层厚厚的黑色蝇虫,整根建木的形状变得十分奇怪,好像上面还附着着一些什么东西。

夸父向上丢去一块石头,苍蝇顿时被惊起,飞起一团黑雾,仓颉等人忽然发现:被苍蝇所覆盖的是一具具男人的尸体。

蝇虫的叮咬已经让这些尸体的皮肉变得一片模糊,蛆虫在身体里面快活地涌动,让尸体如蠕虫一般耸动,张开的伤口流出了柔软的已经变色的肠脏,空气中弥漫着一种狂热的恶臭。

人群中发出一阵惊呼,有些人承受不住胃脏的剧烈收缩,大口大口地呕吐出已经消化了一半的谷物。

仓颉细细查看,发现凶手是用青铜尖桩将这些人钉在建木上的。

"如果这种从石头中提取出来的东西全用在杀人上,那造物主又何必创造它们?"

仓颉失神,喃喃自语着。他忽然感到周身阴冷,不只是因为这血肉模糊的屠杀现场,而是因为那冷冰冰的金属以及那些将金属从石头中提取出来的人。

"石头被打磨成刀子,木头被做成弓箭,如今这些人创造的铜器和战车又如此轻松地夺去人的性命……既然是这样,我们为何又要创造这些东西?创造的本意难道不是为了人类的福祉吗?"

仓颉脑海中不断呈现重重他曾亲眼所见的杀戮场面:解刀用石刀轻松地杀死牧犍,侯冈氏族人用石头砸死大庭氏族人,神农氏的利箭射杀大檀……

"人类的过往是红色的,鲜血的颜色。"仓颉喃喃自语。

众人并不明白仓颉的意思,面面相觑,不知道他为何要盯着可怕的尸体不停地看。见他长久地沉默不语,夸父忍不住轻轻碰一下他的肩膀:"大君,我们该赶路了。"

仓颉从无解的深思中回过神来,低头看了一眼胸前佩戴的青铜矛头,沉静的眼睛透出一丝无奈,随之无声地站起身来,继续带领他的战士们追随敌人的脚步前进。

尽管他开始对当下要做的事情产生了某种质疑,但他别无选择,他还有他的使命。

在紧张的气氛中行军七日,最终在一片水草丰美的平原上撞见了轩辕部落的后方军队。当时他们正在准备晚餐,都是些从附近山林中猎杀的山猪、花鹿、貘、野牛等大型野兽,数量之巨,让仓颉部瞠目结舌。

这些人悉数为步兵,大约有五千人,由三个氏族组成,而让仓颉感到诧异的是其中一个氏族竟然打着祝融氏的图腾幡旗。

当初,神农氏讨伐斧燧氏、穷桑氏联军,又与九黎部落交战,祝融氏族在其族长悉鹿率领下叛逃,因而被神农大石所诅咒,他们畏惧神农大石的报复,便在马不停蹄地向西逃窜了九天之后躲进一道峡谷之中。之后的数年间,他们遭受了种种让人意想不到的天灾人祸:先是在一场大暴雨中被泥石流掩埋了近两成人口,而后在一次雷暴天气里被两个钻进屋舍的像太阳一样的火球炸死了二十个成年男子。后来在一次围猎时遭到狼群的围攻,死伤甚重,后来他们离开峡谷另觅新居,结果又遭到居住于山谷中的两个小氏族的合力围剿,与之苦战数月,最终却只落得死伤过半的下场……

数月之前,他们在不间断的迁徙中经过侯冈氏族的祖居之地,本想将这里的荒芜土地改造成为他们新的家园,但在屋舍修缮的工程即将完成时,却被阵阵雷鸣般的鼓声惊到,接着,他们遭遇了今生今世最强大的一个部落。

轩辕黄帝本想将这个出现在他视野中的氏族轻轻从大地上抹去,但在开战前,祝融悉鹿敏锐地觉察到这个服饰、图腾、武器皆与他们不同的部落的实力绝不逊色于赤县大地上的所有氏族。

如果能有这个部落作为靠山,我还用担心神农大石的报复吗?祝融悉鹿想。

于是祝融悉鹿将轩辕部落的出现作为自己命运的转折,遂按照赤县大地通行的规矩,脱去身上所有的衣衫,牵着一头肥美的山羊,弓腰弯背,像一条夹着尾巴的山犬,慢慢地走向轩辕黄帝的军阵。

轩辕黄帝的神州大地虽然并没有这种谄媚的投降方式,但他还是从这怯懦而古怪的动作中看出了祝融悉鹿的意图。祝融悉鹿匍匐在轩辕黄帝战车之下,口中发出呜呜的哭声,他机智地想到用哭泣来表达自己内心的恐惧和投降的诚意。

轩辕黄帝看了看地上的人,并未说话,而后望了望沮诵,沮诵随即道:“大君既想征服这片土地,必然少不了这片土地上氏族的辅佐,依我看,不如将其收编到我们的队伍之中,让其成为我们的向导。”

轩辕黄帝虽然厌恶趴在他脚下的投机者,但也深知知己知彼的重要性,遂点了点头,又说:“将他编进来可以,但是要将他们一分为二,一支在前军,一支在后军,以防他们伺机作乱。"

因此,仓颉所看到的位于轩辕部落后军中的祝融氏族其实只有一半,另外一半在前军,他们的族长祝融悉鹿就跟在轩辕黄帝的身边。

仓颉命令勇士登上附近一处山坡,并让麾下战士迅速列阵,每个人皆用凹面的藤盾装着十几块石头,这是曾让他们战胜大庭氏族和神农氏族的利器,仓颉希望借此战胜新的敌人。侯冈氏族联军对山坡下的敌人发出怒吼,吸引了对方的注意力。对方以迅雷之势调整战阵,然后向他们奔袭而来。

仓颉居高临下估算着与对方的距离,一旦敌人进入射程范围,他便会让他们尝一尝漫天飞石的滋味。

"五百步……四百步……三百步……"仓颉一边盯着敌人的军阵一边轻声念着,一旦敌人距离他们二百步时,他们的战士就可以用石头谱写胜利战歌了。

然而,就在敌人距离他们二百五十步时,却忽然集体停住了,依旧保持着极为整齐的阵列。片刻,仓颉便看到从天而降一片阴云,伴随着他们早已熟悉的石头碰撞的噼里啪啦声,猝不及防间,无数石块如冰雹一般砸进他们的队伍之中,痛击让他们发出痛苦的哀号。

仓颉被一块石头砸中胸口,只觉一阵胸闷,差点一口气没喘上来而昏倒在地。

"大君!他们的石头比我们扔得还要远!"

人们惊慌失措地大叫,原本整齐的队伍顿时混乱起来,石块还在源源不断地落入人群中,他们已经完全吃不消了。

仓颉随即下令继续向山坡的更高处转移,人们不顾一切地拼命向上爬,最终暂时避开了敌人的远程攻击,大口大口地喘着粗气,惊恐而期待地望着仓颉。

仓颉望着山坡下的军阵,眉心紧锁,道:"我们身居高处,但是他们的投石却依旧远于我们,看来还是低估了他们的实力,他们的部落一定还有很多事是我们所不知道的。"

夸父看着山下的敌人正在向他们慢慢靠近,不免心焦难耐,遂着急道:“大君！他们赶上来了,咱们怎么办?”

仓颉想了想,随即道:“冲下去,全军分为前后两部,前军冲锋,后军以飞石掩护!”

随之,侯冈氏联军对已经开始向山坡上爬的敌人发起冲锋,但是他们刚一进入对方的射程范围,就被敌人的密集飞石砸中,很多人应声倒地,这就造成后方的人被倒地的同族绊倒,继而引发成片的人在猝不及防中跌倒,整个队伍变得混乱不堪。

仓颉发现敌人的投石不仅射程远,而且命中率高——他们的石头都在攻击己方的中军,而且很少偏移到两侧,更没有石头会落在人群之外。与之前他们对大庭氏族和神农氏族掷出的漫天飞石不同,敌人的飞石明显具有更为准确的攻击区域,因此很多人会不止一次被飞石击中,这就意味着提高了他们的死亡率。

他们的目的是杀死对手,而不是战胜对手！仓颉脊背一阵发凉,这个拥有青铜的族群,他们的鲜血恐怕也是冷的吧!

仓颉察觉这样的冲锋根本不适于和这样的敌人交锋,遂当机立断,命令联军折身继续向山上进发。这时,他猛然间想起,山顶上有一片茂密的松树林。

“他们的优势是投石,而山上的密林却能阻挡飞石,让他们的绝妙射击毫无用武之地。”

在仓颉命令下,侯冈氏联军迅速做出胆小怯战之态,发出惊恐的哀号:“快跑啊!”随即向山顶跑去。

轩辕部落中的两个氏族虽然听不懂侯冈氏联军的话语,但祝融氏族却深知他们口中快跑啊这三个字的深奥含义,因为在过去的十年中,这三个字是他们的人生常态。

“他们打不过我们,害怕了,要逃跑,咱们可以放心地去追啦！就像在小溪中捉鱼一样,捉住他们！杀死他们!”祝融氏族的智者颇为兴奋地对轩辕部落后军的首领风后说。

## 4

# 交锋(3)

风后和沮诵一样，并非轩辕黄帝的同族，如今却成为他最得力的辅佐之一。风后出自一个以风为族号的氏族，这个氏族自称是伏羲氏和女娲氏的直系后裔，而他们也确实掌握了其他氏族闻所未闻的占星术，他们说那是对伏羲圣皇夜观天象参悟天道的一脉相承。

风后看到对方的幡旗东倒西歪，阵形也变得混乱不堪，因此没有怀疑，遂下令继续向山上追击。

仓颉率领族人们进入密林，躲在树后，待毫无防备的敌人进入射程范围之后，一声令下，侯冈氏联军勇士随即将手中的石块投掷而出。

轩辕部落猝不及防，被砸得人仰马翻，风后下令飞石反击。

虽然轩辕部落的飞石更胜一筹，但是他们的石头根本无法穿透密林，无法击中躲在树后的侯冈氏联军。石头砰砰砰地被树干拦截，而后一个个落在地上，而暴露在空地上的他们却成了侯冈氏联军的活靶子，一时之间，死伤甚重。

风后大怒，下令全力冲锋，结果仍然不敌侯冈氏联军的密集火力，还没冲上去就被砸死砸伤过半。风后因此迁怒于祝融氏族，用青铜长矛逼迫他们在前冲锋吸引敌人火力。祝融氏族遂硬着头皮向山顶发起冲锋，结果在距离山顶还有五十余步时便死伤殆尽，这里面包括他们最年老的智者和最强壮的青年。

风后已知己方失去了战斗优势，于是早在逼着祝融氏族向山顶冲锋时就率领两个氏族向山下撤退了。

“这是个难缠的敌手，我们去请大君调拨更多的兵力！”

见敌军撤退，众人皆长松了一口气，唯独仓颉依旧处于紧张之中。

“大君，敌人已经撤退了，为何你的脸色还那么难看？”夸父问道。

仓颉沉吟片刻，说：“像这样威名远播的部落，绝不可能就这样甘心撤退，他们一定还会卷土重来，而且还会带来更多的战士和更精良的武器。”

彤鱼氏族长听仓颉这么一说，有些怕了，急忙问：“那我们该怎么办？”

仓颉道：“我们须尽快让神农大石及其族众知道，侯冈部落正与他们并肩作战。因此，眼下我们要做的是继续向东进发，去追击轩辕氏！”

彤鱼氏族长道：“可是他们的人比我们多得多！依我看，我们应该先设法与神农大石取得联络，然后再细细商议对策。”

仓颉摇头否决：“要是这样，恐怕轩辕氏早就打败了神农氏，甚至转而对我们发起进攻了。既然他们人数众多，那我们就要比他们还人多势众！”

彤鱼氏族长苦笑：“我们已经出动了各氏族中的所有青壮年，剩下的都是老弱妇孺，让他们长途跋涉尚且不能，更不要指望他们战斗了！”

仓颉摇头，笑道：“我并不是真的要增加咱们的作战人数，而是想办法造成一种假象。”

“假象？”众人惊诧。

“造成一种我们人多势众的假象！”

夸父忙道：“大君的意思是要骗他们？”

仓颉点头，然后细细说出自己的计划：“将我们九个氏族分为左、中、右三部，尾随敌人，不断对他们进行袭扰，既不与之近战肉搏，也不将自己置身于平川之上，以免与他们的战车遭遇，如此必能将其激怒。他们击我左军，中军就对他们进行袭扰；他们击我中军，右军就对他们进行袭扰……总之就是要让他们晕头转向，既摸不清我们在何处，也搞不懂我们到底有多少人。”

这时，息柴又面露难色：“大君啊，这是个以少胜多的好法子，可一旦开战，我军左、中、右三部之间如何保持联络、遥相呼应呢？大君又将如何对全军进行指挥呢？”

“我们族中有的是擅长在山间密林奔走的轻巧猎手，让他们担任传令兵不就行了！”西陵氏族长大声说道。

“如果轩辕氏抓住我们的传令兵，对其逼供，传令兵不忍酷刑，将我们的秘密泄露出去，那该怎么办？”

“我们的族人个个忠勇无双，宁可被杀死，也绝不会泄露一点情报！”西陵氏族长不服气地大声说，“不仅我们氏族，我相信其他八个氏族的兄弟同样会对大君忠心耿耿，侯冈部落中绝不会出现叛徒！”

息柴还不客气地说道：“除了我们的大君仓颉，我息柴不相信任何人，不再跟从任何人。”

西陵氏族长勃然大怒：“你这话的意思是连我也不相信了！”

息柴依旧不急不躁地说：“我说过了，除了大君，我谁也不信任！”

西陵氏族长怒气更盛，声音也高了许多。眼看两个人就要争吵起来，仓颉急忙劝阻道：“眼下非常时刻，务必要团结，两位争吵于战事没有一点益处，只会让我们的敌人欣喜。”

西陵氏族长见仓颉发话，遂不再对息柴步步紧逼。

随之，仓颉又针对息柴的顾虑说道：“息柴族长的顾虑也并非没有道理，刚刚与我们交战的祝融氏不就是神农氏的叛徒吗？可是如果我们的传令兵并不知道情报的具体内容，那我们岂不是就不用担心秘密泄露了？”

夸父听了一头雾水：“大君真是说笑了，传令兵就是传递情报的，要是他们不知道情报的内容，这又怎么传？”

仓颉微微一笑，说：“难道诸位都忘记了？以前我们互通消息皆赖口口相传，而如今我们却有了一件利器！有了它，不用口口相传，情报一样能送出去。”

大家听仓颉这么一说，一时没反应过来，都怔住了。夸父歪着脖子皱着眉头想了想,恍然大悟,惊喜地大叫:“对了! 文字! 我们可以用文字互通消息啊!”

大家终于明白了仓颉的用意,一个个面露欣喜之色,纷纷赞同。

西陵氏族长连连点头道:“是,是! 轩辕氏族虽然武力强盛、装备精良,但他们绝对看不懂我们的文字! 试问除了我们侯冈氏族,还有谁有这样的神兵利器! 我们只需将军报写在兽皮上,找几个善走却不识字的勇士,让他们在三部之间传递消息,即便被抓住,轩辕氏也休想得到一丝消息!”

此时,文字作为一种正逐步代替结绳记事的新兴事物,虽被仓颉下了大气力进行推广,但因为诸多因素限制,不能让九族中所有人都能系统地学习,那些能像仓颉一样熟练应用文字的人多是族长和智者,许多普通的族人不过和后世封建时代的寻常百姓一样,只些许认得几个字,其实与文盲并无太大差别。

仓颉安排下去,将九个氏族分为三部,而后继续向东快速行进,以求尽快与轩辕氏主力交锋,从而让神农氏联盟得知他们前来助战的消息。

神农大石并没有因为轩辕战车的一次冲击就乱了阵脚。在密林中甩掉了轩辕氏的纠缠后,他们吹响洪亮的大牛角号,召集各氏族,在隐蔽处与他们族长和智者一番商议,最终决定不再对敌人进行主动出击,而是以丛林为掩护,避开轩辕氏的战车,与他们的徒卒们打一场游击战。

面对丛林的层层阻隔,轩辕黄帝下令徒卒们冲进丛林,锲而不舍地追击神农氏联军。二大君之间遂展开了一系列惊心动魄的战事。

神农氏率先用长弓大矢对轩辕部落发起进攻,猝不及防的轩辕氏勇士陷入慌乱,险些溃败。轩辕黄帝立即组织投石兵对神农氏进行反击。与侯冈氏族惯用的投石不同,轩辕氏投石需借助由绳索和皮革编织而成的投石索,其实他们不是将石头投出去,而是甩出去,因此射程更远,命中率更高,神农氏族的大弓手损失惨重。神农大石遂率联军向丛林深处撤退,这里地势更高。借助着地利,他们对轩辕部落再次发起反击,神农氏的长弓大矢和赫胥氏的轻型短矛远近配合,一起重创了轩辕部落的徒卒。轩辕黄帝震怒,下令所有战士向高地冲锋,怯战退缩者皆被砍掉了脑袋。面对轩辕部落发起的一次又一次冲锋,神农氏联军渐渐不敌,于是从高地节节撤退,向更深的树林中跑去。柏皇氏和栗陆氏急于立功,因此仰仗自己擅长林中穿行的本事,贸然对轩辕部落从侧翼发起偷袭,可轩辕黄帝早有准备,用满天飞石粉碎了他们的奇袭计划。神农大石没有丢下与自己并肩作战的盟友,对轩辕部落发起进攻,双方陷入肉搏战。可神农氏族的石质武器在轩辕氏族的青铜武器面前不堪一击,勇气并未让他们挽回败局,只得顷刻败走,继而向密林深处冲去。轩辕部落的战士们已精疲力竭,无论轩辕黄帝如何威逼利诱,他们再也不肯向那黑黢黢的丛林迈出一步。轩辕黄帝知道不可强求,于是作罢,双方暂时维持着说不清孰胜孰败的尴尬局面。

战后,轩辕黄帝巡视战场并统计伤亡人数,结果吃惊地发现:他们的伤亡人数竟然达到了敌人伤亡人数的一半!而在以往,这是不可能出现的情况,在他们故土所进行的每次战争,他们与敌人的伤亡比例都维持在一比五。

这些尸体在轩辕黄帝看来简直是触目惊心,他不由痛惜,而后坚定地改变战略。

"丛林是属于敌人的,它只会成为我们的墓地,若想战胜敌人,就一定要除掉这些碍事的大树!"

轩辕黄帝遂下令放火烧林。

但命令一经下达,就遭到了以沮诵为首的众多臣下的反对,包括常先、力牧、大鸿。这些人和沮诵一样,皆出自不同的氏族,是黄帝征战挞伐、开疆拓土的王佐之资,亦是维新创造、开启民智的智者贤人,其中常先即是轩辕战鼓的发明人,而力牧则是投石索的创制者,大鸿则擅长训练士兵和行军作战。

沮诵悄悄与三人商议:"大君想火烧丛林,不过贪图一时之快,若是神农氏诸族都死光了,我们要这空荡荡的土地有何用?我等切不可让大君肆意妄为。"三人点头。

沮诵遂带三人前去劝阻黄帝："只因神州之地没有连绵成片的茂密丛林,因此大君缺少对丛林的敬畏。其实大地之神不唯在神州之地,这赤县之地也是大地之神的疆域,而这里的丛林自然也是大地之神的馈赠！何况大君曾说过,'凡我轩辕战车经过之地,全是神州大地!'大君脚下便是神州,贸然焚毁丛林,只怕会招致灾难。"

黄帝不由愤懑："不能打,也不能向丛林深处追击,那我们还能怎样？难道再回到我们的故土去?"

沮诵道："人总是要吃饭的,只要我们死守在外,不信他们不出来。"

黄帝冷笑："难道他们不会在林中打猎充饥吗?"

沮诵遂道："大君你看,丛林之外是他们开辟的大片农田,又没看到他们的牧场,由此可见他们对粮食十分依赖。这么多人在丛林中,仅靠狩猎肯定是要挨饿的,只要挨了饿,就一定会甘冒风险出来与我们决战。"

黄帝听了连连点头,一脸喜悦地称赞道："不愧是沮诵,说的有道理!"随即向亲卫下令："去他们的田地中看一看,眼下能吃的收了;眼下还不能吃的,全作草料去喂养我们的牲畜。"

沮诵等四人应了,下去执行黄帝交派的任务。

黄帝忽然想起什么,急唤："力牧站住!"

力牧急忙停下,站在黄帝跟前,等他下达命令。

黄帝道："诸位之中你最擅长驾车,现在我要你安排车队,向北、东、南三个方向进发,去寻找我们的盟友。"

力牧不解："我们的盟友?"

黄帝笑道："神农氏诸族在赤县之地立足并非一日,周边必有仇敌,而他们的仇敌就是我们的盟友。"

力牧了然,领命而去。很快,十几辆轩辕战车就离开阵营,同时向三个方向驶去。

继而,黄帝看着地上的尸体,下令道："厚葬我们的勇士!"说罢,又看了看那些神农氏联军的战士,又道："也厚葬我们的敌人。"

就在轩辕黄帝部署新的战略时,从西方而来的斥候忽然传报:风后部遭遇了一支狡猾的敌军，损失惨重，而祝融氏族已全军覆没。

黄帝随即接应了风后，向他询问关于这支神秘队伍的情况，但是风后也并未说出个所以然来："我唯一知道的就是他们的大君号称仓颉，是个诡计多端的奸诈之徒！"

黄帝的直觉告诉他：与人多势众的神农大石不同，这支人数更少的队伍似乎更加难以对付。愤怒激发了他的斗志，他当即亲率一半兵力向西而去，要亲自会一会这个厉害的角色。

仓颉率领麾下三部在行进中不断对风后残部进行袭扰，且彼此之间一直互通消息，这让顾此失彼的风后及其部几近抓狂，斗志逐渐被消磨，行军也变成了疲于奔命的逃亡。仓颉麾下诸族都杀红了眼，踊跃要求乘胜追击。仓颉却摇头拒绝："你们应当平复狂热的杀戮欲望！"而后下令各部再次躲入山林之中，等待轩辕黄帝的主力军前来。

仅仅一天之后，轩辕黄帝的华美战车就出现在他们的视野之中。

他们之间的战争持续了一个多月。一开始，黄帝用战车对置身于山间峡谷中的仓颉诸族进行冲击，但还未等战车冲到跟前，仓颉诸族就兵分三路，有条不紊地撤退进了山林。黄帝下令追击，但是这些常年生活在平原上的人在攀岩这件事上远不如仓颉诸族，很快就跟丢了敌人。当他们准备下山时，侯冈氏联盟却又不知道从哪里冒出来，忽然杀得他们措手不及……如此反反复复，真让人气急败坏。

轩辕黄帝发现，敌人虽然兵分三路，且彼此之间距离甚远，但他们在作战时却能动作协同，遥相呼应，因此推断他们之间必有传令兵互通消息，于是派出勇士在三部之间进行扫荡，结果真的在一条山道中捕获了一名传令兵。

轩辕黄帝命人严刑逼供，先是鞭打，后是杖击，但传令兵始终咬定自己并不知道具体情报。黄帝认为他有意隐瞒，于是威胁要将他车裂。鉴于赤县之地的人们皆是初次见到战车，并不知道车裂是什么东西，黄帝便让人准备了一头山猪，用绳索捆绑住其头颈和四肢，系在战车后尾，而后马鞭响起，战车朝着五个方向开动，山猪发出一声凄厉的惨叫，溅出一团血雾，硬生生地被拉成了五块，情状惨不忍睹。

黄帝笑眯眯地对目瞪口呆的传令兵说道："这个也是我们的伟大

创造！小兄弟，你想不想试一试?”

传令兵吓得瘫软在地，神情恍惚中从胯下拈出一张皮革。沮诵接过，看了片刻，没看懂，然后交到黄帝手中。

黄帝疑惑地将皮革展开，看到上面是用血液画出来的奇怪图案，虽然看上去有种似曾相识之感，却完全不知道这些图案都代表着什么寓意。

“这是什么东西?”轩辕黄帝问传令兵。

传令兵颤声道:“这是……这是……我们大君的创造，它……它叫文字!”

“文字?”

黄帝听了这个从未听说过的名词，十分诧异，一边仔细端详，一边紧皱眉头:“你们的大君就是用这个东西传递军令的?”

“是……”

黄帝指着皮革上的文字，厉声问道:“那你说，这上面都说了些什么?”

传令兵吓得连连摇头:“我……不知道……”

黄帝故意恶狠狠地威胁道:“你说了就饶你不死，不说就让你试一试车裂的滋味!”

传令兵吓得一个激灵，趴在地上，像一只笨拙的甲虫，连连叩头:“我真的不知道！这些文字只有族长和智者才认得，而我不过是个小小的猎手，从没学过这些文字啊……”

黄帝见状，确信这个传令兵当真不认得这些文字，很是失望，于是向沮诵投去询问的眼神。沮诵抱歉地摇摇头，表示自己也无法解读这奇怪的图案。黄帝更加失望，也更加好奇，不只好奇这些文字的奥秘，更好奇这个发明文字的奸诈之徒。

这时，一辆战车急匆匆从远处驶来，停在黄帝身边，从战车上跳下一名族人，身手轻盈矫捷，满脸都是欢喜，向黄帝大声禀报:“大君！力牧给您带来了天大的喜讯!”

轩辕黄帝随即将写有文字的皮革攥在手中，脸上露出胜利在望的笑容。

## 5

# 阪 泉

力牧率领一支战车队伍，绕过茂密的丛林，风驰电掣般一路南下，最终在三天之后看到一条横贯东西的大江，又在水边遇到了一个文身断发的氏族。通过短暂的交谈，他惊喜地发现：果然不出黄帝所料，这片土地上确实生活着诸多氏族，而且世世代代都与神农氏诸族为敌！

换言之，这些氏族全是轩辕部落潜在的盟友。

在这个氏族的指引下，力牧一行乘舟渡过大江，见到了南方九黎部落的大君蚩尤。

滔滔江水般一去不回的岁月似乎没有在蚩尤身上留下太多痕迹，多年过去了，他依旧容光焕发，踌躇满志。最重要的是他依旧思维清晰，斗志昂扬。没有人能说得清他的年龄，终年被绿荫覆盖的南方水乡生活让他似乎永远不会老去，随时可以跃身跳上皮筏，出发征战。他在力牧身上看出了轩辕氏这个从西方而来的部落那与众不同的特质，认定了这些人是帮助他们战胜神农氏诸族并夺回丛林的天赐盟友，遂爽快地答应出兵相助，并当场饮下一碗江鼍的鲜血，信誓旦旦地高声宣布："我蚩尤以此水龙之血郑重起誓，即日起，轩辕部和九黎部是万世不易的生死同盟！"

力牧随之代替大君轩辕黄帝以最高的礼节拥抱了蚩尤，继而制定了战胜之后各自所得土地的疆界:以太行山为界,将赤县之地分为东西两部,西部划归轩辕部落,东部划归九黎部落。蚩尤强调并坚持自己对太行山以东地域的天然所有权:“自古以来,大东之地的茂密丛林就是我们祖先的蕃息之所!”

然后,力牧先行一步返回北方,迅速地将这个好消息告之黄帝。

黄帝随即暂时放弃了一直跟他们打游击的仓颉,也遏制了自己对于那奇妙纹样的好奇心,迅速回到东方,列阵在神农氏族藏身的密林外,准备着最后的决战。

这天忽然吹起西风,树叶在怒吼的风中战栗,露出叶片的背面,从而使得整个丛林现出一片片银灰色的光芒。黄帝从风中闻到了不妙的气息,但他确信,恐惧绝不会来自轩辕部落。

“我们的作战计划是让擅长肉搏的九黎部落冲进密林,从南方对神农氏诸族发起进攻,而我们则攻击其背后和侧翼。一旦他们被赶出密林,守候在丛林外的战车部队就冲上前去,将他们轧成肉泥!如此前后夹击、步车结合,我轩辕氏便没有征服不了的土地!”

轩辕部落的勇士们发出狂野的怒吼。

南方,蚩尤已经带领九黎部落渡过大江大河,穿过草莽,怀着恢复故土的一腔热血,很快就冲进了神农氏诸族藏身的密林之中,他们似乎已经听到了敌人在阴暗树林里的喘息声。

西方,藏在山林中的仓颉忽然发现轩辕黄帝驾车而去,遂意识到东方又有了新的动向。

夸父问:“大君,我们要不要追过去?”

仓颉没有回答,居高临下地望着黄帝绝尘而去后留下的车辙,他忽然意识到:这种近乎完全防守的策略,其实很难撼动这个强大敌人的根基!而且越是迟一些与神农氏取得联系,战况就对我们越不利!

“我们要追过去!”仓颉忽然决绝地说道。

众人皆吓了一跳。

彤鱼氏族长忙道:“大君,只要我们下山,就一定会在平地上与他们的战车遭遇,他们战车的厉害你又不是不知道!”

仓颉的声音虽然平静,却蕴藏着自信的坚决:“轩辕战车厉害,我自然知道，可如今我们不但要冲下山去，与他们正面交锋，还要战胜他们引以为傲的战车精锐！”

众人都以为仓颉在说胡话。不，这明明就是在说胡话。在他们的意识里，轩辕战车是神级的大杀器，是根本不可能战胜的庞然大物。

仓颉从他们的眼神中看出了质疑，于是说：“或许轩辕战车是个没有软肋的器物，但那四匹负责拉车的战马就未必了！它们是活物，只要是活物就有软肋。你们放心，既然我决定迎战轩辕战车，就一定有办法战胜它！”

多年来的共同生活让人们对仓颉建立起充分的信任，人们因此而选择相信他的话，继而对即将发生的事充满了强烈的好奇心：我们的大君究竟要用什么方法对付那不可战胜的战车呢？

此时，九黎部落已经与神农氏诸族开战。神农氏诸族因猝不及防而陷入混乱，但在神农大石以及几位族长的号召下，快速地恢复了士气，继而与九黎部落陷入鏖战。但轩辕部落的参战让他们的情况瞬间变得糟糕起来，腹背受敌之下，各族以惊人的速度减员。

已经身负重伤的神农大石一边督战一边杀敌，他看到自己的族人不断倒下，鲜血黏滞了人们的双脚，几乎陷入绝望。他已经不知该如何将这场战争正常地进行下去，他和他的族人已经忘却了所有的理想与荣耀，唯一还在支撑他们战斗的是最强烈和最本能的求生欲望。

黄帝亲自驾车，在丛林的边缘等待，身后排列着他最引以为傲的战车部队。一旦敌人冲出丛林，他就会下令，让滚滚车轮向这些卑贱的敌人开动。

但是他从未想到，会有一个人率领他的族人，拿着远落后于他们的武器，以步行的方式，主动对他的战车精锐发起进攻。

斥候急匆匆来报，说仓颉正率领族人向他们杀来。

黄帝听了，微微一笑：“他们终究还是按捺不住了！”随之轻轻一挥手中的大纛旗，下达了他的军令：战车部队向这群不知天高地厚的野蛮人发起最为致命的冲锋！

黄帝坚信,即便逆风而上,自己的战车部队也能轻而易举地撕破顺风而下的敌人防线,最终将他们杀得片甲不留。

他们的战马在风中越来越狂躁不安,他们确信这是许久未浴血沙场的骠骑对即将到来的杀戮的迫不及待,因此并未将其放在心上。黄帝一声令下,战车随即以整齐的阵列向侯冈氏联军冲去。

原以为等待他们的是敌人的哀号,却不料,在敌人阵列映入他们眼帘时,竟然惊恐地发现迎面而来的根本就不是人,而是一排五彩斑斓的猛虎!与此同时,一股浓重的老虎特有的气息扑鼻而来!他们也在一瞬间找到了战马狂躁不安的原因:这些嗅觉灵敏的畜生早就闻到了顺风而来的猛虎的味道!

战车部队随之陷入混乱,整齐的战线一下子变得歪七扭八,每匹马都惊慌失措,每个人都束手无策,每辆战车都横冲直撞……战马与战马相互挤压,碰撞,不时有战车在快速掉头时倾翻,落地的战士纷纷葬身马蹄之下。

仓颉已经率领族人冲了上来,对落下战车的轩辕部落战士一番击刺。

真实的情况是仓颉的队伍中并无猛虎供其驱使,这不过是他的战术。他将侯冈氏族历年积攒的一百张虎皮尽数拿了出来,分割成三百份,装备到冲在第一线的战士身上,巧妙地利用其花纹和气味,惊扰了轩辕部落的战马,让轩辕战车失去了冲锋作战的能力,甚至还让他们自相践踏,造成了更大的损失。

轩辕部落的战士们虽然已经看到了对方不过是穿着虎皮的人,可一切为时已晚,他们的战马都已受惊。面对那些在面前晃来晃去的“猛虎”,这些食草动物变得越来越疯狂,尖声鸣叫,胡乱踩踏,让他们的阵形乱成了一锅粥。

黄帝见状惊出一身冷汗,急忙高举大纛旗冲上前去,同时鼓声响起,这是他们对勇气的召唤。

轩辕部落的战士在这种鼓舞之下又恢复了士气,试图调整车头再次发起冲锋。

正当此时,忽然一声洪亮的虎啸穿过战场,震撼着在场每个人的心脏，让他们不得不停止厮杀左张右望，寻找这虎啸的来源。

仓颉看到，轩辕勇士后方的一块巨石上出现了两头猛虎，身形简直大得吓人。它们毫无征兆地从天而降，威严地在高处站立，俯视着他们。他忙轻声鼓励族众，稳住了阵形，他可不想因为猛虎的出现而引起己方军队的骚动。

轩辕部落的勇士们在看到猛虎后一个个都慌了神，以更快的速度、更乱的阵形争先恐后地溃退。黄帝见状怒目圆睁，不退反进，命鼓手擂起战鼓整顿队形，同时将自己的战车逆流冲向战场的中央。轩辕部落在黄帝的鼓舞下开始重新集结。

这时，两头猛虎从巨石上一跃而下，继而冲进了轩辕部落的队伍，在吼叫声中一连扑倒八匹战马，一时间鲜血飞溅。血腥气不但越发刺激了猛虎的杀戮本能，还让轩辕部落刚刚恢复一点的秩序再次荡然无存。

黄帝不顾一切，驾乘战车冲向猛虎，在靠近猛虎的一瞬间，将手中长矛刺出，划过了其中一头猛虎的肩头，撕开一道一指长的伤口。猛虎吃痛，抬爪将其中一匹战马拍倒，继而导致整个战车失去平衡，踉踉跄跄地侧翻在地，将黄帝从战车中甩出。

黄帝越发怒不可遏，从地上抄起一柄长矛，嘶喊着再次冲到猛虎面前，而后在双方士卒众目睽睽之下只身与两头猛虎决斗。如果不是亲眼所见，仓颉绝不会相信，眼前这个身材魁梧、皮肤黝黑的汉子，出神入化地挥舞着手中一柄长矛，竟然能使得两头巨型猛兽丝毫近不得身。

这时，沮诵驾着战车带领勇士们冲了上来，不顾黄帝的坚持，硬是将其拉上战车，绝尘而去，同时代替黄帝下达了此战中的最后一个军令：撤退！

在离开战场前，轩辕黄帝看到了敌人的首领，他知道那个人一定就是仓颉。之所以能如此确定，是因为唯有他的长矛上系着一面绿色的幡旗，唯有他的额头上缠着一条镶嵌玉石的抹额，也唯有他的眼睛中透出一股沉静文雅而又威严的气势。黄帝坚信，普天之下，人人相同，却又人人不同，那些智者、贤者、圣者、尊者和为人君者，皆有不凡的气度，或者天生，或者后天养成，就像能在狼群中一眼辨认出狼王，他也能在一眼之间就辨别出人群中的君者。

“看上去不过是个文弱之人啊，行事却像一个伟大的人君！”轩辕黄帝不禁发出如此真诚的赞美，但与此同时，也恨透了他。

轩辕战车逃离战场之后，仓颉及其族众许久才幡然回神，战场上只剩下他的族人和那两头猛虎了。受伤的猛虎正在舔舐伤口，另外一头猛虎也并未对轩辕战车进行追击，它走到受伤老虎的身边，替它舔舐了一下伤口上的血液，而后面朝众人，泛着黄绿色光芒的眼睛在人群中检索。

在场所有人的神经依旧紧绷，甚至比轩辕黄帝撤退前绷得更紧，一个个下意识地握紧手中长矛，随时准备将其投出。两头猛虎并不在他们预先制定的战略范围之内，他们也不知为何突然杀出这两个庞然大物。虽然就目前看来，它们是来给仓颉部落助战的，但谁也不敢保证，这两头巨兽会不会突然将尖牙利爪对准他们，毕竟它们是野兽。

仓颉声音平静而舒缓地抚慰人们：“不要慌张。”

在众人瞩目中，其中一头猛虎忽然迈开轻柔的脚步，缓缓地走向人群，走向仓颉。

一直在仓颉身边担任护卫的夸父吓得要死，紧张兮兮地准备投掷长矛，却被仓颉伸手拦下：“别害怕。”说罢，似乎受到了某种感召，他竟然向前跨了一步，迎向老虎。

老虎来到仓颉面前，仓颉与之对视。他看到它那锐利的眼神中竟然透出一丝温情。而后，老虎在仓颉身上嗅了嗅，同时喉咙里发出一长串低沉舒缓的呼噜声。

仓颉知道，对于许多大猫来说，这种呼噜声是表示友善的意思，他因此而十分讶异，一头老虎为何要对我表示出这样的温情呢？

正疑惑间，老虎向他抬起前爪，仓颉猛然看到了老虎前腿上有一道疤痕。幽暗的树林，茂密的灌木丛，尚有余温的尸体，惊恐而鸣的虎崽子……啊！记起来了！那还是许多年前，那时候侯冈氏族还是个籍籍无名的小部落，大檀族长和赤须智者尚且健在。在少年仓颉的谋划下，他们借助猛虎的力量，在树林中对大庭氏族发起了报复性的反攻，而他则在密林中救下了一头受伤的虎崽子。

“你还活着！”

就像是忽然看到阔别多年的老朋友，仓颉差一点就潸然泪下，声音也颤抖起来。他动情地伸出手，抚摸老虎腿上的伤口。伤口早已与皮肉融为一体，当年憨态可掬的娇小身躯已经长成雄壮勇猛的庞然大物，凌乱的皮毛早已出脱得异常华美，像是日出前的朝霞。

仓颉百感交集，当年在密林中与它邂逅的场景依旧历历在目。

“你长大了！”

老虎就像是听懂了仓颉的话，用毛茸茸的脖子在他手臂上蹭了蹭，仓颉能感受到它柔软皮毛下那温热的血液在快速流动，和自己血管中的热血似乎并无区别。

另一头虎的伤口已经停止渗血，它轻轻地低声呼唤，似是在召唤她的伴侣离开。老虎再次望了仓颉一眼，而后转身，与自己的伴侣双双跃入草莽中，很快消失得无影无踪。

仓颉目送它们离去，脸上带着一丝浅浅的微笑，摇手作别，就像当年离开侯冈氏族的村社时与选择留下的年迈族人挥手一样。

而他的族人们早就目瞪口呆了。

此战后，出于人们乐于夸大事实的一贯作风，仓颉与黄帝的初次正面交锋很快就在敌我双方的口口相传中被描绘成如许模样：仓帝率领强大的氏族联盟，从洛水之南倾巢而出，他是驱使成百上千头猛兽的战神，他不但是洛南诸氏族的大君，还是山间、林中百兽的大君，仅需挥动一下战旗，就可以让最凶猛的野兽冲开敌人最坚固的防线！

出于瓦解轩辕部落士气的需要，侯冈氏诸族对这个奇谈怪闻的传播起到了推波助澜的作用。

仅仅三天后，就连轩辕部落内部也开始流行类似的说法。然而此说法得以流行其实是沮诵的主意，他的考虑是：如果我们的敌人不是如有神明相助的强大势力，那我们的战败就是一个可悲的笑话！为了不让我们伟大的轩辕部落成为别人的笑柄，就必须夸大我们敌人的实力，让他们成为似乎不可战胜的神话！唯有这样，轩辕部落才能在这场尴尬的战败中挽回脸面。

由于轩辕黄帝亲率的战车部队失利，导致那些在密林中与九黎部落夹击神农氏诸族的轩辕战士也无心恋战，纷纷冲出了丛林，集结在轩辕黄帝的周围。为了不给仓颉乘胜追击的机会，用时间消磨其势不可当的锐气，沮诵劝说轩辕黄帝："当此之时，应暂时放弃与之正面交锋，由此向东北方向前进三天路程，便是一望无际的大平原，适合车战。那里还有一条与大河并行的河川，我们可以占据这地利天成的河间之地，既可以将这两条河流作为防守时的屏障，也可以在敌人渡河时趁其阵形不稳而发起奇袭。"

轩辕黄帝一边听一边不时点头，当听到这片河间之地时，不由好奇地问道："这片土地叫什么名字？"

沮诵道："阪泉。"

密林中，一直与九黎部落鏖战的神农氏诸族也听说了仓颉的辉煌战绩。于战斗的间歇，这些身心疲惫的战士们躲在浓密的灌木丛中，小心翼翼地商议着战事。他们必须小心，因为九黎人也擅长于神出鬼没中进行奇袭。

在听了心惊胆战的斥候添油加醋的传报后，他们无不对仓颉心生敬意，而且从仓颉的种种动向推断，这个昔日的敌人就是来与他们并肩作战对抗轩辕部落的。

"我们到底是有着打不断的血脉情谊啊！"柏皇氏族长不由动情地感叹，继而向神农大石提出请求，"轩辕氏的战车部队遭受重创，现在是我们和侯冈氏联军合力击败敌人的最佳时机，此时大君应派出斥候，速速向仓颉传递合兵之意。"

神农大石默不作声，他有自己的顾虑："我自然知道，侯冈颉就是来助我一臂之力的，如今他是我们最为珍贵的盟友，他的出现是我族于艰难战局中进行绝地反攻的最好机会！可眼下人人都在议论侯冈颉，人人都在称颂侯冈颉，甚至我族中也有人开始称他为仓颉而非侯冈颉！自古以来，赤县便只有一个至高无上的大君，那就是我——神农氏族的炎帝，而绝无所谓的仓帝！即便我们和侯冈颉会合之后击败了轩辕氏，那天下人也一定会将功劳统统放在这个仓帝的头上。他们一定会说，哎呀，如果不是侯冈颉，是不能将轩辕部落击败的！到时候反而会将本大君弃之一旁！不！这绝不是我想看到的！我绝不能对不起神农氏族的列祖列宗！宁可丢掉赤县大地，也不可丢掉神农氏族的尊严！”

神农大石随之气定神闲地对众人说：“本大君有把握，仅凭我们自己的力量，无须任何外援，也能战胜敌人！”

众人见状，听出他的言外之意，不由着急，柏皇氏族长忙道：“大君！多一些人手就多一些胜算，侯冈氏联军近在咫尺，我们又为何冒这个风险？还是尽快与仓颉互通消息吧！”

神农大石再次听到仓颉两个字，心中的不满越发强烈，态度坚决地摇摇头：“我主意已决，现在即改变战略，放弃与九黎人纠缠，天黑时离开这片丛林，去追击轩辕部落！”

诸族长还想争辩，但神农大石却忽然一反常态地表现出一种果敢坚决，高声道：“如果你们因为丧失勇气而畏惧死亡，要选择弃我而去，一如当年的祝融氏，那本大君决不阻拦；如果你们想要恪守自己的誓言，捍卫自己的尊严和氏族的荣耀，那么就请拿起你们手中的武器，跟着我神农大石，勇敢地冲出丛林，去追击我们共同的敌人！”

这一席话让众人难以反驳，他们皆不想落得一个贪生怕死、背信弃义的恶名，遂俱沉默不言。

神农大石又举起手中的大弓，慷慨激昂道：“我手中的羽箭即将告罄，桑木长弓即将碎裂，但我坚信，只要心中仍旧激荡着只属于勇士的不屈气概，就一定能战胜强大的敌人！”

神农氏联军随之默认了神农大石的决策。在场之人，谁都不敢站出来反对，在这个特殊时刻，谁反对谁就是懦夫。神农大石迫不及待，天刚一擦黑，他就带着联军勇士悄悄撤离。走出丛林之后，跟随着地上的车辙，向东北方向的阪泉之野而去。

仓颉派出斥候去丛林中寻找神农氏，但斥候只看到神农氏联军和九黎部落交战后的满地狼藉，进而发现了在附近逡巡探望的九黎人，而对神农氏联军的去向则一无所知。仓颉不禁纳罕，不敢轻举妄动,暂时驻扎于一处高地,派出斥候,谨慎而耐心地等待神农大石的消息。

再次听到有关神农氏的消息是在六天之后,而带来消息的人是神农氏联军中的幸存者。

幸存者来自各个氏族,既有柏皇氏族也有赫胥氏族,既有耄耋老人也有蓬头稚子,既有健全者也有伤残者,他们的唯一共同点是:神色慌张,充血的眼睛里全是无处安放的恐惧。仓颉将他们召集起来,为其提供饮食,而后不厌其烦地倾听每个人在惊魂未定中喋喋不休地讲述他们在阪泉之野的遭遇。

"他们杀人就像我们在割谷穗！咔嚓咔嚓人头落地,多得像是河滩上的鹅卵石!"

听了他们的描述,仓颉惊觉:阪泉之战是有史以来最为宏大、最为血腥同时也是最为离奇的旷古大战。

最初,神农氏联军在急行军中一路追击轩辕部落,沿途不断地捡拾他们落下的各种稀奇古怪的干粮和器物,比如一种土黄色的粮食颗粒,放进口中细细咀嚼,便沁出蜂蜜一般的甘醇。通过这些杂乱无章的蛛丝马迹,神农大石自信地判断:轩辕部落已乱作一团,他们的精锐之师早在与侯冈部落的交战中被摧毁殆尽,如今只剩下疲于奔命的逃亡之旅。柏皇氏族长则认为此时应小心谨慎,因为"轩辕部落来自西方,即便逃亡也应是逃向西方,如今却举族向东北方向逃亡,此举实是可疑"。神农大石却自认不会出错,因此不睬此建议,将嘴角轻轻一翘,嘲笑柏皇氏族长是被吓破胆子的小鼠。

在艰难地借助各类大小长短形制不一的木舟越过大河之后,他们竟然与一小股轩辕部落的族人相遇,原以为会有一场恶战,却在短暂交战之后,就看到轩辕部落呼啦啦作鸟兽散,齐刷刷地向北方逃窜。神农大石见状,喜不自禁,傲然下令继续追击。

如此追击一天,次日清晨,他们来到了清水之滨。朝阳渐渐驱散了晨间的薄雾,在一派素色清冷中,出现了让他们每个人都魂飞魄散的一幕:轩辕大军戈矛林立,寒光闪闪,排着整齐的阵列,在微笑中等着他们自投罗网。

就在那一瞬间,死神的锋利镰刀就悄无声息地架在了神农氏联军每个人的脖颈上。

轩辕部落以战车为前军,徒卒为后军,阵形近乎完美,现在他们要做的就是杀戮。

在空旷无物的大平原上,无论是人还是野兽,皆无处躲藏,而神农氏联军散乱的阵形更是战车部队最喜欢的攻击对象。在战鼓声中,舞者们跳起轩辕战舞,与此同时,最为精锐的战车部队发起了排山倒海的冲锋,车轮上的青铜镰刀齐齐嘶鸣,那是黄泉之下死神的恐怖歌唱。

不出轩辕黄帝所料,神农氏联军一触即溃,各族之间不能相顾,好像受到惊扰的蚂蚁,纷纷四散奔命。他们逃跑时的气势比来时的气势更为快速,如倾泻而下的洪水,如轰然倒塌的山岗,如海上卷起的狂风,势不可当,在夺命奔跑中自相践踏,死伤甚重。

轩辕黄帝驾乘战车在溃军洪流中追逐,没有杀戮任何一个陌生的族人。战车灵活地穿梭,悠然迅疾如乌梢蛇,轩辕黄帝最终亲自生擒了神农大石——他所戴的镶有宝石的牛角盔实在是太过显眼。

战争仅仅进行了一个早晨和一个上午。当洒在地上的新鲜阳光与殷红鲜血及神农部落的赤色幡旗融为一体后,轩辕黄帝三次给他的战士们下达命令,最终制止了轩辕部落的报复性杀戮行为。阪泉之战宣告结束。

死伤近半的神农氏诸族在哀号中逃出战场。

从这一刻起,仓颉就知道,赤县派系的氏族们大势已去,很快,轩辕战车就会杀过来,而身穿虎皮的诈术不会第二次生效,他们将会在滚滚车轮之下一败涂地。

轩辕黄帝带着神农氏联军近一千名俘虏,其中包括神农大石本人,从阪泉南下,来到神农氏族的都邑。轩辕战车在神农氏族的田地中任意驰骋,留下的深深车辙刺痛着神农氏族人的每一根神经,让他们陷于无尽的绝望之中。

轩辕黄帝将神农氏族的神社拆毁,祭坛砸碎,将牛头幡旗折断,撕裂,付之一炬,然后引入大水,让埋葬着神农氏族列祖列宗的坟墓沉入幽暗寒冷的水底……他要让神农氏族将一切关于他们祖先的记忆统统忘却，将一切关于神农氏族的信息剔除得干干净净。

俘虏中的很多人都不愿屈服，但在这为数众多的阶下囚中，只有一个人义无反顾地站了出来，他是神农大石的得力助手，号称刑天。刑天的父亲、祖父乃至曾祖父都是神农氏族中首屈一指的勇士，桀骜不驯是他祖传四代的家宝，其惯常的作战姿态是一手持榆木盾，一手持白石斧，在闪转腾挪中奋力挥砍，取人首级。

刑天趁人不备，一跃而起，如一只扑食的鹰隼，迅疾地向黄帝冲去。虽然他的手脚被绳索绑缚，却依旧动作灵敏。黄帝没有防备，被刑天扑倒在地，接着便感到一阵火辣辣的疼痛，刑天那口经常生食瘦肉的牙齿竟然深深地切进了他的脸颊。

轩辕部落的勇士们顿时慌了，花了好大力气才将刑天拉开。鲜血已经染红了黄帝的面容和胸口，可是他不但没有发怒，反而哈哈笑出声来。

“我还以为赤县之地都是胆小鼠辈，原来也有这样不怕死的英雄！”

刑天啐了一口掺杂鲜血的唾沫，恶狠狠道：“你祖宗我也怕死！可我就是想要你死在我前头！”

黄帝道：“可是你未必能杀得了我呀！”

刑天怒道：“有本事就松了我，咱们一对一，公平对决！”

黄帝随即不顾众人劝阻，答应了刑天，给他松了绑，然后请他挑选武器。

“我刑天只用自己的榆木盾和白石斧！”

轩辕氏族人在战利品中找到了刑天的武器，交到他手中，刑天随即做好了战斗的准备。

沮诵将黄帝的武器拿来：一把剑矛。剑矛不过是在矛杆的顶端加上了一把长剑，但这样的武器着实非比寻常，不但杀伤力远远高于普通长矛，而且攻击范围也大于寻常刀剑。这是轩辕黄帝最常使用的武器，亦是他地位和权力的象征。

太阳升到高天，明晃晃地照耀着大地，似乎天地也想见证这场旷世壮举。

决斗开始。

刑天的速度和力道皆优于黄帝,但大战不到三十个回合,刑天就显露体力不支的迹象:先是白石斧被打落在地,而后榆木盾也被黄帝扎在剑矛上夺了去。手持干戚的刑天成了赤手空拳,最后的屏障一经消失,刑天就成了黄帝的手下败将,脖子被黄帝的剑矛顶住。

"你输了。"黄帝笑道。

刑天不说话,但依旧不服气,瞪着眼睛喘着粗气。

"知道你为什么会输吗?"黄帝笑道,"因为我用的是金器,而你的是木石。"

刑天望了望丢在地上的干戚,恨恨地啐了一口,然后表情夸张,嘴唇翕动,似乎要破口大骂。黄帝随即抬手一挥,划过一道寒光,剑矛轻而易举地切断了刑天的脖子,那颗倔强的头颅随之滚落在地。

然而,接下来的一幕却让在场之人无不汗毛耸立。已经离开身体的脑袋怒目圆睁,恶狠狠地瞪着黄帝,血盆大口一开,吐出了六个振聋发聩的字来:"轩辕氏,拿命来!"已倒下的无头尸忽然从地上摸起斧盾,直愣愣站起来,再次以惯常的姿态挥舞起来!

黄帝三次下令,最终让心生胆怯的族人们战胜了恐惧之心,成功地将刑天的无头尸体付之一炬,而地上的头颅则还一直在破口大骂。黄帝重臣应龙壮着胆子将它拎起来,塞进一个水囊,最终将这颗桀骜不驯的头颅溺毙水中。

恐怖的景象让黄帝也心生敬畏,为了使这不屈战神的魂灵安息,黄帝令族人将刑天的头颅送回他们的西方老家,葬在常羊山之下。那里葬着他的一位祖先,那位祖先擅长讲让人笑得肚子痛的笑话,而笑声能平息任何人的愤怒之火。

而后,黄帝将目光转向了他的俘虏神农大石,紧随着目光而至的是他手中的锋利长矛,青铜矛尖在阳光下弥漫着冷入骨髓的低温。

形容憔悴的神农大石躲闪着轩辕黄帝的凌厉目光,有气无力地说:"尊者不杀尊者,大君不杀大君。"他微微佝偻的姿态无疑是在表明自己对生的极度渴望。

黄帝先是冷笑,而后变成了嘲笑。人们皆以为神农大石必死无疑,但黄帝却将顶在大石脖子上的长矛拿开,并亲自为他解开了手上的绳索,然后微笑着重复了神农大石的话:"尊者不杀尊者,大君不杀大君!"

神农大石眼中立刻闪过一丝希望的光芒。

黄帝继而说道:"我既不能以对待异族人的方式来对待你,将你杀死,那就只好将你作为同族,以同族之人的约法来处置你!神农大石,你仍是那些愿意跟随你的臣民的大君,但你的为君之地不是在这里,我要将你流放至南方。呵呵,你肯定纳闷为何是南方,因为我曾听人说,你的祖先神农大帝,也曾将战败者驱逐至大江之南蛮荒幽暗的密林中。你尽可以带着你的大军继续追杀你们昔日的敌人,也可以在士气重振后卷土重来,找本大君报仇雪恨,收复失地。"

对待这种待遇,神农大石已经很满意了,任由老泪纵横,向黄帝躬行大礼,以示感恩。

黄帝脸上荡漾着春风一般的温暖笑容,倾身向前,轻轻拍了拍他的肩膀,示意他不要过于感动。黄帝的大度从容是战胜者对战败者居高临下的关怀与安抚。

"大石啊,你要记着,即日起,这片土地便不再叫赤县了,它有一个新的名字,这个名字来自我的祖居之地,号称神州。我已领有从昆仑之巅到东海之滨的广袤疆土,所有氏族都要向我臣服!毕竟天下皆知,凡我轩辕战车所经之地皆是神州大地。"

神农大石卑躬屈膝,表示接受黄帝的一切安排,但随即他又想起仓颉,遂说道:"轩辕大君,在这片神州大地上还有一个侯冈氏族,还有一个侯冈颉,这个创造了文字的智者,绝不会轻易向任何权势屈服。"

轩辕黄帝有一瞬间没能掩盖自己的愕然,这忽然让神农大石感到快乐。但转瞬之后,黄帝就将自信铺满脸庞:"没有本大君征服不了的人。"

而后,轩辕黄帝从俘虏中拣选出九十人,作为神农大石的随从,然后宣布将其流放,又派出二百一十名轩辕氏族人,负责将他们押送至大江之南。没有长矛和弓矢，没有神农氏幡旗，做这样的大君实在是一种屈辱。跟随神农大石的九十人中，有十人因不堪受辱而选择了自杀，因此真正被流放至大江之南者只有八十一人。

轩辕黄帝没有在炎帝身上浪费过多精力，很快他就掉转车头，冲向侯冈氏联军的本阵。

## 6

# 涿　鹿

仓颉因为孤军奋战而陷入困境，虽因背水一战而表现英勇，却依旧没能战胜步车结合的轩辕部落。战车冲开了他们的阵形，徒卒冲散了他们的阵形，最终将他们逼入进退维谷的绝境。

黄帝的战车已在眼前。就在仓颉准备以自己投降、自杀甚至受辱为代价换取族人性命时，轩辕黄帝却从战车上走下来，亲切地按住仓颉的双肩，言辞恳切地说："侯冈氏族是伟大的氏族，是为天下人谋福祉的氏族，这样的氏族不应受到任何伤害！我们应当尽快结束这场愚蠢的战争！因为所有的愚蠢都残酷，而所有的残酷都对双方贻害无穷。"

仓颉迟疑地望着黄帝的眼睛，这与他从别人口中听到的和自己想象中的轩辕氏大君不一样，既不飞扬跋扈也不狡诈凶残，在那一双如鹰隼般锐利的眼睛中，他只看到流露出来的诚恳和热情。这让他不得不选择相信这个人所说的一切皆发自肺腑。

更重要的是，黄帝所说的话其实也是他的心里话，因此他望着黄帝的眼睛，用同样诚恳的口吻说："我们也愿意结束这场战争！"

轩辕黄帝开怀大笑。

仓颉随即又道："但是要声明一点，终止战争不代表我们屈服，更不代表我们会成为你的附属。"

黄帝淡然一笑："当然，我是我的臣民的黄帝，而你则是你的臣民的仓帝。"

仓颉随即更正道："是族人，侯冈部落只有族人，没有臣民。"

黄帝又是一阵开怀大笑，对眼前这位英才的钟爱使他不由得心情舒朗，冲仓颉不住地点头。显然，仓颉已让他产生了浓厚的兴趣：这实在是个与众不同的人，与我之前见过的任何一个人都不一样！他身上有种东西在吸引着我，即便他对我无礼，也难以让我怒目相向。我要统领神州大地，不能缺少这样的良才。

而后，在众目睽睽之下，黄帝竟然躬身向仓颉恭敬施礼。

轩辕族众皆惊得张大了嘴巴——天哪！这是怎的了？我们所向披靡的黄帝，我们高贵不凡的大君，他从不向任何人低头啊！

而仓颉亦不失礼节，不卑不亢地还之以礼。

随之，仓颉带着他的族人们重新返回洛南之地——他们离开已久的美丽家园。除了伤员，他们还带回了黄帝赠送的珍贵礼物，那是一种和大地颜色相仿的粮食，轩辕部落称之为麦子。

仓颉按照黄帝嘱咐的方法，将麦子做成了饭食，结果每个品尝过的族人皆坚称："这是我此生吃过的最为甘美的粮食！"

仓颉由此萌生了在洛南大地上种植麦子的想法，而且他还对从石头中获得青铜深感兴趣，因此准备日后寻找机会向黄帝请教这种秘术。

侯冈部落刚一离开，轩辕部落诸臣就在黄帝毡帐中议论纷纷，风后、常先、大鸿皆要去追击仓颉，将其族众屠戮殆尽，以绝后患。

沮诵虽然不持此观点，但也将黄帝放走仓颉定义为放虎归山。早在黄帝做出此决定时，他就劝阻过："仓颉是难缠的君者，也是一位贤能的智者，如果不能为大君所用，那就一定要将他杀掉！"

黄帝却笑道："仓颉看上去温和如绵羊，其实骨子里是虎，是豹，是鹰，是狼！冷酷，敏锐，桀骜不驯。这样的人绝不会向任何人屈服。可是将其杀掉我又于心不忍。沮诵，你还记得他创造出来的那些图纹吧？看似简单，实则暗藏着天地万物的奥妙！我虽未能一窥其真实全貌,却知道这是开天辟地以来所没有的最伟大的创造!我对他实在是欣赏得很。”

沮诵及众臣见黄帝如此说了,便也不再坚持。

阪泉之战后,轩辕黄帝在神农氏都邑的基础之上扩建了自己的新都城,并改称有熊之城。因有车马运输土木,因此轩辕氏建造城池的速度远远快于赤县大地其他氏族,加之人手众多,短短五天,便将原城墙加高拓宽近一倍。神农氏都邑原本就建在高地之上,如此一来更显雄伟,站在城下仰望,便不难发现,这真真是一座高山般巍峨的史诗巨城了。

而此时,九黎部落还在蚩尤的安抚下,静静等候着轩辕部落的召唤,浑然不知炎帝和黄帝的战事早已结束。更让他没想到的是,轩辕黄帝已经彻底背弃了他们这个盟友。时节已经进入盛夏,密林中暑热难耐,蚩尤和他的族人们煎熬了半个月后,最终按捺不住,冲出了幽暗沉闷的丛林,渡过大江,踏上了久违的赤县土地,并很快发现了事实的真相。

无论过去还是现在,真相都是一种让人难以接受的存在。

蚩尤发现自己就像一颗吃完果肉后被吐掉的桃核,于是愤怒地向他的子民们下达了破坏赤县大地的命令。九黎人随之用石器、野兽和烈火肆无忌惮地摧毁那些肥沃的农田,又在上面大把大把地播撒树木的种子。这些护树者的后裔历经数百年依旧没有忘记自己的天赋使命,一心要完成祖先未竟的弃绝农耕的大业。

如今这些土地已是轩辕部落的土地,轩辕部落的战士们自然不甘如此受辱,皆要去上前阻止。然而黄帝却轻轻一抬手,制止了他们,并淡然道:“且静观其变。”黄帝见族人不解,遂补充道:“我们岂可孤军作战?”沮诵等人遂明白了黄帝的用意。

越来越多的农田在九黎部落的蹂躏之下变成了焦黑的荒原,滚滚浓烟再次惊扰了洛水之南的侯冈部落。仓颉对此大为震惊,遂召集诸族长在大君屋宇中议事。

在听到斥候的详细情报后,仓颉不禁为九黎部落的行为感到痛心,他不能容忍这种落后毁灭先进、野蛮戕害文明的行为:“九黎倒行逆施，将历代先贤的努力付之一炬。如果这些人得逞了，那天下恐怕要重回茹毛饮血的时代了！”

诸族长纷纷附和，痛斥九黎部落的行径。

而彤鱼氏族长则随口说了一句：“不过九黎人对祖先遗命如此坚决，这份信仰倒是令人钦佩。”

仓颉听了，立即肃色道：“这话错了，你们当谨记，无论何时何地，皆不能因为信仰而忽略了人，因为信仰本身就是为人而立！”

彤鱼氏族长脸色一阵尴尬，点头沉默不语。

仓颉继而又道：“你我皆应警惕，任何伟大理想都不应堂而皇之地凌驾于人之上，不管这人是大君、族长、智者还是寻常族人。”

众人若有所思，纷纷点头，可真正理解仓颉话中含义的人其实不及十之一二。

这时，朔阳息柴问道：“大君的意思是要再次奔赴战场，与九黎部落作战吗？”

仓颉点头：“不过这次不止我们侯冈部落，我们不是孤军作战，而是要以轩辕部落为盟友。”说罢忽然哑然失笑：“恐怕轩辕部落才是这场战争的真正主导者吧！”

就在仓颉带着族人们准备再次奔赴战场时，轩辕黄帝的使者力牧带着贵重的礼物——满满九个囊袋的麦子前来请援。

“九黎人让历代祖先开垦出来的田地化为焦土，如此悖逆狂徒，黄帝决心与之一战。可是九黎人蛮勇无畏，作战勇猛，善于突袭，更要紧的是，他们又不断地从南方调集更多的氏族前来参战，而今军力更为强盛，如此势大，仅凭轩辕一族难以应对！因此敝族大君请求仓颉大君率领族中勇士与我方前后夹击，力保战事无论在平原还是丛林皆能游刃有余，将那些野蛮的九黎人赶回南方！”

仓颉道：“你且回去向你们大君复命，转述我的话。我们侯冈部落也是食粟者，也是神农大帝的子孙，神农氏也是我们的大农神！凡有血气之人，一定会与破坏农田的九黎人血战到底！”

力牧叩谢，转身刚要离开，却又被仓颉叫住。

仓颉指了指地上囊袋里的麦子，说：“黄帝赠予鄙族如此贵重的礼物,我侯冈氏族礼当回赠。”随即亲自拣选七张华美纹皮,分别是虎、豹、熊、罴、狼、狐、貂,又在每张纹皮上写下四个大字,共计二十八字。

在历史面前,笔者应秉承谦恭之心、仰慕之意,列出这二十八字:

戊己甲乙,
居首共友,
所止列世,
式气光名,
左互乂家,
受赤水尊,
戈矛釜芾。

仓颉之所以选这二十八字,是因为它们包含了自己创造文字的四种根本法则,而这四种造字法则才是他最为得意的创造,是后世在这片土地上繁衍生息的伟大民族传承其祖先文明之花的根本!

仓颉坚信,轩辕黄帝能懂得这里面既玄妙又简单的道理。

力牧接受了礼物,道谢而去。

朔阳息柴总能看出他这位亲密战友行为处事的大心思,因此问道:“大君赠送文字予黄帝,一定另有打算吧?”

仓颉一笑,答非所问地说了一句:“轩辕氏说得对,早该结束这场愚蠢的战争了。”

阪泉之战结束后两个月的一个清晨,黄帝部落和蚩尤部落的正面冲突,在一场浓重得看不过三五步的大雾中展开了。

在此之前,九黎部落已经将广袤的土地破坏得面目全非,时值金秋,原本就要收获的谷子、高粱、黍子就这样化为灰烬。但这一系列行为依旧没能引出轩辕部落。轩辕黄帝似乎是在欣赏九黎人的这种破坏行径,他只是让他的族人们躲在有熊之城及其周围若干个小城寨里,顶多站在城头抱着胳膊静静看着敌人大搞破坏,既不谴责,也不出兵，总之什么也不做。

直到仓颉的答复以及礼物从洛南来到他的面前，黄帝才兴奋地立即下达命令，让轩辕大军正式出击。

然而，当他们正式出战时，九黎部落却在蚩尤率领下藏匿起来。蚩尤及其族人皆是踪迹诡秘的遁隐高手，树林、灌木丛、洼地、石头甚至泥土皆是他们的藏身之所，而且从不担心会被任何人察觉。轩辕部落虽然来势汹汹，却没能找到他的对手，只好在荒原中无助地兜圈子。

原来蚩尤手下的智者们于某夜观天象，早就预测到有一场将持续数日的大雾。他们藏匿起来，正是为了等待浓雾的降临，以便在雾幕掩护之下对轩辕部落发起突袭。

这天夜半时分，轩辕黄帝在安歇的战车上忽然被噩梦惊醒，他梦到自己被一条毒蛇舔舐脸颊，冰冷的芯子让他倍感恐惧。小时候，他曾被毒蛇所伤，几乎丧命，因此惧怕毒蛇甚于一切动物。他在战栗中试探性地伸手一摸，发现脸颊上的冰冷之物不是毒蛇的芯子，而是从华盖上滴落的露水。

他这才猛地觉察：湿气骤降，浓白色的大雾正如鬼魅一般，悄悄地将他们包围！

他从华盖下探出身子，又发现浓雾已完全遮挡了满天星辰。

不好！黄帝心中暗暗惊道，随即传令亲随，让他们唤醒沉睡的族人。

醒来后发现浓雾笼盖四野的轩辕族人对这一奇观惊叹不已，这是他们从西方来到此地之后所见到的第一场大雾。在他们的祖居之地，干燥而多风的环境酝酿不出这样的自然景观。

事实上，初秋时节因阴雨连绵而导致如此规模的大雾，即便是常年生活在赤县之地的神农部落，每年也只经历一次。

可是，天下仍有一个族群对这种恶劣环境习以为常，那就是九黎部落。九黎人已在江南之地繁衍生息了上千年，那里湿气甚重，雾霭弥漫，每年都有三个月时间出现这样的浓重大雾，这让他们练就了一身在昏暗潮湿中辨别方向、追踪猎物、伏击敌人的高超本领。

轩辕黄帝忽觉胸口一阵剧烈的跳动,继而是强烈的饥饿感,他心慌难耐,手脚颤抖,温度散尽,继而变得如蛇一样冰凉。本能告诉他,在这场令人惊奇的浓雾中,一定会有什么事情发生,而且是不好的事。为了安全起见,他决定暂时放弃对九黎部落的追击,先回有熊之城再另做打算,随即下令全军撤退。

即便如此当机立断,轩辕黄帝还是慢了一步,蚩尤和麾下九大氏族部落的勇士们已悄无声息地将他们团团围住。凭借灵敏的嗅觉,这些暗夜杀手捕捉到了飘浮在空气中的轩辕战马的气味,并很快锁定了轩辕部落的位置。

幽远的狼嚎瞬间停止,急促的虫鸣也骤然消失,一阵突如其来的沉寂让轩辕部落陷入巨大的恐慌之中。这是一种不正常的安静,让人想到死亡。

随着一声击穿静谧夜色的响亮的牛角号声,九黎人从四面八方杀了出来。

轩辕黄帝在突如其来的惊恐中保持了最大的冷静,他亲自擂起战鼓,以保证战士们不因敌人突袭而心神紊乱,同时下令燃起火把,以战车部队向敌人发起势头强劲的冲锋。但是大雾弥漫,夜幕浓黑,受惊的战马根本难以完成冲锋的任务。九黎人已近在咫尺,他们的脚步声如此清晰,如此狂躁,如此兴奋。轩辕黄帝随即传令各族各部彼此紧紧依靠,长矛冲外,密如刺猬,组成一道圆形的人墙,将轩辕黄帝和战车部队保护在最中央。

九黎战士冲上来,奋力厮杀,试图攻入人墙内部。轩辕部落的勇士们在黄帝亲自擂响的战鼓声中奋勇抵抗。

然而被动的抵抗终究不是轩辕部落的强项,何况开战之初他们就处于一种劣势。轩辕黄帝眼见情况越发不妙,便决意冒险一搏,遂问沮诵:“附近何处有高地?”

沮诵想都没想:“在距离此地一天路程的北方,大河之滨、太行以东有一高地,名为涿鹿!”

轩辕黄帝随之下令:“传我命令,以战车开道,冲出敌人包围,向涿鹿进发!”

然而这时，沮诵却发现一个致命的问题：“大君！哪里才是北方？”

轩辕黄帝这才猛然发现：满天星斗已经被浓雾遮盖，北斗星早已被黑暗吞噬，他们根本辨别不出方向！

黄帝挥拳重重地砸在战鼓上，战鼓发出一声沉闷的怒吼。就在他近乎绝望时，身旁有人兴奋地大叫：“大君！我有办法！”

火光照耀着黄帝的脸庞，脸上是疑惑的神色。

片刻，一辆战车被带到黄帝跟前，风后打着火把。火光照耀之下，黄帝看到车上有一个大木匣子，与木匣子相连的是一个站立的半人大小的木人，伸出一只手指向前方。根据他对风后的了解，这个车子一定是他的某种稀奇古怪的发明，那个木匣子里一定暗藏着某种机关。

“这是？”

“指南车！”

风后兴奋地说道，而后亲自驱马让车子在原地转动了半圈。起先轩辕黄帝没有发现什么异样，但当他将目光放在木人身上时，却惊觉：车子虽然转动了，可木人的手仍然指着刚才的方向！

黄帝不由大为吃惊，急忙跳下战车，亲自驱马转动指南车，却见车子无论如何转动，木人皆岿然不动，他的手始终指着一个方向。

“感谢列祖列宗！风后啊！这是一辆永远指向南方的神车！”

“大君，它是指南车！”

轩辕黄帝大喜，随之翻身跃上战车，志得意满地扬鞭策马，直驱北方。

而此时，战车部队业已恢复士气与战力，从轩辕勇士让出的三个豁口冲向黑暗中的九黎部落。他们无须看清楚敌人的具体位置，只要战车能向前冲，就有把握将敌人拦腰截断！很快，他们的耳边响起一连串皮开肉绽、骨头碎裂之声以及惨叫声。而后，他们在混乱中看到了被一圈熊熊燃烧的火把所簇拥的明黄色大纛旗，那是本阵，是轩辕黄帝的所在。在它的指引下，轩辕战士汹涌前行，轩辕部落开始以无坚不摧的势头向北方移动。

涿鹿，涿鹿！

轩辕黄帝在心中呼唤，这是他最后的希望了。如果到了那里他依旧无法扭转战局的话，那他将永远失去这片刚刚得到的土地，因为九黎人对待种庄稼的人比对待那些庄稼还要凶残。

更重要的是，一旦此战失败，他将失去身为大君的资本，无人同情他，无人帮助他，人人都会唾弃他，而且会刻意地忽视他曾经取得的一切辉煌，让他成为传说中的可笑角色以及神话故事中的反面教材，直到太阳熄灭的那一天也不得翻身！

“我是输不起的！”

自从仓颉成为侯冈部落的大君以来，飞镰就开始变得苍老和丑陋，刚刚步入壮年的他呈现出一种与其年龄严重不符的龙钟老态。嫉妒就像是某种让人欲罢不能的毒药，一旦中毒，就无法彻底解除毒性，还会在无声无息中摧毁一个人的身体和心智。

当然一同被摧毁的还有正义和良知。

飞镰就在几十年时光中被这种毒药折磨得失去了原本属于人的纯然天性。他忘记了和仓颉一起在北洛水中嬉戏捉鱼的儿时情谊，忘记了他那伟大的族长父亲生前对他的谆谆告诫，忘记了仓颉多年来出于报其父恩对他的热心关照……如今他的心中一无所有，只有对人人爱戴的仓颉如烈火一般的嫉妒和仇恨，这烈火足以烧毁世上一切。仓颉越是得到族人的爱戴，他就越是痛苦难耐，恨之入骨。

他的一切本应是我的，因为这一切都是我父亲给的！飞镰在不知不觉中掉进一个看不到底的黑洞，那是他无法战胜的人性之恶为其设置的陷阱。他越是这样想，就越是心下发狠，发誓一定要不顾一切地“夺回原本就属于我的东西”！

甚至他还做好了另外一种打算：即便夺不回来，也要让仓颉从现在的高位上重重跌落，然后“我便对他施以仁慈，对他微笑，施以援手，让他在失魂落魄中接受我的帮助，将我视作他最后一根救命稻草，对我感激不尽，然后我要在所有人面前将他踢翻在地，要在他的脸上留下我的脚印，让子子孙孙都牢牢记着我曾让他饱受屈辱”！

早在侯冈氏于洛南立足之初，飞镰就曾想方设法秘密与神农大石联络，希望能借助他的力量战胜仓颉。但洛南山高林密，环境险要，他孤身一人不敢贸然出山，时日一久就放弃了这种打算。

后来他又打算与九黎部落互通消息，那时他已经掌握了些许文字，恰好一个南方氏族顺着大河进入洛水流域，与侯冈部落进行某种物物交换，他便在仓促中写了一封文法错误、词不达意的短信，交给他们，希望他们能将这消息带到蚩尤手中。但是这个氏族在北方与南方的争端中历来保持中立，因此一出洛南便将这封信据为已有，因为飞镰将它写在了一张华美的麂皮上。飞镰在热切期待中等待了整整二十七个月圆月缺，结果当那个氏族再次来到洛南时，面对他的质问，他们反而威胁他说："你要是再揪着那张麂皮不放，我们就把你吃里爬外的行径告知你的族人！"飞镰心疼那张麂皮，但也只好忍痛作罢。

再后来，黄帝来了。飞镰不知道轩辕氏是何许人物，只是从很多人口中得知，这是一位强而有力，足以威胁赤县之地所有氏族、所有生灵的大君。因此他又将黄帝视为新的援军，几次三番试图接近黄帝，皆未能得逞。

他能敏锐地觉察出来一种微妙的东西，那就是仓颉对他的戒备之心。而且，他认为在这种戒心的作用下，仓颉一直对他进行明目张胆的打压。他坚信仓颉是害怕他的出众才华展露出来，从而威胁到仓颉的地位！当初对抗轩辕氏时，仓颉选派在三军之间传递消息的传令兵，他毛遂自荐，但仓颉却以"你不善行走"而拒绝了他，戒心之重，可见一斑。最终，飞镰没能和轩辕黄帝取得任何形式上的联系。

气急败坏中，飞镰决定铤而走险，想到在人群中散播仓颉坏话的方式，于是在阪泉之战后，他开始悄悄传播仓颉为一人之利而将诸族出卖给轩辕黄帝的谣言。

对于仓颉来说，谣言并不足畏，各族族人对于这种在洛南悄悄散播的消息并不相信。可是随着时间推移，谣言在传播过程中被添油加醋地进行了诸多加工，虚妄的事情因细节的增加而越来越像是事实，很多人开始动摇原本坚定的决心，对仓颉产生了各种怀疑。

最终，当仓颉宣布与轩辕氏并肩作战，誓要对抗九黎部落时，那些不敢与来犯之敌做抗争的懦夫，那些不想损失一丝一毫利益的庸人，那些想趁此机会重新分配洛南大地支配权的奸人，纷纷选择相信和利用这些谣言，在黄帝和蚩尤的战事已经开始时，公开反对仓颉。

洛南诸氏族中有将近一半氏族选择与仓颉为敌，在最艰难的时刻，仍旧坚定不移地站在仓颉身边的是朔阳氏族、弇兹氏族、西陵氏族和彤鱼氏族。曾经热情接纳侯冈氏族的容成氏族，也因其族长的更易而与仓颉渐行渐远。诸族传言：他们的老族长在一个月黑风高之夜死在了自己的毡帐中，据说凶手是一个神秘的闪电——无妄天灾！他的儿子是唯一的目击者，如今他已是容成氏族的新族长，很久之前就曾与仓颉起过争端。

之后的一天中午，洛南诸氏族就仓颉是否还能继续坐在大君位子上的问题而争论不休，继而发生肢体冲突，然后发展为械斗，最终演变为部落内战。反对者围攻仓颉所在的华屋，却被占据高地的拥戴者一次又一次地击退。反对者随之改变策略，他们知道仓颉谦恭忍让的品性，于是让其主谋容成氏族长在华屋下喊话："今日之事皆起于大君。大君仁慈，理当以各氏族族人福祉为首虑，自行退位，为洛南之地免去刀兵战乱之苦！"

一族众人随之起哄，纷纷站出来，要求仓颉主动退位。

仓颉垂头思量片刻，冲众人一点头："我答应你们。"

容成氏族长见仓颉果然心慈手软，进了他们的圈套，不禁大喜。

仓颉随即丢掉手中的武器，邀请在场的所有族长进华屋商议禅让事宜。

众族长进入华屋没多久，在外等候的人们就听到里面传出一阵喧嚣，那是打斗的声音。没多久，朔阳氏、彤鱼氏和西陵氏族长提着容成氏等反对派诸族长的头颅，信步从华屋中走了出来。

与此同时，夸父也押解着飞镰走了上来。

所有人都愣在了原地，望着镇定自若地从华屋中走出的大君仓颉，一时间，恐惧的阴云笼罩在每个人心头。

仓颉肃色道："为乱者仅仅是这几个人，与旁人无干。"

这话已经讲明了其余的人将不予追究，因此那些站在反对者阵营的人们一个个放了心，表示愿意重新归顺仓颉大君。

但仍有一人心存疑虑，叫道："你刚才还说要禅让大君之位，可转眼就把几位族长解决了，你要我们还如何相信你？"

仓颉脸上现出无奈的神色，遂凄怆道："你们以为我会被这几个人的话束缚住？以前或许会，但如今不会！我侯冈颉恭让谦和，但绝不会因此而无视族人的福祉。沽名钓誉者有，因名废事者亦有。我可以不做你们的大君，但不是现在！若是不杀这几人，部落之威权将荡然无存！"仓颉异常激动，哽咽一声，又继续说："我不想杀人，眼下却不得不杀。身为大君，不能坐视部落散乱，不能坐视先贤福荫殄废！今若不能东出洛南，救人于偏远，今后蚩尤势大，我等便不能御敌于门外！届时受戕害者仍是我洛南诸族！"

人群中仍有人持质疑态度，却不敢大声说话，只在那里小声嘀咕。

仓颉继而说道："我对部落中的异动早有察觉，因此早就派出夸父等人暗中调查，最终揪出飞镰这一祸源！"

众人闻言，纷纷望向飞镰。

这时，一个老妇忽然高声说道："前几天飞镰还跟我说，大君要把我们族人统统贱价出卖给那个黄帝做奴做婢！"

一石激起千层浪，越来越多的人开始义愤填膺地检举揭发飞镰，纷纷证实这个人曾向他们传播仓颉德行败坏的谣言。

夸父恶狠狠地将飞镰按在地上，愤恨道："你就是这么报答大君的？"

飞镰早已经吓得面如土色，身体像是被扔在了数九寒冬，不住地打战，已经完全说不出话来。

夸父问仓颉："大君，这样的人是不是应该杀了他？"

仓颉悲悯而痛心地望着飞镰，摇头："今日杀伐太重，不能再杀人了。"

夸父着急了："大君！可他是祸根，不得不除啊！"

仓颉沉思片刻，叹口气，无奈道："将其流放吧。"

人们随之又开始高呼仓颉的名字，无论刚才是拥戴者还是反对者，如今他们又都是仓颉的忠诚臣民了。

仓颉望着他们那相似的脸庞和千篇一律的表情，心中五味杂陈。

自古以来的伟大创造皆有他们一份功劳，而那转动天下的先贤和圣人们也是从他们当中出来的。可是有时候这些人并不聪明，他们很容易受到蛊惑，尤其是那些慷慨激昂、热血沸腾的话，他们更是没有招架之力。幼儿爬向万丈悬崖，鱼儿跃出装满水的陶瓶，皆因其单纯无知。若要护其周全，必要在某些时候动用威权之力。但愿这些人能明白他的良苦用心。

叛乱之事延误了行程，稍事准备，仓颉和族人便向东方进发了。

轩辕部落在大雾中一路向北狂奔，最终登上了一处高地。经过勘察，他们发现此高地的西侧是高山，而东北方是一条水势汹涌的河川，阪泉之战时他们曾渡过此河。

沮诵确信这里就是传说中的涿鹿之野。

经过一番激战和长途跋涉，轩辕战车已损毁过半，剩下的也都已经残破不堪。黄帝看过之后，遂清楚地知道，让他们引以为傲的战车部队已无法再履行冲锋陷阵的任务了，不由眉心紧锁。

“我们的战车全完蛋了。”沮诵痛心且担忧地说。

尽管心存担忧，但黄帝还是不想流露出一丝一毫的胆怯。

“区区小事，不足为虑！沮诵啊，战车没了，我们还可以再造嘛！我早就注意到了，这赤县之地的许多山头上都有大片大片的铜绿花，有铜绿花则山中必然有铜！”黄帝满不在乎地笑着说。

“可是万一我们坚持不到那个时候呢？”沮诵的眉毛挤成了一个疙瘩。

黄帝淡然一笑，轻轻拍了拍沮诵的肩膀，说：“你放心，没有战车，我们还有高地；没有高地，我们还有仓颉。”

沮诵仍旧满心担忧：“如果高地塌陷了，而仓颉的援军又不来，那我们就只剩下一条路了，那就是被那些野蛮人全部杀光……”

黄帝大笑出声：“都死了，那还有什么好怕的？”

一脸担忧的沮诵却无论如何都笑不出来。

远方传来敌人的脚步声，蚩尤带着九黎部落追来了。

“至少，”这时黄帝也收起了笑容，声音中夹杂着一丝忧虑，“我们可以挺一些时日，一直坚持到仓颉的到来。”

沮诵诧异：“大君真的相信仓颉会来？”

黄帝坚定地点头：“仓颉并非寻常人物，他是这片土地上那些伟大祖先们最有出息的子孙了。”

沮诵将信将疑。

又过几日，没有等来仓颉，九黎人倒是来了。

黄帝下令将战车挡在他们前面，形成一道高高的围墙，以此阻挡敌人的狂飙冲锋。九黎人试图越过战车与他们近身肉搏，然而九黎人处于仰攻态势，中间又隔绝一道围墙，因此作战非常吃力，加之轩辕战士奋勇抵抗，双方厮杀半天，战线依旧牢固地维持在原地。无奈中，蚩尤下令休整。

时至深夜，各自休整的敌我双方依旧处在嘈杂的喧嚣之中。那是九黎人的谈笑声、歌唱声甚至交欢声，亦有轩辕部落的哀叹声、争吵声和哭泣声。一直在中军静坐的黄帝忽然在这喧嚣声中察觉到一丝不同的清亮之音。

那是附近清水河的潺潺流动之声。

黄帝遂心生一策，当即唤来善于治理河流水泽的重臣应龙，命令他率其族众，在夜色中挖掘清水河堤，使之决口。轩辕部落位处高地，九黎部落人在低处，汹涌的河水自然会冲垮九黎部落。

夜色中，轩辕部落族众听见清河之水滔滔地冲进蚩尤营寨，他们在大水怒吼中发出兴奋的呼号，只等天一亮便涉水去收拾残军。

然而次日天刚蒙蒙亮，眼前的一幕让他们不由脊背发凉——九黎人或如白鹭直直地站于木舟，或如大鼋将身体浮在水面，个个目露凶光。

黄帝这才猛然想起，九黎人的居住之地到处都是江河湖泊，他们全都在水中长大，因此水性极好，这样的“大水”对他们来说，不过是小小坑塘！

“决堤放水,反倒是为九黎人创造了更为有利的作战条件!”黄帝不由连连哀叹,懊悔不迭。

蚩尤没有趁势进攻,而是当着高地上默然的轩辕黄帝的面,带着他那出水蛟龙一样的船队,风驰电掣地划向清水,而后指挥众人加大决口,让更多的河水冲出河道,很快,整个涿鹿之野就变成一片汪洋。

猛涨的河水淹没了轩辕战车,黄帝遂让部落向更高的地方撤退。他们脚下的空间越来越小,只能紧巴巴地挤在一起,像是蜂巢中的蜜蜂。

九黎人在河水中快活地嬉戏,捕捉着鲜美的大鲤鱼,然后在他们的眼皮底下生起篝火,炙烤鱼肉的浓香让轩辕族众个个垂涎三尺。他们带来的粮食已经不多了,而且因为没有足够的柴火可供使用,他们只能咀嚼那些用河水浸泡过的粮食颗粒。

黄帝不时远眺,心中暗暗祈祷,期盼着出现什么新的转机。

当天晚上,忽然天降大雨,轩辕部落在冰冷的大雨中叫苦连连。大雨整整下了一天一夜,激流不断地冲刷着高地上的泥土,饱和的雨水导致高地的边缘多处塌陷,轩辕部落只能无奈地挤在一起,就像是打了捆的稻草。

黄帝依旧向远方眺望,希望能在地平线上看到人影,而沮诵、力牧、应龙等重臣以及更多的族人则几乎不再抱有任何希望了。

蚩尤站在装饰着饕餮兽头的船首,静无声息地望着对他们越来越有利的一幕。不知何时,他手中的石刀利刃忽然变成了和他的眼睛一样的血红色。

僵持几天之后,忽然吹来一阵西风,这阵强劲的西风吹散了乌云,随之雨势渐小,而后云开雾散,阳光再次普照大地。黄帝在风中嗅到一股熟悉的味道。这让他感到一丝喜悦,似乎这味道就是祖神派来的信使,为他带来了出奇制胜的援军。

当天下午,局面出现了神奇的逆转:涿鹿之野的洪水忽然开始急剧向河中撤退,水位迅速降低,很快就露出了一片片陆地。水流之快让水性极好的九黎人也招架不住,他们的舟船被大水推翻,许多人在激流中挣扎沉浮,一颗颗黑色的脑袋被冲进滔滔清水。待大水流尽,涿鹿之野又从汪洋变成一片沼泽，地表泥泞不堪，九黎人吃力地在上面拔出脚来，趺趺撞撞，场面混乱狼藉。

这神奇的一幕让轩辕氏族军队欢呼雀跃，每个人都相信这是他们的祷告起了作用，他们的祖先和神衹在保佑他们，要他们对可恶的敌人进行致命的反戈一击。

与此同时，震耳欲聋的喊杀声由东方响起。在阳光照耀下，黄帝看见了那苍绿色的幡旗，不由得热泪盈眶。他命人擂起战鼓，振臂高呼，同时身先士卒，率领轩辕勇士们冲下高地，与从东方而来的仓颉大军围攻陷入慌乱的九黎人。

有如神助，局面发生逆转，顷刻之间胜负已定。

泥淖中的九黎人瞬间变成了刀俎上的鱼肉，任由轩辕部落和侯冈部落的漫天飞石射击，当整个沼泽被砸得千疮百孔并铺满一层石块后，九黎人已伤残过半，余者皆在哭喊与呻吟声中投降。仓颉和黄帝的联军踩踏着石子路去清理狼藉的战场。

仓颉找到了蚩尤，可是他的身体早已冰凉。人们把他的脑袋从威武的牛角盔中掏出来，发现已面目全非，愤怒张开的嘴巴里竟然砸进去一块甜瓜大的石头，脸颊撕裂，血肉模糊，暗黄的牙齿或者外翻或者崩裂，似乎还在不屈地用力啃咬着。

黄帝看着他的头颅，冷笑一声，轻蔑地道："野蛮之人！"举起刀来，他亲自斩下了蚩尤的头颅。

仓颉与黄帝重逢。直到这时黄帝才知道，涿鹿之野的大水忽然退去正是仓颉的功劳。原来仓颉发现黄帝部落被大水困于涿鹿，因此日夜兼程赶到清水下游，掘开了几个巨大的口子。下游地势更低，因此河水流速加快，继而抽干了涿鹿之野的积水，将泽国化为泥淖，将九黎人的优势化为劣势。

黄帝对仓颉大为赞赏，同时心存感激，于是冲仓颉道："你于我轩辕族人有恩，我没齿难忘，有何请求，请尽管开口。"

仓颉望着涿鹿之野满地的伤残，说："我有两个请求。其一，请黄帝饶恕九黎人，让他们回到南方的家乡。"

黄帝道："这个不难，我答应你。从此以后，我族与九黎人划江而治，九黎诸族蕃息于大江之南，不得再带刀兵踏入神州半步！”黄帝向臣下传达了命令，并让他们解下蚩尤的头颅，交给九黎人，让其带回他们的家乡。

接着，黄帝又冲仓颉道：“说吧，第二个请求。”

仓颉随即说道：“教授我们获得青铜的方法。”

黄帝闻听，不由得笑了：“你这条件也过分了。颉啊，青铜是我族征战挞伐于天下的利器，岂可轻易传授外族？”

仓颉随之轻轻叹口气，目光中闪过一丝无奈，他望着黄帝的眼睛，安静地说道：“虽然我和我的族人在紧要关头帮助了你，但其实我们是不足以以此为由，向你提出任何条件的。”

黄帝感到很诧异：“为何？”

仓颉说：“因为即便我不帮你，即便你在此战中战败，用不了多久，你和你的族人依旧能卷土重来，最终战胜九黎部落。”

黄帝饶有兴趣地一笑：“这又是为何？”

仓颉从旁边的米袋中抓起一把米：“因为你们有农耕。”接着又指了指黄帝腰间的青铜佩剑：“还有青铜。”

黄帝听了，止不住仰天大笑，而后轻轻拍了拍仓颉的肩膀，道：“终究是你看得透彻！不像其他人，总把每一场伟大的胜利归到一个人或者一个神的身上。”

仓颉又道：“可若是没有黄帝，轩辕部落也不会如此壮大，你们的图腾也不可能是今日的面貌。”

黄帝看了一眼飘扬的大纛旗，问：“这话又怎么说？”

仓颉指着旗杆上迎风飘荡的大纛旗，道：“这面大纛旗上的图腾，非蛇、非鼋、非鸟、非牛、非鹿、非马……它之所以是这个样子，是因为它既不是真实存在的野兽，也不是久远以前就出现在神话传说中的神兽，它根本就是黄帝你自己创造的一种图腾！而且我相信，将来它的样子仍会继续不停地发生改变。”

黄帝脸上显露出敬佩之色：“跟你说话就是有趣，我都不用多说什么，你便全都知道了，而且比我身边任何一个人都直截了当。我喜欢和有智慧的人说话。”

仓颉又满怀敬意地说道:“伏羲氏、燧人氏、神农氏等先贤之所以被称为圣人,是因为他们皆有福泽天下、庇佑世人的伟大创造,而黄帝您的创造与他们相比毫不逊色,而且黄帝的创造又截然不同于这些伟大人物!”

黄帝忙追问道:“那你说,我的创造究竟是什么呢?”

仓颉一指大纛旗:“这个图腾便是您的创造!”

黄帝不以为意地说道:“不过是个图腾,算得上什么创造!”

仓颉的语气越发铿锵有力:“这个图腾乃众多氏族图腾的集合,黄帝的用意是让天下人不分你我,所有的氏族都融为一族!”

黄帝一听,瞬间如被焦雷击中一样怔住了,片刻,眼眶中忽然闪现出晶莹跳动的亮光。让他想不到的是,在千万里之外的异乡,是仓颉带给他这种突如其来的启示与感动。

小时候,他所在的神州大地上尚生活着很多氏族,部落战争是这些人生活的主旋律。在一次又一次杀伐中,他失去了敬爱的族长和最亲爱的朋友,他本人亦经历了最残忍的肉体和精神上的双重折磨。因此他痛恨任何形式的战争,那些以祖先和神灵之名义进行的争夺土地、粮食和人口的形形色色的可恶的战争。

由此他养成了思考的习惯,并因此得到老族长的青睐。在他成为轩辕氏族的领袖后,他曾尝试让诸氏族之间静下心来,通过协商而非武力解决争端。但人们对彼此之间的杀戮上了瘾,战争永远是他们解决问题的首选方式。因此年轻的黄帝萌生出这样的想法:如果氏族与氏族之间不分你我,共同生活在一个图腾之下,是不是就能更好地解决争端呢?

于是在他的不断努力下,一个接一个,越来越多的氏族匍匐在他的战车强兵之下。他每征服一个氏族,就从他们的图腾上取下一部分,加入他的图腾,如此一点一点地改变着它的形貌。随着部落的不断壮大,图腾的面貌也越来越奇异。在外人看来,它那扭动的身躯、张开的四爪、圆睁的大目、跃动的胡须,皆让它呈现出一种凶相,无疑是一头莫名的凶猛恶兽。可是在轩辕部落的每个人心中,它都是一个神圣的伟大图腾,无可取代。

黄帝抬头，深情地仰望大纛旗，沉默不语。

这时仓颉又道："黄帝的抱负固然远大，但想要建立一个永久的太平盛世，仅仅拥有强大武力还远远不够。"

黄帝一个激灵，于是忙问："依你之见，那还需要什么？"

仓颉不答反问："还记得当初我送给你的那七张纹皮吗？"

黄帝点头："当然记得，那是几张上等纹皮，十分华美，我很喜欢……"

仓颉摇头，打断了黄帝的话："那不是关键！我要说的是上面的文字。黄帝，上面的文字才是关键哪！"

黄帝这时忽然想起来，在过去一段时间里让他魂牵梦萦的奇怪纹样，恍然大悟中伴随着一阵惊喜，激动地一把抓住仓颉的手："文字？你说那种奇怪的纹样叫文字？"

仓颉道："对，那是我的发明，我给它取名文字。"

黄帝大笑："颉啊颉，虽然我对文字的奥秘知之甚少，但我能预感到，这个小小的东西将对天下人产生无可替代的巨大影响！它的出现必将引起世间天翻地覆的改变！后世的子子孙孙将因此而受益无穷，他们一定会以你为荣！"

仓颉的脸上既没有骄矜之色，亦没有不好意思，他的表情依旧淡然，只是眉宇之间隐隐藏着一丝郑重，然后谦卑地向黄帝躬身行礼。

黄帝见状一惊，不明所以，而后有些慌乱地还之以礼。礼毕，他十分诧异地问："颉啊，你这是？"

仓颉说："我侯冈部落愿向大君献上自己的图腾！"

# 7

# 文　明

仓颉向黄帝献上本部落图腾的举动,意味着侯冈部落不再是独立的氏族联盟,意味着洛南之地将成为神州的一部分,意味着他将失去仓帝的称号,意味着他不再拥有显赫的权势,而是从此成为轩辕黄帝的臣民。

他的举动让刚刚经历了内乱的族人们想起他在不久前说的那句话:我可以不做你们的大君,但不是现在!

因此一些人不免怀疑仓颉早就做好了退位的准备。

轩辕黄帝对仓颉的举动既满意又感动。为表示谢意,并向天下显示自己的博大胸怀,他不但教给了侯冈部落如何种植麦子,还将青铜冶炼的技术倾囊相授。而仓颉则投桃报李,开始向轩辕氏诸族以及战败的神农氏诸族传授文字的奥义。

黄帝本人对文字的兴趣与日俱增,首先学会了仓颉当日所赠的二十八个字,经由仓颉一一详细解说之后,更加体悟到这种神秘符文的奥妙,不禁连声赞叹神奇,随即任命仓颉为大智者,让其地位超然于天下所有智者,并尊称他为仓君,事事皆要听从他的建议。

历经阪泉之战和涿鹿之战后,天下仍未获得安宁,在那些鲜有人知的深山密林,仍有许多氏族如受惊的松鼠一般无声地藏匿其中。他们之前从未向任何强权臣服,而且似乎也不准备在以后的日子里向任何人俯首。轩辕黄帝成为神州大地至高共主的第三年，他们仍旧没有倾心归化的迹象，对这位翻卷大纛旗的大君所发出的和平召唤无动于衷。他们已经习惯了孤独，对于自身之外的一切都抱有戒备和敌意，因此拒绝一切外来的新鲜事物。

而那些已被轩辕氏征服的神农氏诸氏族也再次开始不安分，战时的恐怖阴云已经散去，他们不再惧怕黄帝，反而在这位大君的宽容之政下越发骄纵。如今他们已经学会了在收割谷物之后的秋季里种植麦子，这让他们的食物变得更加充足而多样，很多人喜欢上麦饭的味道并为之痴迷；青铜冶炼技艺也让他们得以为自己装备更加精良的武器，神农氏族的长弓大矢越发威力惊人，因为他们已经开始使用能穿透万物的青铜箭镞。

轩辕黄帝将一切看在眼里，并开始担忧。如果天下不能理顺，这样各自为政，恐怕神州大地又将是动荡与战乱。

同样陷入深深忧虑的还有仓颉。

仓颉比任何人都了解这些活生生的人，了解他们的心性，了解他们的行为方式。他曾与他们一起成长，生活，如此近距离地与他们一起寻找猎物，生火做饭，玩闹嬉戏，抵御强敌。他们当中既有道德意义上的好人，也有道德意义上的坏人，但无论是什么人，他们首先都是拥有自己心思的人，首先想到的永远是自己，而不是邻居、他人，永远是眼前利益，而不是长远大局。

“这是天赋的秉性，本就无可厚非。”

所以仓颉从不对这些人抱有过高的期望，也从不指望在这种层面上用感召的方式让他们发生改变。

但同样是这样一群人，天性中还保留着一种最为本真的情感，于集体无意识中，他们将自己对母亲的感恩和依恋转移到那些伟大先贤的身上，不仅深深地认同他们，还颂扬他们，神化他们，让他们成为自己为人处世的楷模，成为历经千百年仍然鲜活的不朽生命，以至于人们都无法确定他们究竟是拥有神力的人还是极具人情味的神。但无论他们是人是神，无论他们是男人还是女人，对于那些头发花白之后，仍然希望有一位老母亲批评他、指正他的人们来说，这胸襟博大、无所不能的神人形象，无疑具有无与伦比的感召力。

当黄帝心中烦忧而愁眉不展时，仓颉找到他说："这片土地曾属于神农氏诸族，历代先贤留下的痕迹无法磨灭，燧人氏的火焰欢快跃动，有巢氏的屋舍高高耸立，伏羲氏的八卦转动不止，神农氏的百谷生生不息……大君与他们一样，也祭祀这些先贤，深知这些曾在大地上流转的氏族所具有的神奇魅力！"

黄帝点了点头，眼睛继续盯着仓颉，他知道仓颉必定还有话说。

仓颉接着说道："应该把被放逐的大石接回来，他是炎帝，是神农氏的后裔，仍有许多人视他为这片土地上的真正主宰。"

黄帝笑道："我才是这片土地上的大君。"

仓颉笑道："古往今来，无人规定一片土地上只能有一位大君。"

黄帝闻听此话，不由一怔。在那一瞬间，他明白了眼前这个人的所思所想：这是一个胸怀宽广、不会赶尽杀绝的人，这是一个懂得另寻出路的人。他无法拒绝这个提议，因为要天下安泰，万民兴旺，没有比这更好的办法了，黄帝遂同意这个提议。

一个月后，神农大石从被流放之地回到有熊之城。历经辗转流离，同行者早已死伤过半，如今他形容憔悴，越发苍老，眼睛蒙上了暗淡的烟尘，南方阴暗潮湿的环境让他的皮肤为一层厚厚的青色苔藓所覆盖，胡子和头发如虾须一般长而坚硬。来到有熊之城正门下面时，他抬头看了一眼高大的城池以及上面镌刻的有熊二字，不禁回想起当初自己出入这里的情景，那时这里还是他的都邑，是整个赤县大地的中心。

仓颉从城门中走出来，与炎帝四目相对，二人俱百感交集。他们曾经为了某些东西拼死相残，如今又因为某些东西和解。仓颉走上前来，主动向神农大石伸出自己的双手。神农大石显然有些吃惊。

"颉啊，我很欣慰，你已经忘却了我们之间的仇恨……"

仓颉却摇头，言语坚定而冷漠："我并没有忘记你带给我和我族人的创伤，而且永远不会忘记，我不能对我那些受到伤害的族人予以如此亵渎，我只是不再穷究不舍。"

神农大石不悦，声音瞬间变得尖锐："你是想用你的宽容来羞辱我吗?”

仓颉摇头:“我不会羞辱我的对手,更不会用宽容来羞辱我的对手。早在你被流放之时,你就得到了应有的惩罚。进去吧,现在有更重要的事等着你。”

神农大石呆呆地望着仓颉。“这是我曾经的强大对手,我讨厌这个人,但是也以曾是他的敌人而感到骄傲,他究竟是个怎样的人啊?”他不由得轻声呢喃。

轩辕部落诸氏族、神农部落诸氏族、侯冈部落诸氏族早已经聚集在有熊之城的开阔广场上,这是轩辕黄帝按照神州之地风格建造的新广场,在原来的基础上扩大了近五倍,足以容纳数万人。

当神农大石的身影出现在广场时,那些曾为神农氏族人以及曾是其藩属的人们竟然纷纷热泪盈眶,一个个伸开双臂深情地呼唤:“炎帝!炎帝!我们的大君!”

黄帝信步走到炎帝跟前,握住他的手,扬声道:“即日起,你和我便是血亲兄弟,是这片土地上共同的大君!”

人群中先是发出惊叹,继而是连成一片的嘤嘤哭声。

而后仓颉端肃上前,来到炎帝和黄帝中间,手中拿着代表轩辕部落的麦秸秆结绳和代表神农部落的秫秸秆结绳,分别交给二人。二人将两副结绳捆绑在一起,以此举表示两个氏族联盟结成了更为强大的联盟。

仓颉高声向众人宣示道:“洪荒时代,人兽杂处,茹毛饮血,蒙昧无知。然我先民不屈不挠,代代相继,双手斩断荆棘,双脚踏平崎岖,方有后世子孙生生不息!往昔之时,弇兹氏缠藤为绳索,西陵氏养蚕以缫丝,彤鱼氏做烹饪,方雷氏理梳妆,斧燧氏磨燧石,容成氏编藤甲……”

“天下各族皆有长技,俱有功于万民,我等世人受惠匪浅,理当虔心祭祀,铭记于心,世世勿忘!而自开辟鸿蒙到如今,有七位大贤功勋至大,德行最高,在诸先贤之上,这七位应成为天下共同敬奉的大神祇!

“华胥氏繁衍生息,训育万民,是大母神;燧人氏钻木取火,光融天下,普照四方;有巢氏构木为房,使民巢居,远避禽兽;女娲氏抟土再造,炼石补天,功在治极;伏羲氏仰观天象,俯察万物,创制八卦;神农氏亲尝百草,始作农耕,大拯黎民;轩辕氏克定祸乱,征伐不享,亲和万民,统御八荒!"

黄帝没想到仓颉竟会如此出其不意地以此种方式肯定自己,不免大为感动,望着人们的崇敬目光,不禁失笑。

仓颉继续高声宣示:"据轩辕氏、神农氏、侯冈氏之史诗、神话、传说可证实,天下氏族虽名号各一,却有共同的渊源、共同的祖先。我们的祖先曾在赤县之地繁衍生息,后来手足分离,同胞流散,遍布天下,因此形成各方众多氏族。因年代日久,诸族彼此生疏,以致兵戎相见,此为列祖先贤在天之灵所不忍!须知,人类有着共同的过去,也必有共同的未来!

"天下氏族既同出一源,便应不分彼此。故而炎、黄为天下生民计,已决意,黄帝之土与炎帝之土并为一土,合称赤县神州;黄帝之民与炎帝之民合而为一族,号曰炎黄!"

话音刚落,一面大纛旗忽然翻卷开来,上面的龙图腾迎风猎猎翻卷。它的形象由仓颉和黄帝共同制定,他们在赤县神州众多氏族图腾中进行挑选,取其一部分,汇入原来的龙图腾上,创造了这种新的龙图腾。

听着仓颉的高声宣示,望着张开利爪、似欲腾飞的龙图腾,炎黄族人彼此相顾,脸上的表情既兴奋又迷惑。他们当然还无法想象,炎黄二字将在后世承载着什么样的历史使命与千秋功业。

当一切风平浪静之后,仓颉终于得以将全部精力放在他的伟大著作上,那部早就萌生,因为黄帝的到来而中断的信史。

在他最初的构想中,这部信史分为三部分:第一部分记载伏羲时代,名为《伏羲书》;第二部分记载神农时代,名为《神农书》;第三部分要记载当世著名氏族中的伟大贤人以及臭名昭著的恶人,而当世的核心人物已定,那就是黄帝和他的轩辕部落,因此他将这第三部分命名为《黄帝书》,亦将自己所处时代定义为黄帝时代。

因为之前掌握了大量的翔实资料,《伏羲书》与《神农书》的创作过程非常顺利,仅仅一年之后,他就将两部书全部完成。为表示对仓颉这种前无古人的伟大创举的鼓励,黄帝下令,在有熊之城的广场中央竖立二十一座高大石碑,命人将已完成的两部著述镌刻在其中十四座上,供后人阅览瞻仰。

而剩下的七座石碑无疑是为《黄帝书》准备的。

一日,黄帝在华屋中召见仓颉,先是称颂他书写两部著述的功劳,然后话锋一转,笑着问道:"不知仓君接下来要记录何人?"

仓颉回答:"正是大君你。"

黄帝又笑着问:"仓君准备如何记载本大君的事迹呢?"

仓颉道:"如实而已。"

黄帝听了大笑,说:"本大君相信仓君必能做得周全。"

仓颉道:"尽心而已。"

接着,黄帝便将准备许久的贵重之物赐予仓颉:东海之珠、昆山之玉、神州之麦、赤县之粟。仓颉坚辞不受,黄帝依旧坚持,仓颉依旧不受。黄帝随之脸色愠怒,厉声道:"我送仓君这些东西,只是慰劳你呕心书写,并无其他用意。仓君坚持不要,可见是误会了我的纯良用心!"

仓颉道:"大君没有其他用意,侯冈颉自然也无其他用意,更不敢误会大君的一片好心,只是没有半点功勋,受不得这些赏赐。"

黄帝道:"为我写史著书,怎能说没有半点功勋?"

仓颉反驳道:"写史著书为的是天下生民、后代子孙,不是为大君一人。"

黄帝先是一愣,而后哑然失笑,忙道:"你说得对!当真是我糊涂了,写史著书乃是为天下生民,不是为我一人!"

仓颉道:"大君懂得这个道理,那是再好不过了。"

黄帝讪笑,伸手命人把要赠送的礼物撤下,道:"既是这样,我就不勉强仓君,第三部大作当尽快完成,以造福天下苍生。"

仓颉礼毕,转身走出华屋。

黄帝望着仓颉的背影,脸上露出些许无奈的神色。

仓颉创作《黄帝书》用了整整三年时间。在轩辕部落进入赤县以前，他对这个氏族几乎一无所知，因此这部书用时最长。为得到最为准确的信息，他走访了轩辕部落中的所有智者，还一一查看了他们所有的结绳（自他造字之后，黄帝和炎帝已废止结绳记事的旧习）。通过这些被有心之人妥善保管的结绳所提供的信息，他能准确地知道一个氏族过去的征伐胜败、捕猎数量、人口情况，从而估算出这个氏族的实力，进而在脑海中勾勒出彼时的宏观背景。

收集资料的过程漫长而烦琐，仅靠结绳记事和口口相传，很多消息十分不可靠，同一件事在不同的人口中会呈现截然不同的面貌，这就需要在众多繁杂的信息中分析判断，谨慎筛选。这项事务十分繁重，仓颉有时会显得力不从心。

就在开始创作《黄帝书》后不久，黄帝便派重臣沮诵前来协助仓颉。沮诵是轩辕部落有名的智者，对于轩辕氏族的过往十分清楚，因为他曾和轩辕氏族最有名望的三位智者相处过近十年，是他们最得意的弟子，同时他也是除仓颉之外识字最多的人。他曾用半年时间跟随仓颉学习造字之法，因此不但识字，还协助仓颉造过字。

对于沮诵的到来，仓颉十分欢迎。在许多时候，二人都会表现出一种惺惺相惜。

仓颉经常和沮诵坐在有熊之城的城墙一角，望着满天星斗，讲述那些存在于传说、又被神话了的壮丽史诗。在沮诵的口中，仓颉知道了更为详细的轩辕氏族的历史。

“不知因为哪种原因，轩辕氏离开了祖居之地，最有智慧的智者也无法确定他们离开的具体年代，毕竟太遥远了！唯一能确定的是当初他们尚未掌握什么技能，不会驯化战马，不会冶炼青铜，也不会种植麦子，因为在流浪，索性连神农氏的农耕之法都忘记了。其实吧，他们很少吃粮食，食物主要是山羊和黄羊……

“直至来到遥远的西方，他们才遇到了新的氏族，并互相征伐。没想到战事一多，他们反而从对手那里学到了新技艺——骑马！最早，他们看见这种庞然大物都是当食物吃的。

“后来他们开始专心于游牧，再后来他们在大得怎么都跑不到边的瀚海上,遇到了另外一个强大的部落。为了在作战中运输辎重,他们当中的一位智者发明了最早的车,借助这物件的神威,轩辕氏族在那里称雄了很多个年头。”

而后仓颉竟然意外地从沮诵那里得知,就连轩辕氏这武运昌盛的族群,也有一段被征服的屈辱历史:

“大概是在七代大君之前,一个长着妖异面孔的首领骑着战马,冲进轩辕氏的领地,他身后是密密麻麻、一望无际的咆哮勇士,他们是使用青铜刀和牛角弓的部族,每个人从出生时就会骑马,一生都在马上作战,因此被称为骠骑。骠骑闯进轩辕氏的领地,就像豺狼跳进羊圈,他们杀人不眨眼,看到鲜血就会发出兴奋的号叫,每砍下一刀就必然有人丧命,每射出一箭就必有人倒地而亡!

“当他们闯进轩辕氏的家园,轩辕氏族只有三条路可供选择——死亡、投降和逃亡。反抗的人只有死路一条,而投降者很快就变成了骠骑人,而后和真正的骠骑人一起追杀那些疲于奔命的逃亡者……每征服一个氏族,他们就获得一片新的土地。很快,骠骑部落的疆土从大海扩张到了大海,将当时可知可见的所有部落都尽收囊中!

“他们的大君被多得像天上繁星一样的臣服者尊为大君,号称弗容,这是人间至高无上的称谓,是凡人和天神沟通的中保,是天神在大地上的投影,也是天神珍贵的爱子。第一代弗容死后,他的孙子在杀死父亲和叔父后成为第二代弗容。他用更为洪亮的声音向世界宣称弗容就是神本身!无数被奴役的臣民在他的巨大阴影下噤若寒蝉,卑微得像是一个个蚂蚁!在弗容面前,所有的人都是蚂蚁!”

听了这段惊心动魄的历史,仓颉再次确认了那件事:一直以来,人类都在做一件事,那就是不停地用左手按下拿刀的右手。

当轩辕氏的过往悉数被弄清楚之后,仓颉开始询问有关黄帝本人的生平履历。

仓颉:“黄帝成为轩辕部落的大君已经多少个年头?”

沮诵:“三十四年。”

仓颉:“迄今为止,黄帝一共征服了多少个氏族?”

沮诵:“四十九个。”

仓颉："黄帝曾将轩辕战舞十八种合而为一，而轩辕战舞中包含了拔舌、抽肠、析骨、裂头、坑杀、垒砌、京观等酷刑，黄帝是否对那些被征服的氏族使用过这些酷刑？"

沮诵："这十八种酷刑都是轩辕氏族的祖先们在早先时期创造的，为的是在征伐中震慑那些敌对氏族。而黄帝在成为大君之后，不但没有使用过它们，还严令将其废止。大君之惜物爱民可见一斑。"

仓颉盯着沮诵的眼睛："一次都没有？"

沮诵的目光闪躲着："一次……都没有。"

仓颉敏锐地捕捉到了沮诵的异样，知道他在隐藏一些过往的信息，于是直言道："我在轩辕部落中走访了很多人，有负责记录氏族事务的智者，有负责作战的勇士，有男人，有女人……我从他们那里听说，十年前黄帝征服了一个小氏族，将他们全部坑杀；七年前还将一个氏族的村社付之一炬，没有一个人活着从里面走出来；就在不久前，在这赤县之地，轩辕黄帝还将一个氏族中的男子用青铜尖桩钉在了他们的神木上。"

沮诵听了不由有些紧张，说："仓君须知，杀戮乃征战之常事，黄帝这样做实是事出有因……仓君啊，你该清楚，必要时当为尊者有所隐讳。"

仓颉反问："为何要为尊者讳？"

沮诵道："尊者就是神的化身，就是楷模，既然要让天下百姓服膺，那楷模的身上怎能有瑕疵呢？"

仓颉的目光瞬间变得锐利，而后用质问的口吻道："这就是黄帝派你来协助我写史的用意吗？"

沮诵的脸上露出些许羞惭的神色，将目光转向别处，语气却依旧固执，似乎在代为传达黄帝的权威与决绝："黄帝也是为了天下苍生！仓君，你是智慧之人，应该明白黄帝的用心。你也应当清楚，想要天下安康，有时不得不违背自己的纯良之心，比如撒一些小谎。"

仓颉灼热的目光始终在追击着沮诵躲来闪去的眼神，语气却越发理智而尖锐："可是一旦开了撒谎的口子，对后世的子子孙孙将贻害无穷！届时，所有肮脏龌龊的行径都可以通过谎言而变得名正言顺,野心家和阴谋者都将通过谎言来达到不可告人的目的,而多数人将永远生活在欺诈之中,从而失去制约权力的利刃,强势者会越来越强势精明,卑微者会越来越卑微愚蠢!"

沮诵仍旧不死心:"可是你要知道,这位大君不是别人,而是心系天下,每天都在为万民安泰而殚精竭虑的黄帝啊! 他宽容地收服了你和炎帝,并委以重任,你才能这样安安生生书写史实。"

仓颉随之微微一笑,说:"我相信黄帝心系天下,相信黄帝是难得的圣主明君,可是他死之后呢? 谁知道将来那些坐在大君位子上的人都是些什么货色!"

沮诵被驳得哑口无言。

仓颉最后用无比坚决的语气说道:"在不久的将来,一切都会改变,燧人氏、伏羲氏、女娲氏的时代一去不复返了。人们越是聪明,就越是私心深重;越是私心深重,就越是奸恶。以前那些如母亲一般养育族人的大君终将变成压在他们头上的巨石,人们将相侵相杀,永无宁日!"

沮诵疑疑惑惑地问道:"所以你要坚持自己的想法?"

仓颉点头道:"必须创造一种东西,永远记录在案,它可以保护处于弱势的多数人,因为它能束缚住那些野心勃勃的少数人的手脚,让他们在作恶时有所顾忌。"

沮诵迟疑道:"你说的这类少数人,在将来也未必就会变成奸恶之徒。"

仓颉语气肯定:"如果没有足够的限制与警示,他们一定会。"

沮诵道:"那即便是他们变坏了,也未必就能兴风作浪。"

仓颉道:"武力雄强不足畏。再强盛的武力,也会遇到让它束手无策的对手! 蚩尤之九黎部落彪悍蛮勇,军容盛大,还不是因蔑视祖先之文明、百姓之安危而最终一败涂地? 人间最可怕的不是青铜戈矛,也不是倏忽往来的战车,而是丧失法度。"

"法度?"

"法度!"

"何谓法度?"

仓颉道:“多劳者多得是法度,不劳者不获是法度;杀人者偿命是法度,救人者得酬是法度;窃钩者受罚是法度,盗国者获罪是法度……法度源自天地,是自然之道,是让人间秩序井然的章法准则。”

沮诵再问:“何物可为法度?”

仓颉道:“信史!”

沮诵哑然。

仓颉道:“信史即是当世乃至后世千百年的法度。在赤县神州,在这两条大河流淌的广袤土地上,信史当取代神祇,成为至高之神,它要凌驾于任何一位人君之上!所有的人都应该知道一个最为淳朴而简洁的道理——即便是大君也要遵循法度!”

沮诵叹气,说道:“仓君啊,只怕你所创造的文字将会给你带来灾祸。”

仓颉笑着说:“从造字的那一天起,我就已经知道,在不久的将来,一定会有人因文字而受到惩罚。”

沮诵明白了仓颉的用意,毕恭毕敬地躬身行礼,不再多言。

《黄帝书》完成之后,仓颉从侯冈氏族中召集了十几名技艺精湛的石匠,让他们连夜将书上的内容镌刻在余下的七座石碑上。次日一早,轩辕部落的智者们惊悚地发现,这部书事无巨细地记载了轩辕氏的过往,更是毫无避讳地记录了轩辕黄帝将其他氏族坑杀、灭族的行径。

“这是在给大君抹黑,是要让赤县神州分崩离析,其心可诛!”

越来越多的人看到了《黄帝书》,知道了仁慈的黄帝那残忍的一面,由此而引发了波及全族的议论。

一群轩辕部落的智者对仓颉的举动愤恨不已,嗡嗡着一窝蜂似的去找黄帝,添油加醋地述说仓颉的罪状。其中有些人是出于公义,而有些人则全然出于私心,因为仓颉虽然年轻,却是黄帝亲封的大智者,地位尊崇,他们自然容不下他。

一直以来忙于各种军政事务的黄帝差点就忘记了仓颉著书之事,经乱糟糟的智者们这一提醒,随之急忙传唤仓颉。

仓颉带着写在帛书上的《黄帝书》来到华屋。黄帝微笑相迎，二人对坐。

黄帝道："听说仓君已将《黄帝书》写就？"

仓颉道："是。"

黄帝道："《伏羲书》和《神农书》这两部也不过才用了一年时间，为何我这一部却要用这么久？"

仓颉道："轩辕氏源远流长，支派众多，因此内容充沛，况且大君是当世之人，史料翔实，故而耗时日久。"

黄帝笑曰："但愿此书能像《伏羲书》和《神农书》一样不失公允。"说着向仓颉伸出手去。仓颉遂将《黄帝书》捧送到他手中。黄帝忽觉手中一沉，似乎这卷不过九尺长的帛书有一座泰山那么重！他稍微顿了顿，轻轻运了运气，端详片刻，才郑重地将帛书翻开。

不料，尚未阅完，黄帝就已被上面毫不客气的言辞所激怒。那些黑色松烟写成的简便线条，以前看上去总是充满一种神秘的美感，而现在看起来简直就是一条条可恶的蛆虫！

黄帝将帛书揉成一团，狠狠地摔在地上，太阳穴上的青筋如蚯蚓般一条条地爬出来，"亵渎！这是对天下至尊的亵渎！"黄帝怒吼。

仓颉面不改色："侯冈颉不敢亵渎任何人，只是如实记录。"

黄帝愤而起身，捡起地上的帛书，指着上面的字，怒道："那这上面写的都是什么？"

仓颉道："信史。"

黄帝将帛书重又丢在地上，对仓颉怒目而视，不作声，而后忽然冷笑一声。

"本大君给你一个机会，现在你从这里走出去，向世人承认是你的史书写错了，而后将书上的内容悉数修改。"

"侯冈颉不知这史书为何要改，也不知要如何改。"

黄帝压低声音："侯冈颉，你这是在找死！"

仓颉依旧不为所动，态度一如既往地不卑不亢："大君，侯冈颉并不畏惧死亡。"

黄帝震怒，愤而从腰间抽出青铜剑，一道寒光直指仓颉。然而，就在冰冷锋刃触及仓颉脖颈的一瞬间，黄帝却又忽然停了下来，接着发出一连串冷笑。他心中默想，如果我此时杀了他，那天下人势必会说，我是因为被仓颉言中才痛下杀手。这样一来，赢的人就是仓颉，而我却一败涂地。仓颉不可杀，这部史书是他所写，也只能由他来修改，才能让天下人信服。况且我还不想杀他，当另想办法，让他乖乖听话。

黄帝将剑送回鞘中，脸上浮现出笑容，将地上的帛书再次捡起，慢慢卷好，放在仓颉手中，问："你当真不改？"

仓颉道："史书无误，决计不改。"

黄帝随即一个手势，两旁的亲卫上前将仓颉押住。黄帝瞥了一眼，冷冷地说道："给他的手脚戴上最重的锁链，丢到外面，让所有人都看到他的狼狈模样。什么时候想通了，什么时候才能将锁链撤掉。"

黄帝的亲卫随即为仓颉铸上了沉重的青铜锁链，这是掌握了青铜冶炼技术的轩辕氏族众多伟大发明之一。在此之前，因为没有金属，让俘虏失去抵抗能力最好的办法就是将其杀死，其次就是各种残忍的肉刑，比如断手断脚，而事实上这种刑法与死刑基本无异。锁链的出现让很多人免去了死亡的灾难，但也因此成为一种巨大的屈辱，因为锁链就是没有勇气选择死亡的俘虏的象征。

仓颉戴着沉重的锁链，缓缓走出黄帝的华屋。人们的目光中满是惊奇，纷纷咂舌，议论不休。仓颉面对人们的围观泰然处之，在人群中穿行，脚下的锁链发出有节奏的哗啦声响。

黄帝相信，一位曾经担任氏族联盟首领的人一定忍受不了这种屈辱和折磨，用不了多久，他就会乖乖地回来，以修改史书为交换条件，恳求自己解下锁链。到那时候，天下人就会知道，他仍是那个近乎完美的大君，而仓颉才是道听途说的记录者。

时间一天一天过去，仓颉的身影却始终徘徊在有熊之城附近，或者独自静坐冥思，或者在人群中传授最新的文字发明，可无论怎么看，他都不再是一个身居高位者，而是失去了氏族庇护的流浪之人，既没有人敢对他伸出援助之手，也没有人敢为他的遭遇说上一句公道话。

朔阳息柴和夸父曾悄悄靠近他，喂他吃食，劝说他离开有熊之城，回到故乡洛南，统领诸氏族，再次成为独立的侯冈部落大君，占据地利，养精蓄锐，足以与黄帝抗衡。

然而仓颉却毫不犹豫地拒绝了："我已经完成了身为侯冈部落大君的使命，今后我的使命就在这里。"

朔阳息柴和夸父只好平息了心中的怒火，按捺住冲动，悄悄终结了密谋已久的对黄帝的反叛。

然而即便在最艰苦的时期，仓颉也没有靠近黄帝的华屋半步，没有丝毫迹象表明他对目前的窘境有什么不满，也没有丝毫迹象表明他对自己的行为感到后悔。黄帝的眼线时刻观察着仓颉的一切动向，并在第一时刻将消息传报黄帝。黄帝渐渐陷入一种纠结之中：既想亲自将佩剑插进仓颉的喉咙，又对不肯屈服的仓颉心生钦敬。

一番思虑之后，黄帝决定改变对仓颉的进攻方式。他命人将仓颉带到华屋，自己不但笑脸相迎，并且亲自为仓颉砸断了铁链。

"这件事暂且搁置一旁，即使你我之间略有分歧，日后也总有解决的法子。不日我便要东行巡游，遍览赤县神州壮美河山，更要封泰山、禅梁父，仓君陪我一同前往，可好？"

仓颉在黄帝脸上看不到一点异样神色，但是仅凭直觉也能觉察出隐藏在这种平淡背后的诡谲阴云。仓颉无所畏惧，点头答应。

黄帝脸上露出一个满意的笑容。

三日之后，轩辕黄帝便率领精良车队出了有熊之城，一路朝东，向泰山行进，并特意让仓颉和自己同乘一车。

泰山在东方的大海之滨，千百年来一直是东方诸氏族共同敬奉的神山，不仅泰山之神是天下所有山神之首，且泰山之巅还拥有距至高天神最近的殊荣。东方氏族中皆有传闻：只要站在泰山之巅，就能与那位遥不可及的至高天神畅通无碍地交流，互说天地人神之事。这座圣山与轩辕氏族所敬奉的昆仑山一样，自古以来就担当了华夏民族共同的神圣使命。

仓颉渐渐察觉，黄帝选定的行进路线似乎有些异样：他没有按照最短、最便捷的路线前进，而是不断地绕远。非但如此，黄帝似乎还有很高的兴致，不断地停下来，对沿途所见的山川、农田、村社进行各种品评。

走了二十一天后，在一个清凉的早晨，他们终于来到了巍峨壮丽的泰山脚下。

黄帝站在山下，仰望直耸入云的苍翠高山，不由发出惊叹之声，而后问身边的仓颉："仓君啊，你看到沿途的秀美山川了吗？"

仓颉点头。

黄帝又道："你看到沿途的肥沃农田了吗？"

仓颉点头。

黄帝又道："你看到沿途的亿兆生民了吗？"

仓颉点头。

黄帝随之将手搭在仓颉的肩上，笑盈盈道："你若俯伏顺从，我就把这一切都赐予你。"

仓颉听了，抬起双手并拢在一起，做出被锁链铐住的姿势："我宁愿选择锁链。"

那一刻，黄帝感受到无比强烈的屈辱感，就像被人按在地上又吐了口水。仓颉虽然没有多说一句话，可那笑容却坚毅如山，锋利似剑，刺穿了黄帝那高贵而伟大的自尊心，郁积于胸的怒气在一瞬间再次爆发，他发出如惊雷一般的怒吼："侯冈颉！本大君要给你的绝不仅仅是锁链！我要杀了你！"

仓颉面无惧色，静静地望着愤怒的黄帝，声音不大却充满力量："大君应该知道，我最害怕的并不是死亡。"

黄帝的胸膛剧烈地起伏，此时的他已无法克制自己的怒气。他冲仓颉冷笑一声，而后给身边的亲卫一个手势。亲卫从战车上拎下一个大大的皮囊，扔在仓颉脚下，从里面咕噜噜滚出来许多圆滚滚的东西。

那是一颗颗已经腐烂的人头，有些头皮尚未剥离，上面还粘连着黑乎乎的头发。仓颉忽然感到一阵心痛。

"这些人是我领土上的叛乱者，我给过他们机会，无奈他们不听，那么这就是他们的下场。”黄帝轻描淡写。

仓颉不说话,细细地看过每一个头颅,而后向黄帝投去一个悲悯的眼神。

这个眼神深深地刺痛了黄帝,继而让他自己也吓了一跳:我这是怎么了?明明握有权柄,可以在一瞬间置他于死地,却为何会畏惧他这种平静的力量?他不过是我的一个囚徒啊!

在仓颉的身上,黄帝感受到一种异乎寻常的力量,这种力量不像战车部队驰骋杀戮,也不像狂风暴雨席卷大地,但这种力量的威力之大却远远超过了战车和暴风雨!他从不畏惧战车和暴风雨,却独独畏惧这种无声的力量!

“这个死到临头的家伙,难道拥有改变天地的力量……”黄帝无奈地低声呢喃。

然而黄帝并未彻底死心,还对从精神上彻底战胜仓颉抱有最后一丝希望,而且他的内心深处涌动着一种强烈的报复冲动。

“在他身上文上囚犯的纹样,让每个见到他的人都知道他是受到至尊大君轩辕黄帝惩罚的人!然后让他从我的视线里消失,将他流放至东夷之地,流放到大海之滨,流放到这片大地的尽头!永远不得向西方行走半步,不能靠近有熊之城,不能回到洛南之地!任何人都不能接近他,让他一个人在永无尽头的孤独中自生自灭,直到他主动承认自己的过错,直到他愿意修改那部污蔑本大君的史书!”

黄帝用近乎歇斯底里的语气大喊大叫,沉浸在一种恼羞成怒之中。

仓颉却对黄帝的宣判无动于衷,只是安静地微笑着。

黄帝的亲卫问道:“大君,要给侯冈颉文什么纹样?”

黄帝冷冷地冲仓颉道:“我听说人们称你为千年一遇的智者,是智慧神鸟的化身,你们侯冈氏族的图腾不就是代表智慧的颙鸟吗?颙鸟生有四只眼睛,那就在你的额头上再文上两只眼睛吧!我要天下人看看,拥有智慧的人到底是个什么样子!”

两名亲卫随即将仓颉按住,另一名亲卫抽出寒光闪闪的短刀,用询问的眼神望向黄帝。黄帝点头确认,亲卫将刀尖扎在仓颉的额头上,在皮肉割裂的哧哧声中,一对眼睛逐渐成形。自始至终,仓颉只是咬紧牙关,眉心微蹙,始终未发一声。包括黄帝在内的人,见此状无不骇然。

事毕,望着鲜血满面的仓颉,黄帝用有些慌乱的语气号令亲兵:“送他走!让他从我眼前消失!”

就这样,仓颉被轩辕黄帝送到了当时已知的欧亚大陆的最东端,将他扔在那里。

黄帝相信,远离故土的凄苦,身处蛮荒的冷清,无人问津的孤独,最终会战胜仓颉的意志,让他向自己俯首叩拜,请求原谅。

然而黄帝在热切的期盼中焦躁地等待了三年,已在荒芜之地变得如同兽人一般的仓颉却始终没有任何悔悟的迹象,面对他派去的一个又一个探寻者和说客,仓颉的答复始终只有一个:“我没有错。”

仓颉坚持的时间越久,黄帝所受到的屈辱就越深重。黄帝已经在焦躁中变成了另外一个人,失去明智的判断,失去明亮的眼神,俨然已经成了仓颉在书中描述的那种可怕的暴君。他想忘掉这个可恶之人,可仓颉的形象每天都出现在他眼前,后来夜夜来到他的梦中。

而且统合在轩辕氏族名下的各氏族也如生长在阴暗处的菌丝一样,悄悄发生了微妙但后果严重的变化。

七年之后,赤县神州逐渐被一种之前十分罕见的争名夺利所困扰,各氏族彼此不睦,大举征战挞伐,后来便有人开始公然挑战黄帝的权威。而且与之前不同的是,战争的规模越来越大,杀人的武器越来越锋利,战场殒命的人数越来越多。黄帝猛然意识到:天下真如仓颉所言,已经与之前不同了。

在镇压层出不穷的暴动与叛乱中,黄帝的身心逐渐为各种疾病所缠绕,越来越虚弱。

最后一场大暴动持续了整整一年,作乱者是一个雄强有力的氏族,曾是轩辕氏附庸。他们自称拥有与轩辕氏族同等的地位,因此坚持要年老力衰的轩辕黄帝退位,同时自称大君,并裹挟了许多小氏族一起参战,甚至还与九黎人取得联络,结成了攻守进退皆一致的战略同盟。

在一场为轩辕氏争取时间的截击战中，炎帝和他的神农氏族与叛军在一片丛林中鏖战，结果炎帝神农大石战死，神农氏族几近灭亡。

开战之初，很多氏族选择迁延观望，而不是在第一时间前来勤王，这让黄帝得知：在人们心中，他和他的轩辕氏族并不具有天然的合法性，这也意味着他们没有决定性的实力去赢得这场以及今后的战争。

他还更为深刻地明白了一个事实：实力不仅仅是指强大的武力。

黄帝又想到了仓颉，似乎只有仓颉才能解答他的疑惑。

但是他又深深地痛恨这个人，因为天底下没有谁像仓颉那样给他带来如此多的羞辱。

爱恨交加的心情一直折磨着年迈的黄帝。

平息战乱之后，黄帝决定要沮诵接着书写《黄帝书》。沮诵先是拒绝，但经不住黄帝再三要求，最终答应了。

与仓颉的《黄帝书》不同的是，沮诵隐瞒了黄帝在镇压叛乱中大肆杀戮的事实，并且将炎帝神农大石力战而死的事迹放在了黄帝的身上。

黄帝细细地看过了史书，却并未表态，既没有支持，也没有反对，他再一次想起仓颉那个大逆不道的《黄帝书》，被他书中那真实的力量所感染！啊，自古谎言如此美丽温情，却僵硬干瘪，软弱无力；而真相鲜血淋漓痛苦不堪，却跳跃着灼热动人的力量，闪现着太阳般的光辉，具有无比旺盛的生命力，那是热血的温度，是人类赖以生存的血脉，是借以前行的标尺，是去往歧途的警戒线。

然而就像是受到了某种诅咒，两年之后，沮诵忽然身患重病，短短两天之内，病情就急剧恶化到无可挽回的地步。临终前，他从身子下面拿出一卷帛书，将之交给黄帝。黄帝翻开一看，不由吃了一惊，这卷帛书上竟赫然写着黄帝书三个字。一经翻阅便发现，这是与之前交给他的那部截然不同的版本。在这个版本里，沮诵没有对叛乱者格外开恩，为截击叛军而战死的也不是黄帝而是炎帝。对黄帝的所有恶行都无所隐讳，对他的所有善举也都如实记载，既没有溢美之词,也没有妄加罪名。阴谋夺权的野心家最终众叛亲离,死无葬身之地,而坚守道义的人则受到了最公正的待遇,成为克定祸乱的功臣……

每一个字都像极了仓颉的口吻,充满人情味却又毫不留情,字字珠玑,尽显法度,平凡的文字排列在帛书之上,却闪耀着灿烂的光芒。

“大君,这才是我想交给您的《黄帝书》。大君啊,仓君是对的。”沮诵挣扎着说出最后一句话。

黄帝将帛书攥在手中,神情淡漠:“仓颉啊,你和你的字真是无处不在……”

沮诵死后,黄帝下令将其厚葬。次日,黄帝便命人去东海之滨迎接仓颉。这时的黄帝开始咳血,胸膛似乎随时都有可能炸裂开来。他知道自己已来日无多,只希望能尽快见到仓颉。

黄帝的使者找到仓颉时,发现他身上只穿着一张破烂的麂皮,那是附近一个小部落接济他的。他的一只手拿着一颗还没啃完的青涩桃子,另一只手在一片沙地上专注地书写文字。使者看他就像在看一个疯子,以为他已在这荒山野岭中变成了兽人。但当仓颉抬起头时,他立刻就知道与之相比,自己才是傻子,因为他从未见过那样闪烁着智慧光芒的眼睛:“他仍是让所有人钦敬的大智者。”

面对使者的邀请,仓颉却不发一言,自顾在沙地上写他的文字,就像是完全没有听到他的话。

黄帝听到使者的回报后,挣扎着站起身来,走到窗口,望着遥远的东方,忽然老泪纵横,颤声道:“仓君还在生我的气……趁着我还没有糊涂,我要见他一面。备车!”

黄帝让最为宠爱的孙子颛顼代理政务,自己则忍着巨大的病痛前往东方。车马劳顿加剧了他的病情,当他找到仓颉时,自感已是奄奄一息,时日无多。

黄帝颤颤巍巍地走到仓颉跟前,已经浑浊的眼睛久久地盯着他看,然后慢慢地向仓颉行礼。仓颉却没有还礼。

“仓君……”黄帝苦笑着说,“你真是一个可恶的家伙,一个顽固的家伙!你的心肠这样硬,秉性这么强,足足折了我五年的阳寿!如今我要死了,要离开这个世界了,我要你亲口告诉我,你为何坚持你的主意,写那样一部信史……"

仓颉轻轻叹一口气,冲黄帝苦苦一笑:"轩辕黄帝是个什么样的人呢？克明俊德,以亲九族;九族既睦,平章百姓;百姓昭明,协和万邦!"

黄帝摇头:"不,我是个让人亡族灭种的暴君!"

仓颉道:"让人亡族灭种的是你,将俘虏全部坑杀的是你,但克定祸乱的是你,统合九族的还是你！这是历代先贤都未曾做到的千秋功业!"

黄帝听到这些肯定的话语,却只是愧然一笑。

仓颉接着说:"可是黄帝做这些,难道仅仅是为了那个虚无的天下吗?"

黄帝望着他的爱臣,不置可否。

仓颉扬声道:"我最敬佩黄帝的是你眼中没有氏族的差别,将一个个活生生的人放在头等地位,在你心中,他们才是你为之奋斗的根本!"

黄帝望着仓颉,默然无语。

仓颉继续说:"然而一个人的权力越大,作恶的可能性便越大。人就是这样的生灵,一旦掌握权力,就变得难以控制,失去本心。所以普天之下最不可缺失的便是法度,即便是至尊的君主,一旦违背法度,也应当付出代价。"

黄帝的口吻中带着一丝委屈:"这个道理我明白……"

仓颉却忽然高声强调:"但更重要的是要让那千千万万的百姓明白,让后世之人明白!"

黄帝一怔,片刻,脸上露出舒缓的笑容:"仓君是对的,唯有信史才能担当法度的职责。你一定要好好活着,一定要死在我的后面！我死之后,你要继续书写《黄帝书》,一切过往皆当如实记载,评定是非,不必有一丝隐讳。"

说罢,黄帝正衣冠,向仓颉行礼,并颤声道:"我错了。"

仓颉端肃还礼。

两个伟岸的身影定格在东海之滨的血红夕阳下。

黄帝与仓颉同乘一车，一起重返西方，回有熊之城，回洛水之南。途中，黄帝对仓颉说："仓君德行昭彰，功勋至大，不亚于燧人、伏羲，今日我造一字，赠予仓君。仓颉之仓当为'君上一人，人下一君'，写作倉（笔者注：古体仓字）！"

黄帝说着，用剑将此字刻在了车帮上。

仓颉却不语，从黄帝手中拿过剑，在倉字上加了一个草头，变成了蒼字。黄帝明白，这个草头既有表明侯冈氏崇尚草木苍翠的含义，亦是仓颉本人微如草芥的自谦之词。黄帝再一次微笑了，大君一生的最后一个笑容送给了仓颉。

行至半途，黄帝忽然病情恶化，来不及医治，竟撒手去了。

临终前，黄帝问仓颉："我死后有多少人会记得我？后世的人们也许会把我忘得干干净净吧？"

仓颉摇头，肯定地说："不会，相反会有无数人将大君铭记于心。一千年后，三千年后，五千年后，人们都会因为是你的子孙而感到光荣。"

轩辕黄帝去世后，其孙颛顼为众氏族所拥戴，成为新的大君。仓颉用了一年时间，将自己之前所作的《黄帝书》和沮诵的《黄帝书》加以整合修订，使之成为让人君颛顼阅览后心生敬畏的经典。颛顼下令将《伏羲书》《神农书》《黄帝书》并称《三坟》，坟意为大道，即称赞这三部著作是宣讲人间大道的经典。

仓颉重新回到了洛南之地，回到了他苦心经营多年的家园。洛南氏族的人们以最隆重的仪式欢迎他。列队的人中有老人，也有年轻人，这里面的很多年轻人已经与仓颉互不认识，他们所知道的仓颉只是老祖母和父辈口中的大君。

让仓颉感到难过的是很多人都不在了。他的忠诚伙伴朔阳息柴已经去世多年；夸父在去年死于一场内讧，肠脏被人挂在晾晒柿饼的树枝上；白荣已在他被流放的第三年死于思念与忧愤。

他又想起大檀族长和赤须智者。越过几十年的时光，他深情地怀念他们，他深深感慨伟大的时光之神，他终于到了赤须智者的年纪。

唯一让他感到欣慰并且惊奇的是他的老母亲还健在，而且身体康健，步伐敏捷，思维活跃，丝毫看不出已是耄耋之人。

在洛南的最后九年，仓颉教会了更多人学习文字，越来越多的氏族开始以文字记载他们的历史。这一创造开始更深刻地影响人们生活的方方面面。从这时开始就有人称呼仓颉为史皇氏，将他和燧人氏、伏羲氏、神农氏、轩辕氏相提并论。

仓颉一生的最后两个年头，一件糟糕的事情严重地影响了他的健康：那些由他创造出来的文字竟慢慢在他眼中变得陌生而奇怪。他患上了一种可怕的疾病，不再认识任何一个字。啊！我简直就是一个可笑的白痴。这种窘况让他的心情越来越差，身体状况一日不如一日。这就是老了吗？刚刚发生的事转身就忘，脑子里尽是从前的事物，那些景象竟然在心中愈发清晰：大檀族长坚毅的面孔，赤须智者颤抖的歌声，月光下在大青石上刻画太阳、月亮的少年，那只静静注视他的猛虎。

某年某日，他手足无措地在屋舍中翻找忽然想起来的某样东西，却在一个角落里发现了一团乱糟糟的五彩绳索，像交欢的蛇群一样打结缠绕。他疑惑地盯着它们看了许久，依旧想不起这是什么，于是问身边的老母亲："母亲，这是什么？"

老母亲看了他一眼，张开没牙的嘴笑了："傻孩子，你忘了？这是结绳啊！你小时候为自己做的用来记事的结绳！当年从祖居出发的时候，我将它带在身边。"

仓颉猛然想起，年少时的他为自己做过一条结绳，用以记录日常繁杂事务，继而，懵懂的他学习结绳技巧的情景一幕一幕出现在脑海中：红色代表胜利，黑色代表战败，绿色代表出生，白色代表死亡……那一切恍如隔世。

仓颉的眼睛忽然变得无比明亮，继而湿润了。

老母亲蹒跚着来到他身边，还像数年前那样轻轻地拍他的脑门，笑盈盈地问："儿啊，结绳记事你都忘记啦？"

仓颉颤抖着双手，为自己打了一个白色的绳结，然后抱着那团古老的绳索，依在母亲怀中，像个孩子一样流出眼泪。

2017 年 1 月 6 日—9 月 16 日　一稿

2017 年 9 月 20 日—10 月 17 日　二稿

2017 年 11 月 10 日—11 月 23 日　三稿